新世纪高职高专课程与实训系列教材

电工与电子技术基础

(下册)

程荣龙　曹光跃　主　编
孙建领　竺兴妹　杨春兰　颜　红　副主编

清华大学出版社
北　京

前　言

本书是根据教育部最新制定的“高职高专教育电工电子技术课程教学基本要求”及高职高专院校应用型人才培养的需要而编写的。

本书内容以基本、够用为度，面向实践与应用，注重技能培养，突出以能力为本的总体思路。书中注意简明阐述电路原理、电子技术的基本理论，突出其技术应用，同时适度地引入电工电子技术方面比较成熟的新知识、新方法和新技术，可使学生掌握基本知识、基本原理，并具有一定的工程实践意识。本书在每章后均有实训项目小结和习题，可帮助学生复习巩固所学知识，建立比较完整的知识结构。书中还引入了 EDA 仿真技术分析，可培养学生的分析和应用能力。

在内容安排上，全书分为上、下两册。本册为下册，内容包括半导体二极管及整流滤波电路、晶体管及基本放大电路、集成运算放大器、逻辑门电路、组合逻辑电路、触发器与时序逻辑电路、D/A 和 A/D 转换器。书中配有仿真练习，每章还配有实训和习题，供读者思考和练习。全书可供 72～128 学时的教学使用，本册可供 36～64 学时的教学使用。书中标有“*”的章节内容可由教师依据实际情况决定内容的取舍。

本册书的特色如下。

(1) 目标明确，层次分明，以高职高专应用型技术人才的培养为编写目的，条理清晰、结构合理，简洁阐述原理和理论，不做理论推导，重在技术应用。

(2) 每章确定了教学目标，给出应用导航及引导问题，便于引导学习；在每章结尾有工作实训营，使得理论与实际相结合。

(3) 突出应用。如在第 1 章半导体二极管及整流滤波电路一章中，介绍了二极管元件后，紧接着介绍二极管的应用实例，即整流、滤波及稳压电路；在第 2 章介绍了晶体三极管后，紧接着介绍放大电路，突出了器件的功能及应用。

(4) 在电路及电子技术的分析过程中适度地引入了 EDA 仿真技术。

(5) 在附录部分主要介绍半导体分立器件和集成电路的型号命名方法，更加贴合技术应用实际。

本书可作为应用型人才培养院校以及高职高专院校机电、机制、数控、计算机应用等专业的电工电子技术教材，也可作为相近专业、工程技术人员的参考用书。

本书由程荣龙(蚌埠学院)、曹光跃(安徽电子信息职业技术学院)担任主编，孙建领(南京化工职业技术学院)、竺兴妹(南京工程高等职业技术学院)、杨春兰(蚌埠学院)、颜红(蚌埠学院)担任副主编。程荣龙编写了第 4、5 章及附录，曹光跃编写了第 2、3 章，竺兴妹编写了第 6 章，颜红编写了第 1 章、杨春兰编写了第 7 章。在本书的编写过程中，何光明、王珊珊、吴涛涛、陈海燕、姚昌顺、许勇、杨明、李海、赵明、张伍荣、钱阳勇、陈芳等同志给予了很大的帮助，在此表示衷心的感谢。

由于作者水平有限，书中难免有疏漏和不妥之处，敬请专家、同仁和广大读者给予批评指正。

编　者

目　录

第 1 章　半导体二极管及整流滤波电路

【教学目标】

- 了解 PN 结的单向导电性。
- 了解半导体二极管、稳压二极管的基本构造、工作原理和特性曲线，理解主要参数的意义。
- 掌握单相半波整流电路、单相桥式整流电路的工作原理和参数计算。
- 掌握电容滤波电路的分析计算。
- 能分析半导体二极管的基本应用电路。
- 掌握单相半波、单相桥式整流电路的工作原理和元件选择。

【工程应用导航】

本章主要介绍了半导体的基本知识，PN 结的形成及其特点，介绍了二极管的工作原理、特性曲线、主要参数和基本的应用电路等，同时介绍了整流滤波电路的工作原理和参数计算。

半导体二极管是诞生最早的半导体器件之一，应用也非常广泛，几乎在所有的电子电路中都要用到半导体二极管，它在许多的电路中起着重要的作用，如整流、检波、限幅、开关等。作为二极管的应用电路之一，整流电路是将交流电转化为直流电的一种重要手段。它利用二极管的单向导电性将交流电转换为单向脉动的直流电，再通过滤波电路将其中的交流分量滤除，得到平直的直流电，在各种电源功能器件中起着重要作用。

【引导问题】

(1) 你了解的半导体基本知识有哪些？
(2) 你知道半导体为什么具有单向导电性吗？
(3) 在日常生活中二极管有哪些应用？
(4) 你了解的将交流整成直流的方式有哪些？
(5) 电容或电感为什么能起滤波的作用？

1.1　半导体的基本知识

电子电路中常用的半导体器件都是由经过特殊加工且性能可控的半导体材料制成的。为了掌握各种器件的结构和工作原理，就必须了解半导体的基本知识。

自然界中存在着许多不同的物质，这些物质的原子结构决定了它们的导电能力。一般低价元素，如铜、铁、银等金属，它们的最外层电子极易挣脱原子核的束缚而成为自由电子，在外电场的作用下产生定向移动，形成电流，因此被称之为导体。而高价元素，如橡胶、惰性气体等，它们的最外层电子受到的原子核的束缚力很强，很难成为自由电子，因此几乎不传导电流，称为绝缘体。另外还有一类物质，它们的导电性能介于导体和绝缘体之间，我们称之为半导体，如硅、锗、硒等四价元素。

半导体除了在导电能力方面与导体和绝缘体不同外，还具有一些其他的特点。例如，当半导体受到外界光和热的刺激时，其导电能力会发生显著变化；或者在纯净的半导体中掺入特定的杂质元素时，其导电能力会显著增强。这些特点使得半导体可以被制成各种电子器件。

1.1.1 半导体的特性

本征半导体就是完全纯净的、结构完整的半导体晶体。所谓晶体，是指物质的原子按一定的规则整齐排列，形成某种形式的点阵。当硅或锗等原子组成晶体后，由于相邻原子之间距离很小，使得原来分属每个原子的价电子受到相邻原子的影响而成为两个原子所共有，而原来每个价电子的个别轨道变成了两个相邻原子之间两个价电子的公共轨道，这样就形成了共价键结构，如图 1.1 所示。图中用+4 表示除价电子外的正离子。

共价键对两个共有的价电子形成束缚作用，而且具有很强的结合力。因此如果没有足够的能量，价电子是不易挣脱共价键的束缚的。所以在 T=0K 或没有外界激发的时候，在本征半导体中没有可以自由运动的带电荷的离子——载流子，这时它相当于绝缘体。在常温下，仅有少量的价电子由于热激发获得一定的动能，脱离公共轨道成为自由电子。与此同时，共价键中留下了一个空位，称为空穴，如图 1.2 所示。原子由于失掉一个电子而带正电，也可以认为空穴带正电。在本征半导体中自由电子和空穴是成对出现的，即自由电子和空穴的数量是相等的。此时，若在本征半导体两端加上外电压，则自由电子将做定向移动，形成电子电流，而有空穴的原子又会吸引相邻原子中的价电子按一定方向填补空穴，此价电子原来的位置上又留下新的空穴，相当于空穴也在定向移动，形成空穴电流，其方向与电子电流相反。

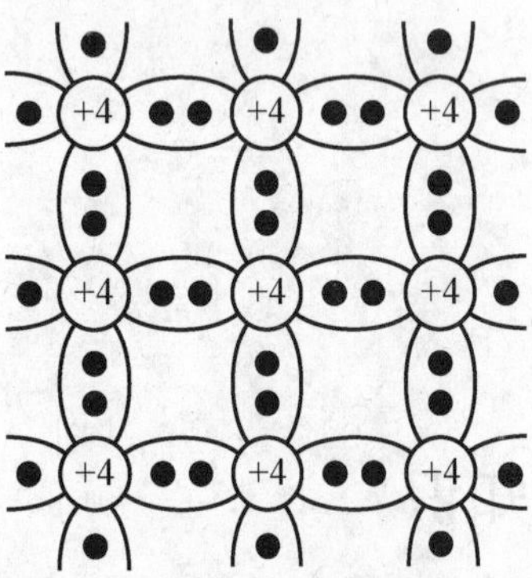

图 1.1 硅和锗晶体的共价键结构

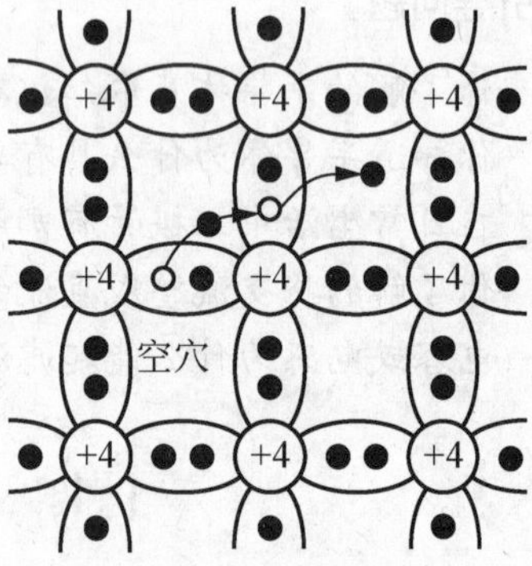

图 1.2 电子和空穴的移动

在半导体中，不仅有电子载流子，还有空穴载流子，并且在外加电压的作用下会形成电子电流和空穴电流，这是半导体导电的一个重要特征，也是半导体和金属导体在导电机理上的本质区别。

外界温度光照的变化将影响半导体中载流子的数量，由于导电取决于载流子的数量，因此半导体的导电能力将随温度的增加而显著增加。我们可以利用半导体材料性能对温度的敏感性来制作热敏和光敏器件，但是同时它又是造成半导体器件温度稳定性差的原因。

在常温下，本征半导体虽然存在电子和空穴载流子，但数量很少，因此导电性能较差。如果在本征半导体中掺入微量的杂质，其导电性能就会发生显著变化。

1.1.2　杂质半导体

通过扩散工艺，在本征半导体中有选择地掺入微量杂质元素，便可得到杂质半导体。根据掺入杂质性质的不同，杂质半导体可分为 N 型半导体和 P 型半导体两大类。

1. N 型半导体

在本征半导体硅(锗)中掺入微量的五价元素，如磷，则晶体点阵中某些位置上的硅(锗)原子将会被磷原子所取代，形成 N 型半导体。磷原子有五个价电子，其中四个价电子与相邻的硅(锗)原子组成共价键后，必然会多出一个价电子，如图 1.3 所示。多出的电子虽然受原子核的吸引，但不受共价键的束缚，因此只要较小的能量就可以挣脱原子核的吸引而成为自由电子。当磷原子提供了多余的价电子之后，磷原子本身则因失去电子而成为不能移动的正离子，但在产生自由电子的同时并不产生新的空穴。除了杂质给出的自由电子外，原晶体本身也会产生少量的电子空穴对，但是由于增加了许多额外的自由电子，N 型半导体中自由电子的浓度远大于空穴，故称自由电子为多数载流子(简称多子)，空穴为少数载流子(简称少子)。这些额外的自由电子显著地提高了 N 型半导体的导电能力。这种半导体以自由电子导电为主，而且掺入的杂质越多，自由电子的浓度越高，导电性能也越强。

2. P 型半导体

在本征半导体中(以硅为例)掺入微量的三价元素，如硼，则晶体点阵中某些位置上的硅原子将被硼原子取代，形成 P 型半导体。硼原子只有三个价电子，它与周围硅原子组成共价键时，因缺少一个电子而产生了一个空位，当相邻共价键上的电子受到激发时，就可能填补此空位，使硼原子成为不能移动的负离子，而原来硅原子的共价键中产生一个空穴，如图 1.4 所示。所以 P 型半导体中空穴为多子，自由电子为少子，以空穴导电为主。同样，掺入的杂质越多，空穴的浓度越高，导电性能也越强。

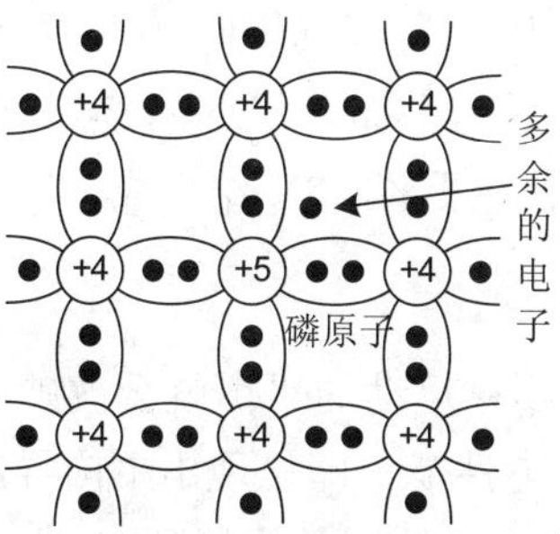

图 1.3　N 型半导体的共价键结构

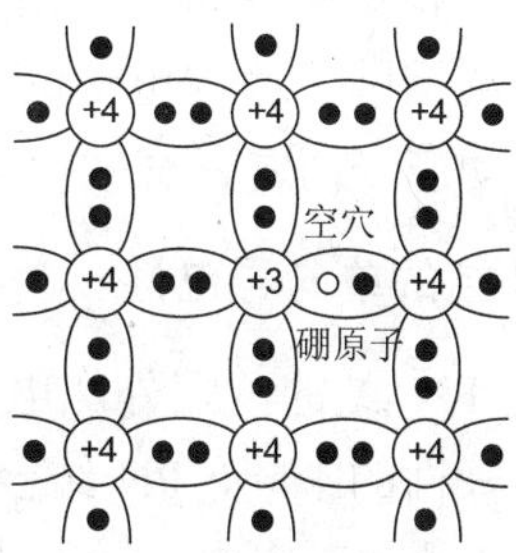

图 1.4　P 型半导体的共价键结构

1.1.3　PN 结的形成及特性

1. PN 结的形成

N 型半导体和 P 型半导体的导电性能虽然与本征半导体相比大大增强，但是仅用其中一种材料并不能构成半导体器件。采用不同的掺杂工艺，将 P 型半导体与 N 型半导体制作在同一块硅片上，在它们的交界面就形成 PN 结。PN 结是构成半导体器件的基础。

P 型半导体和 N 型半导体结合后，在它们的交界处就会出现空穴和电子的浓度差，因而 P 区的空穴必然向 N 区扩散，与此同时，N 区的自由电子也必然向 P 区扩散，如图 1.5 所示。这种由于浓度差而产生的运动称为扩散运动。图中 P 区标有负号的圆圈代表除空穴外的负离子，N 区标有正号的圆圈代表除自由电子外的正离子。由于扩散到 P 区的自由电子与空穴复合，而扩散到 N 区的空穴与自由电子复合，所以在交界面附近多子的浓度下降，P 区留下了不能移动的负离子，N 区留下了不能移动的正离子，形成了空间电荷区，这就是我们所说的 PN 结，如图 1.6 所示。

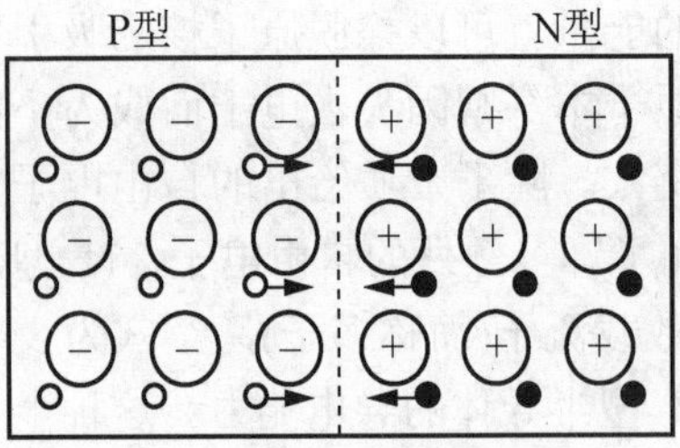

图 1.5　载流子的移动

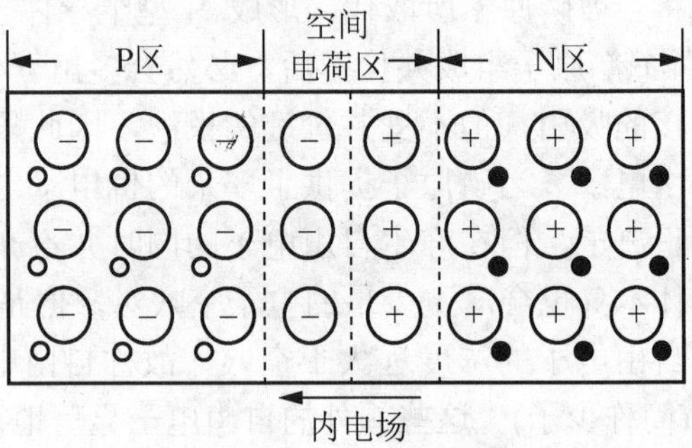

图 1.6　PN 结的形成

空间电荷区出现以后，由于正负电荷之间的相互作用，在空间电荷区中就形成了一个电场，其方向是从带正电的 N 区指向带负电的 P 区，称为内电场。内电场的的方向与载流子的扩散运动的方向相反，阻碍了扩散运动的进行。

另一方面，在内电场的作用下，P 区的少子(自由电子)会向 N 区漂移，而 N 区的少子(空穴)会向 P 区漂移。这种在电场力作用下的载流子运动称为漂移运动。漂移运动的方向正好与扩散运动的方向相反，并且漂移运动的结果是使空间电荷区变窄，其作用正好与扩散运动相反。

扩散运动和漂移运动是互相联系又互相矛盾的。开始时扩散运动占优势，空间电荷区加宽，内电场增强。而内电场的增强又使扩散运动减弱，漂移运动增强。当漂移运动和扩散运动达到动态平衡时，空间电荷区的宽度就基本上稳定下来，PN 结形成。

2．PN 结的单向导电性

如果在 PN 结的两端外加电压，那么扩散运动和漂移运动的平衡就会被破坏，并且随着外加电压极性的不同，PN 结会表现出截然不同的导电性能，即呈现出单向导电性。

当给 PN 结加正向电压，即电源的正极接到 PN 结的 P 端，负极接到 N 端，如图 1.7(a)所示，此时外电场方向与内电场方向相反，于是多子在外电场的作用下进入空间电荷区，使其变窄，削弱了内电场，破坏了原来的平衡，使扩散运动加剧，而漂移运动减弱。在外电场的作用下，扩散运动源源不断地进行，从而形成较大的正向电流，PN 结呈低阻状态，PN 结导通。

当给 PN 结加反向电压，即电源的正极(或正极串联电阻后)接到 PN 结的 N 端，负极接到 P 端，如图 1.7(b)所示，此时外电场方向与内电场方向相同，多子在外电场的作用下被拉离空间电荷区，使其变宽，内电场增强，进一步阻止扩散运动的进行，而加剧漂移运动的进行，形成反向电流。由于少子的数量极少，所以仅能形成很小的反向电流，在近似分析中常将它忽略不计。此时 PN 结呈高电阻状态，认为 PN 结截止。

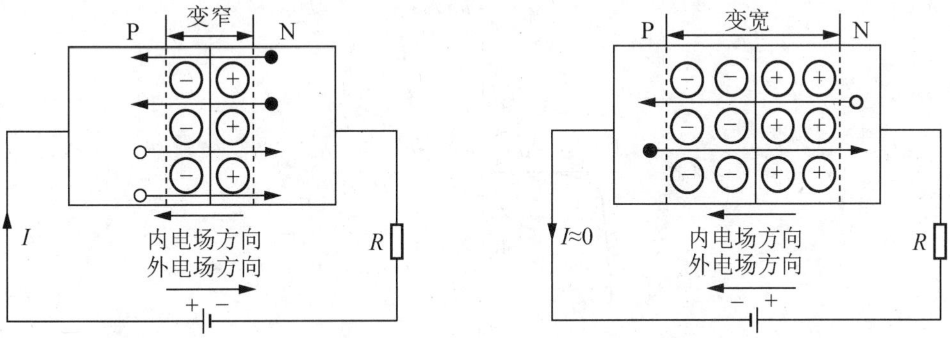

(a) PN 结加正向电压　　(b) PN 结加反向电压

图 1.7　PN 结的单向导电性

PN 结的这种加正向电压时导通、加反向电压时截止的特性，称为 PN 结的单向导电性。

1.2　半导体二极管

1.2.1　二极管的基本结构

将 PN 结加上相应的电极引线和管壳，就构成了半导体二极管，简称二极管，其符号如图 1.8(a)所示。由 P 区引出的电极为阳极，由 N 区引出的电极为阴极。按结构的不同，二极管可分为点接触型和面接触型两类。

点接触型二极管的结构如图 1.8(b)所示，它是由一根金属丝经过特殊工艺与半导体表面相接，形成 PN 结。其特点是 PN 结的结面积小，不能通过较大的电流，但其结电容较小，高频性能好，因此适用于高频电路和小功率整流。

图 1.8(c)所示是面接触型二极管，它是采用合金法工艺制成的。其主要特点是结面积大，能流过较大的电流，但结电容较大，只能在较低频率下工作，一般仅作整流管。

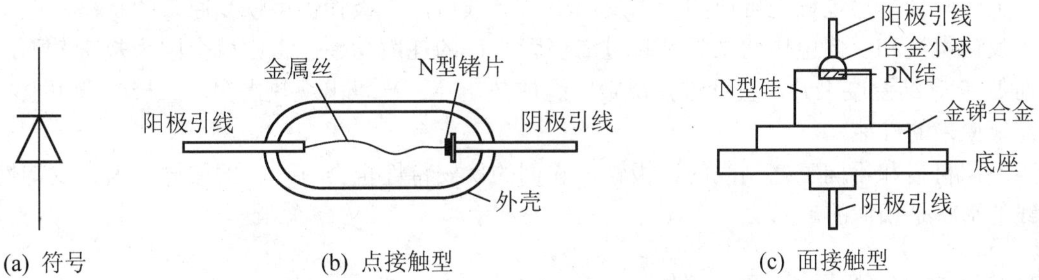

(a) 符号　　(b) 点接触型　　(c) 面接触型

图 1.8　二极管的封装及符号

1.2.2 二极管的伏安特性

与 PN 结一样，二极管具有单向导电性。流过二极管的电流和二极管两端电压的关系，即为二极管的伏安特性，如图 1.9 所示。

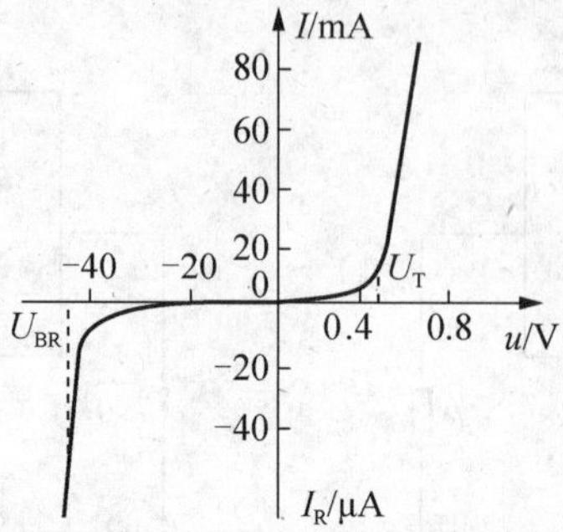

图 1.9 二极管的伏安特性

图 1.9 中 $u>0$ 的部分为正向特性。在正向特性的起始部分，由于正向电压较小，外电场还不足以克服 PN 结的内电场对扩散运动的阻力，此时正向电流几乎为零。当正向电压超过一定数值(U_T)后，内电场被大大削弱，电流因而增长很快。这个电压数值被称为死区电压，一般硅管的死区电压约为 0.5V，锗管约为 0.1V。

图 1.9 中 $u<0$ 的部分为反向特性。在反向电压的作用下，少子的漂移运动形成很小的反向饱和电流。温度升高时，少数载流子的数量将增加，反向电流也将随之急剧增大。

当反向电压超过一定的数值(U_{BR})后，反向电流急剧增大，二极管失去单向导电性，这种现象称为反向击穿。产生反向击穿的原因是，在强电场的作用下，自由电子和空穴的数目大大增加，引起反向电流的急剧增大。反向击穿按照机理的不同可分为齐纳击穿和雪崩击穿两种情况。在外加较高的反向电压时，价电子将从外电场中获得足够的能量，从而脱离共价键的束缚，形成电子-空穴对，致使电流急剧增大，这种击穿称为齐纳击穿。当 PN 结反向电压增大时，空间电荷区中的电场也随之增强。通过空间电荷区的电子和空穴在电场的作用下，漂移速度加快，这些高速的电子与共价键中的价电子相碰撞，把价电子撞出共价键，产生电子-空穴对。新产生的电子和空穴被电场加速后又撞出其他的价电子，这样不断累积，就像滚雪球一样，载流子越来越多，致使反向电流急剧增大，这种击穿称为雪崩击穿。

上述两种击穿过程是可逆的，当反向电压降低后，二极管仍可恢复原来的状态。但是要求反向电流和反向电压的乘积不超过二极管容许的耗散功率，否则就会因为热量散不出去而使 PN 结温度上升，直到过热烧毁，造成热击穿。一旦出现热击穿，二极管就再也不能恢复原来的性能。

不同材料和不同工艺制成的二极管，它们的伏安特性也会有一定的差异，但伏安特性曲线的形状是相似的。

1.2.3 二极管的主要参数

二极管的参数是合理选择和正确使用二极管的依据。二极管的主要参数有以下几个。

1．最大整流电流 I_{FM}

最大整流电流是指二极管长期运行时允许通过的最大正向平均电流。因为电流流过 PN 结时，会引起管子发热，若电流过大，发热量超过限度，就会烧坏 PN 结。实际应用时，二极管的平均电流不能超过此值，并且要满足散热条件，加装散热器。

2．最大反向电压 U_{RM}

最大反向电压是保证二极管不被反向击穿所允许加的最大的反向电压。通常 U_{RM} 为反向击穿电压 U_{BR} 的一半。

3．反向电流 I_R

反向电流是二极管未击穿时的反向电流。I_R 越小，说明二极管的单向导电性越好。由于温度升高，反向电流会急剧增大，所以在使用时要注意温度对 I_R 的影响。

在实际应用中，需根据管子的使用场合，选择参数合适的二极管，以保证管子在安全工作的同时能够得到充分的利用，此外还要注意工作频率、环境温度等条件的影响。

1.2.4　二极管应用及电路仿真

1．二极管的应用

二极管的应用范围很广。利用其单向导电性，二极管常可用于整流、检波、钳位、限幅以及在脉冲与数字电路中作为开关元件等。下面通过两个例题来说明其限幅和钳位作用。

例 1.1　在如图 1.10(a)所示电路中，若输入电压 $u_i = 4\sin\omega t$ V，其波形如图 1.10(b)所示。求输出电压 u_o 的波形(假设二极管为理想器件)。

解：由图 1.10(a)可知，当输入电压小于 2V 时，二极管反偏截止，电源 E 对输出电压不产生影响，此时输出电压 u_o 与输入电压 u_i 相同。当输入电压大于 2V 时，二极管正偏导通，输出电压 u_o 等于电源电压 2V。

电阻 R 起限流作用，输出电压 u_o 与输入电压 u_i 的差值即为电阻 R 上的电压。其输出波形如图 1.10(c)所示。

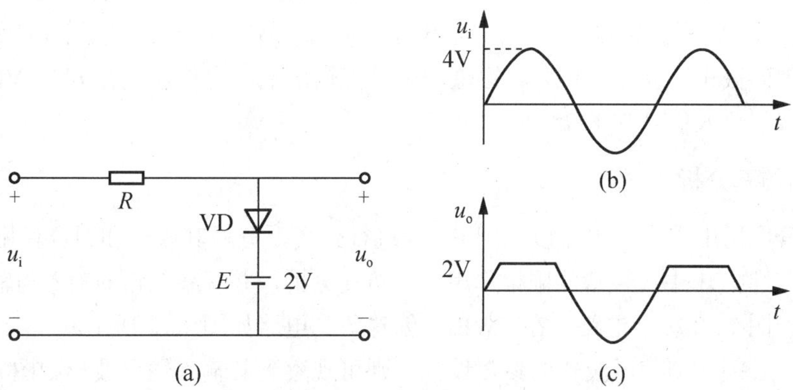

图 1.10　例 1.1 电路及波形图

上述例题实际为一二极管限幅器。所谓限幅，是指输出信号的幅度受到规定电压(限幅电压或电源电动势 E)的限制。若 u_i 为正弦信号，且 $U_m > E$，当 $u_i < E$ 时，二极管 VD 反偏截止，此时电阻 R 无电流通过，故有 $u_o = u_i$；当 $u_i > E$ 时，二极管 VD 导通，此时如果忽略二极管门限电压，则 $u_o = E$。因此，对于理想二极管限幅电路，u_o 与 u_i 的关系为

$$u_o = \begin{cases} u_i & u_i < E \\ E & u_i \geqslant E \end{cases}$$

例 1.2 电路如图 1.11 所示，求输出电压 u_o。

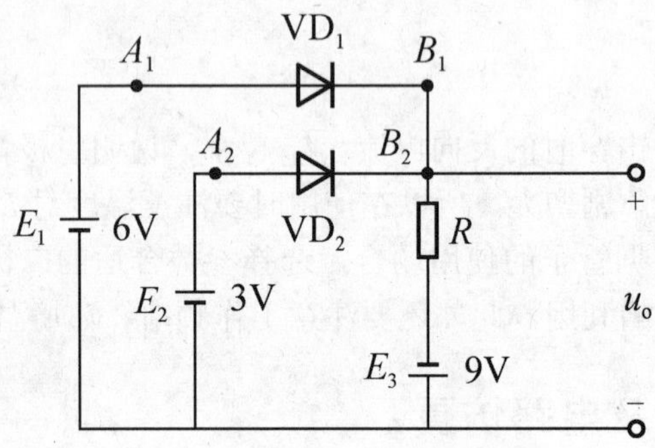

图 1.11 例 1.2 电路图

解：假设将二极管 VD_1、VD_2 从电路中断开，则 A_1、B_1 两点间的电压为 15V，A_2、B_2 两点间的电压为 12V，即 VD_1、VD_2 的正向偏置电压分别为 15V 和 12V。

但在原电路中，VD_1、VD_2 不可能同时导通，因为 VD_1 两端电压大于 VD_2 两端电压，所以 VD_1 优先导通。将使输出端的电压 u_o 等于 6V，使二极管 VD_2 反偏截止，输出端的电位被钳制在 6V。

图 1.11 所示的电路描述了二极管的钳位与隔离作用。所谓钳位，即当二极管正向导通时，由于正向导通压降很小，可以忽略，所以强制使其阳极电位与阴极电位基本相等。而隔离则是当二极管加反向电压时，二极管截止，相当于断路，阳极与阴极被隔离开，称为二极管的隔离作用。

在图 1.11 所示的电路中，A_1 的电位为 6V，A_2 的电位为 3V，因为 A_1 的电位高于 A_2，所以 VD_1 优先导通，如果忽略二极管导通电压，则 u_o=6V。当 VD_1 导通后，VD_2 上加的是反向电压，因而截止。为此，VD_1 起钳位作用，把输出端的电位钳制在 6V；VD_2 起隔离作用，把输出端与输入信号 E_2 隔离开。

2. 电路仿真分析

在二极管应用电路中，也可以应用 EWB 进行仿真，分析其限幅和钳位作用。

例 1.3 对例 1.1 中二极管的限幅作用进行仿真分析，并观察电路的输入与输出波形。

解：对如图 1.10 所示电路，在 EWB 中创建仿真电路如图 1.12 所示。

打开仿真开关，调节示波器的参数设置，则可观察到其输入输出波形如图 1.13 所示。其中上部为输入波形，下部为输出波形。

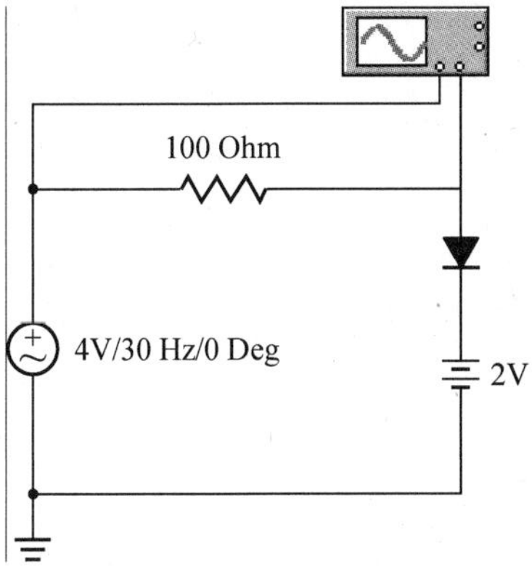

图 1.12　例 1.3 仿真电路图

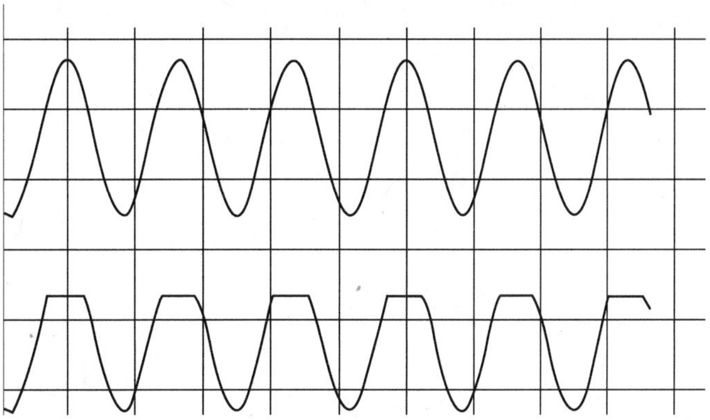

图 1.13　例 1.3 仿真波形

例 1.4　对例 1.2 中二极管的钳位作用进行仿真分析。

解：对于如图 1.11 所示的电路，在 EWB 中创建仿真电路如图 1.14 所示。打开仿真开关，可以看到电压表读数为 5.217V，此处读数是 6V 减去了二极管的导通电压所得。可见输出端电位被钳制在 5.217V。

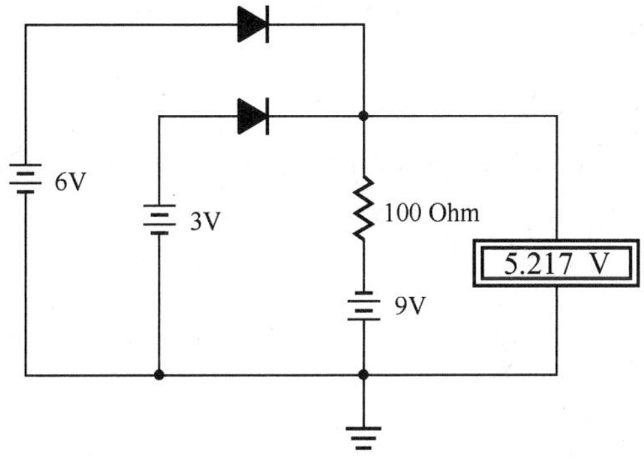

图 1.14　例 1.4 仿真电路图

1.2.5　特殊二极管

除前面介绍的普通二极管外，还有一些特殊二极管，如稳压二极管、发光二极管、光电二极管等，以下主要介绍稳压二极管和发光二极管。

1．稳压二极管

稳压二极管简称稳压管，其结构与普通二极管类似，是一种用特殊工艺制造的面接触型硅半导体二极管，其符号如图 1.15(a)所示。其特殊之处在于，它是工作在反向击穿状态下的，在一定的电流范围内，其端电压几乎不变，表现出稳压特性，被广泛地应用于稳压电源和限幅电路中。

1)　稳压二极管的伏安特性

稳压二极管的伏安特性曲线与普通二极管类似，如图 1.15 (b)所示，其主要区别在于反向特性曲线。当反向电压增加到某一定值时，反向电流剧增，稳压二极管反向击穿。此时，电流的变化量 Δi 很大，但电压的变化量 Δu 很小，表现出很好的稳压特性。在使用时，必须采用一定的限流措施，避免 PN 结出现热击穿损坏。

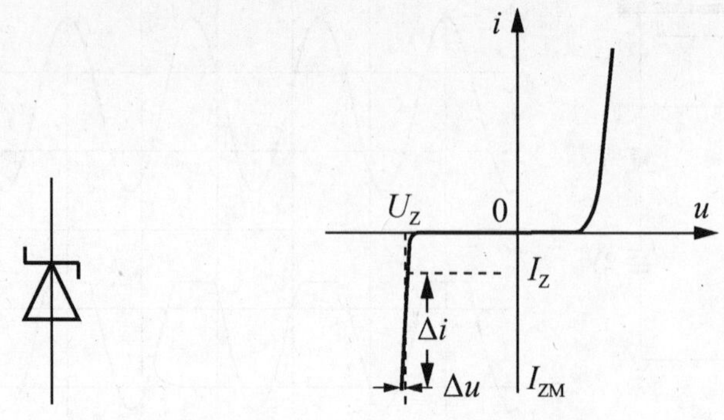

(a) 符号　　(b)伏安特性

图 1.15　稳压二极管的符号及伏安特性

2)　稳压二极管的主要参数

(1)　稳定电压 U_Z。

稳定电压就是稳压二极管在规定电流下的反向击穿电压。由于半导体器件参数的分散性，同一型号的稳压管的稳压值有一定的差别。例如 2CW19 的稳压值为 11.5～14V。但就某一只管子而言，其稳压值为固定值。

(2)　稳定电流 I_Z。

稳定电流是稳压管工作在稳压状态时的参考电流。稳压管要起到稳压作用，则电流必须大于此值，但稳压管的功率不能超过其额定功率。

(3)　最大稳定电流 I_{ZM}。

最大稳定电流是稳压管允许通过的最大反向电流。稳压管工作时，电流必须小于此值，否则会造成热击穿损坏。

(4)　动态电阻 r_Z。

动态电阻是稳压管工作在稳压状态时，其端电压的变化量与流过其电流的变化量的比值，即 $\Delta u/\Delta i$。反向特性曲线越陡，则 r_Z 越小，即电流变化时电压的变化越小，说明稳压特性越好。不同型号的稳压管的 r_Z 也不同。对于同一只稳压管，工作电流越大，r_Z 越小。

(5)　最大允许耗散功率 P_{ZM}。

最大允许耗散功率等于稳定电压 U_Z 与最大稳定电流 I_{ZM} 的乘积，是稳压管不致发生热击穿损坏的最大功率损耗。

2．发光二极管

发光二极管(Lgiht Emiting Diode，LED)通常是用砷化镓、磷化镓制成，外形可以制成各种形状，如长方形，圆形等，如图 1.16 所示。

发光二极管是一种固态 PN 结，也具有单向导电性，只有正向电流足够大时才发光。它是直接把电能转换为光能的器件，没有热交换的过程，因此功耗很小。发光二极管因其驱动电压低、功耗小、寿命长、可靠性高等优点广泛用于显示电路、背景照明、景观照明等行业中。

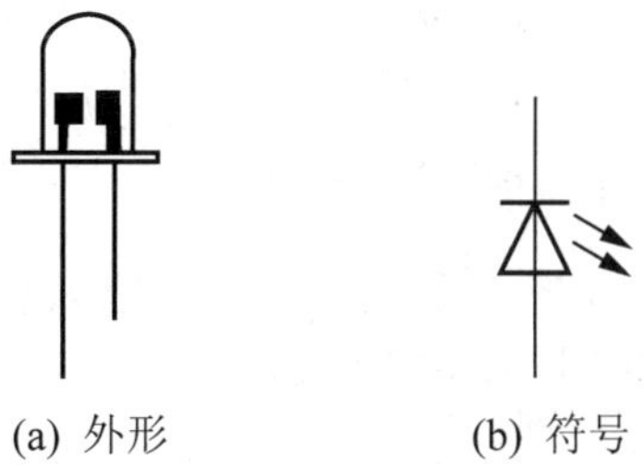

图 1.16　发光二极管

1.3　整流电路

整流电路的任务是利用具有单向导电性能的整流元件(如二极管等)，将正负交替变化的正弦交流电压变换成单方向的脉动直流电压。常见的集中整流电路有单相半波、全桥、桥式和倍压等。本节主要以单相半波整流和单相桥式整流电路为例，分析整流电路的工作原理。为了简化分析过程，一般均假定负载为纯阻性；整流二极管为理想二极管，即正向导通时，正向电阻为零，反向截止时，反向电流为零；变压器为理想变压器。

1.3.1　整流电路的工作原理

1. 单相半波整流电路的工作原理

单相半波整流电路是最简单的一种整流电路，如图 1.17 所示，电路由整流变压器 Tr、整流元件 VD(二极管)及负载电阻 R_L 组成。设变压器副边有效值为 U_2，则其瞬时值为

$$u_2 = \sqrt{2}U_2 \sin \omega t \tag{1-1}$$

对应的波形如图 1.18 所示。

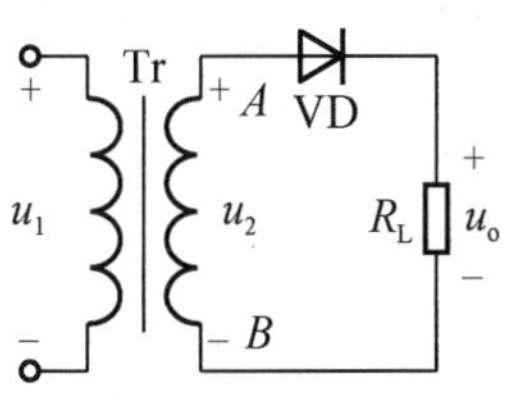

图 1.17　单相半波整流电路

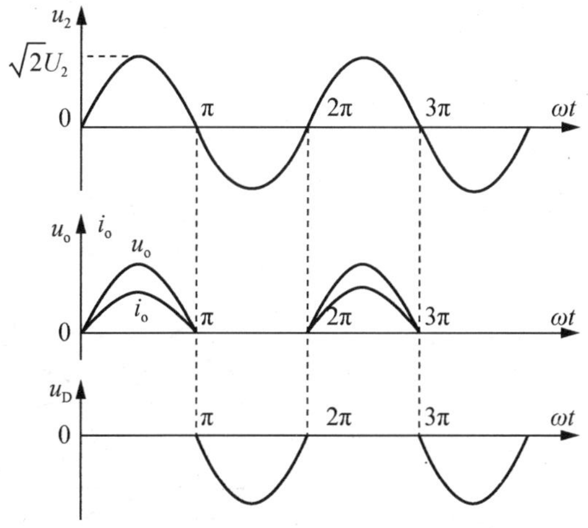

图 1.18　单相半波整流电路稳态波形

当 u_2 为正半周时，A 点电压为正，B 点电压为负，二极管阳极电压高于阴极电压，处于导通状态。此时电流从 A 点流出，经过二极管 VD 和负载电阻 R_L 流入 B 点。R_L 上的电

压 $u_o=u_2$。当 u_2 为负半周时，B 点电压为正，A 点电压为负，二极管阴极电压高于阳极电压，处于截止状态，$u_o=0$。因此负载上的电压和电流都是单方向的半波脉动波形。

2. 单相桥式整流电路的工作原理

单相半波整流电路简单易行，使用元件少。但是它只利用了交流电压的半个周期，所以输出电压低，脉动大，且变压器存在单向磁化等问题，因此只适用于整流电流较小、对脉动要求不高的场合。为了克服这些缺点，在实用电路中多采用单相桥式整流电路。

图 1.19 给出了单相桥式整流电路的常用画法及简化画法。下面以第一种画法为例介绍其工作原理。设变压器副边电压 $u_2=\sqrt{2}U_2\sin\omega t$。当 u_2 为正半周时，A 点电压为正，B 点电压为负，二极管 VD_1、VD_3 导通，VD_2、VD_4 承受反压截止。电流由 A 点流出，经 VD_1、R_L、VD_3 流入 B 点，如图 1.19(a)中实线箭头所示，此时负载电压 $u_o=u_2$，VD_2、VD_4 承受的反压为$-u_2$。当 u_2 为负半周时，B 点电压为正，A 点电压为负，二极管 VD_2、VD_4 导通，VD_1、VD_3 承受反压截止。电流由 B 点流出，经 VD_2、R_L、VD_4 流入 A 点，如图 1.19(a)中虚线箭头所示，此时负载电压 $u_o=-u_2$，VD_2、VD_4 承受的反压为 u_2。

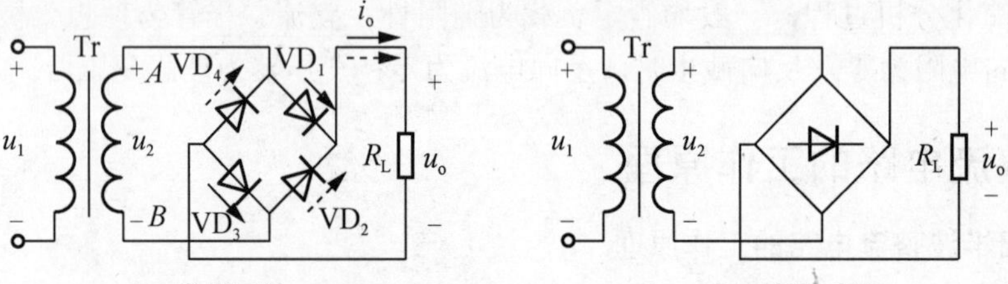

(a) 常用画法　　　　(b) 简化画法

图 1.19　单相全波整流电路

这样，由于 VD_1、VD_3 和 VD_2、VD_4 两对管子交替导通，输出电压和电流形成了单方向的全波脉动电流，如图 1.20 所示。其中

$$u_o=\left|\sqrt{2}U_2\sin\omega t\right| \tag{1-2}$$

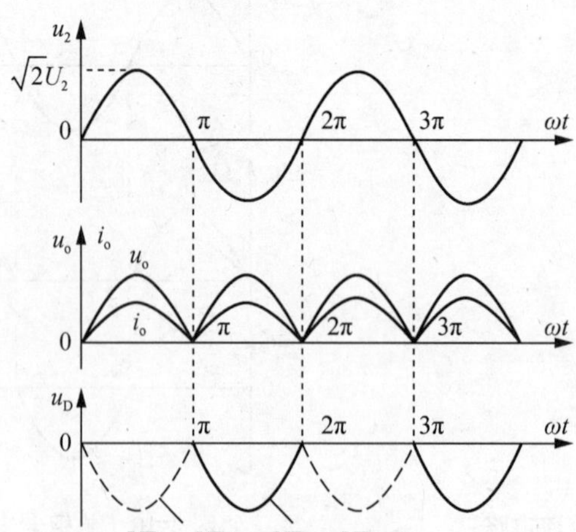

图 1.20　单相全波整流电路稳态波形

1.3.2　整流电路的参数计算

1．输出平均电压 $U_{o(av)}$

输出平均电压即负载电阻上的电压在一个周期内的平均值。单相半波整流由图 1.18 所示波形可以看出，ωt 在 0～π 区间内，$u_2 = \sqrt{2}U_2 \sin\omega t$；$\omega t$ 在 π～2π 区间内，u_2=0，所以 u_o 的平均值 $U_{o(AV)}$的表达式为

$$U_{o(AV)} = \int_0^{\pi} \sqrt{2}U_2 \sin\omega t d(\omega t) = \frac{\sqrt{2}U_2}{\pi} = 0.45U_2 \tag{1-3}$$

由图 1.18 与图 1.20 比较可知，单相桥式整流电路的输出平均电压比单相半波整流电路增加了一倍，所以单相桥式整流电路的 $U_{o(AV)}$为 $0.9U_2$。

2．输出平均电流 $I_{o(av)}$

输出平均电流即负载电阻上的电流在一个周期内的平均值。单相半波整流的 $I_{o(av)}$为

$$I_{o(AV)} = \frac{U_{o(AV)}}{R_L} = \frac{0.45U_2}{R_L} \tag{1-4}$$

单相桥式整流电路的 $I_{o(av)}$为 $0.9U_2/R_L$。

3．二极管平均电流 $I_{D(av)}$

在单相半波整流电路中，二极管的正向平均电流等于负载电流平均值，即

$$I_{D(AV)} = I_{o(AV)} = \frac{U_{o(AV)}}{R_L} = \frac{0.45U_2}{R_L} \tag{1-5}$$

而在单相桥式整流电流中，由于 VD_1、VD_3 和 VD_2、VD_4 两对管子交替导通，所以每个管子都只承受负载电流的一半，即 $I_{D(AV)} = I_{o(AV)}/2$。

4．二极管承受的最大反向电压 U_{DRM}

无论是单相半波整流还是单相桥式整流，二极管承受的最大反向电压都等于变压器副边的峰值电压，即

$$U_{DRM} = \sqrt{2}U_2 \tag{1-6}$$

一般情况下，允许电网电压有 ±10% 的波动，因此在选用二极管时，最大整流平均电流 I_{FM} 和最大反向工作电压 U_{RM} 均应至少留有 10%的余地，以保证二极管安全工作，即需满足

$$I_F > 1.1 I_{o(AV)} = 1.1\frac{\sqrt{2}U_2}{\pi R_L} \tag{1-7}$$

$$U_R > 1.1\sqrt{2}U_2 \tag{1-8}$$

例 1.5　在图 1.17 所示的整流电路中，已知变压器副边电压有效值 U_2=20V，负载电阻 R_L=100Ω，试求：

(1) 输出电压和负载电流平均值为多少？

(2) 电网电压波动范围为 ±10%，二极管承受的最大反向电压和最大电流平均值为多少？

解：(1) 输出电压平均值为

$$U_{o(AV)} = 0.45U_2 = 0.45 \times 20V=9V$$

负载电流平均值为

$$I_{o(AV)} = \frac{U_{o(AV)}}{R_L} = \frac{9}{100} A = 0.09A$$

(2) 二极管承受的最大反向电压为

$$U_{RM} = 1.1\sqrt{2}U_2 = 31.1V$$

二极管流过的最大平均电流为

$$I_{FM} = 1.1I_{o(AV)} = 1.1 \times 0.09A = 0.099A$$

1.3.3 整流电路的仿真分析

用 EWB 软件可以对整流电路进行仿真。用 EWB 对单相半波整流电路进行仿真时，其仿真电路及输入输出波形分别如图 1.21 和图 1.22 所示。

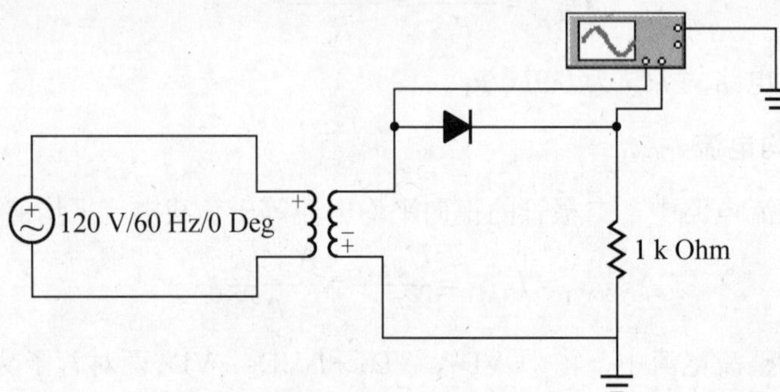

图 1.21 单相半波整流电路仿真图

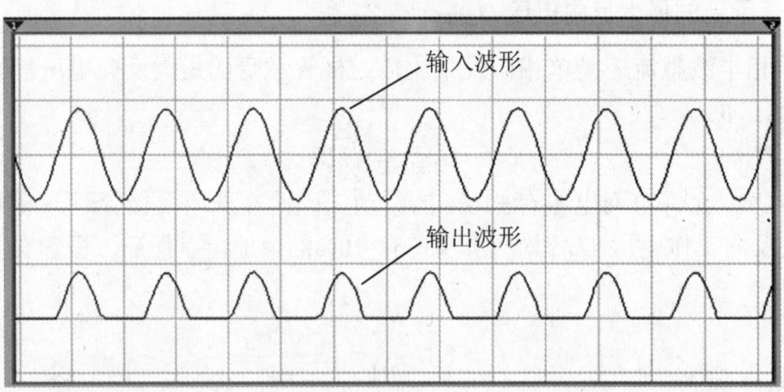

图 1.22 单相半波整流电路输入输出波形图

单相桥式整流电路也同样可以用 EWB 仿真，其仿真电路及输入输出波形分别如图 1.23 和图 1.24 所示。

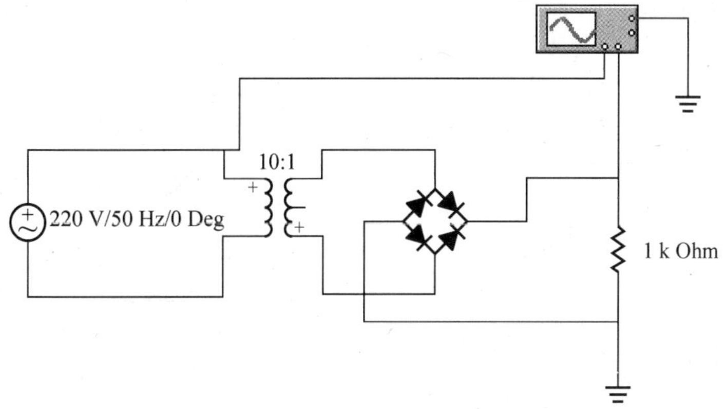

图 1.23　单相桥式整流电路仿真图

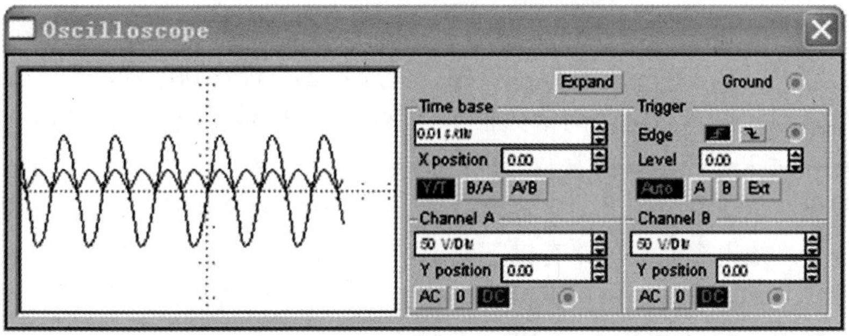

图 1.24　单相桥式整流电路输入输出波形图

1.4　滤 波 电 路

经过整流电路后，正负交替变化的正弦交流电压变换成单向的直流电压，但是脉动很大，含有直流和交流分量，不能满足大多数电子设备的需要。因此在整流电路之后，需要利用滤波电路，消除交流分量，使之接近于理想的直流电压。本节将介绍如何采用储能元件，如电容、电感等，构成滤波电路。

1.4.1　电容滤波电路

电容滤波电路如图 1.25 所示，只需要在整流电路的输出端，即负载电阻两端并联一个电容，即构成了电容滤波电路。所需电容的容量较大，因此一般采用电解电容。电解电容具有极性，在接线时要注意不能接反，否则电容的容量将降低，甚至爆裂损坏。

当变压器副边电压 u_2 处于正半周，并且幅值大于电容上的电压 u_C 时，二极管 VD 导通，u_2 一边为负载提供能量，一边给电容 C 充电。假设变压器和二极管均为理想器件，则电容电压 u_C 和 u_2 相等，如图 1.26(b)中 ab 段所示。当 u_2 增大到最大值后开始下降，电容开始通过负载放电，u_2 按正弦规律下降，而 u_C 按指数规律下降，因此当 u_2 下降到一定数值后，u_C 下降的速度小于 u_2 下降的速度，图 1.26(b)中曲线 c 点之后，u_C 大于 u_2，使二极管 VD 反偏截止。之后，电容继续通过负载电阻放电，u_C 继续按指数规律缓慢下降，如

图 1.26(b)中的 cd 段所示。

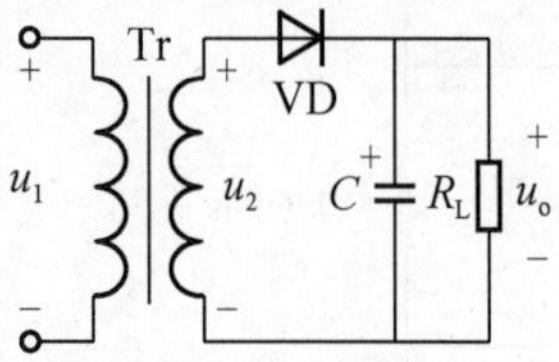

图 1.25　电容滤波电路

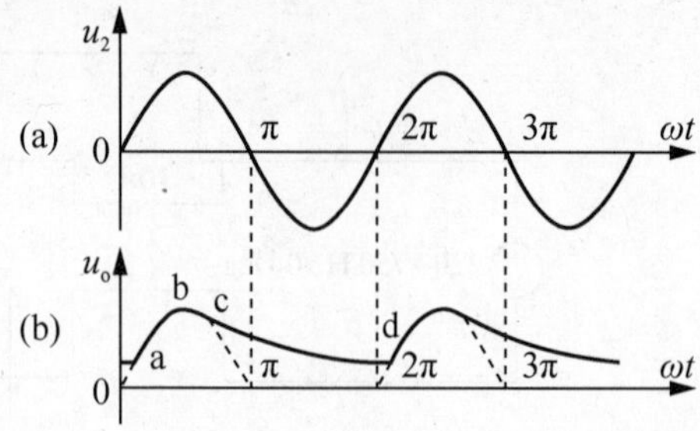

图 1.26　单相半波整流电路电容滤波稳态波形

u_C 下降过程中，当 $\omega t=2\pi$ 时，虽然 u_2 为正，但幅值仍小于 u_C，二极管仍然截止，直到 u_2 大于 u_C 后，二极管重新导通，电容由放电状态重新变为充电状态，u_C 随 u_2 的上升而上升。之后重复上述过程。

从以上的分析可知，电容充电时的回路为变压器、二极管到电容，由于变压器和二极管的内阻很小，因此电容充电时间常数很小。而电容通过负载电阻 R_L 放电，放电时间常数为 R_LC，通常远大于充电时间常数。因此放电时间常数决定了滤波后输出电压的平滑程度，即滤波效果。负载电阻越大，电容容值越大，则放电时间越长，滤波效果越好。

由以上分析可知电容滤波电路有以下特点。

(1)　经过滤波之后，输出电压不仅变得平滑，而且平均值也得到了提高。并且 R_LC 越大，电容放电越慢，输出电压中的交流成分越小，输出电压平均值越高。为了得到平滑的输出电压，一般取

$$\tau = R_L C \geqslant (3\sim5)\frac{T}{2} \tag{1-9}$$

其中，T 为变压器副边电压的周期。

(2)　二极管的导通角 $\theta<\pi$，流过二极管的瞬时电流增大。加入电容滤波后，二极管的导通角将减小，并且 R_LC 越大，滤波效果越好，导通角也越小。电容滤波后的输出平均电压增大，因此输出平均电流也随之增大，那么随着导通时间的减少，二极管导通时将流过一个很大的冲击电流为电容充电，同时给负载提供能量。因此在选用二极管时，需选择较大容量的整流二极管，通常所选整流二极管的最大整流平均电流 I_{FM} 应为负载电流的 2～3 倍。

(3)　输出特性容易受负载变动的影响，外特性不好。输出平均电压会随着负载电流的增大而减小，并趋近于无电容滤波时的输出电压平均值。输出平均电压 U_o 与负载电流 I_o 的变化关系曲线称为外特性曲线，如图 1.27 所示。

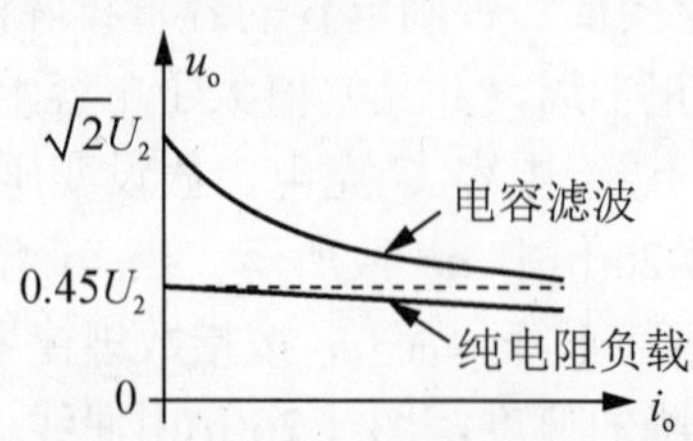

图 1.27　纯电阻负载和单相半波整流接电容滤波电路的输出特性曲线

当电容 C 一定，负载为空载，即 $R_L=\infty$ 时，有

$$U_o=\sqrt{2}U_2 \tag{1-10}$$

当电容 C=0，即无电容时，半波整流的输出平均电压为

$$U_o=0.45U_2 \tag{1-11}$$

若整流电路采用的是桥式整流，则 $U_o=0.9U_2$。

当电容满足式(1-9)，且为正常负载时，半波整流的输出平均电压 U_o 和 U_2 的关系为

$$U_o=U_2 \tag{1-12}$$

若整流电路采用的是桥式整流，则 $U_o=1.2U_2$。

(4) 对半波整流电路而言，二极管承受的最大反向电压增大。当变压器副边电压为负半周时，二极管承受的反向电压为 u_2+u_C。因此与未接滤波电路的半波整流电路相比，二极管所承受的最大反向电压将增大 u_C，尤其是在空载时，u_C 也将达到 $\sqrt{2}U_2$，此时二极管承受的最大反向电压为 $2\sqrt{2}U_2$。不过对于桥式整流电路而言，接入滤波电容电路与未接一样，二极管所承受的最大反向电压仍然为 $\sqrt{2}U_2$。

电容滤波电路简单，其输出平均电压较高，脉动也较小，但是它的输出特性较差，适用于负载电压较高、负载电流变化不大的场合。

1.4.2　电感滤波电路

如图 1.28 所示，在桥式整流电路和负载之间串入一个电感器，就构成了电感滤波电路。电感滤波电路主要利用电感的储能作用来减小输出电压的纹波。当流过电感的电流增大时，电感的自感应电动势的方向与电流方向相反，会阻碍电流的增加，同时将一部分能量存储于电感中；当流过电感的电流减小时，电感的自感应电动势的方向与电流方向相同，会阻碍电流的减小，同时释放出存储的能量，补偿电流的减小，因而使输出电流和电压的脉动大为减小。

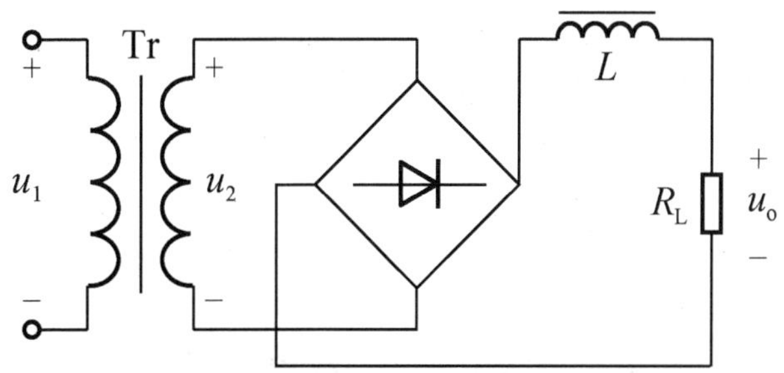

图 1.28　电感滤波电路

电感滤波的特点是，电感 L 的反向电动势使二极管的导通角增大，因此二极管峰值电流很小，且输出特性比较平坦。其缺点是体积较大，重量较重，容易引起电磁干扰，一般只适用于低压大电流场合。

当单独使用电容或电感滤波不能满足要求时，可将电容滤波和电感滤波结合起来组成 LC 滤波电路，如图 1.29 所示，进一步减小输出电压的纹波。

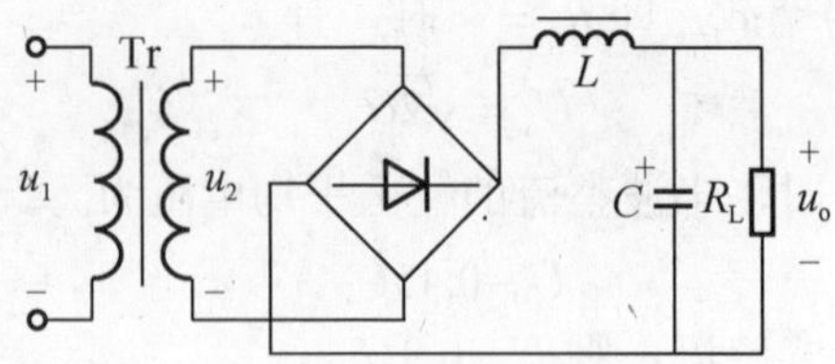

图 1.29　LC 滤波电路

1.4.3　滤波电路的仿真分析

用 EWB 软件可对单相桥式整流滤波电路进行仿真，其仿真电路及输入输出波形分别如图 1.30 和图 1.31 所示。

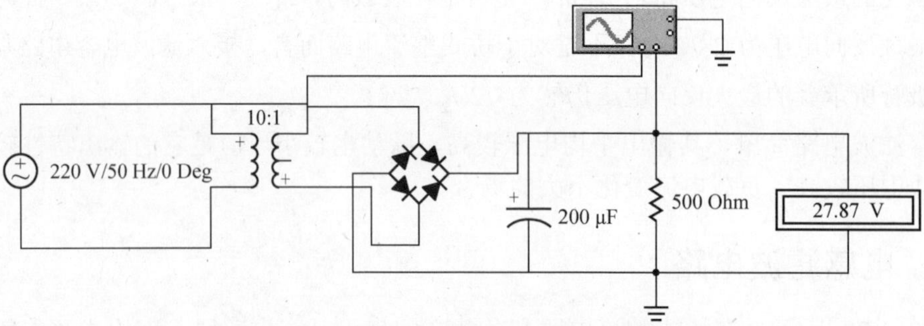

图 1.30　单相桥式整流滤波电路仿真图

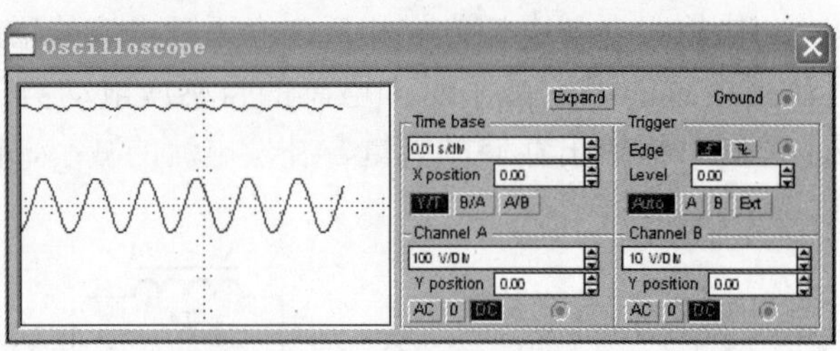

图 1.31　单相桥式整流滤波电路输入输出波形图

由图 1.30 可知，输出电压约为变压器二次电压的 1.2 倍。而由图 1.31 可知，整流滤波后的信号脉动程度很小。

1.5　硅稳压管稳压电路及仿真分析

经过变压、整流和滤波后的输出电压，虽然脉动的交流成分很小，但是它仍随交流电网电压的波动和负载电流大小而变化。当它直接供给放大电路、精密测量仪器、计算机的电源时，均会带来很大的误差，甚至不能正常工作，因此有必要进行稳压。

1.5.1　硅稳压管稳压电路

硅稳压管稳压电路是最简单的稳压电路。它主要是利用稳压管反向可逆击穿的稳压特性进行稳压。

如图 1.32 所示为硅稳压管稳压电路，其是由限流电阻 R 和稳压管 D_Z 组成的简单并联稳压电路。在电路中稳压管处于反向工作状态，否则就会因稳压管正向导通而造成短路，使输出电压 U_o 趋于零。

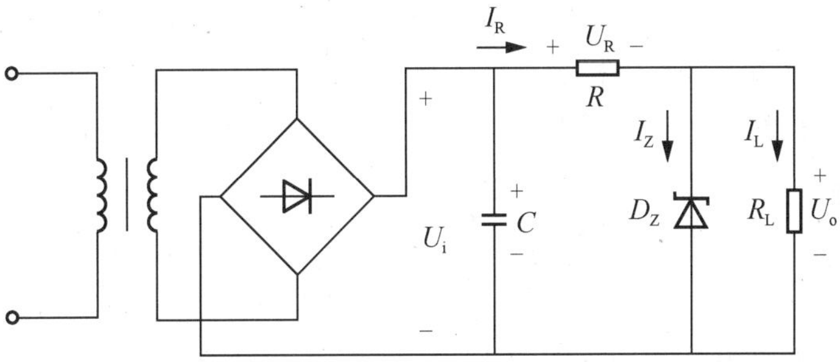

图 1.32　硅稳压管稳压电路

稳压电路的稳压原理如下。

当负载电阻不变时，若交流电网电压增加，则输入电压 U_i 的增加必然引起输出电压 U_o 的增加，即稳压管两端的电压 U_Z 增加。而 U_Z 稍有增加均会导致稳压管的电流 I_Z 显著增加，使 I_R 增大，U_R 增加，致使输出电压 U_o 减小。当电网电压减小时，稳压调节过程正好相反。

当电网电压不变而负载电阻 R_L 减小时，负载电流 I_L 增加，必然引起 I_R 增大，从而使 U_R 增加，使 U_o=U_Z 减小。因 U_Z 减小，而 I_Z 将减小很多。I_Z 的减小必然使 I_R 减小，使 U_R 减小，致使输出电压 U_o 增大。同样，当负载电阻增加时，稳压调节过程也相反。

1.5.2　硅稳压管稳压电路的仿真

用 EWB 软件可对硅稳压管稳压电路进行仿真，其仿真图及仿真结果如图 1.33 所示。

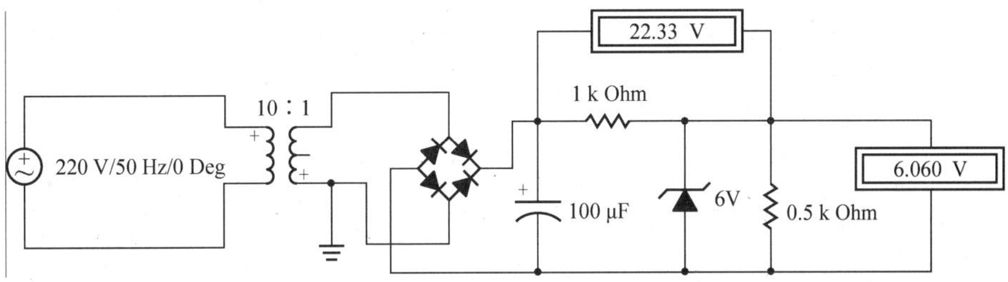

图 1.33　硅稳压管稳压电路仿真图及仿真结果

1.6　工作实训营

1.6.1　训练实例 1

1. 训练内容

半导体二极管的识别与检测及基本应用电路的测试。

2．训练目的

(1) 掌握二极管的基本应用电路。

(2) 学习二极管的识别与检测方法。

3．训练要点

(1) 学会使用万用表判断二极管的好坏与极性。

(2) 注意二极管基本应用电路中波形的变化。

4．实训过程

1) 实训准备

(1) 万用表，1 只。

(2) 双输出稳压电源，1 台。

(3) 双踪示波器，1 台。

(4) 晶体管特性图示仪，1 台。

2) 实训内容与步骤

(1) 用万用表检测二极管的好坏。

检测二极管的好坏就是检测它的单向导电性。将万用表的红表笔接二极管的阳极，黑表笔接二极管的阴极，并将挡位置于电阻挡，选择 $R\times100$ 或 $R\times1000$ 挡，此时测出的是二极管的正向电阻，阻值较小，一般在几百欧至几千欧；再将万用表的红表笔接阴极，黑表笔接阳极，测得的电阻为反向电阻，阻值很大，一般在几百千欧以上。正常时，正反向电阻应相差越大越好。若两次测得的电阻都很大，说明二极管内部断路；若两次测得的电阻都很小，说明二极管内部短路；若两次测得的电阻相差不大，说明管子性能很差。出现这三种情况的二极管都不能使用。

(2) 用万用表判断二极管的极性。

测二极管时，如果测得两极间电阻较小，则万用表黑表笔接的是阴极。

对于小功率二极管，常在二极管的一端用色环标示出阴极，塑料封装用白色环，玻璃封装用黑色或其他色标示。

(3) 用万用表测量二极管的导通压降。

将万用表的红表笔接二极管的阳极，黑表笔接二极管的阴极，并将挡位置于直流电压挡，测得的电压值即为二极管的导通压降。若电压值为 0.5～0.7V，则为硅管；若为 0.1～0.3V，则为锗管。

(4) 用图示仪测量二极管的正向特性。

用 JT-1 型晶体管特性图示仪可以方便地测出二极管的正向特性曲线。

(5) 半导体二极管基本应用电路的测试。

普通二极管可用于整流、检波、开关、限幅等应用场合。

① 按图 1.34(a)所示的半波整流电路接线，在输入端加频率为 1kHz、幅值为 3V 的正弦信号 u_i，用双踪示波器观察 u_i 和 u_o 的波形，并画出它们的对应关系。

② 按图 1.34(b)所示的限幅电路接线，将 U_R 设在 5V，并在输入端加频率为 1kHz、幅值为 8V 的正弦信号 u_i，用双踪示波器观察 u_i 和 u_o 的波形，画出它们的对应关系并记录

数值。

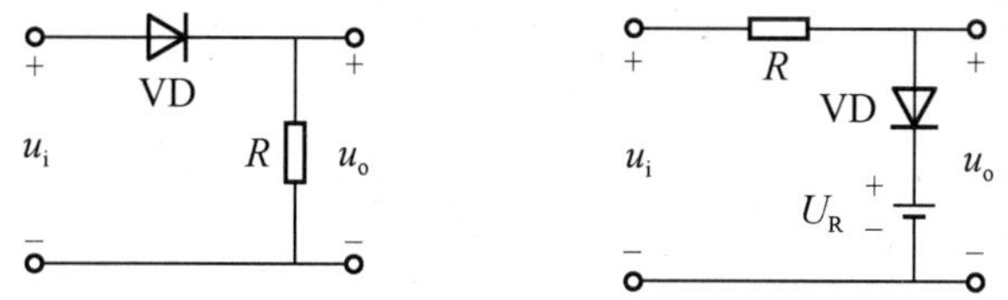

(a) 半波整流电路　　(b) 限幅电路

图 1.34　二极管基本应用电路测试

3)　技术要点

二极管在使用时，需注意以下几点。

(1)　管子应按极性接入电路中。注意稳压二极管工作在反向工作区，阴极接电源正极，阳极接电源负极。

(2)　工作电压和电流切勿超过二极管规定的极限参数，避免烧坏管子。

(3)　焊接时使用 25～75W 的电烙铁焊接，焊接时间小于 3～5 秒，并保证焊接部分与管壳间散热良好。

(4)　管子应安装牢固，避免靠近电路中的发热元件。

(5)　管子引出线的弯曲处离管壳的距离不得小于 5mm。

1.6.2　训练实例 2

1．训练内容

整流与滤波电路的连接与测试。

2．训练目的

(1)　熟悉单相整流、滤波电路的测试方法。

(2)　加深理解整流、滤波电路的作用和特性。

3．训练要点

(1)　变压器二次侧有效值为 17V 的交流电压，可直接从电工电子实验台的可调交流输出端获得。

(2)　通电时，一定要有实训教师在现场指导，应特别注意安全。

4．实训过程

1)　实训准备

(1)　二极管(IN4007)，4 只。

(2)　电容 470μF/35V，1 只。

(3)　电阻 510Ω/1W，1 只。

(4)　电位器 RP4.7kΩ/1W，1 只。

(5)　示波器，1 台。

(6)　万用表，1 只。

2) 实训内容与步骤

(1) 按图 1.19(a)所示连接电路，检查无误后进行通电测试，将万用表测出的电压值记录于表 1.1 中，并绘制示波器中观察到的波形图。

表 1.1 桥式整流电路测量数据记录表

变压器输出电压 u_2/V	整流输出电压 u_o/V	
	估 算 值	测 量 值

(2) 按图 1.29 所示电路连接整流滤波电路，检查无误后，通电测试。测量滤波输出电压 u_o 和变压器二次电压 u_2，记录于表 1.2 中，并绘制观察到的波形图。

表 1.2 桥式整流滤波电路测量数据记录表

变压器二次电压 u_2/V	整流输出电压 u_o/V	
	测 量 值	估 算 值

1.6.3 工作实践常见问题解析

【问题 1】半导体二极管有哪些分类？

【答】二极管的类型根据结构不同可分为点接触型和面接触型；根据制造材料的不同可分为硅二极管、锗二极管、砷化镓二极管；根据用途的不同可分为普通二极管、特殊二极管、敏感二极管、发光二极管等；根据封装形式的不同可分为塑料封装、金属封装和玻璃封装等。具体分类和用途详见表 1.3。

表 1.3 二极管的分类及外形

	普通二极管	发光二极管	稳压二极管	特殊二极管	大功率二极管
外形	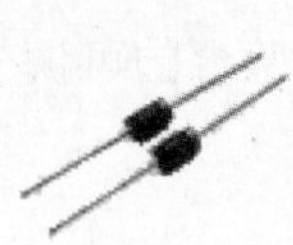	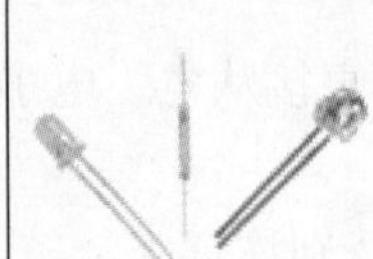	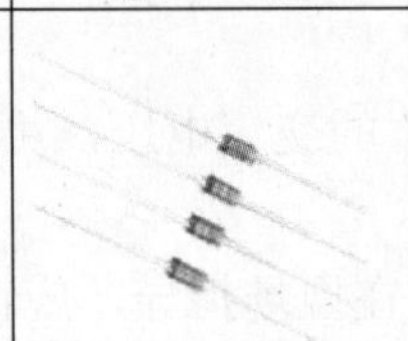	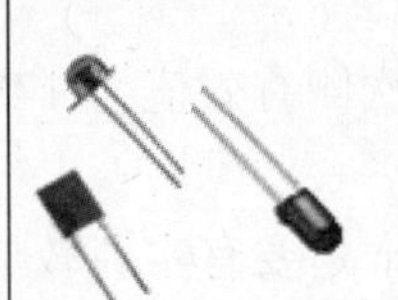	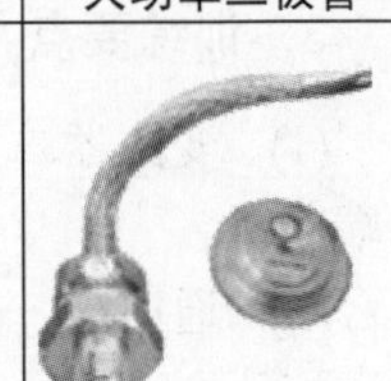
符号		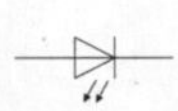	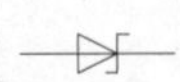		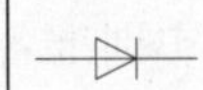
用途	整流、检波等	显示、照明灯	稳压	各种用途	大功率整流
类型	整流二极管 检波二极管 开关二极管	各种颜色	各种稳压值及封装	各种敏感二极管、 变容二极管等	螺栓型 平面型

【问题 2】半导体二极管的主要参数有哪些？

【答】普通二极管的主要性能参数有最大整流电流 I_{FM}、最大反向电压 U_{RM}、反向电流 I_R 和工作频率等。

稳压二极管的主要参数有稳定电压 U_Z、稳定电流 I_Z、最大稳定电流 I_{ZM}、动态电阻 r_Z 和最大允许耗散功率 P_{ZM} 等。

1.7　习　　题

1. PN 结加正向电压时，空间电荷区将________。

2. 二极管硅管的死区电压约为________，锗管的死区电压约为________。

3. 稳压管稳压时工作在________状态。

4. 整流电路是一种________的变换电路。

5. 设单相半波整流电路输入电压为 U，则其输出电压平均值为________，加入电容滤波后，正常负载时的输出电压平均值为________。

6. 在如图 1.35 所示的电路中，二极管是导通还是截止？并求 *AO* 两端电压。

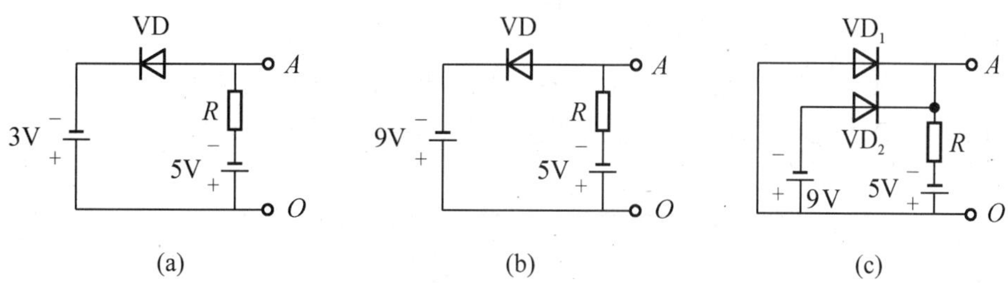

图 1.35　题 6 电路图

7. 在如图 1.36 所示的电路中，设 U_s=6V，$u_i=10\sin\omega t$V，忽略二极管正向导通压降，试分别画出输出电压 u_o 的波形。

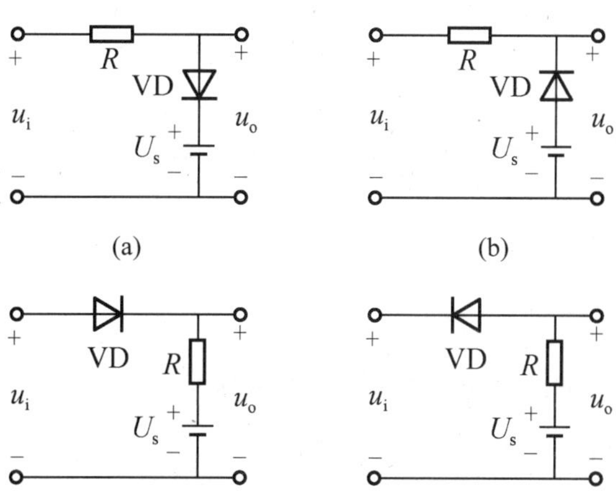

图 1.36　题 7 电路图

8. 有两个稳压管 D_{Z1} 和 D_{Z2}，其稳定电压分别为 4.5V 和 8.5V，正向压降都是 0.5V。如果要得到 0.5V、4V、5V、9V 和 13V 几种稳定电压，那么这两个稳压二极管(还有限流电阻)应该如何连接？试分别画出各个电路。

9. 在如图 1.37 所示的电路中，设 $u_i=10\sin\omega t$V，稳压管的稳定电压为 8V，R 为限流电阻，试近似画出 u_o 的波形。

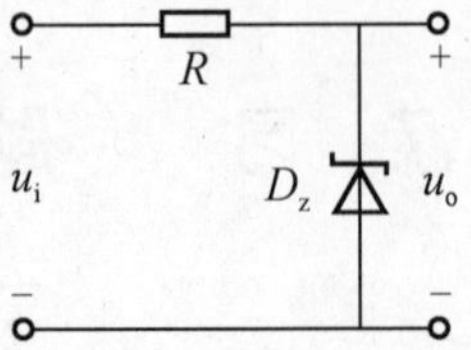

图 1.37　题 9 电路图

10. 在图 1.19(a)所示的单相桥式电路中，如果① VD_3 接反；② VD_3 断开；③ VD_3 被击穿短路，试分别说明后果如何？

11. 在图 1.17 所示的单相半波整流电路中，二极管为理想元件，变压器副边电压有效值为 U_2=10V，负载电阻 R_L=2KΩ。

求：(1) 输出电压和负载电流的平均值。

(2) 二极管的最大反向电压 U_{DRM}。

12. 在如图 1.38 所示的电路中，二极管为理想元件，已知交流电压表的读数为 100V，负载电阻 R_L=1kΩ，求开关 S 断开和闭合时直流电压表和电流表的读数。

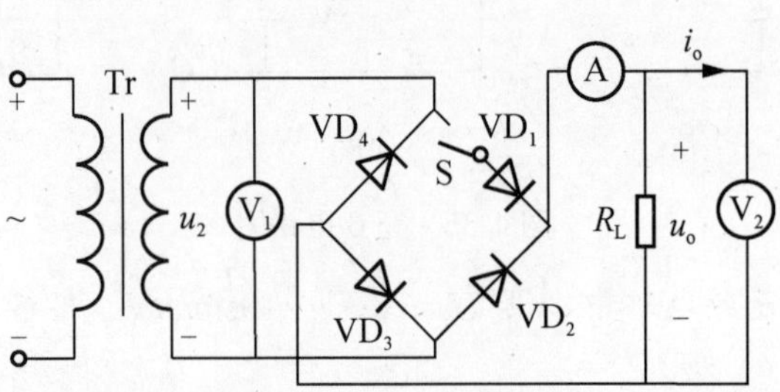

图 1.38　题 12 电路图

13. 在图 1.19(a)所示的单相桥式电路中，U_2=20V，现在用直流电压表测量 R_L 端电压 U_o 时出现下列几种情况，试分析哪些是合理的，哪些发生了故障，并指明原因。

(1) U_o=28V。

(2) U_o=18V。

(3) U_o=24V。

(4) U_o=9V。

14. 怎样用万用表判断二极管的正负极性与好坏？

第 2 章　晶体管及基本放大电路

【教学目标】

- 了解晶体管的基本特性、放大电路的基本概念、组成原则及主要特点。
- 掌握共射和共集组态放大电路的工作原理及有关特性。
- 掌握放大电路的静态工作点计算和基本分析方法。

【工程应用导航】

我们知道，人的嗓音是有限度的，距离远一点的人可能听不到，对着喇叭筒喊就能听到，这就是放大。本章主要介绍了晶体管的结构及基本特性，放大电路的组成及放大原理，放大电路的分析方法；阐述了各类功率放大电路的工作原理及性能估算等。

在电视、广播、音响中采用的是电子学中的放大，它是将声音通过话筒(传感器)转换成电信号，经放大电路放大成足够大的电信号后，驱动扬声器，使其发出比原来强得多的声音。当然这个过程要消耗电能，也就是说放大的本质是能量转换。通常把微弱的电信号转换成较强电信号的电路称为放大电路，简称放大器。应当指出，放大电路必须对电信号有功率放大作用，即放大电路的输出功率应比输入功率大。

由于放大电路放大的电信号一般是变化的交流信号，这些信号都可分解为若干频率正弦信号(谐波)的叠加，所以放大电路常以正弦波作为测试信号。

【引导问题】

(1) 你了解晶体管的结构及基本特性吗?

(2) 你知道放大电路的组成和放大原理吗?

(3) 你知道如何对放大电路进行性能指标分析吗?

2.1　晶　体　管

2.1.1　晶体管的结构和分类

双极型晶体管是一种具有两种载流子(自由电子和空穴)参与导电，并有三个电极的电流放大器件。双极型晶体管又称为晶体三极管，简称晶体管。它由两个背靠背的 PN 结构成。当两个 PN 结结合在一起的时候，由于两个 PN 结之间的相互影响，晶体管表现出不同于单个 PN 结单向导电性的电流放大作用，从而使 PN 结的应用发生了质的飞跃。

晶体管种类很多，按半导体材料分，有硅管和锗管；按频率分，有高频管和低频管；按功率大小分，有大、中、小功率管；按内部结构分，有 PNP 型管和 NPN 型管；按工艺分，有合金管和平面管。我国目前生产的晶体管硅基片多制成 NPN 型，锗基片多制成 PNP 型。

晶体三极管是在一块半导体上通过特定的工艺掺入不同杂质，制成两个紧挨着的 PN 结，并引出三个电极构成的，如图 2.1 所示。

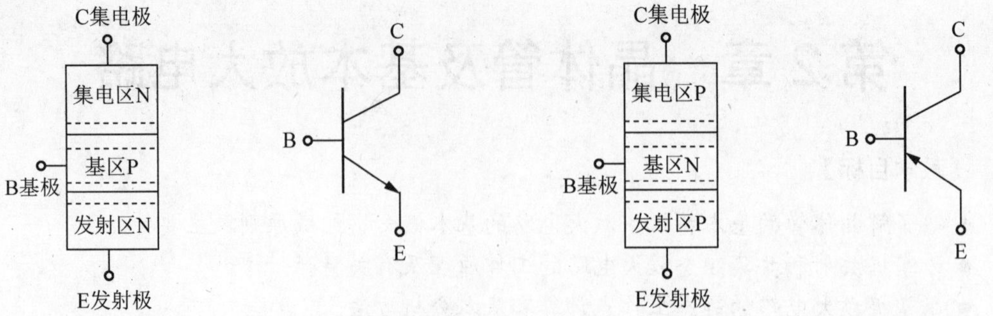

(a) NPN 管结构示意图　(b) NPN 管符号　(c) PNP 管结构示意图　(d) PNP 管符号

图 2.1　晶体三极管的结构示意图和符号

晶体三极管有三个区：发射区、基区、集电区。各区引出的电极依次是发射极 E、基极 B、集电极 C。发射区和基区形成的 PN 结称为发射结，集电区和基区形成的 PN 结称为集电结。

2.1.2　晶体管的电流分配和放大作用

尽管晶体三极管从结构上看相当于两个二极管背靠背地串联在一起，但是把两个二极管按上述关系简单连接时，将会发现并没有放大作用。晶体三极管之所以有放大作用是由其特殊的内部结构和外部条件共同决定的。

(1)　特殊的内部结构主要表现在以下三方面。

①　发射区是重掺杂区，所以多数载流子的浓度很大。

②　基区很薄，通常只有 1 微米至几十微米，而且掺杂浓度比较低。

③　集电区的面积最大。

(2)　外部条件：所加的直流电源必须保证发射结正偏，集电结反偏。为此，NPN 型管三个电极的电位高低必须满足 $V_C > V_B > V_E$ 的关系，PNP 管三个电极的电位高低必须满足 $V_E > V_B > V_C$ 的关系。

1. 晶体管的电流分配关系

为了了解晶体管各极电流的分配和放大作用，我们把晶体管接成如图 2.2 所示的电路。

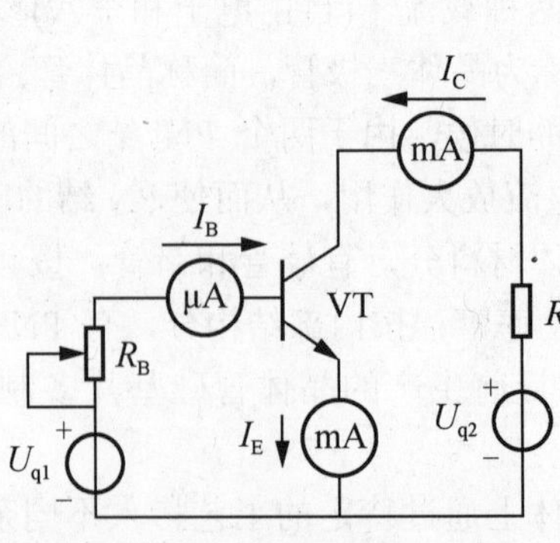

图 2.2　晶体管特性测试电路

改变可变电阻 R_B，则基极电流 I_B、集电极电流 I_C 和发射极电流 I_E 都发生变化。电流方向如图 2.2 所示，测量结果列于表 2.1 中。

表 2.1　晶体管电流测量数据

电流 \ 次数	1	2	3	4	5	6
I_B/mA	0	0.02	0.04	0.06	0.08	0.10
I_C/mA	0	0.70	1.40	2.10	2.80	3.50
I_E/mA	0	0.72	1.44	2.16	2.88	3.60

由此实验测量的数据可得出以下结论。

从表 2.1 中每组 I_B、I_C、I_E 数据可以看出，晶体管中的电流分配关系符合以下关系：

$$I_E = I_B + I_C \tag{2-1}$$

若把三极管看作一个广义的节点，那么上式是符合基尔霍夫电流定律的。

2. 晶体管的电流放大作用

表 2.1 中有 $I_C \approx I_E$，I_B 比 I_C、I_E 小得多。当 I_E 有微小变化时，I_C 有较大的变化。这种用基极电流的微小变化来使集电极电流作较大变化的控制作用就叫做晶体管的电流放大作用。将 I_C 与 I_B 的比值用 $\overline{\beta}$ 表示，称为静态电流放大系数，有

$$\overline{\beta} = \frac{I_C}{I_B} \tag{2-2}$$

表 2.1 中的 I_C 的变化量 ΔI_C 比 I_B 的变化量 ΔI_B 大，其比值用 β 表示，称为晶体管的动态电流放大系数，有

$$\beta = \frac{\Delta I_C}{\Delta I_B} \tag{2-3}$$

在上述电路中，当 I_B 从 0.04mA 变到 0.06mA 时，I_C 从 1.40mA 变到 2.10mA，则对于该管有

$$\overline{\beta} = \frac{I_C}{I_B} = \frac{2.10}{0.06} = 35$$

$$\beta = \frac{\Delta I_C}{\Delta I_B} = \frac{2.10 - 1.40}{0.06 - 0.04} = 35$$

从上面的计算可看出，$\overline{\beta} = \beta$，因此工程计算中不作严格区分，把它们统称为电流放大系数。

下面用载流子在晶体管内部的运动规律来解释上述结论，载流子的运动如图 2.3 所示。

1)　发射区向基区注入电子

由于发射结正偏使发射区的多子(电子)很容易越过发射结扩散到基区，从而形成发射极电流 I_E。与此同时，基区多子(空穴)向发射区扩散，但因为基区掺杂浓度低，所以发射极总电流 I_E 主要由发射区的电子引起。

2)　电子在基区的扩散和复合

发射区的电子注入基区后，首先在靠近发射结的边界处积累起来，这些电子的积累造

成基区电子浓度分布的不均匀。即在基区内靠近发射结边缘浓度很高，而靠近集电结边缘浓度很低，这就形成浓度差，因此大部分电子向集电区方向扩散。只有少数电子与基区中空穴复合掉，由于基极接电源正极，因此与二极管类似，由 U_{S1} 不断从基区拉走束缚电子产生新的空穴来补充。被电源拉走的电子形成基极电流 I_{BE}。

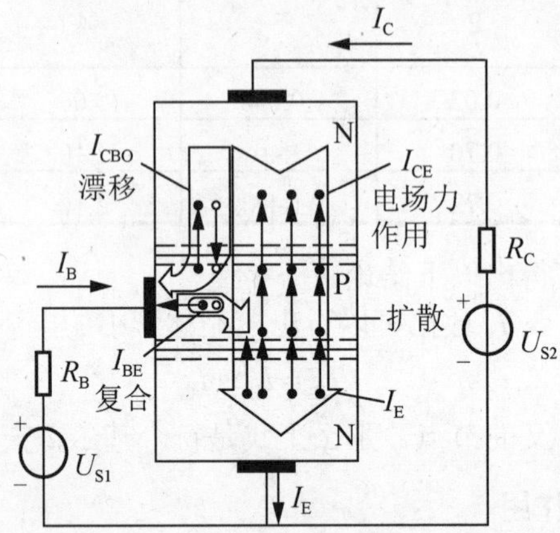

图 2.3 NPN 管内载流子运动示意图

3) 集电区收集电子的过程

由于集电结处于反向偏置，从发射区扩散到基区的多子(电子)在电场力的作用下大部分被拉向集电区而形成较大的集电极电流 I_{CE}。集电结电场力的作用使集电区无法向基区扩散电子，只有集电区和基区的少数载流子(空穴)的漂移，形成了反向饱和电流 I_{CBO}。图 2.3 中的电流关系为

$$\left.\begin{aligned} I_E &= I_{BE} + I_{CE} \\ I_C &= I_{CE} + I_{CBO} \\ I_B &= I_{BE} - I_{CBO} \end{aligned}\right\} \tag{2-4}$$

2.1.3 晶体管的伏安特性

晶体管的特性曲线是指各极间电压与各极电流间的关系曲线。工程上最常用的是晶体管的输入特性曲线和输出特性曲线。它们可用晶体管特性图示仪测得或通过实验的方法测得。下面以共发射极放大电路为例来介绍三极管的特性曲线。

1. 输入特性曲线

晶体管的共发射极输入特性曲线是指 u_{CE} 为某一定值时，输入电流 i_B 与发射结电压 u_{BE} 之间的函数关系曲线，其函数式为

$$i_B = f(u_{BE})\big|_{u_{CE}=\text{常数}} \tag{2-5}$$

当 u_{CE}=0V 时，晶体三极管的集电极和发射极间短路，发射结和集电结均为正向偏置，i_B 为两个 PN 结正向电流之和，输入特性曲线相当于两个 PN 结正向并联的特性，见图 2.4 中左侧的那条曲线。

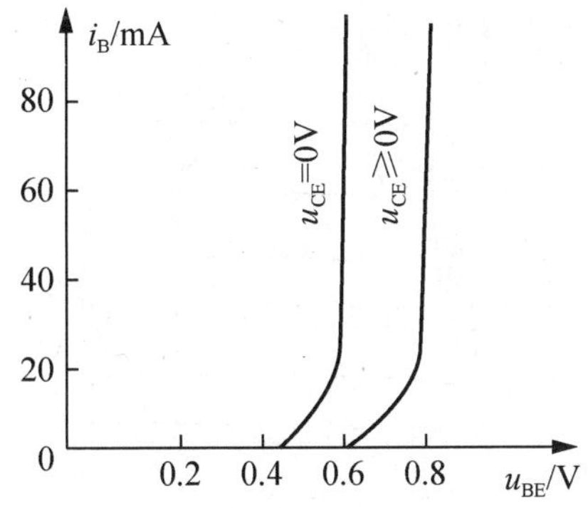

图 2.4　晶体管共发射极输入特性曲线

当 u_{CE}≥1V 时，随着 u_{CE} 的增大，特性曲线向右移，这表明在相同的 u_{BE} 作用下，随着 u_{CE} 的增加，i_B 减小了。原因是当 u_{CE} 增加时，集电结上反向电压增加，在集电结吸引载流子的能力得到加强的同时，集电结的空间电荷区也在加宽，因而减小了基区的有效宽度，使载流子在基区的复合机会减少，所以 i_B 减小。不过，u_{CE} 超过 1V 以后再增加时，只要 u_{BE} 保持不变，i_B 便不再明显下降，即 u_{CE}>1V 后的各条曲线与 u_{CE} =1V 时的曲线很靠近且几乎重合。对于小功率管，可以近似地用 u_{CE}=1V 的曲线代替 u_{CE}≥1V 的任何曲线。

2. 输出特性曲线

共发射极输出特性曲线是指基极电流 i_B 为一定值时，集电极电流 i_C 与管压降 u_{CE} 之间的函数关系曲线，其函数表达式为

$$i_C = f(u_{CE})\big|_{i_B=\text{常数}} \tag{2-6}$$

从图 2.5 所示的输出特性曲线可以看出，当 u_{CE} 从零逐渐增加时，集电极电流 i_C 也从零开始逐渐增加，到一定值后曲线几乎平行于横轴。不同的 i_B 对应不同的曲线，因而输出特性为一簇曲线。由图 2.5 还可以看到，三极管的工作状态可分为三个区域：截止区、放大区、饱和区。现分别讨论它们的特点。

1)　截止区

一般习惯上把 i_B=0 的那条曲线以下的区域称为截止区。这时，三极管发射结、集电结均为反向偏置，三极管呈截止状态。此时 $i_C≈I_{CEO}$，由于硅管 I_{CEO} 在 1 微安以下，锗管在几十微安以下，因而在近似分析中，可以认为晶体管截止时，$i_C≈I_{CEO}≈0$，即晶体管 C-E 极间相当于断路。

2)　放大区

发射结正向偏置、集电结反向偏置时的区域称为放大区。此时 i_C 的大小主要受 i_B 控制，几乎与 u_{CE} 无关，即具有恒流特性。输出电流变化量 Δi_C 是输入电流变化量 Δi_B 的 β 倍，即具有电流放大作用。

3)　饱和区

当 $u_{CE}<u_{BE}$ 时，发射结、集电结均处于正向偏置。此时 i_C 不仅与 i_B 有关，而且还明显随 u_{CE} 的增大而增大，即 i_C 已不再主要受 i_B 控制了。

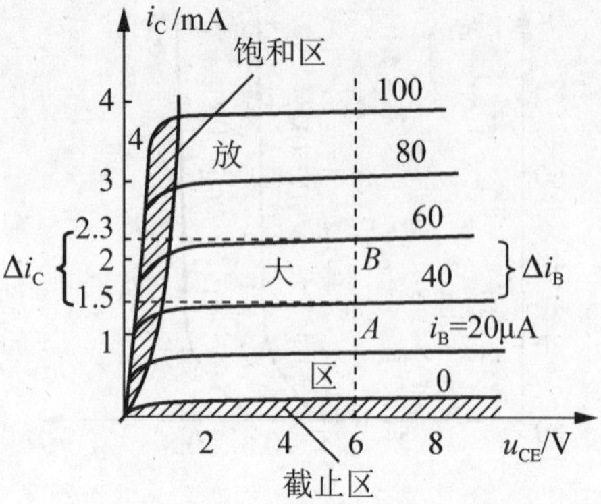

图 2.5　共发射极输出特性曲线

在饱和区，$u_{CE}=U_{CES}$，U_{CES}为集电极、发射极之间的饱和压降，小功率硅管为 0.3V，锗管为 0.1V。在近似分析中，可以认为晶体管饱和时，$U_{CE}\approx 0$，即晶体管 C-E 极间相当于短路。

3．温度对三极管特性的影响

温度对三极管特性的影响，一般可从以下三个方面考虑。

1)　温度对 u_{BE} 的影响

三极管发射结正向压降 u_{BE} 与二极管正向导通电压随温度变化的规律一样，即温度每升高 1℃，u_{BE} 减小 2～2.5mV。温度升高时，输入特性曲线向左移动。

2)　温度对 I_{CBO} 的影响

温度升高时，反向饱和电流 I_{CBO} 增大。温度每升高 10℃，I_{CBO} 约增加一倍。穿透电流 I_{CEO} 同样随温度的升高而增加。此时三极管输出特性曲线向上移动。

3)　温度对 β 的影响

温度升高时，放大系数 β 随之增大。温度每升高 1℃，β 值增大 0.5%～1%。体现在输出特性曲线上为，各条曲线间的距离随温度升高而增大。

综上所述，温度对 u_{BE}、I_{CBO}、β 影响的结果都会使集电极电流 i_C 随温度升高而增大，其后果及如何限制其增加将在以后有关章节中讨论。

2.1.4　晶体管的主要参数

除了用特性曲线表示三极管的特性外，还可以用一些参数来说明三极管的性能优劣和适应范围，这些参数为选用三极管的依据。三极管的参数可分为性能参数和极限参数两大类。

1．电流放大系数

1)　直流电流放大系数

(1) 共发射极直流电流放大系数 $\overline{\beta}$。

当 $I_C >> I_{CEO}$ 时，共发射极直流电流放大系数 $\overline{\beta}$ 可近似表示为

$$\overline{\beta} \approx \frac{I_C}{I_B} \tag{2-7}$$

它是指共射电路在静态(无输入信号)时，一定 u_{CE} 下三极管的集电极电流(输出电流)与基极电流(输入电流)的比值，在手册中用 h_{FE} 表示。

(2) 共基极直流电流放大系数 $\overline{\alpha}$。

当 $I_C>>I_{CEO}$ 时，共基极直流电流放大系数 $\overline{\alpha}$ 可近似表示为

$$\overline{\alpha}\approx\frac{I_C}{I_E} \tag{2-8}$$

$\overline{\alpha}$ 值可以由手册中查到，也可以由下式求得。

$$\overline{\alpha}=\frac{\overline{\beta}}{1+\overline{\beta}} \tag{2-9}$$

2) 交流电流放大系数

(1) 共发射极交流电流放大系数 β。

共发射极交流电流放大系数 β 定义为集电极电流变化量与基极电流变化量之比，即

$$\beta=\frac{\Delta i_C}{\Delta i_B} \tag{2-10}$$

显然，$\overline{\beta}$ 与 β 的含义不同，但在三极管输出特性曲线比较平坦(恒流特性较好)，而且各条曲线间距离相等的条件下，在数值上可认为 $\beta\approx\overline{\beta}$。如图 2.5 所示，三极管工作在放大区 A、B 点。对于 A 点，有 $\overline{\beta}\approx\frac{I_C}{I_B}=\frac{1.5}{0.04}=37.5$；对于 B 点，有 $\overline{\beta}\approx\frac{I_C}{I_B}=\frac{2.3}{0.06}=38.3$；由 A、B 两点可求得 $\beta=\frac{\Delta i_C}{\Delta i_B}=\frac{2.3-1.5}{0.06-0.04}=40$，可见 $\overline{\beta}\approx\beta$。

(2) 共基极交流电流放大系数 α。

共基极交流放大系数 α 定义为集电极电流变化量与发射极电流变化量之比，即

$$\alpha=\frac{\Delta i_C}{\Delta i_E} \tag{2-11}$$

同样，在输出特性曲线较平坦、各曲线间距相等的条件下，在数值上可认为 $\alpha\approx\overline{\alpha}$。

2. 极间反向电流

1) 集电极-基极间反向饱和电流 I_{CBO}

I_{CBO} 为发射极开路时集电极和基极间的反向饱和电流，其值很小但受温度影响较大。在室温下，小功率硅管的 I_{CBO} 小于 1μA，锗管的 I_{CBO} 约为 10μA 左右。测量 I_{CBO} 的电路图如图 2.6 所示。

2) 集电极-发射极间穿透电流 I_{CEO}

I_{CEO} 为基极开路时由集电区穿过基区流入发射区的电流，它是 I_{CBO} 的$(1+\beta)$倍。测量 I_{CEO} 的电路图如图 2.7 所示。

极间反向电流是衡量三极管质量好坏的重要参数，其值越小，受温度影响越小。选用管子时，一般希望极间反向电流尽量小些，以减小温度对管子性能的影响。

3. 极限参数

1) 集电极最大允许耗散功率 P_{CM}

P_{CM} 是指集电结允许功率消耗的最大值，$P_{CM}=i_C\cdot u_{CE}$，其大小主要取决于允许的集电

结结温，锗管约为 70℃，硅管可达 150℃，超过这个数值，管子的性能变坏，甚至会烧坏。一般可以通过加装散热片来大大提高 P_{CM}，如 3AD50 在加装散热片前后的功率分别为 1W 和 10W。

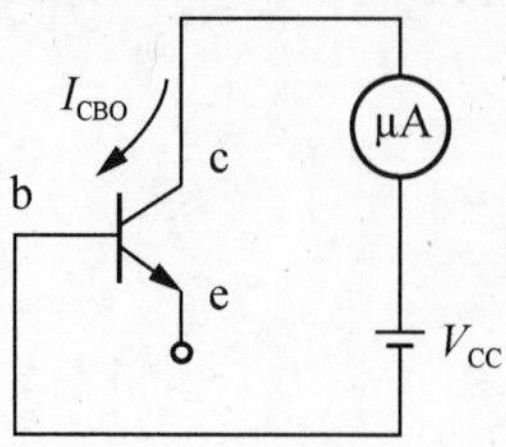

图 2.6 测量 I_{CBO} 的电路

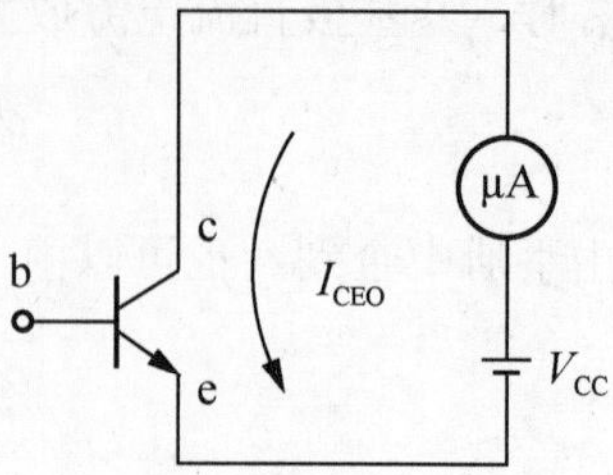

图 2.7 测量 I_{CEO} 的电路

2) 集电极最大允许电流 I_{CM}

当集电极电流 I_C 超过一定值后，β 将明显下降，但管子不一定损坏。一般把 β 值下降到规定允许值(例如额定值的 $\frac{1}{2}\sim\frac{2}{3}$)时的集电极最大电流称为集电极最大允许电流 I_{CM}。一般小功率管的 I_{CM} 为几十毫安，大功率管可达几安。

3) 反向击穿电压

(1) 集电极-基极间反向击穿电压 $U_{(BR)CBO}$。

$U_{(BR)CBO}$ 是指发射极开路时集电极-基极间允许施加的最高反向电压，其值通常为几十伏，有的管子高达几百伏。

(2) 发射极-基极间反向击穿电压 $U_{(BR)EBO}$。

$U_{(BR)EBO}$ 是指集电极开路时发射极、基极间允许施加的最高反向电压，其值一般为几伏至几十伏。

(3) 集电极-发射极间反向击穿电压 $U_{(BR)CEO}$。

$U_{(BR)CEO}$ 是指基极开路时集电极-发射极间允许施加的最高反向电压。一般 $U_{(BR)CBO}>U_{(BR)CEO}>U_{(BR)EBO}$。

4．三极管的选管原则

(1) 首先根据极限参数来进行选择，应使三极管工作时满足 $i_C<I_{CM}$，$P_C<P_{CM}$，$u_{CE}<U_{(BR)CEO}$，即必须保证三极管工作在安全工作区，如图 2.8 所示。

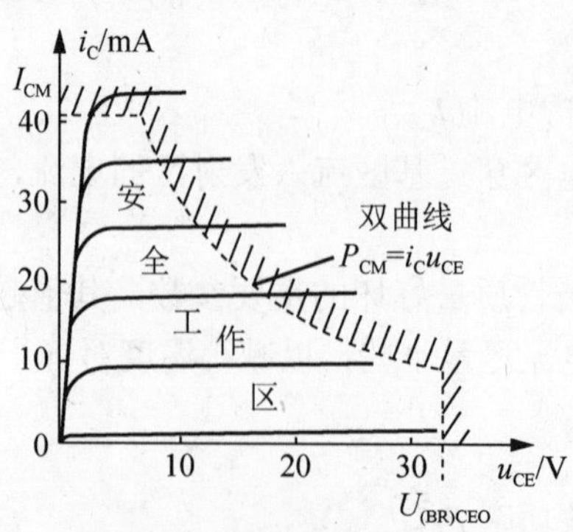

图 2.8 三极管的安全工作区

(2) 当输入信号频率较高时，为了保持管子良好的放大性能，应选高频管或超高频管；若用于开关电路，为了使管子有足够高的开关速度，则应选开关管。

(3) 当要求反向电流小、允许结温高，且能工作在温度变化大的环境中时，应选硅管；而要求导通电压低时，可选锗管。

(4) 对于同型号的管子，优先选用 I_{CEO} 小的管子，而 β 值不宜太大，一般以几十至一百左右为宜。

2.2　放大电路的基本知识

2.2.1　放大电路的概念

我们知道，人的嗓音是有限度的，距离远一点的人可能听不到，对着喇叭筒喊就能听到，这就是放大。而在电视、广播、音响中采用的是电子学中的放大，它是将声音通过话筒(传感器)转换成电信号，经放大电路放大成足够大的电信号后，驱动扬声器，使其发出比原来强得多的声音。当然这个过程要消耗电能，也就是说放大的本质是能量转换。通常把微弱的电信号转换成较强电信号的电路称为放大电路，简称放大器。应当指出，放大电路必须对电信号有功率放大作用，即放大电路的输出功率应比输入功率大。

由于放大电路放大的电信号一般是变化的交流信号，这些信号都可分解为若干频率正弦信号(谐波)的叠加，所以放大电路常以正弦波作为测试信号。

放大电路的应用非常广泛，它是构成其他电子电路的基本单元电路，无论是日常使用的电视机、测量仪器，还是复杂的自动控制系统，其中都有各种各样的放大电路。

2.2.2　放大电路的主要性能指标

分析放大电路的性能时，必须了解放大电路有哪些性能指标。各种小信号放大电路都可以用图 2.9 所示的组成框图表示。图中 U_s 代表输入信号源的等效电动势，R_s 代表信号源的内阻，U_i 和 I_i 分别为放大器输入信号电压和电流的有效值，R_L 为负载电阻，U_o 和 I_o 分别为放大器输出信号电压和电流的有效值。放大器的主要性能指标有放大倍数、输入电阻、输出电阻等。

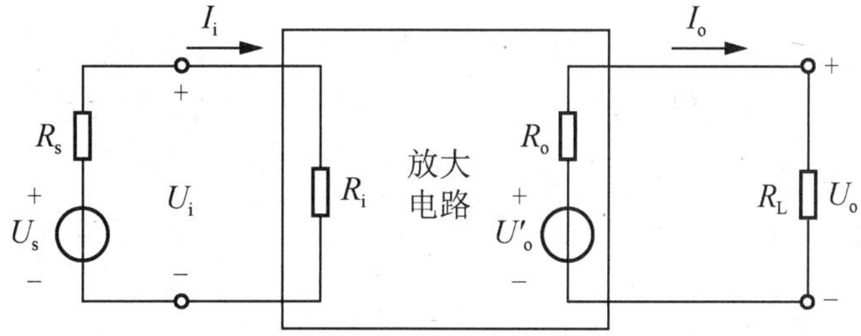

图 2.9　放大电路示意图

1. 放大倍数

放大倍数是衡量放大电路放大能力的指标，它有电压放大倍数、电流放大倍数和功率放大倍数等表示方法，其中电压放大倍数应用最多。

放大电路的输出电压有效值 U_o 与输入电压有效值 U_i 之比，称为电压放大倍数 A_u，即

$$A_u = U_o / U_i \tag{2-12}$$

放大电路的输出电流有效值 I_o 与输入电流有效值 I_i 之比，称为电流放大倍数 A_i，即

$$A_i = I_o / I_i \tag{2-13}$$

放大电路的输出功率 P_o 与输入功率 P_i 之比，称为功率放大倍数 A_p，即

$$A_p = P_o / P_i = | A_u A_i | \tag{2-14}$$

式中加绝对值是由于 A_p 恒为正，而 A_u 或 A_i 却可能为负。工程上，常用分贝(dB)来表示放大倍数，称为增益，它们的定义为

$$\left.\begin{aligned} &\text{电压增益}A_u\,(\text{dB}) = 20\lg|A_u| \\ &\text{电压增益}A_i\,(\text{dB}) = 20\lg|A_i| \\ &\text{功率增益}A_p\,(\text{dB}) = 10\lg|A_p| \end{aligned}\right\} \tag{2-15}$$

例如，某放大电路的电压放大倍数$|A_u|$=10000，则电压增益为 80dB。

2．输入电阻

如图 2.10 所示，放大电路的输入电阻 R_i 是从输入端 1-1'向放大电路看进去的等效电阻，它等于放大电路输出端接实际负载 R_L 后，输入电压 U_i 与输入电流 I_i 之比，即

$$R_i = \frac{U_i}{I_i} \tag{2-16}$$

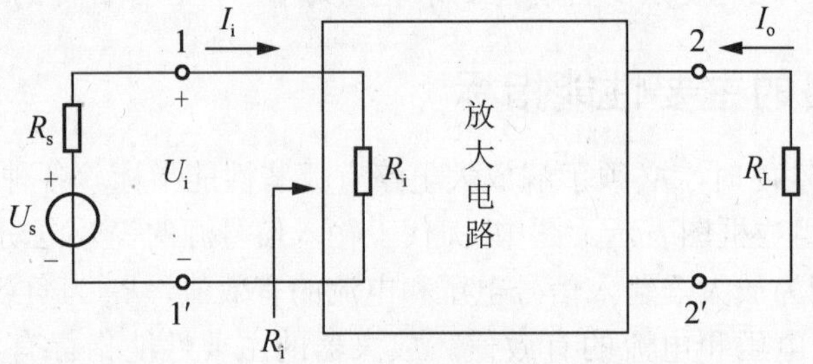

图 2.10　放大电路输入等效电路

对于信号源来说，R_i 就是它的负载，而 I_i 则是放大电路向信号源索取的电流。由图可知，$I_i = U_s/(R_s+R_i)$，I_i 与 R_i 的大小有关，因此 R_i 的大小反映了放大电路对信号源的影响程度。在 R_s 一定的条件下，R_i 越大，I_i 就越小，放大电路从信号源吸取的电流就越小，信号源内阻 R_s 上的压降就越小，其实际输入电压 $U_i(=U_s\dfrac{R_i}{R_s+R_i})$就越接近于信号源电压 U_s，则放大电路对信号源的影响越小。

输入电阻 R_i 可以通过实验测量而得，如图 2.11 所示的电路为测量输入电阻的电路。用晶体管毫伏表测出正弦波信号发生器输出电压 U_s，调节 R_p，使放大电路的输入电压 $U_i=0.5U_s$ 时，则 $R_i=R_p$。(为什么？读者自己证明。)

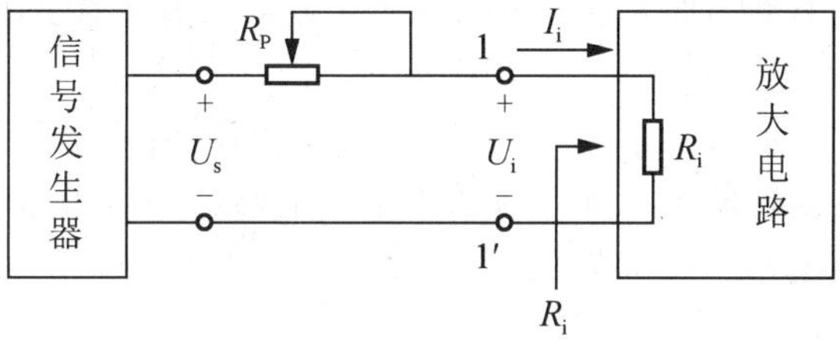

图 2.11　测量输入电阻的电路

3．输出电阻

对负载 R_L 而言，从输出端 2-2'看放大电路，它相当于一个带内阻的信号源，这个内阻就是放大电路的输出电阻 R_o，如图 2.12 所示。根据戴维南定理可知，输出电阻 R_o 应等于在输入信号源电压短路(即 U_s=0)，但保留 R_s 时，由输出端 2-2'向放大电路看进去的等效电阻。特别注意的是，求 R_o 时，一定要将 R_L 开路。

由图 2.12 可知，放大电路的开路输出电压 U_o' 就是信号源的源电压。显然，R_o 越小，接上负载 R_L 后输出电压下降越小，说明放大电路带负载能力强，因此，输出电阻反映了放大电路带负载能力的强弱。

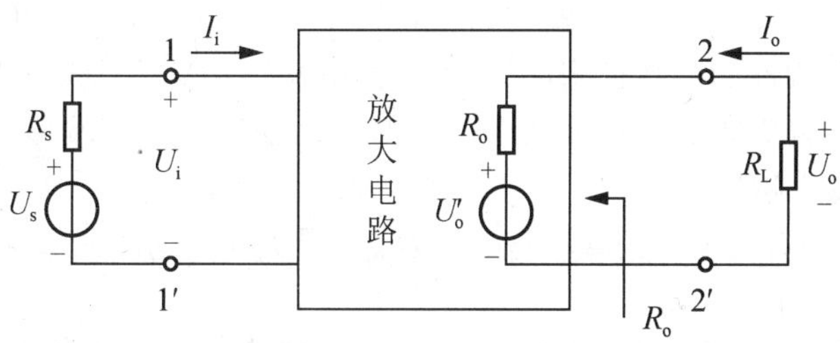

图 2.12　放大电路的输出电阻

用实验的方法也可测量放大电路的输出电阻 R_o。由图 2.12 可知，首先测量放大电路的开路电压 U_o'，即 R_L 开路时的输出电压；其次，接上已知的负载 R_L，并测量其两端电压 U_o；最后由 U_o'、U_o 及 R_L 便可求出放大电路的输出电阻。

由分压关系得
$$U_o = U_o' \frac{R_L}{R_o + R_L}$$

整理后得
$$R_o = \left(\frac{U_o'}{U_o} - 1\right) R_L \tag{2-17}$$

4．通频带

放大电路中通常含有电抗元件(电容、电感)，晶体管本身也有极间电容，它们的电抗值与信号的频率有关，这使得放大电路对于不同频率的输入信号有着不同的放大能力，即放大倍数将随着信号频率的改变而变化。电压放大倍数与信号频率的关系，通常称为放大电路的幅频特性，如图 2.13 所示为放大电路的典型幅频特性曲线。一般情况下，中频段的放大倍数不变，用 A_{um} 表示；在低频段和高频段，放大倍数都下降，下降到 $A_{um}/\sqrt{2} = 0.707A_{um}$ 时的低端频率和高端频率，工程上称之为下限频率和上限频率，分别用 f_L 和 f_H 来

表示。f_H和f_L之间的频率范围称为放大电路的通频带，用BW表示，即

$$BW=f_H-f_L \tag{2-18}$$

显然，BW越宽，表示放大电路对信号频率变化的适应能力越强。当然，通频带也并不是越宽越好，能满足要求即可。如选频放大电路通常希望频带尽可能窄，只对单一频率的信号放大，这样可以避免干扰和噪声的影响。

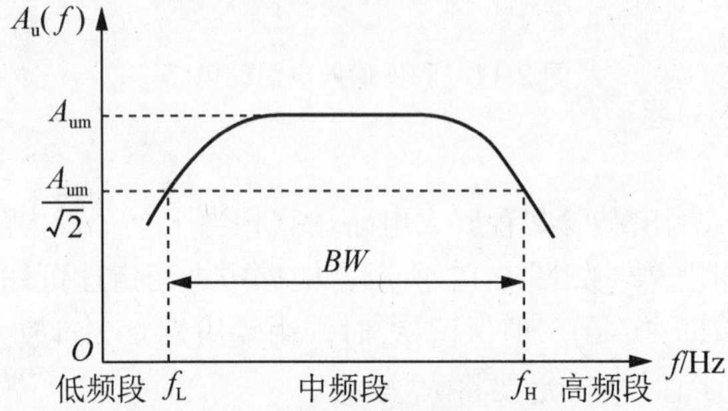

图 2.13　放大电路的幅频特性曲线

5．非线性失真

由于三极管等放大器件具有非线性的特性，放大电路的输出波形总有一定程度的失真，这种由放大器件特性的非线性引起的失真通常称为非线性失真。如果放大电路输入的正弦信号幅度过大时，当它工作在非线性区域时，其输出信号的波形就变成非正弦波了。因此，非线性失真越小越好。

此外，放大电路还有最大不失真输出电压U_{om}、最大输出功率P_{om}、效率η等性能指标。

2.3　基本共射放大电路与仿真分析

2.3.1　基本放大电路

1．基本放大电路的组成

在图 2.14(a)中，信号源是所需放大的电信号，它可以是由非电量的信号转换而成的电信号，它们可以等效为如图 2-14(b)所示电路中的电压源和电流源。图中R_S为信号源内阻，u_S、i_S分别为电压源和电流源，且$u_S=i_SR_S$。

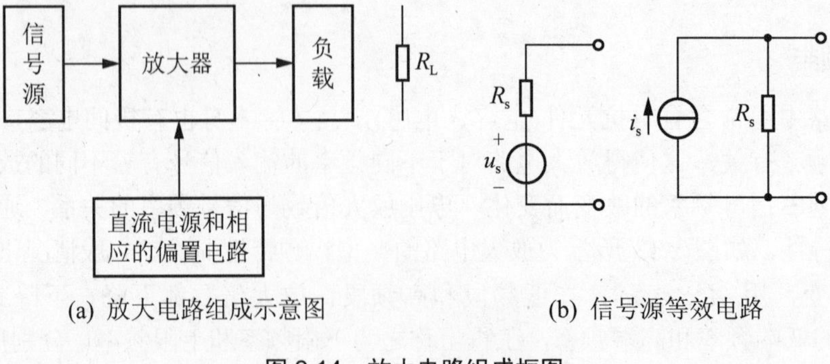

(a) 放大电路组成示意图　　(b) 信号源等效电路

图 2.14　放大电路组成框图

利用三极管工作于放大区所具有的电流(或电压)控制特性，可以实现放大作用。为了保证三极管工作于放大状态，必须通过直流电源和相应的偏置电路给三极管提供适当的偏置电压。负载是接受放大电路输出信号的元件(或电路)，它可由将电信号变成非电信号的输出换能器构成，R_L 也可以是下一级电子电路的输入电阻，一般情况下它们都可等效为一纯电阻 R_L(实际上它不可能为纯电阻，可能是容性阻抗，也可能是感性阻抗，但为了分析问题方便起见，一般都把负载用纯电阻 R_L 来等效)。可见，放大电路应由放大器、直流电源、输入回路和输出回路等几部分组成。三极管基本共射放大电路如图 2.15(a)所示。

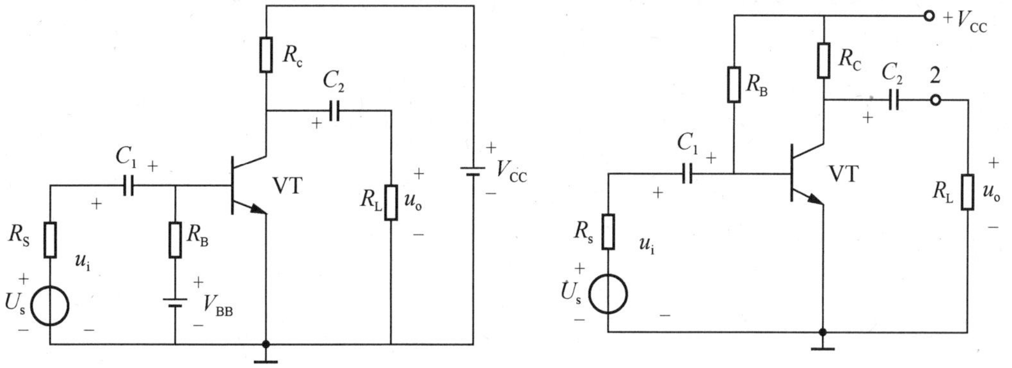

(a) 原理电路　　　　(b) 习惯画法

图 2.15　共发射极基本放大电路

2．基本放大电路中各元件的作用

图 2.15(b)中，半导体三极管 VT 是整个电路的核心，担负着放大信号的任务；直流电源 V_{CC}(几伏～几十伏)一方面通过 R_C、R_B 给三极管发射结提供正向偏压，给集电结提供反向偏压，另一方面提供负载所需的信号能量；R_B 称为基极偏置电阻(一般为几十千欧～几百千欧)；R_C 将集电极电流的变化转化为电压的变化，称为集电极负载电阻(一般为几千欧～几十千欧)；电容 C_1、C_2 的作用是隔离放大电路与信号源，以及放大电路与负载之间的直流通路，仅让交流信号通过，即隔直通交。C_1、R_B、V_{CC} 及三极管 VT 的基极和发射极构成信号的输入回路，C_2、R_C 及三极管 VT 的集电极和发射极构成信号的输出回路，V_{CC}、R_B、R_C 构成三极管的偏置电路。R_L 是放大电路的负载，称为交流负载电阻。

2.3.2　静态分析

放大电路中，基极电流 i_B、集电极电流 i_C 和基极-发射极间电压 u_{BE} 都是在恒定直流量基础上叠加了交流分量而形成的脉动直流。当放大电路没有加输入信号(u_i=0)时，电路中只有 V_{CC} 单独作用，放大电路中只存在恒定直流分量，这种状态称为静止工作状态，简称静态。

1．静态工作点

静态时，电路中晶体管的 I_B、I_C、U_{CE} 的数值可用晶体管特性曲线上的一个确定的点表示，习惯上称它为静态工作点，用 Q 表示。

正确设置静态工作点是很重要的，它决定了晶体管的工作状态。为了保证不失真地放大，必须正确地设置静态工作点。

2．直流通路及画法

在放大电路中，通常存在着电抗元件(如耦合电容 C_1、C_2)，因此电路可分为直流通路和交流通路。在分析静态性能时，需按直流通路来考虑；在分析动态性能时，则需按交流通路来考虑。直流通路是指静态时所形成的电流通路，对于图 2.15(b)所示的基本放大电路，静态时其中的耦合电容 C_1 和 C_2 可视为开路，此时放大电路的直流通路如图 2.16 所示。

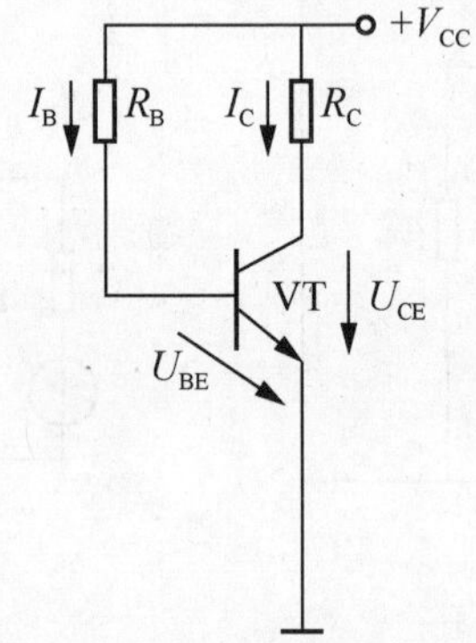

图 2.16　放大电路的直流通路

3．静态工作点的估算

晶体管是非线性元件，在我们研究电路时，晶体管输出特性和输入特性可近似为线性模型，即 $I_C=\beta I_B$，对硅管取 U_{BE}=0.7V，锗管取 U_{BE}=0.3V，由图 2.16 可列出计算静态值 I_{BQ}、I_{CQ} 和 U_{CEQ} 的公式。

1)　静态基极电流 I_{BQ}

由输入回路得

$$I_{BQ}=(V_{CC}-U_{BEQ})/R_B \tag{2-19}$$

由于 U_{BEQ} 的数值比较小，而 V_{CC} 一般为几伏到几十伏，所以当 $V_{CC}>>U_{BEQ}$ 时，可以近似认为

$$I_{BQ}=\frac{V_{CC}}{R_B}$$

2)　集电极 I_{CQ}

由晶体管电流放大特性可知

$$I_{CQ}=\beta I_{BQ}+I_{CEQ}\approx\beta I_{BQ} \tag{2-20}$$

3)　集-射极间电压 U_{CEQ}

由输出回路得

$$U_{CEQ}=V_{CC}-I_{CQ}R_C \tag{2-21}$$

据此，就可以估算出放大电路的静态工作点对应的 I_{BQ}、I_{CQ} 和 U_{CEQ}。

例 2.1　在图 2.15(b)所示的电路中，已知 V_{CC}=20V，R_B=500kΩ，R_C=5kΩ，晶体管为 NPN 型硅管，β=50，试求电路的静态工作点。

解： $$I_{BQ}=\frac{V_{CC}-U_{BEQ}}{R_B}=\frac{20V-0.7V}{500k\Omega}\approx 40\mu A$$

$$I_{CQ}\approx\beta I_{BQ}=50\times 40\mu A=2mA$$

$$U_{CEQ}=V_{CC}-I_{CQ}R_C=20V-2mA\times 5k\Omega=10V$$

4．图解静态分析

图解法是以晶体管的特性曲线为基础，用作图的方法在特性曲线上分析放大电路工作情况。这种方法能直观反映放大电路的工作原理。图 2.15(b)所示的静态集电极输出电路如图 2.17(a)所示。虚线左边是非线性元件晶体管等，对应输出特性 I_{BQ}=40μA 那条曲线，如图 2.17(b)所示。虚线右边是 V_{CC} 和 R_C 串联的线性电路，其伏安特性为 $U_{CEQ}=V_{CC}-I_{CQ}R_C$。这是一个直线方程，它与横轴交点为 V_{CC}，与纵轴交点为 V_{CC}/R_C，斜率为－1/R_C，因其斜率与 R_C 有关，故称为放大电路的“直流负载线”，如图 2.17(b)所示。直流负载线与晶体管 $I_B=I_{BQ}$ 曲线的交点就是静态工作点 Q，如图 2.17(b)所示。

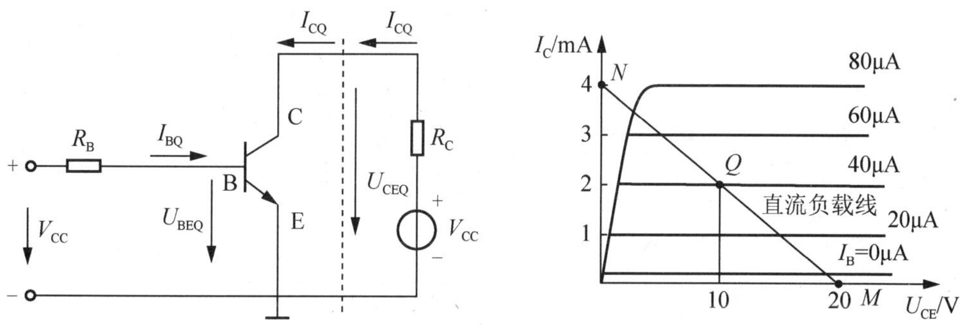

(a) 静态工作点的分析电路图　　(b) 图解法求静态工作点

图 2.17　图解法确定静态工作点

综上所述，图解法求解 Q 点的步骤如下。

(1)　按直流通路求静态电流 I_{BQ}。

(2)　确定 $I_C=\beta I_{BQ}$ 的曲线。

(3)　在给定输出特性上作出直流负载线。

(4)　曲线(2)、(3)的交点即为静态工作点 Q。

例 2.2　在图 2.15(b)所示的放大电路中，V_{CC}=20V，R_B=500kΩ，R_C=5kΩ。晶体管的输出特性已给出，如图 2.17(b)所示，试确定静态值。

解： $$I_B=\frac{V_{CC}}{R_B}=\frac{20V}{500k\Omega}=40\mu A$$

$$U_{CE}=V_{CC}-I_CR_C=20V-5k\Omega\times I_C$$

与横轴的交点 M 的坐标为 I_C=0，$U_{CE}=V_{CC}$=20V。

与纵轴的交点 N 的坐标为 U_{CE}=0，$I_C=V_{CC}/R_C$=4mA。

在输出特性线上作出直流负载线，得静态工作点 Q 为：

$$I_{BQ}=40\mu A$$
$$I_{CQ}=2mA$$
$$U_{CEQ}=10V$$

2.3.3 动态分析

当放大电路加入交流信号后，为了确定叠加在静态工作点上的各交流量而进行的分析，称为交流分析(或称为动态分析)，此时各级的电压和电流既有直流量，又有交流量。如果放大电路外接的交流信号足够小，可采用小信号等效分析法(或称为小信号微变等效电路分析法)；而大信号输入时，只能够采用图解分析法。

1. 交流通路

对于电容 C_1、C_2(假设电容足够大)，其容抗 $X_C=1/j\omega C$，近似为 0，可视为短路(隔直通交)；直流电压源 V_{CC} 的内阻很小，两端的变化量很小(近似为 0)，可视为短路；对于电感 L(假设足够小)，其感抗 $X_L=j\omega L$，近似为无穷大，可视为开路。因此图 2.15(b)所示放大电路的交流通路如图 2.18 所示。

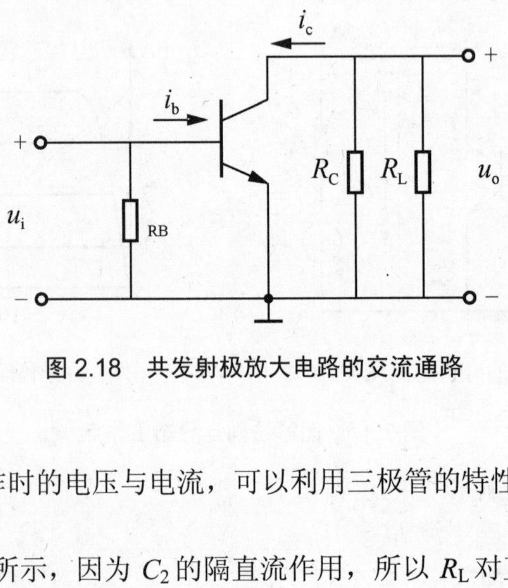

图 2.18 共发射极放大电路的交流通路

2. 图解分析

对于三极管动态工作时的电压与电流，可以利用三极管的特性曲线通过作图来获得。

1) 交流负载线

交流通路如图 2.18 所示，因为 C_2 的隔直流作用，所以 R_L 对直流无影响，为了便于理解，先用 2.3.2 节介绍的方法画出直流负载线 MN，设工作点为 Q，如图 2.19 所示。

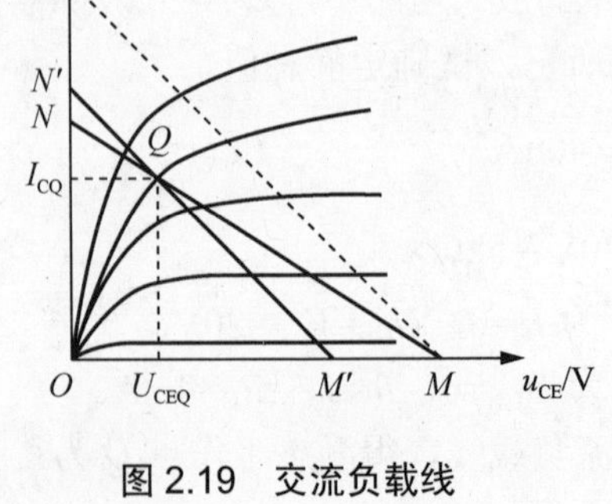

图 2.19 交流负载线

下面讨论交流负载线，在如图 2.18 所示的交流通路中，有

$$u_{ce} = -i_c(R_C // R_L) = -i_c R_L'$$

根据叠加原理，有

$$i_C = I_{CQ} + i_c$$
$$u_{CE} = U_{CEQ} + u_{ce}$$

上面三式联立可得

$$u_{CE} = U_{CEQ} - i_c R_L' = U_{CEQ} - (i_C - I_{CQ})R_L' \tag{2-22}$$

整理得

$$i_C = \frac{U_{CEQ} = I_{CQ}R_L'}{R_L'} - \frac{1}{R_L'}u_{CE}$$

上式即为交流负载线的特性方程，显然也是直线方程。当 $i_C = I_{CQ}$，$u_{CE} = U_{CEQ}$ 时，交流负载线与直流负载线都过 Q 点，其斜率为

$$K' = -\frac{1}{R_L'} \tag{2-23}$$

已知点 Q 和斜率就可作出交流负载线，但不是很精确，一般用下述方法做交流负载线。

如图 2.19 所示，首先作直流负载线 MN，确定静态工作点 Q；其次过 M 作斜率为 $1/R_L'$ 的辅助线 ML；最后过 Q 点作 $M'N'$ 平行于 ML，所以 $M'N'$ 的斜率为 $1/R_L'$，而且 $M'N'$ 过 Q 点，所以 $M'N'$ 就是所作的交流负载线。

2)　交流分析

三极管电路接通直流电源的同时，在输入端加入小信号正弦交流电压，三极管各级电压、电流将随输入信号的变化而变化，其变化的大小可通过图解求得，如图 2.20 所示，这样就可以读出电路各交流电压和电流值，从而计算出放大电路的电压与电流放大倍数。

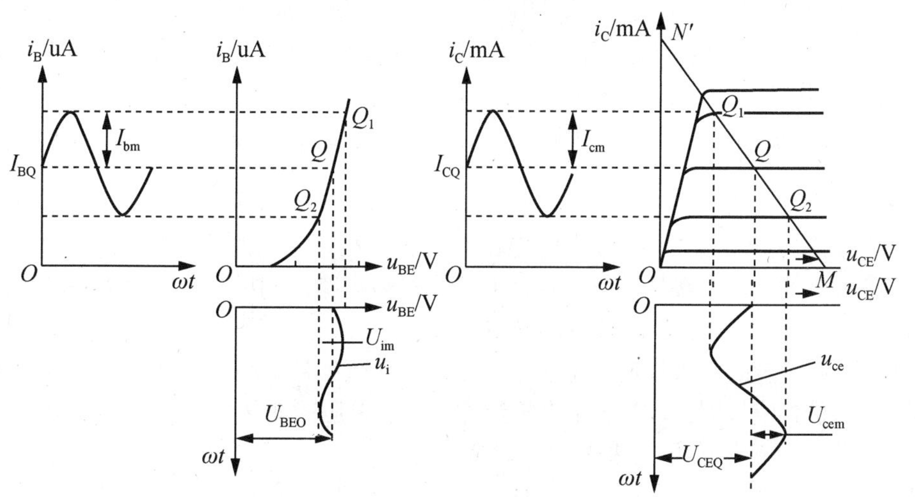

图 2.20　三极管共发射极放大电路的图解分析

3)　放大电流的非线性失真和静态工作点的选择

三极管的非线性表现在输入特性起始的弯曲部分和输出特性间距的不均匀部分，如果输入信号的幅度比较大，将使 i_B、i_C 和 u_{CE} 的正、负半周不对称，产生非线性失真。静态

工作点的位置不合适，也会产生严重的失真，输入大信号时尤其严重。如果静态工作点选得太过接近截止区，在输入信号的负半周，会引起 i_B、i_C 和 u_{CE} 的波形失真，称为截止失真，对于 NPN 三极管，截止失真时，输出波形 u_{CE} 出现顶部失真，如图 2.21(a)所示；如果静态工作点选得过高，接近饱和区，在输入信号的正半周，会引起 i_B、i_C 和 u_{CE} 的波形失真，称为饱和失真，对于 NPN 三极管，饱和失真时，输出波形 u_{CE} 出现底部失真，如图 2.21(b)所示。对于放大电路用 PNP 三极管，波形失真刚好相反。

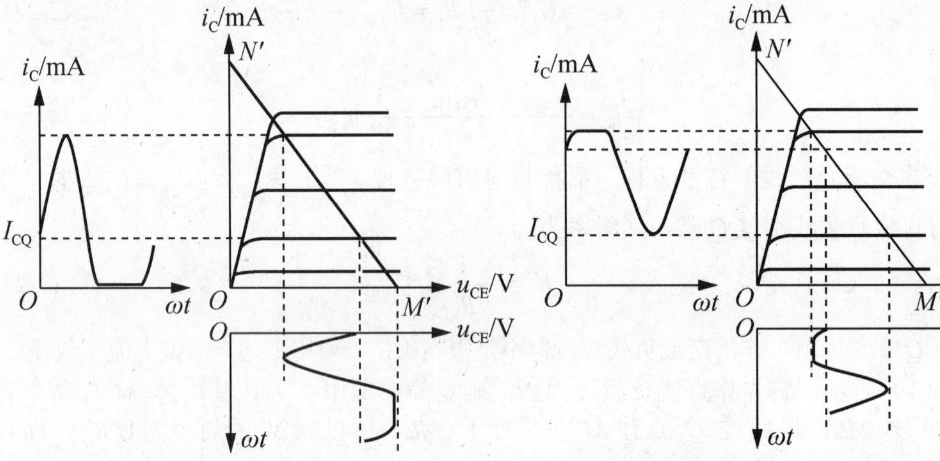

(a) Q 点偏低引起的截止失真　　(b) Q 点偏高引起的饱和失真

图 2.21　工作点选择不当引起的失真

静态工作点与 R_B、R_C 和 V_{CC} 均有关，但在实际应用中，一般只通过调整 R_B 的大小来改变静态工作点。对一个实际的放大电路，希望它的输出信号能正确反映输入信号的变化，也就是要求波形失真要小。如果出现截止失真，说明 I_{BQ} 过小，为了减小这种失真，应减小 R_B，从而增大 I_{BQ}；如果出现饱和失真，说明 I_{BQ} 过高，为了减小这种失真，应增大 R_B，从而减小 I_{BQ}。

3. 微变等效电路

用图解法进行交流分析具有直观的优点，但图解法比较麻烦。根据以上讨论可知，放大电路输入小(微弱)信号时，三极管的电压和电流变化量之间的关系基本上是线性的。这样，三极管可等效成一个线性网络，这就是微变等效电路。利用微变等效电路(又叫小信号等效电路)，可方便地对放大电路进行分析和计算。

在如图 2.4 所示的三极管输入特性中，当输入交流信号很小时，静态工作点 Q 附近的一段曲线可当作直线。因此，当 u_{CE} 为常数时，输入电压的变化量Δu_{BE}与输入电流Δi_B的变化量是一个常数，可用符号 r_{be} 来表示，即

$$r_{be}=\left.\frac{\Delta u_{BE}}{\Delta i_B}\right|_{u_{CE}=\text{常数}}=\left.\frac{u_{be}}{i_b}\right|_{u_{CE}=\text{常数}} \tag{2-24}$$

r_{be} 的大小与静态工作点有关，在常温下，r_{be} 为几百欧～几千欧，工程上常用下式来估算：

$$r_{be} = r'_{bb} + (1+\beta)\frac{26\text{mV}}{I_{EQ}\text{mA}} \tag{2-25}$$

式中，r'_{bb} 是三极管的基区体电阻，对于低频小功率管，r'_{bb} 一般为 200～300Ω。应当注意，实验表明 I_{EQ} 过小或过大时，用式(2-25)计算 r_{be} 将会产生很大的误差。

如图 2.5 所示，三极管的输出特性曲线可近似看成一组与横轴平行、间距均匀的直线，当 u_{CE} 为常数时，集电极输出电流 i_C 的变化量 Δi_C 与基极电流 i_B 的变化量 Δi_B 之比为常数，即

$$\beta = \left.\frac{\Delta i_C}{\Delta i_B}\right|_{u_{CE}=\text{常数}} = \left.\frac{i_c}{i_b}\right|_{u_{CE}=\text{常数}} \tag{2-26}$$

这说明三极管处于放大状态时，C、E 之间可以用一个输出电流为 βi_b 的电流源来表示，如图 2.22 所示，它不是一个独立的电流源，而是一个大小及方向均受 i_b 控制的受控电流源。

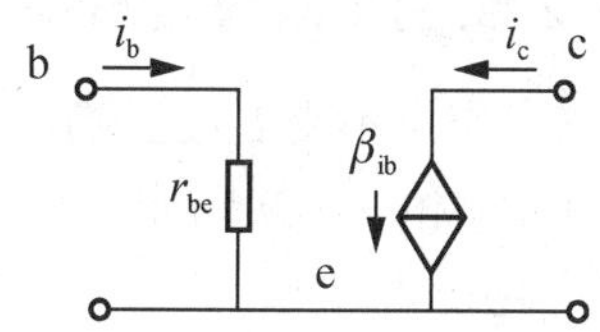

图 2.22　三极管的微变等效电路

2.3.4　静态工作点的稳定及共射放大电路的仿真分析

为了保证放大电路不失真地放大信号，必须有一个合适且稳定的静态工作点。从上述分析可以看出，放大电路输出信号的波形和动态性能指标与静态工作点密切相关。因此，设置合适且稳定的静态工作点是放大电路设计的一个重要问题。而造成 Q 点不稳定的原因很多，如电源电压波动、环境温度的改变、三极管老化等，但主要原因是三极管特性参数随温度变化造成 Q 点的偏离。

当温度升高时，三极管的 U_{BE} 减小、I_{CBO} 增大、β 增大。对于图 2.15(b)所示共射放大电路，温度升高将使 I_{BQ} 增大，I_{CQ} 增大，U_{CEQ} 减小，使静态工作点 Q 上移，容易产生饱和失真，因此必须对电路的结构加以改进。

1. 电路的组成和工作原理

温度变化对放大电路静态工作点的影响一般都是通过 I_C 的增大来实现的，如果能保证 I_C 不受温度影响，静态工作点就可以稳定。常用电路如图 2.23 所示，下面将具体分析。

图 2.23 所示是一个具有稳定静态工作点的分压式偏置电路。选取适当的 R_{B1} 和 R_{B2}，保证 $I_1>>I_{BQ}$，可近似认为 $I_1 \approx I_2$，这时基极电位基本不变，为

$$V_B = \frac{R_{B2}}{R_{B1}+R_{B2}}V_{CC}$$

由上式可见，V_B 与晶体管的参数无关，不受温度影响，而由 R_{B1} 和 R_{B2} 的分压电路所决定。由于 $V_B>>U_{BE}$，这时发射极电流基本不变，为

$$I_E = \frac{V_B - U_{BE}}{R_E} \approx \frac{V_B}{R_E}$$

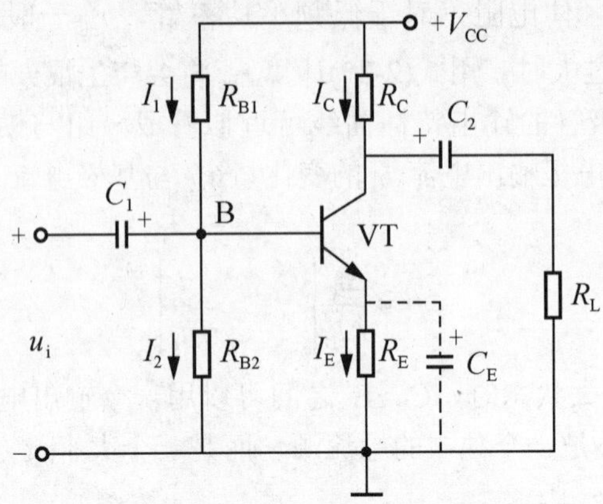

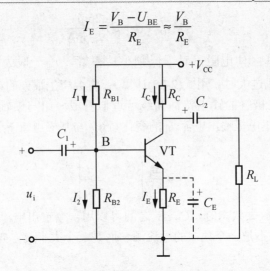

图 2.23　分压式偏置放大电路

因为 $I_C \approx I_E$，从而保证了静态工作点不受温度影响，是固定值，达到了稳定静态工作点的目的。静态工作点的稳定是由 V_B 和 R_E 共同作用实现的，其稳定静态工作点的过程如下：

$$T\uparrow \rightarrow I_{CQ}\uparrow \rightarrow I_{EQ}\uparrow \rightarrow U_{BEQ}\downarrow \rightarrow I_{BQ}\downarrow \rightarrow I_{CQ}\downarrow$$

当温度上升时，由于 $I_{CQ}(I_{EQ})$增加，在电阻 R_E 上产生的电压降 $I_{EQ}R_E$ 也增加。$I_{EQ}R_E$ 的增加部分回送到基极和发射极组成的回路，因 $U_{BEQ}=V_B-I_{EQ}R_E$，由于 V_B 是固定值，U_{BEQ} 随着 $I_{EQ}R_E$ 的增加而减小，迫使 I_{BQ} 减小，从而牵制了 $I_{CQ}(I_{EQ})$的增加，使 $I_{CQ}(I_{EQ})$基本维持不变。此电路的工作点可以通过 R_E 来调整。发射极电阻 R_E 越大，上述电路的稳定性越好，但 R_E 上的交流压降也会使 u_{be} 减小，降低放大电路的电压放大倍数。所以通常在 R_E 的两端并联一个大电容 C_E，只要 C_E 足够大，C_E 对交流信号就可视为短路，从而保证电路的电压放大倍数不受 R_E 的影响，C_E 称为发射极旁路电容，其电容值一般为几十微法到几百微法。

2. 静态工作点的估算

(1) 基极电位 V_B 为

$$V_B = \frac{R_{B2}}{R_{B1} + R_{B2}} V_{CC} \tag{2-27}$$

(2) 发射极电流 I_{EQ} 为

$$I_{EQ} = \frac{V_B - V_{BEQ}}{R_E} \tag{2-28}$$

(3) 集电极电流 I_{CQ} 为

$$I_{CQ} \approx I_{EQ} \tag{2-29}$$

(4) 基极电流 I_{BQ} 为

$$I_{BQ} = \frac{I_{CQ}}{\beta} \tag{2-30}$$

(5) 集射极电压 U_{CEQ} 为

$$U_{CEQ}=V_{CC}-I_{CQ}R_C-I_{EQ}R_E\approx V_{CC}-I_{CQ}(R_C+R_E) \tag{2-31}$$

3. 动态分析

放大电路的微变等效电路如图 2.24 所示。

1) 电压放大倍数

未加旁路电容时，电路如图 2.24 中实线所示，有

$$u_o=i_cR'_L$$

$$R'_L=R_C//R_L$$

$$u_i=i_b[r_{be}+(1+\beta)R_E]$$

$$A_u=\frac{u_o}{u_i}=-\frac{\beta R'_L}{r_{be}+(1+\beta)R_E} \tag{2-32}$$

若加旁路电容，则 R_E 被虚线短接，如图 2.24 中虚线所示。此时，有

$$u_o=i_cR'_L \qquad u_i=i_br_{be}$$

$$A_u=\frac{u_o}{u_i}=-\frac{\beta R'_L}{r_{be}}$$

2) 输入电阻

$$R_i=\frac{u_i}{i_i}$$

未加旁路电容时，有　　$R_i=R_{B1}//R_{B2}//[r_{be}+(1+\beta)R_E]$

加旁路电容时，有　　$R_i=R_{B1}//R_{B2}//r_{be}$

由上式可看出，在 R_E 端并入旁路电容时，放大倍数虽然提高了，输入电阻却会减小，实际应用中常按图 2.25 所示接线。

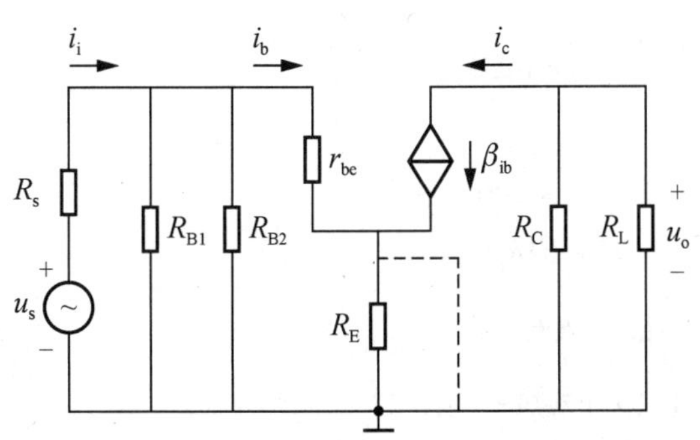

图 2.24　分压偏置放大电路的微变等效电路

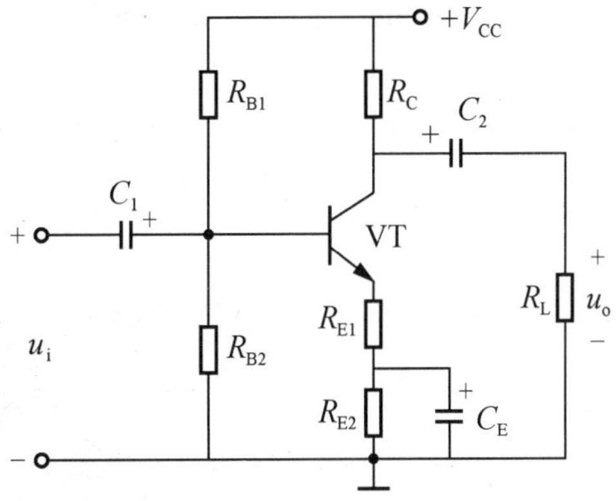

图 2.25　实用分压偏置放大电路

3) 输出电阻

与基本共射放大电路一样，有 $R_o=R_C$。

例 2.3　在图 2.25 中，已知晶体管的 β=100，V_{CC}=12V，R_C=2kΩ，R_{B1}=20kΩ，R_{B2}=10kΩ，R_{E1}=200Ω，R_{E2}=1800Ω，R_L=2kΩ。

(1) 求静态值。

(2) 作出微变等效电路。

(3) 求电压放大倍数、输入电阻、输出电阻。

解：(1) 求静态值。

基极电位为 $$V_B=\frac{R_{B2}}{R_{B1}+R_{B2}}V_{CC}=\frac{10}{20+10}\times12\text{V}=4\text{V}$$

发射极电流为 $$I_{EQ}=\frac{V_B-V_{BEQ}}{R_{E1}+R_{E2}}=\frac{4-0.7}{200+1800}\text{A}=1.65\text{mA}$$

集电极电流为 $$I_{CQ}\approx I_{EQ}=1.65\text{mA}$$

基极电流为 $$I_{BQ}=\frac{I_{CQ}}{\beta}=\frac{1.65}{100}\text{A}=16.5\mu\text{A}$$

集射极电压为

$$U_{CEQ}\approx V_{CC}-I_{CQ}(R_C+R_{E1}+R_{E2})=12\text{V}-1.65\times(2+0.2+1.8)\text{V}=5.4\text{V}$$

(2) 微变等效电路如图 2.26 所示。

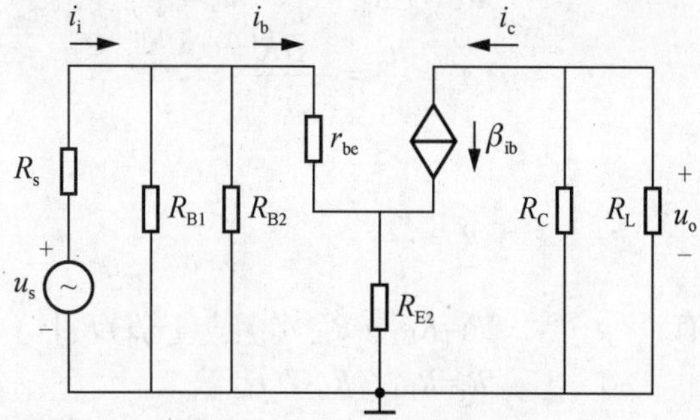

图 2.26 例 2.3 的微变等效电路

(3) $$r_{be}=300+(1+\beta)\frac{26}{I_{EQ}}=\left[300+(1+100)\frac{26}{1.65}\right]\Omega=1.89\text{k}\Omega$$

$$R'_L=R_C\,//\,R_L=\frac{2\times2}{2+2}\text{k}\Omega=1\text{k}\Omega$$

$$A_u=\frac{u_o}{u_i}=-\frac{\beta R'_L}{r_{be}+(1+\beta)R_{E1}}=-\frac{100\times1}{1.88+(1+100)\times0.2}=-4.53$$

$$R_i=R_{B1}\,//\,R_{B2}\,//[r_{be}+(1+\beta)R_{E1}]$$

$$R_{B1}\,//\,R_{B2}=\frac{20\times10}{20+10}\text{k}\Omega=6.67\text{k}\Omega$$

$$r_{be}+(1+\beta)R_{E1}=1.88+101\times0.2\text{k}\Omega=22.1\text{k}\Omega$$

$$R_i=R_{B1}\,//\,R_{B2}\,//[r_{be}+(1+\beta)R_{E1}]=\frac{6.67\times22.1}{6.67+22.1}\text{k}\Omega=5.12\text{k}\Omega$$

$$R_o=R_C=2\text{k}\Omega$$

4．共射放大电路的仿真分析

1) 仿真分析的目的

(1) 熟悉虚拟示波器及波特图仪的功能，掌握其使用方法。

(2) 熟悉单管共射放大电路的静态分析与动态分析。

(3) 观察静态工作点对放大电路的影响，了解放大电路产生失真的原因。

2) 仿真分析电路

典型单管共射放大电路的仿真实验电路如图 2.27 所示。其中，输入信号是频率为 1kHz、幅度为 20mV 的正弦波信号。各电压表和电流表用于测量相关的静态工作点值，示波器用于观察输入与输出信号的波形，波特图仪用于观察放大电路的频率特性。

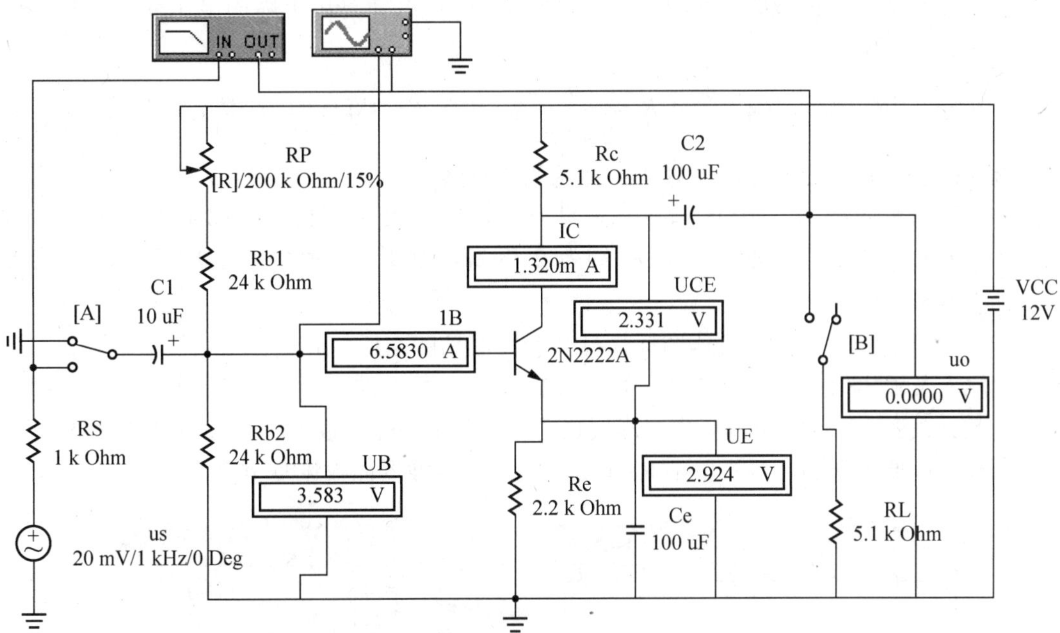

图 2.27 单管共射放大电路仿真实验电路

双击相关器件进行必要的参数设置。其中输入端与输出端的两个开关分别设置成用“A”键控制和用“B”键控制，标号为“uo”的电压表的“mode”值设置成“AC”，其他电压表或电流表均设置成“DC”，电位器 RP 设置成用“R”键控制，其调节量可设置成“5%”，三极管选用型号为 2N2222A 型，其他电阻、电容的参数设置如图 2.27 所示。

3) 仿真的内容及步骤

(1) 打开 EWB 主界面，在电路工作区按图 2.27 连接好实验电路，并进行适当的器件参数设置。

(2) 静态工作点测试。

按 A 键使输入端接地，按 B 键使输出负载断开(置于悬空端)，单击主界面右上侧的“启动/停止”按钮使电路开始工作，在各电压表和电流表中读取各静态工作点的值。

调节 RP 为 15%时，读数 U_B=3.583V、U_E=2.924V、U_{CE}=2.331V，在三极管基极串联的电流表 IB 中读取 I_B=6.583μA，在三极管集电极串联的电流表 IC 中读取 I_C=1.320mA，根据 $\beta = I_C/I_B$ 可以估算出三极管的 β 值约为 201。将以上仿真实验的结果与理论计算的结果进行比较。

调节 RP 为 0～100%，按照以上方法，记录下电路的静态工作点，分析 RP 大小对电路静态工作点的影响。其中只按 R 键可使 RP 减小，按 SHIFT+R 组合键可使 RP 增大。

测试结束时单击“启动/停止”按钮使电路停止工作，以进行下一步测试。

(3) 动态参数测试。

按 A 键使电路接通输入信号，按 B 键使输出接通负载，将输入端标号为“UB”的电压表的“mode”值设置为“AC”，“Label”值设置为“ui”。调节 RP 为 15%，单击“启动/停止”按钮使电路开始工作。

① 电压放大倍数测试。在电路输出端的电压表 uo 中读取输出电压值为 1.677V，而输入端的电压表 ui 读数为 15.22mV，根据 $A_u = u_o/u_i$ 可计算出电路的电压放大倍数约为 110。

② 输入电阻测试。根据公式 $R_i = \dfrac{u_i}{u_S - u_i} R_S$ (其中 R_S=1kΩ)可以计算出输入电阻值。其中 u_i 为 15.22mV，u_S=20mV，计算结果 R_i 约为 3.18kΩ。

③ 输出电阻测试。按 B 键使负载断开，读取输出电压值为 u_o'=2.475V，根据公式 $R_o = [(u_o'/u_o) - 1]R_L$ 可计算输出电阻 R_o 约为 2.43kΩ。改变 RP 值大小，观察静态工作点变化对动态参数的影响。

④ 波形观测。双击示波器图标，打开示波器功能面板，并进行适当的参数设置，可观测到输入及输出信号的正弦波形，如图 2.28 所示，根据波形及参数设置也可估算出电压放大倍数。改变 RP 值大小，观察波形失真情况。单击功能面板上的 Expand 按钮可打开放大的面板，以便于观测，再次单击 Reduce 按钮可将示波器面板恢复至原来大小。

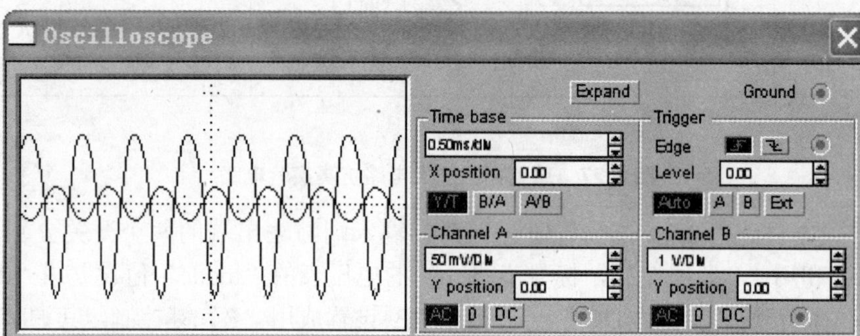

图 2.28 示波器显示的输入输出波形

4) 分析报告

(1) 分别调节 RP 大小为 0%、15%、100%，记录下三种情况下的静态工作点，并分析 RP 大小改变对工作点的影响。

(2) 调节 RP 大小，观察示波器输出波形，测量当输出最大不失真时的电压放大倍数、输入电阻及输出电阻。

(3) 调节 RP 为最小 0%和最大 100%，观察输出波形的失真情况，画出输出的失真波形，分析产生失真的原因和克服的方法。

(4) 调节 RP 使输出波形最大不失真，观测放大电路的频率特性曲线，并根据曲线估算出放大电路的上、下限频率和通频带。

2.4　共集放大电路的特点与分析

2.4.1　共集电极放大电路的组成

集电极放大电路及其直流通路和交流通路如图 2.29 所示。由交流通路可知，晶体管的负载电阻接在发射极和集电极之间，输入电压 u_i 加在基极和集电极之间，而输出电压 u_o 从发射极和集电极两端取出，集电极是输入、输出回路的公共端，故称其为共集电极放大电路。因为信号是从发射极输出，所以又称为射极输出器。

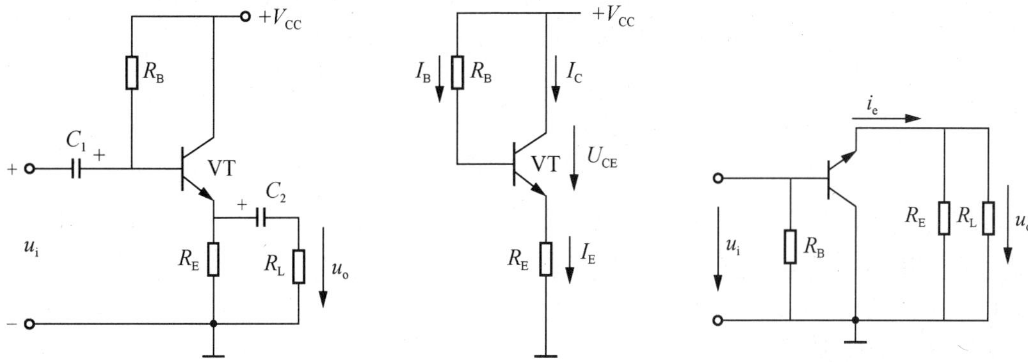

(a) 电路图　　(b) 直流通路　　(c) 交流通路

图 2.29　共集电极放大电路

2.4.2　共集电极放大电路的分析

1．静态工作点的计算

由图 2.29(b)所示的直流通路可以列出求解静态工作点的方程。

$$V_{CC}=I_{BQ}R_B+U_{BEQ}+I_{EQ}R_E=I_{BQ}R_B+U_{BEQ}+(1+\beta)I_{BQ}R_E$$

$$I_{BQ}=\frac{V_{CC}-U_{BEQ}}{R_B+(1+\beta)R_E} \tag{2-33}$$

一般有 $V_{CC}>>U_{BEQ}$，则

$$I_{BQ}=\frac{V_{CC}}{R_B+(1+\beta)R_E}$$

$$I_{CQ}=\beta I_{BQ}$$

$$U_{CEQ}=V_{CC}-I_{EQ}R_E$$

2．动态性能计算

共集电极放大电路的微变等效电路如图 2.30 所示。

1)　电压放大倍数 A_u

在图 2.30 中，有

$$u_o=i_eR_L'=(1+\beta)i_bR_L'$$

式中

$$R_L'=R_E // R_L=\frac{R_ER_L}{R_E+R_L}$$

$$u_i=i_br_{be}+(1+\beta)i_bR_L'$$

$$A_u = \frac{u_o}{u_i} = \frac{(1+\beta)R_L'}{r_{be} + (1+\beta)R_L'} \tag{2-34}$$

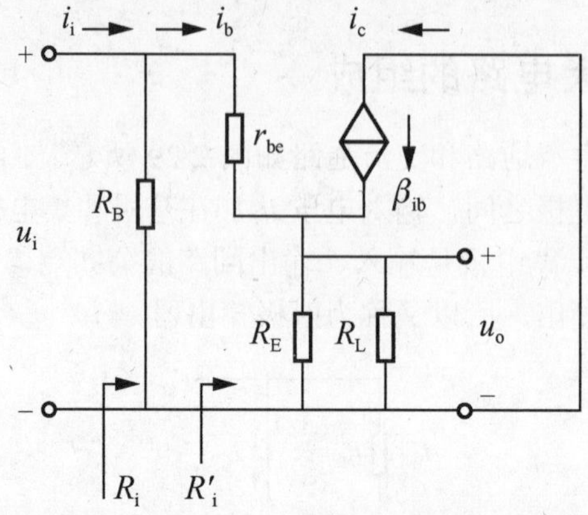

图 2.30　共集电极放大电路的微变等效电路

通常 $r_{be} << (1+\beta)R_L'$，故 A_u 是略小于 1 的数。说明输出是跟随输入的变化而变化，因此该电路又称为射极跟随器。它虽对电压不具有放大功能，但电路具有电流放大功能。$i_e = (1+\beta)i_b$，从而实现功率的放大。

2)　输入电阻 R_i

$$R_i' = \frac{u_i}{i_b} = \frac{i_b r_{be} + (1+\beta)i_b R_L'}{i_b} = r_{be} + (1+\beta)R_L'$$

$$R_i = \frac{u_i}{i_i} = R_B // R_L'$$

由于 $r_{be} << (1+\beta)R_L'$，而 R_B 的值比 R_i' 大，故 $R_i \approx (1+\beta)R_L' >> r_{be}$，即射极跟随器的输入电阻较高。

3)　输出电阻 R_o

除去负载电阻 R_L，外加电压 u，将信号源短路，保留其内阻，此时输出电阻测量电路如图 2.31 所示。

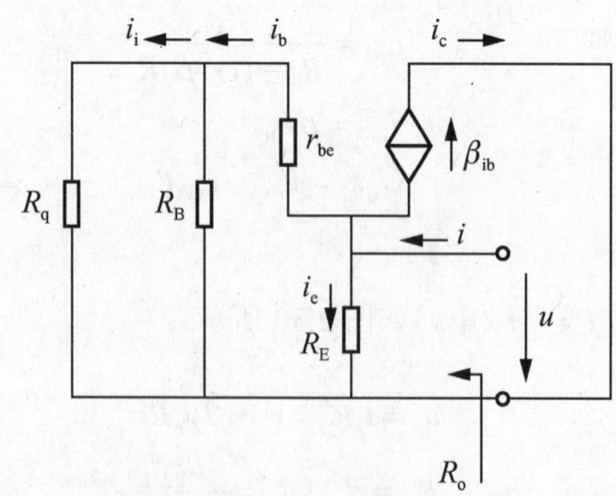

图 2.31　输出电阻测量电路

$$i = i_e + i_b + i_c = i_e + (1+\beta)i_b$$
$$= \frac{u}{R_E} + (1+\beta)\frac{u}{r_{be} + R_S // R_B}$$
$$= \frac{u}{R_E} + (1+\beta)\frac{u}{r_{be} + R'_S}$$

式中，$R'_S = R_S // R_B$。

$$R_o = \frac{u}{i} = \frac{1}{\dfrac{1}{R_E} + \dfrac{1+\beta}{r_{be} + R'_S}} = \frac{R_E(r_{be} + R'_S)}{(r_{be} + R'_S) + (1+\beta)R_E} \tag{2-35}$$

通常 $(1+\beta)R_E >> r_{be} + R'_S$，则 $R_o = \dfrac{R_E(r_{be} + R'_S)}{(1+\beta)R_E} = \dfrac{r_{be} + R'_S}{1+\beta}$

由于 r_{be}、R'_S 都较小，β 一般为 20～200，故 R_o 很小。

2.4.3　共集电极放大电路的特点及应用

射极跟随器具有输入电阻高、输出电阻低和电压跟随的特性。在电子线路中，当它用于输入级时，由于输入电阻高，可减少电源内阻内信号的衰减；当它用于输出级时，由于输出电阻低，因此具有较强的带负载能力；当它用在中间级时，由于输入电阻高，可使前级放大器的输出负载增加，放大倍数增大。射极跟随器输出电阻小，使该放大电路具有恒压源的特性。

射极输出器的上述特点决定了它在电路中的广泛应用。

(1) 用于输入级：由于射极输出器的输入电阻很高，从信号源吸取的电流小，对信号源影响小，因此，在放大器中多用它作高输入电阻的输入级。

(2) 用于输出级：放大器的输出电阻越小，带负载能力越强。由于射极输出器的输出电阻很小，所以也适用于作为多级放大器的输出级。

(3) 用于中间级：在共射放大电路的极间耦合中，往往存在着前级输出电阻大、后级输入电阻小这种阻抗不匹配的现象，这将造成耦合中的信号损失，使放大倍数下降。利用射极输出器输入电阻大、输出电阻小的特点，将其接入上述两级放大器之间，可起到阻抗变换作用。

2.5　多级放大电路

大多数电子放大电路或系统需要把微弱的毫伏级或微伏级信号放大为足够大的输出电压或电流信号去推动负载工作，而前面讨论的基本单元放大电路的性能通常很难满足电路或系统的这种要求，因此，实际使用时需采用两级或两级以上的基本单元放大电路连接起来组成多级放大电路，以满足电路或系统的需要，如图 2.32 所示。通常把与信号源相连接的第一级放大电路称为输入级，与负载相连接的末级放大电路称为输出级，输出级与输入级之间的放大电路称为中间级。输入级与中间级的位置处于多级放大电路的前几级，故又称为前置级。前置级一般都属于小信号工作状态，主要进行电压放大；而输出级属于大信号放大，以提供负载足够大的信号，常采用功率放大电路。

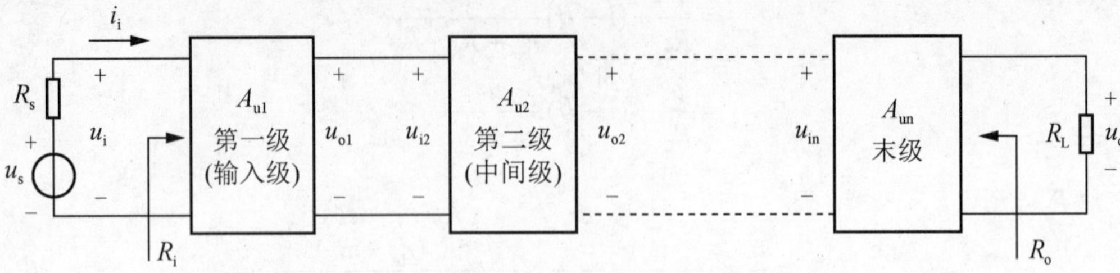

图 2.32　多级放大电路的组成框图

2.5.1　多级放大电路的耦合方式

多级放大电路各级间的连接方式称为耦合。耦合方式可分为阻容耦合、直接耦合和变压器耦合等。阻容耦合方式在分立元件多级放大电路中被广泛使用；放大缓慢变化的信号或直流信号时则采用直接耦合的方式；变压器耦合由于有频率响应不好、笨重、成本高、不能集成等缺点，在放大电路中的应用逐渐被淘汰。下面只讨论前两种级间耦合方式。

1. 阻容耦合

图 2.33 所示为两级阻容耦合共射放大电路。

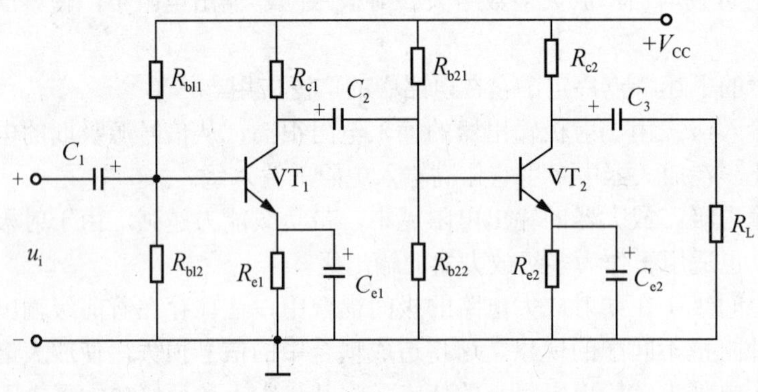

图 2.33　两级阻容耦合放大电路图

两级间的连接通过耦合电容器 C_2 将前级的输出电压加在后级的输入电阻上(即前级的负载电阻)，故称为阻容耦合放大电路。在这种电路中，由于耦合电容器隔断了级间的直流通路，因此各级的直流工作点彼止独立，互不影响，这也使得电容耦合放大电路不能放大直流信号或缓慢变化的信号。若放大的交流信号的频率较低，则需采用大容量的电解电容作为耦合电容。

2. 直接耦合

放大缓慢变化的信号(如热电偶测量炉温变化时送出的电压信号)或直流信号(如电子测量仪表中的放大电路)时，就不能采用阻容耦合方式的放大电路，而要采用直接耦合放大电路。图 2.34 所示的电路就是两级直接耦合放大电路，即前级的输出端与后级的输入端直接相连。

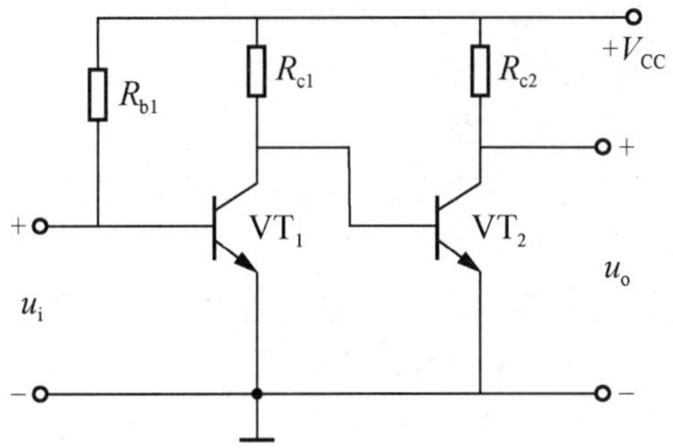

图 2.34　两级直接耦合放大电路图

直接耦合方式可省去级间耦合元件，信号传输的损耗小。它不仅能放大直流信号，而且还能放大变化十分缓慢的信号，但由于级间为直接耦合，所以前后级之间的直流电位相互影响，使得多级放大电路的各级静态工作点不能独立，当某一级的静态工作点发生变化时，其前后级也将受到影响。例如，当工作温度或电源电压等外界因素发生变化时，直接耦合放大电路中各级静态工作点将跟随变化，这种变化称为工作点漂移。值得注意的是，第一级的工作点漂移会随着信号传送至后级，并逐级被放大。这样一来，即便输入信号为零，输出电压也会偏离原来的初始值而上下波动，这种现象称为零点漂移。零点漂移将会造成有用信号的失真，严重时有用信号将被零点漂移所“淹没”，使人们无法辨认输出电压是漂移电压还是有用的信号电压。

在引起工作点漂移的外界因素中，工作温度变化引起的漂移最严重，称为温漂。这主要是由于晶体管的 β、I_{CBO}、U_{BE} 等参数都随温度的变化而变化，从而引起工作点的变化。衡量放大电路温漂的大小，不能只看输出端漂移电压的大小，还要看放大倍数多大。因此，一般都是将输出端的温漂电压折算到输入端来衡量。如果输出端的温漂电压为 ΔU_o，电压放大倍数为 A_u，则折算到输入端的零点漂移电压为

$$\Delta U_i = \frac{\Delta U_o}{A_u} \tag{2-36}$$

ΔU_i 越小，零点漂移越小。输入级采用差动放大电路时可有效抑制零点漂移，它的相关内容将在本书第 3 章中学习。

2.5.2　阻容耦合多级放大电路的分析

在图 2.32 所示的多级放大电路的组成框图中，设各级电压放大倍数分别为 $A_{u1}=u_{o1}/u_i$、$A_{u2}=u_{o2}/u_{i2}$、…、$A_{un}=u_o/u_{in}$。由于信号是逐级被传送放大的，前级的输出电压便是后级的输入电压，即 $u_{o1}=u_{i2}$、$u_{o2}=u_{i3}$、…、$u_{o(n-1)}=u_{in}$，所以整个放大电路的电压放大倍数为

$$A_u = \frac{u_o}{u_i} = \frac{u_{o1}}{u_i}\cdot\frac{u_{o2}}{u_{i2}}\cdots\frac{u_o}{u_{in}} = A_{u1}\cdot A_{u2}\cdots A_{un} \tag{2-37}$$

式(2-37)表明，多级放大电路的电压放大倍数等于各级电压放大倍数的乘积。若用分贝(dB)表示，则多级放大电路的总电压增益等于各级电压增益之和，即

$$A_u(\text{dB}) = A_{u1}(\text{dB}) + A_{u2}(\text{dB}) + \cdots + A_{un}(\text{dB}) \tag{2-38}$$

应当注意的是，在计算各级电压放大倍数时，必须要考虑到后级的输入电阻对前级的负载效应。即计算每级电压放大倍数时，下一级的输入电阻应作为上一级的负载来考虑。因为后级的输入电阻就是前级放大电路的负载，若不计及负载效应，各级的电压放大倍数仅为空载时的放大倍数，这与实际电路不符，这样得出的多级放大电路的电压放大倍数是错误的。

由图 2.32 可知，多级放大电路的输入电阻就是第一级考虑到后级放大电路影响后的输入电阻，即 $R_i=R_{i1}$。多级放大电路的输出电阻即为由末级放大电路求得的输出电阻，即 $R_o=R_{on}$。

例 2.4 两级共发射极阻容耦合放大电路如图 2.35 所示，若晶体管 VT_1 的 $\beta_1=60$，$r_{be1}=2k\Omega$，VT_2 的 $\beta_2=100$，$r_{be2}=2.2k\Omega$，其他参数如图 2.35(a)所示，各电容的容量足够大。试求放大电路的 A_u、R_i、R_o。

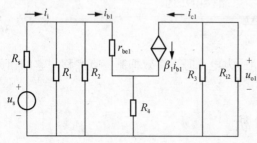

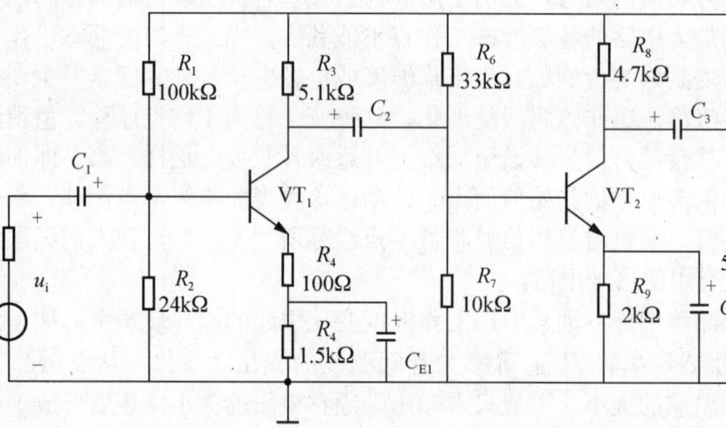

(a) 电路图

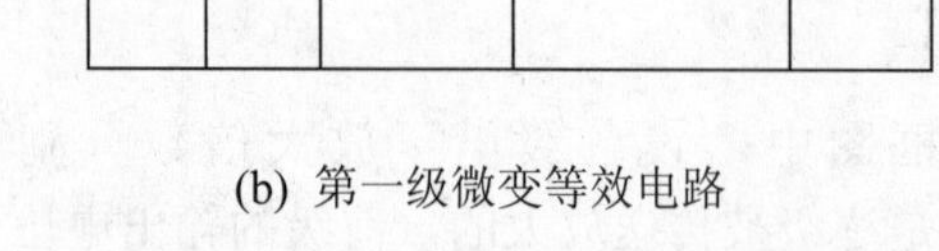

(b) 第一级微变等效电路

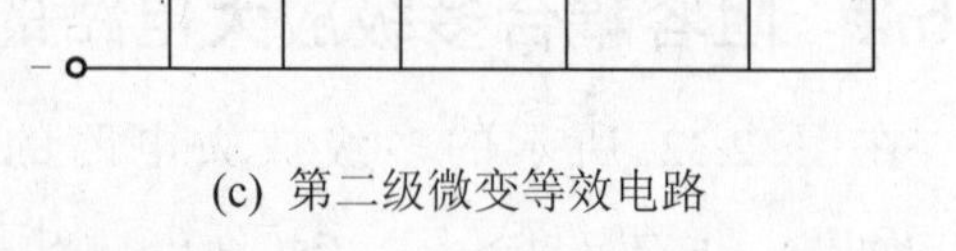

(c) 第二级微变等效电路

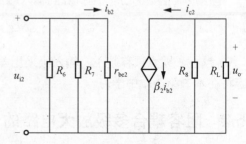

图 2.35 两级电容耦合放大电路

解：在小信号工作情况下，两级共发射极放大电路的微变等效电路如图 2.35(b)和图 2.35(c)所示，其中图 2.35(b)中的负载电阻 R_{i2} 即为后级放大电路的输入电阻，即

$$R_{i2}=R_6 /\!/ R_7 /\!/ r_{be2}=\frac{1}{\frac{1}{33}+\frac{1}{10}+\frac{1}{2.2}}k\Omega\approx 1.7k\Omega$$

因此第一级的总负载为 $R'_{L1}=R_3 /\!/ R_{i2}=5.1k\Omega /\!/ 1.7k\Omega\approx 1.3k\Omega$

第一级电压放大倍数为 $A_{u1}=\dfrac{u_{o1}}{u_i}=\dfrac{-\beta_1 R'_{L1}}{r_{be1}+(1+\beta_1)R_4}=\dfrac{-60\times 1.3\text{k}\Omega}{2\text{k}\Omega+61\times 0.1\text{k}\Omega}\approx -9.6$

$$A_{u1}(\text{dB})=20\lg 9.6=19.6\text{dB}$$

第二级电压放大倍数为 $A_{u2}=\dfrac{u_o}{u_{i2}}=-\beta_2\dfrac{R'_{L1}}{r_{be2}}=-100\times\dfrac{(4.7//5.1)\text{k}\Omega}{2.2\text{k}\Omega}\approx -111$

$$A_{u2}(\text{dB})=20\lg 111\approx 41\text{dB}$$

两级放大电路的总电压放大倍数为

$$A_u=A_{u1}\cdot A_{u2}=(-9.6)\times(-111)=1066$$

$$A_u(\text{dB})=A_{u1}(\text{dB})+A_{u2}(\text{dB})=19.6\text{dB}+41\text{dB}=60.6\text{dB}$$

式中没有负号，说明两级放大电路的输出电压与输入电压同相位。

两级放大电路的输入电阻等于第一级输入电阻，即

$$R_i=R_{i1}=R_1//R_2//[r_{be1}+(1+\beta_1)R_4]$$
$$=100\text{k}\Omega//24\text{k}\Omega//(2+61\times 0.1\text{k}\Omega)\approx 5.7\text{k}\Omega$$

两级放大电路的输出电阻等于第二级的输出电阻，即 R_o=R_8=4.7kΩ。

2.6　工作实训营

2.6.1　训练实例 1

1．训练内容

晶体管的测试及性能判断，晶体管特性图示仪的使用。

2．训练目的

(1)　熟悉晶体管的外形及引脚识别方法。

(2)　练习查阅半导体元器件手册，熟悉元器件的类别、型号及主要性能参数。

3．训练要点

(1)　使用万用表测量三极管极间电阻时，要注意量程选择，否则将产生误判或损坏三极管。

(2)　在利用万用表估测三极管电流放大系数β值时，对于 PNP 型管和 NPN 型管的不同，应把红、黑表笔对调。

4．实训过程

1)　实训准备

(1)　万用表，1 只。

(2)　晶体管特性图示仪，1 台。

(3)　半导体器件手册，1 本。

(4)　不同规格、类型的三极管、场效应管，若干。

2)　实训内容与步骤

(1)　用万用表进行双极型三极管的测试及性能判断。

① 管脚判别。

图 2.36 所示为三极管管脚排列方法的一般规律，对于管壳上无管脚标志的应以测量为准。

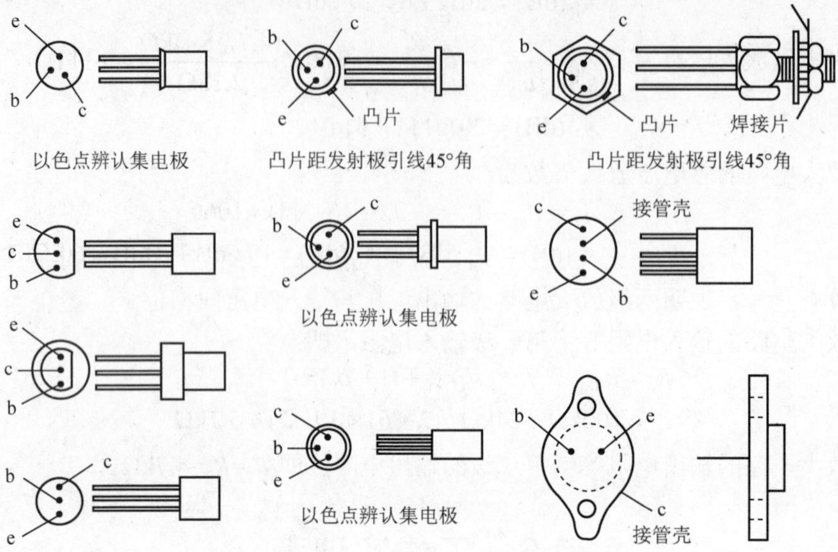

图 2.36　三极管的管脚排列

三极管的管脚位置可通过使用万用表的欧姆挡测其阻值加以判别。

- 基极的判别：将欧姆挡拨到 $R\times1\text{k}$ 挡的位置，用黑表笔接三极管的某一极，再用红表笔分别去接触另外两个电极，直到测得的两个电阻值都很大(测量的过程中如出现一个阻值大，另一个阻值小的情况时，就需将黑表笔换接一个电极再测)，这时黑表笔所接电极就为三极管的基极，而且该管是 PNP 型管子。若测得的两个电阻都很小，则黑表笔所接电极为 NPN 型三极管的基极。
- 集电极、发射极的判别：如待测管子为 PNP 型锗管，先将万用表拨至 $R\times1\text{k}$ 挡，测除基极以外的另两个电极，得到一个阻值，再将红、黑表笔对调测一次，又得到一个电阻值，在阻值较小的那一次中，红表笔所接电极就为集电极，黑表笔所接电极就为发射极。对于 NPN 型锗管，红表笔接的那个电极为发射极，黑表笔接的那个电极为集电极。如图 2.37(a)和图 2.37(b)所示。对于 NPN 型硅管，可在基极与黑表笔之间接一个 100kΩ 的电阻，用上述同样方法，测除基极以外的两个电极间的阻值，其中阻值较小的一次黑表笔所接的电极为集电极，红表笔所接的电极就为发射极，如图 2.48(c)所示。

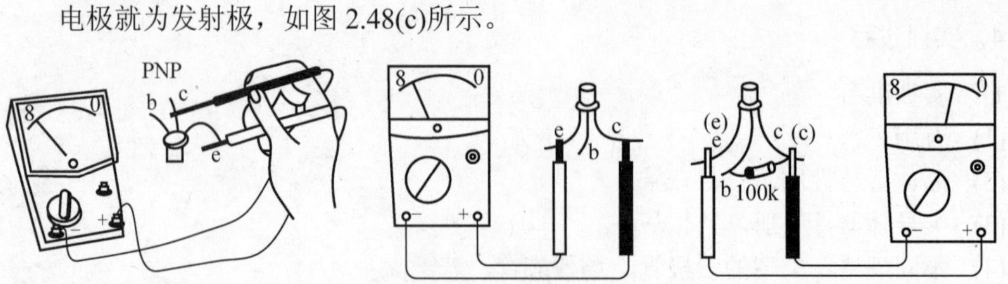

(a) PNP 锗管的测量　(b) NPN 锗管的测量　(c) NPN 硅管的测量

图 2.37　管脚的判别

② 极间电阻的测量。

通过测量三极管极间电阻的大小，可判断管子质量的好坏，也可看出三极管内部是否有短路、断路等损坏情况。在测量三极管极间电阻时，要注意量程的选择，否则将产生误判或损坏三极管。测小功率管时，应当用 $R\times100$ 或 $R\times1$k 挡，不能用 $R\times1$ 或 $R\times10$k 挡，因为前者电流较大，后者电压较高，都可能造成三极管的损坏。但在测量大功率锗管时，则要用 $R\times1$ 或 $R\times10$ 挡。因管子的正、反向电阻较小，用其他挡容易发生误判。

对于质量良好的中、小功率三极管，基极与集电极、基极与发射极正向电阻一般为几欧姆到几百欧姆，其余的极间电阻都很高，约为几十至几百千欧姆。硅材料的三极管要比锗材料的三极管的极间电阻高。

当测得的正向电阻近似于无穷大时，表明管子内部断路。如果测得的反向电阻很小或为零时，说明管子已击穿或短路。

③ 穿透电流 I_{CEO} 的测量。

对于 PNP 管，红表笔接集电极，黑表笔接发射极，用 $R\times1$k 挡测的阻值应在 50kΩ 以上。此值越大，说明管子的穿透电流越小，管子的性能越优良；若阻值小于 25kΩ，说明管子的穿透电流大，工作不稳定并有很大噪声，不宜选用。对于 NPN 管，应将表笔对调测试其电阻值，其阻值应比 PNP 管大很多，一般应在几百千欧。

④ 电流放大系数 β 值的估测。

三极管的放大系数常通过在其外壳上标上不同的色标来直观地表明。

- 锗、硅开关管，高低频小功率管，硅低频大功率管 3DD 系列、3CD 系列分挡标记如下：

  0～15～25～40～55～80～120～180～270～400～600

  棕　红　橙　黄　绿　蓝　紫　灰　白　黑

- 锗低频大功率管 3AD 系列分挡标记如下：

  20～30～40～60～90～140

  棕　红　橙　黄　绿

按图 2.38 所示方法，可估测三极管的放大能力。将万用表拨到 $R\times100$ 或 $R\times1$k 挡。对于 PNP 型管，红表笔接集电极，黑表笔接发射极，先测集电极与发射极之间的电阻，记下阻值，然后将 100kΩ电阻接入基极与集电极之间，使基极得到一个偏流，这时表针所示的阻值比不接电阻时要小，即表针的摆动变大。摆动越大，说明放大能力越好。如果表针摆动与不接电阻时差不多，或根本不变，说明管子的放大能力很小或管子已损坏。

对于 NPN 三极管的放大能力的测量与 PNP 管的方法完全一样，只是要把红、黑表笔对调且将万用表拨到 $R\times1$k 或 $R\times10$k 挡。

目前万用表上均设有测量晶体三极管的插孔，只要把万用表功能置于 hfe 挡并经校正，就可以很方便地测出三极管的 β，并可判别管型及管脚。

⑤ 判别三极管是硅管还是锗管。

根据硅管的正向压降比锗管正向压降大的特点可以判断是硅管还是锗管。一般情况下锗管的正向压降为 0.2～0.3V，硅管的正向压降为 0.6～0.8V。据图 2.39 所示的电路进行测量，看正向压降属于哪个范围就可确定是哪种类型的管子。

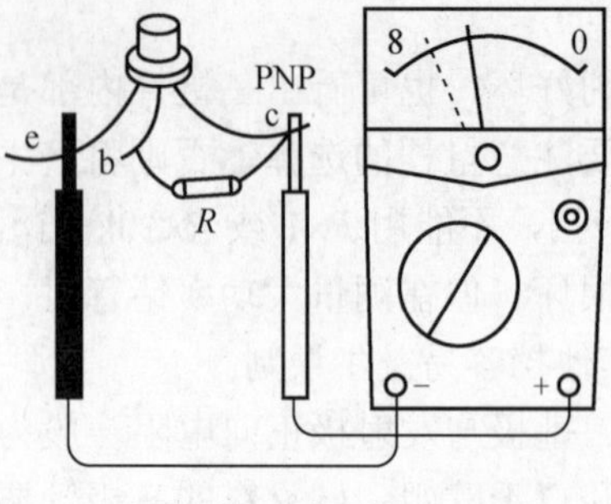

图 2.38　三极管 β 的估算

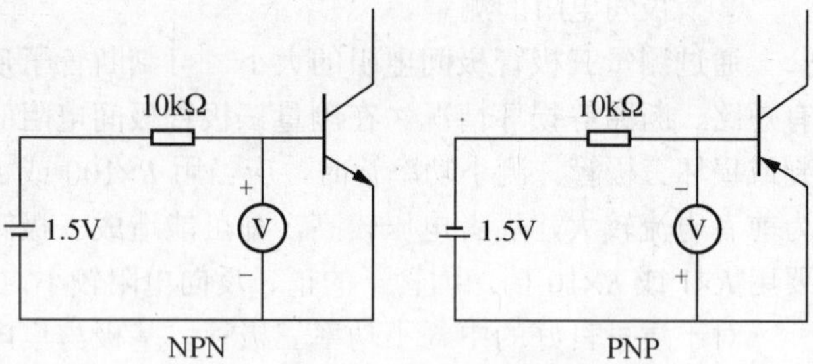

图 2.39　判断硅管和锗管的电路

(2) 结型场效应管的测试。

① 用万用表判断结型场效应管的栅极。

万用表拨至 $R\times1k$ 挡，用黑表笔接触管子的一个电极，用红表笔分别接触另外两个电极，若两次测得的阻值都很小，则黑表笔所接触的电极就是栅极，而且是 N 沟道场效应管。如果红表笔接触一个电极，用黑表笔分别去接触另外两个电极，如测得的阻值两次都很小，则红表笔所接触的就是栅极，而且是 P 沟道场效应管。在测量中如出现两阻值相差太大，可改换电极重测。直到出现阻值都很小或都很大为止。

② 用万用表判别结型场效应管的好坏。

用万用表的 $R\times1k$ 挡测 P 沟道管时，将红表笔接源极或漏极，黑表笔接栅极时，测得的电阻应很大，交换表笔重测，阻值应很小，表明管子基本上是好的。如测得的结果与其不符，说明管子性能不好。当栅极与源极间、栅极与漏极间均无反向电阻时，表明管子是坏的。

(3) 用晶体管图示仪测试晶体三极管。

晶体管图示仪是一种能在示波管荧光屏上直接观察各种特性曲线的专用仪器，如图 2.40 所示。

通过转换如图 2.40 所示面板上的控制开关，能够测量晶体管的输入、输出特性曲线，以及各种反向饱和电流、击穿电压等；也能测量场效应管、普通二极管、稳压管、晶闸管等元器件的各种交直流参数。

现以测小功率 NPN 管的共发射极特性为例。对于 NPN 管，在测试三极管前，应将光点调到荧光屏的左下角，再调节阶梯零点，方法如下：将 Y 轴作用的“毫安-伏/度”置于基极电流或基极源电压；将 X 轴的“伏/度”置于集电极电压 1 伏/度；将“阶梯选择”置于 0.01 毫安/级，“阶梯作用”置于“重复”，阶梯“极性”置于“+”；将集电极扫描信号的“峰值电压范围”置于 0～20V，极性取“+”。逐步加大扫描峰值电压，在荧光屏上即能看到阶梯信号。

再将 Y 轴作用中的“放大器校正”开关置于零点，记住光迹的位置。复位后调节“阶梯调零”旋钮，使阶梯信号的起始级(最下面一根直线)与“零点”时光迹相重合，阶梯零点就调好了。这样，阶梯信号的起始电位就在零电平位置上了，在以后的测试过程中不要再旋动“阶梯调零”旋钮。

① 共发射极输入特性测试。

在调整好坐标原点和阶梯零点后，即可对待测管进行测试。为此，可将各开关置于如下位置：集电极扫描信号的“峰值电压范围”选 0～20V，“极性”置“+”(NPN 管)，“功耗电阻”置于 1k；X 轴作用的“伏/度”置于基极电压 0.1 伏/度；Y 轴作用的“毫安-伏/度”置于基极电流或基极源电压；基极阶梯信号的“极性”置于“+”(NPN 共射接法)，“阶梯作用”置于“重复”，“阶梯选择”置于“毫安/级”(其大小根据所需基极电流而定)；“接地选择”置于射极接地。

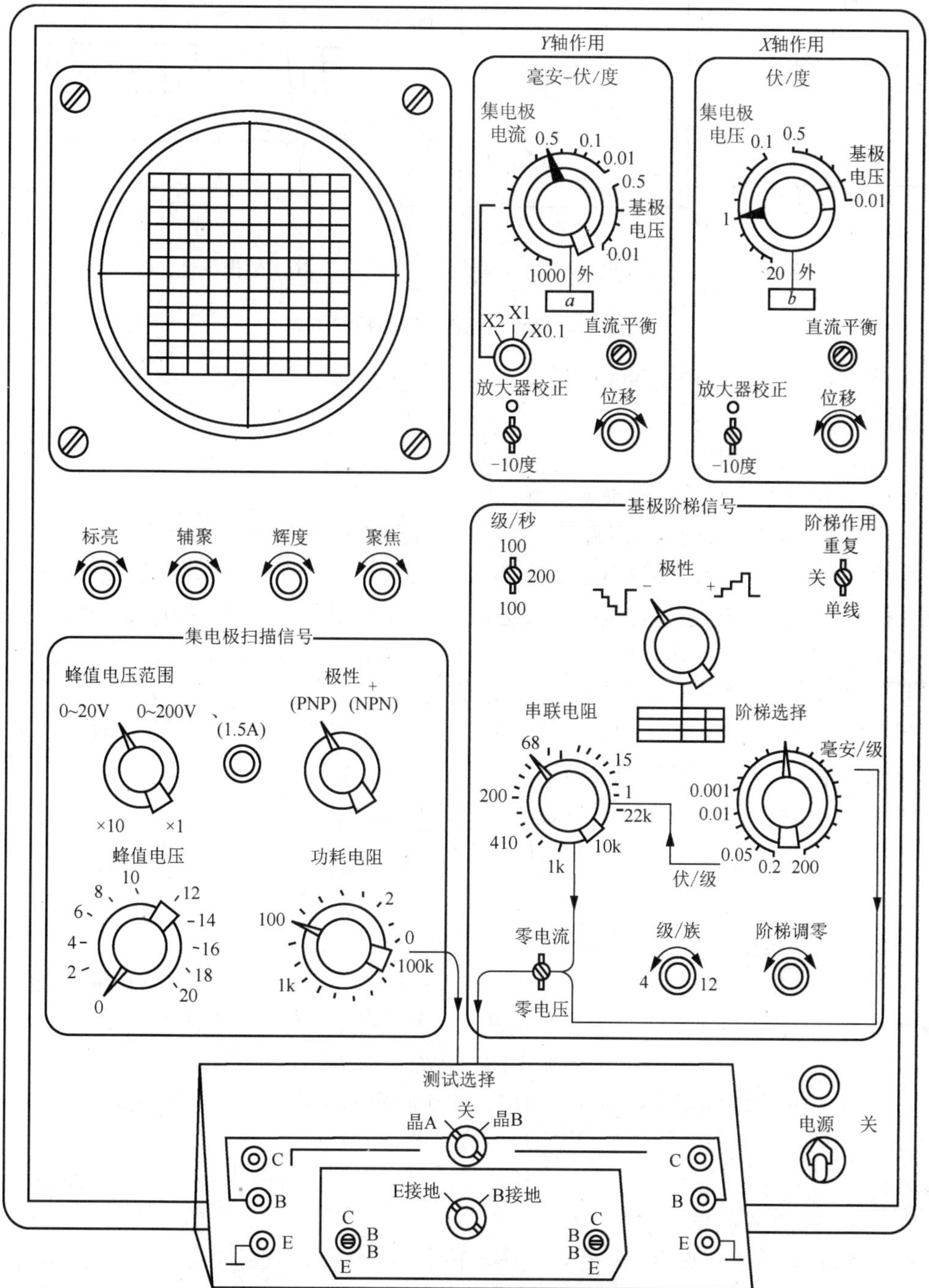

图 2.40 JT-1 型晶体管图示仪面板图

将待测管按图 2.41(a)所示接入测试台对应的插座。逐步加大“峰值电压”，即可得到图 2.41(b)所示的输入特性曲线。

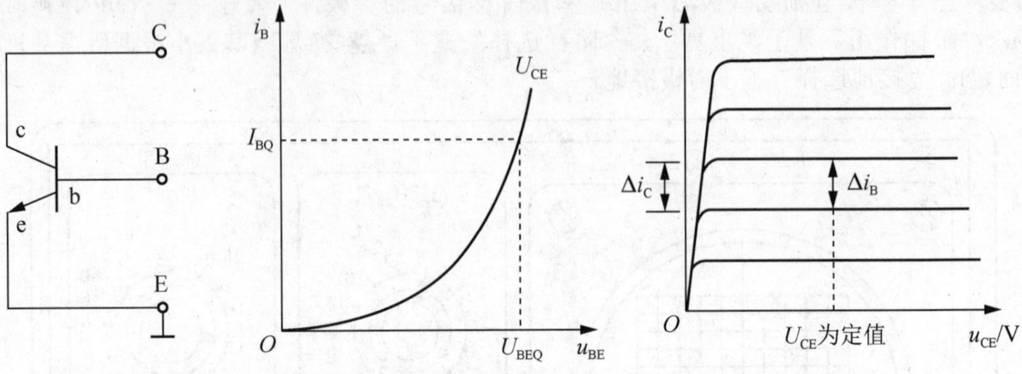

(a) 待测管接法　　(b) 输入特性曲线　　(c) 输出特性曲线

图 2.41　三极管输入、输出特性测试

对于 PNP 管，则应将光点调到右上角。集电极扫描信号“极性”置于“-”；基极阶梯“极性’选择“-”。

② 输出特性的测试。

仍以 NPN 管共射接法为例来说明测试步骤。

光点调到荧光屏左下角，并调好阶梯零点。其他各开关置于下列位置：集电极扫描信号“极性”置于“+”，“峰值电压范围”为 0～20V，“功耗电阻”为 1k；Y 轴作用置于“集电极电流”1 毫安/度(也可根据需要选择)；X 轴作用置于“集电极电压”0.5 伏/度(也可按需要选择)；基极阶梯信号“极性”取“+”，“阶梯作用”置于“重复”位置，“级/秒”置于 200，“阶梯选择”置于 0.02 毫安/级左右。

逐步加大“峰值电压”，即可在荧光屏上显示输出特性曲线族，如图 2.41(c)所示。调节“级/簇”旋钮，可增减曲线族的条数。

从输出特性曲线上可以得到共发射极电流放大系数 β 为

$$\beta=\left.\frac{\Delta i_C}{\Delta i_B}\right|_{U_{CE}=\text{常数}}=\frac{\text{Y轴作用}I_C\times\text{Y轴倍乘}\times\text{两曲线之间的格数}}{\text{阶梯选择}\times 1}$$

③ $U_{(BR)CEO}$的测量。

将基极阶梯信号的“零电流/零电压”开关扳向“零电流”，使基极开路。缓慢调节“峰值电压”，当曲线突然上弯时，即得到 e-c 击穿电压，如图 2.42 所示，有

$$U_{(BR)CEO}=\text{X 轴作用的“伏/度”}\times\text{度数(即格数)}$$

若 X 轴作用置于 5 伏/度，曲线上弯时，水平轴上的格数为 4 格，则 $U_{(BR)CEO}$=5 伏/度×4 度=20V。为防止管子击穿，功耗电阻可取大一些，并且调节“峰值电压”旋钮时一定要缓慢。

④ 穿透电流 I_{CEO} 的测量。

由于 NPN 硅管的穿透电流很小，在图示仪上不易读出，若需要观察明显的 I_{CEO}，则可用 PNP 型锗管。在测量 PNP 管时，要将集电极扫描信号的“极性”调到“-”，基极阶梯信号的“极性”置于“-”，光点应移到荧光屏的右上角。其他测量方法与上述 NPN 管基

本相同。

I_{CEO} 是指在共发射极电路中，当基极电流 $I_B=0$ 时的集电极电流。将基极阶梯信号的“零电流/零电压”开关扳向“零电流”，调节“峰值电压”，则荧光屏上 $I_B=0$ 时所对应的 I_C 值即为 I_{CEO}。

计算方法为

$$I_{CEO}=\text{Y 轴作用 } I_C \times \text{Y 轴倍乘} \times \text{曲线距离 } U_{CE} \text{ 轴的总格数}$$

如图 2.43 所示，若 Y 轴作用“集电极电流”为 0.01 毫安/度，Y 轴倍乘为×1，曲线距离 U_{CE} 轴的格数为 1div。则 I_{CEO}=0.01mA×1×1=0.01mA=10μA。

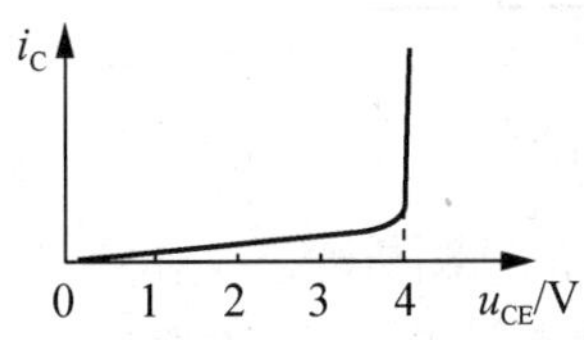

图 2.42　三极管 $U_{(BR)CEO}$ 测试

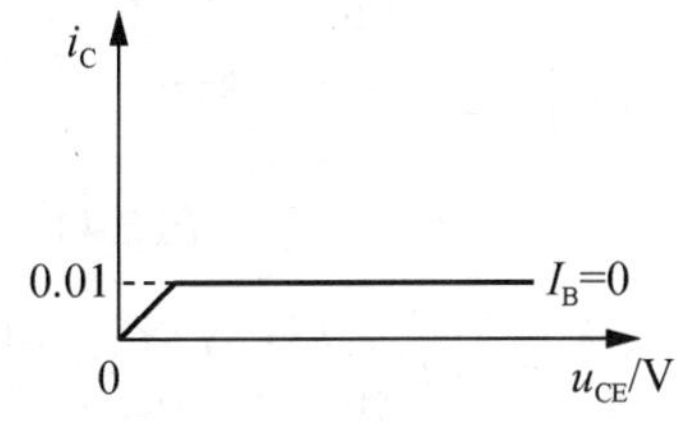

图 2.43　三极管 I_{CEO} 测试

2.6.2　训练实例 2

1．训练内容

单管共发射极放大电路性能的测试。

2．训练目的

(1) 学习电子电路布线、安装等基本技能。

(2) 学习单管放大电路故障的排除方法，培养独立解决问题的能力。

3．训练要点

(1) 测量中注意测量仪器和放大电路的共同接地。

(2) 测量时，必须使用示波器监视输出波形，以保证在不失真条件下进行测量。

4．实训过程

1) 训练准备

(1) 电工实验装置，1 套。

(2) 交流毫伏表，1 块。

(3) 示波器，1 台。

(4) 万用表，1 块。

(5) 元器件，按图 2.44 所示电路准备。

2) 训练内容与步骤

(1) 检测元器件：检查各元件的参数是否正确，测量三极管的好坏及 β 值。

(2) 按图 2.44 所示连接电路，注意三极管的电极以及电容的极性不能接反。

(3) 静态测试。

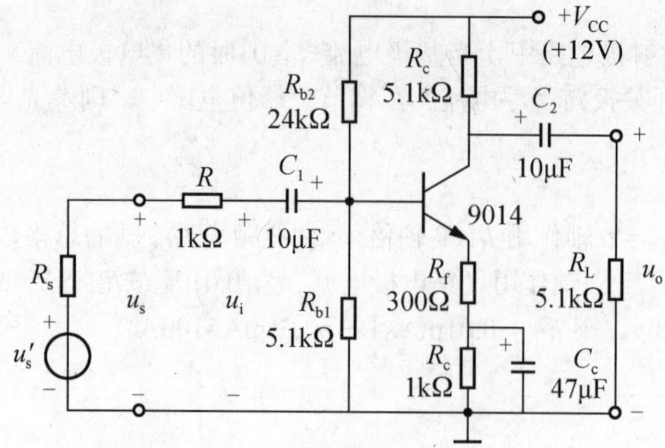

图 2.44 共射放大电路测试电路

检查线路无误后接通+12V 直流电源，用万用表直流挡测量静态工作点 U_{BQ}、U_{EQ}、U_{BEQ}、U_{CEQ}及 I_{CQ}，并记录于表 2.2 中。考虑为什么直接测试的 U_{BEQ} 较小，它和(U_{BQ}-U_{EQ})有差别。

表 2.2 静态工作点的测量

	V_{CC}/V	U_{BQ}/V	U_{EQ}/V	U_{BEQ}/V	U_{CEQ}/V	I_{CQ}/mA
理论估算值						
测量值						

(4) 测量电压放大倍数、输入电阻和输出电阻。

将低频信号发生器输出信号频率调为 1kHz、幅度为 U_s=30mV 左右，并用示波器校准后接到放大器输入端，用双踪示波器观察输出波形 u_o。在没有失真时，用示波器或用电子毫伏表读出 U_o、U_i，再断开负载电阻 R_L，测出其开路输出电压U_o'，均记于表 2.3 中。

表 2.3 动态测量

U_s/mV	U_i/mV	U_o/mV	U_o'/mV	U_{om}/mV

输入电阻为 $R_i=\dfrac{U_i}{I_i}=\dfrac{U_i}{(U_s-U_i)/R}$

输出电阻为 $R_o=(\dfrac{U_o'}{U_o}-1)R_L$

放大倍数为 $A_u=\dfrac{U_o}{U_i}$

(5) 测量最大不失真输出电压幅度。

调节信号发生器的输出，使 U_s 逐渐增大，用示波器观测输出电压波形，直到输出波形刚要出现失真的瞬间即停止，这时示波器上显示的正弦波电压幅度即为最大不失真输出电压幅度 U_{om}，将该值记录于表 2.3 中，然后继续增加 U_s，观察此时输出电压波形的变化，判断发生的为何种失真，调节哪些元件可减小或消除此失真。

2.6.3　工作实践常见问题解析

【问题 1】 用示波器观察输出波形时，如果出现上半部分波形被削去或下半部分波形被削去的现象，应如何调整电路中的参数？

【答】 在用示波器观察输出波形时，如果出现上半部分波形被削去的现象，则为截止失真，此时是由于静态工作点过低造成的，应减小 R_{B2} 阻值，提高静态工作点；如果出现下半部分波形被削去的现象，则为饱和失真，此时是由于静态工作点过高造成的，应增大 R_{B2} 阻值，降低静态工作点。

【问题 2】 在用交流毫伏表测量输出电压时，如果测出的输出电压很小，则可能是什么原因造成的？

【答】 造成输出电压过小的原因可能有两个：①静态工作点设置得不合适，电路出现了饱和失真，使输出电压过小；②旁路电容 C_e 开路，使电阻 R_e 接入了交流通路。

2.7　习　　题

1. 晶体管按杂质半导体的不同组成方式，可分为_________型和________型两大类。

2. 当环境温度上升时，晶体管的穿透电流 I_{CEO} 会变___________，电流放大系数 β 会变_________，U_{BE} 会变_________。

3. 当晶体管的发射结_________偏置、集电结________偏置时，三极管具有电流放大作用。

4. 在一块放大板内测得某只处于放大状态的晶体管的三个电极的直流电位是：1 号电极为-6.3V，2 号电极为-6V，3 号电极为-9V，则可判断 1 号为_______极，2 号为_______极，3 号为______极，该晶体管为_________型管，由_______半导体材料制成。

5. 基本放大电路中，经过晶体管的信号应是_______均有。

6. 基本放大电路中的主要放大对象是_______信号。

7. NPN 管共射极放大器工作点接近饱和区，出现______失真。

8. 工作在放大区的某三极管，如果当 I_B 从 12μA 增大到 22μA 时，I_C 从 1mA 变为 2mA，那么它的 β 约为_______。

9. 按要求填写下表。

电路名称	连接方式			性能比较(大、中、小)				
	公共极	输入极	输出极	A_u	A_i	R_i	R_o	其他
共射电路								
共集电路								

10. 试分析图 2.45 所示电路能否放大正弦交流信号，简述理由。如不能，改正其错误。设图中电容对交流信号均可视为短路。

11. 画出图 2.46 所示放大电路的直流通路和交流通路。设图中各电容的容抗均可以忽略。

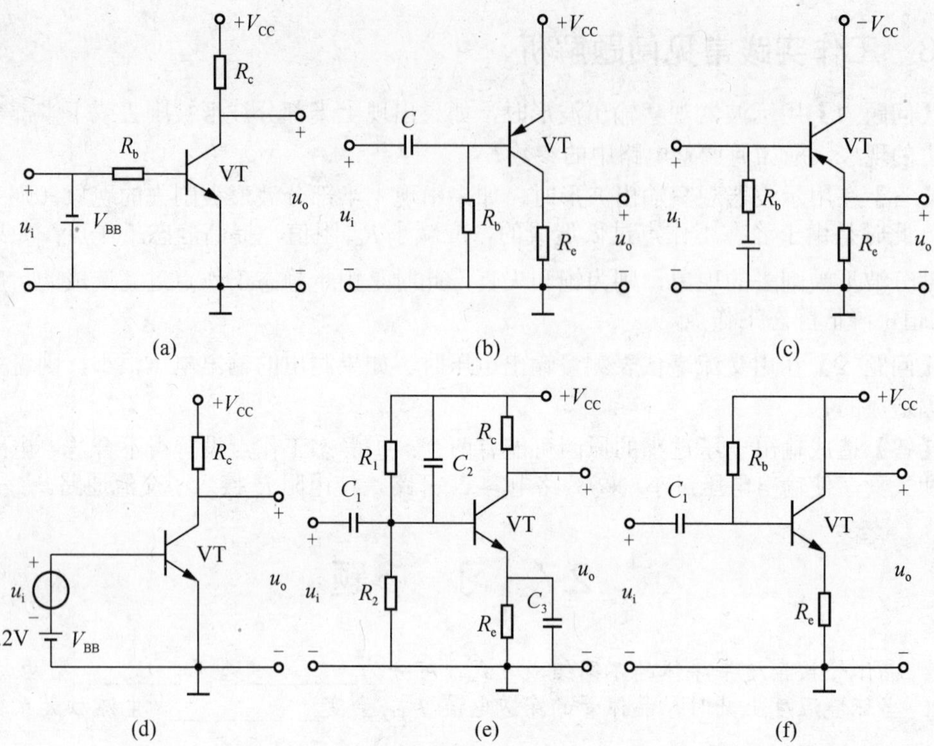

图 2.45　题 10 电路图

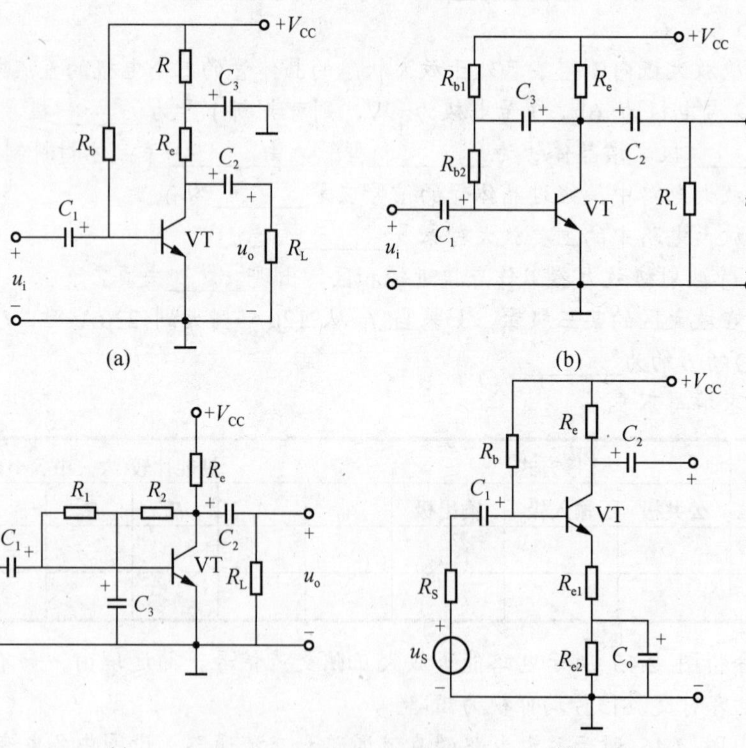

图 2.46　题 11 电路图

12. 放大电路及三极管输出特性曲线如图 2.47 所示。

(1) 用图解法求静态工作点。

(2) 当 R_b 由 300kΩ 变为 150kΩ 时，Q 点将如何移动？

(3) 当 R_C 由 5kΩ 变为 4kΩ 时，Q 点将如何移动？

(4) 当电源电压 V_{CC} 由 12 V 变为 6V 时，Q 点将如何移动？

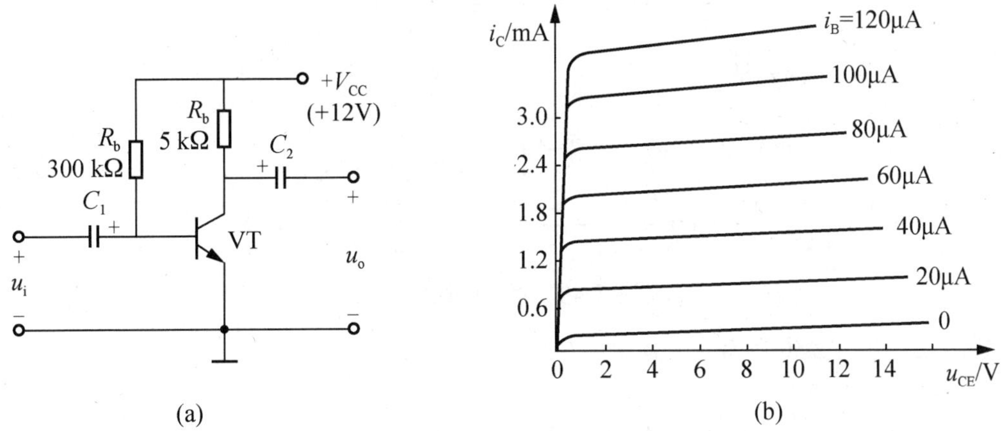

图 2.47　题 12 电路图

13. 对于题 12，若三极管的 U_{BEQ}=0.6V，β=50，R_b=300kΩ，R_C=4kΩ。

(1) 试估算 Q 点各值。

(2) 画出该电路简化的微变等效电路。

(3) 计算三极管的 r_{be}。

(4) 若输出端接上 R_L=4kΩ 的负载电阻，试求 A_u、R_i、R_o。

14. 对于图 2.48(a)所示电路，在信号源电压为正弦波时，测得输出波形如图 2.59 所示，试说明电路分别产生了什么失真？应如何减小或消除？

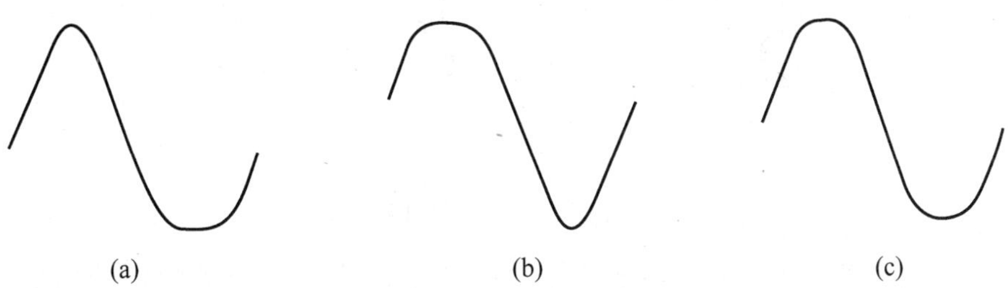

图 2.48　题 14 波形图

15. 电路如图 2.49 所示，晶体管的β=100，$r_{bb'}$=200Ω。

(1) 试画出电路的直流通路，并求静态工作点。

(2) 计算三极管的 r_{be}。

(3) 画出微变等效电路。

(4) 计算 A_u、A_{us}、R_i、R_o。

(5) 若电容 C_e 开路，将引起电路的哪些动态参数发生变化？如何变化？

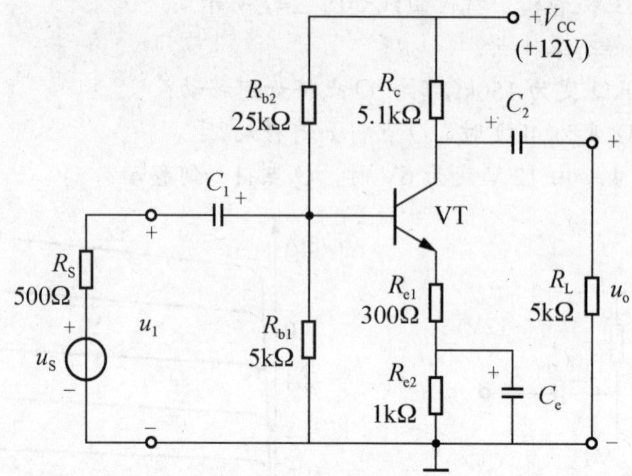

图 2.49　题 15 电路图

16. 电路如图 2.50 所示，晶体管的β=80，r_{be}=1kΩ。

(1) 求静态工作点。

(2) 分别求出 $R_L=\infty$和 R_L=3kΩ 时电路的 A_u、R_i和 R_o。

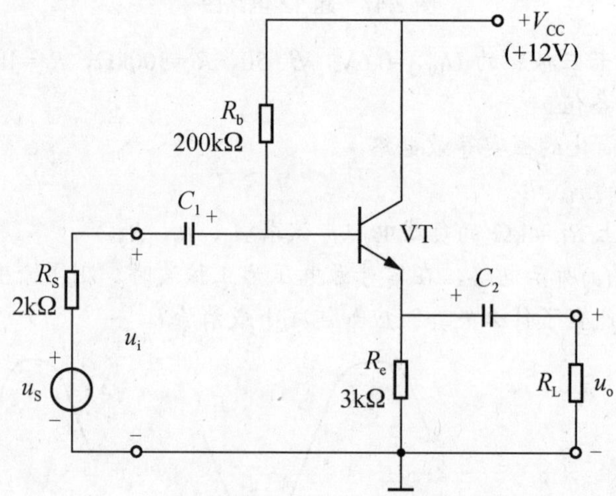

图 2.50　题 16 电路图

17. 在图 2.51 所示电路中，已知 V_{CC}=15V，VT_1和 VT_2管的饱和管压降$|U_{CES}|$=2V，输入电压足够大。试求：

(1) 最大不失真输出电压的有效值。

(2) 负载电阻 R_L上电流的最大值。

(3) 最大输出功率 P_{om}和效率 η。

18. 一单源互补对称电路(OTL)如图 2.52 所示，设 VT_1、VT_2的特性完全对称，u_i为正弦波，V_{CC}=12V，R_L=8Ω，试回答下列问题：

(1) 静态时，电容 C_2两端电压应是多少？调整哪个电阻能满足这一要求？

(2) 若 R_1=R=1.1kΩ，VT_1 和 VT_2 的 β=40，$|U_{BEQ}| = 0.7V$，P_{CM}=400mW，设 VD_1、VD_2 中任意一个开路，将产生什么后果？

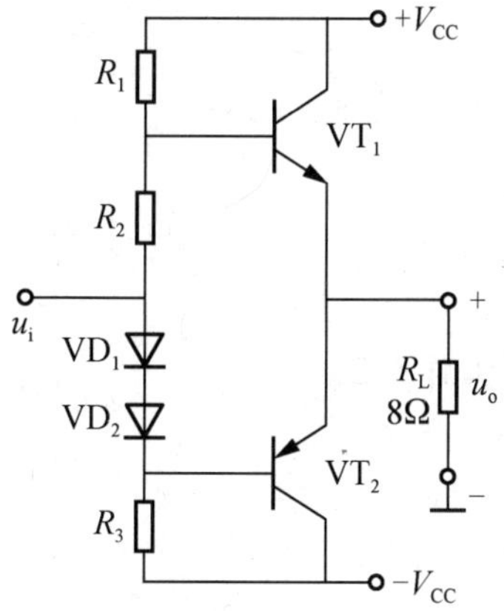

图 2.51　题 17 电路图

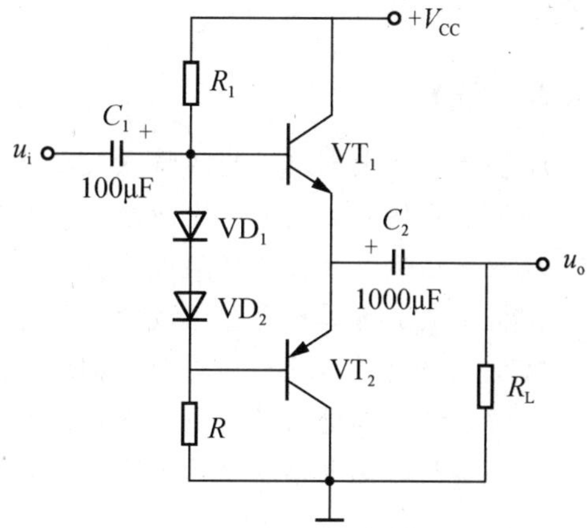

图 2.52　题 18 电路图

第 3 章　集成运算放大器

【教学目标】

- 掌握差动放大电路的组成特点及工作原理。
- 理解负反馈在放大电路中所起的作用及对性能的影响。
- 理解集成运算放大器的组成、特点及传输特性。
- 掌握由集成运算放大器组成的各种运算电路的工作原理。
- 掌握反馈的概念及反馈类型的判别方法。
- 了解各种运算电路的组成特点。
- 掌握各种运算电路的测试方法。

【工程应用导航】

在自然科学与社会科学的许多领域中，都存在着反馈或者会用到反馈。自动控制系统应用反馈可使系统达到最佳工作状态。本章主要介绍差动放大电路的工作原理、负反馈放大电路的类型及对放大电路性能的影响，着重介绍如何利用集成运算放大器实现相关运算功能。

集成电路就是采用一定的制造工艺，将晶体管、场效应管、二极管、电阻、电容等许多元件组成的具有完整功能的电路制作在同一块半导体基片上，然后加以封装所构成的半导体器件。集成运算放大器是一种高增益的直接耦合多级放大电路，是一种典型的模拟集成电路，其输入级通常采用差动放大电路，以克服零点漂移现象，并通过引入负反馈实现比例、加法、减法等运算功能。

集成运算放大器的元件密度高(即集成度高)、体积小、功能强、功耗低、外部连线及焊点少，从而大大提高了电子设备的可靠性和灵活性，实现了元件、电路与系统的紧密结合。集成运算放大器是模拟线性集成电路的一个重要分支。在线性集成电路中，它发展得最早，应用得最为广泛。现在，它已像晶体管一样作为通用的电子器件广泛应用于电子技术各个领域。

【引导问题】

(1) 你了解什么是零点漂移吗？
(2) 你知道如何克服环境温度或电流变化对放大电路带来的干扰吗？
(3) 你了解电路中的反馈吗？
(4) 你知道如何判断电路中的反馈类型及其在电路中的作用吗？
(5) 你知道如何利用集成运算放大器实现电路运算吗？

3.1　差动放大电路及仿真分析

差动放大电路又称为差分放大电路，它的输出电压与两个输入电压之差成正比，电路即由此得名。差动放大电路是另一类基本放大电路，由于具有温度漂移小、便于集成等优点，因而广泛应用于集成电路中。在分立电路中，差动放大电路常用作低漂移的直流放大器。

3.1.1　零点漂移问题

工业控制中的物理量通常是通过传感器转换而来的电量，其许多为变化非常缓慢的非周期信号，因而放大这样的信号时多采用直接耦合放大电路。但简单的直接耦合电路有两个问题：一是前后级静态工作点互相影响；二是由于温度、电源电压波动等外界因素的影响，使放大电路即使在输入信号为零时，输出端仍有信号输出，这种现象称为“零点漂移”，简称“零漂”。

零漂主要是由温漂引起的，抑制温漂常用的方法一般有：采用温度特性好、高质量的硅管；在电路中加入直流负反馈；采用热敏元件进行温度补偿；采用调制解调电路；采用差动放大电路。其中，抑制零点漂移最有效的措施就是采用差动放大电路。

3.1.2　差动放大电路

1. 差动放大电路的基本结构与工作原理

差动放大电路如图 3.1 所示。该电路由两个完全对称的基本放大电路组成。VT_1、VT_2 是特性参数相同的对称管，两个放大电路对应元件参数一致，即 $R_{b1}=R_{b2}$、$R_{c1}=R_{c2}$。因而有 $I_{BQ1}=I_{BQ2}$、$I_{CQ1}=I_{CQ2}$、$U_{CQ1}=U_{CQ2}$，输出 $U_o=U_{CQ1}-U_{CQ2}=0$。

当温度变化时，工作点 Q 将发生变化，而电路对称将使 U_{CQ1}、U_{CQ2} 变化一致，从而输出保持为零，即电路克服了温度漂移。

1)　基本差动放大电路

差动放大电路的基本型如图 3.1(a)所示。当 u_{i1} 与 u_{i2} 所加信号为大小相等、极性相同的输入信号时称为共模信号，由于电路参数对称，VT_1 管和 VT_2 管所产生的电流变化相等，即 $\Delta i_{B1}=\Delta i_{B2}$，$\Delta i_{C1}=\Delta i_{C2}$；因此集电极电位的变化也相等，即 $\Delta u_{C1}=\Delta u_{C2}$。输出电压 $u_o=u_{C1}-u_{C2}=(U_{CQ1}+\Delta u_{C1})-(U_{CQ2}+\Delta u_{C2})=0$，说明差分放大电路对共模信号具有很强的抑制作用，在参数完全对称的情况下，共模输出为零。但在实际电路中，VT_1 和 VT_2 两管电路不可能完全对称，因此 u_o 不等于零，但要求 u_o 越小越好。其共模输出电压 u_o 与共模输入电压 u_i 之比，定义为差动放大电路的共模电压、放大倍数 A_{uc}，即 $A_{uc}=u_o/u_i$。

当 u_{i1} 与 u_{i2} 所加信号为大小相等、极性相反的输入信号时称为差模信号，由于 $\Delta u_{C1}=-\Delta u_{C2}$，又由于电路参数对称，$VT_1$ 管和 VT_2 所产生的电流的变化大小相等而方向相反，即 $\Delta i_{B1}=-\Delta i_{B2}$，$\Delta i_{C1}=-\Delta i_{C2}$；因此集电极电位的变化也是大小相等而方向相反，即 $\Delta u_{C1}=-\Delta u_{C2}$，这样得到的输出电压为 $u_o=u_{C1}-u_{C2}=2\Delta u_{C2}=-2\Delta u_{C1}$，从而可以实现电压放大。其差模输出电压 u_o 与差模输入电压 u_i 之比称为差分放大电路的并模电压放大倍数 Aud，即 Aud=$u_o/u_i=-\dfrac{\beta R_c}{r_{be}}$ 从上述分析可以看出，输入 u_{i1} 与 u_{i2} 只要有差别即有输出，因而该电路能够放大差模信号而抑制共模信号，故称为差动放大电路。

2)　长尾式差动放大电路

对于图 3.1(a)所示电路，由于管子等器件不可能完全对称，特别是温漂特性更是如此，因而当温度变化较大时，输出仍可能有零漂输出。为了改善电路性能，我们接了调零电位器 R_p、发射极公共电阻 R_e 和负电源$-V_{EE}$，电路就像拖了一个尾巴，故称为长尾式电路，如图 3.1(b)所示。

可以证明，在静态工作点一定时，引入了 R_e 后，便降低了共模放大倍数 A_{uc}，而差模放大倍数 A_{ud} 不受影响，也就是说，提高了共模抑制比 $K_{CMR}=\dfrac{A_{ud}}{A_{uc}}$。

3) 恒流源式差动放大电路

在长尾型差动放大电路中，发射极公共电阻 R_e 越大，抑制共模信号的效果越好。但 R_e 越大，为了保证一定的静态工作点，则必须提高负电源 V_{EE}，而且在集成电路中制作大电阻也较困难。

解决的方法是将 R_e 改成恒流源电路，如图 3.1(c)所示，图(d)为其简化画法。由于恒流源的等效交流电阻很大，因此，恒流源式差动放大电路抑制共模信号的能力很强，共模抑制比可达 60～120dB 甚至更高，在电路中，特别是集成电路中应用广泛。

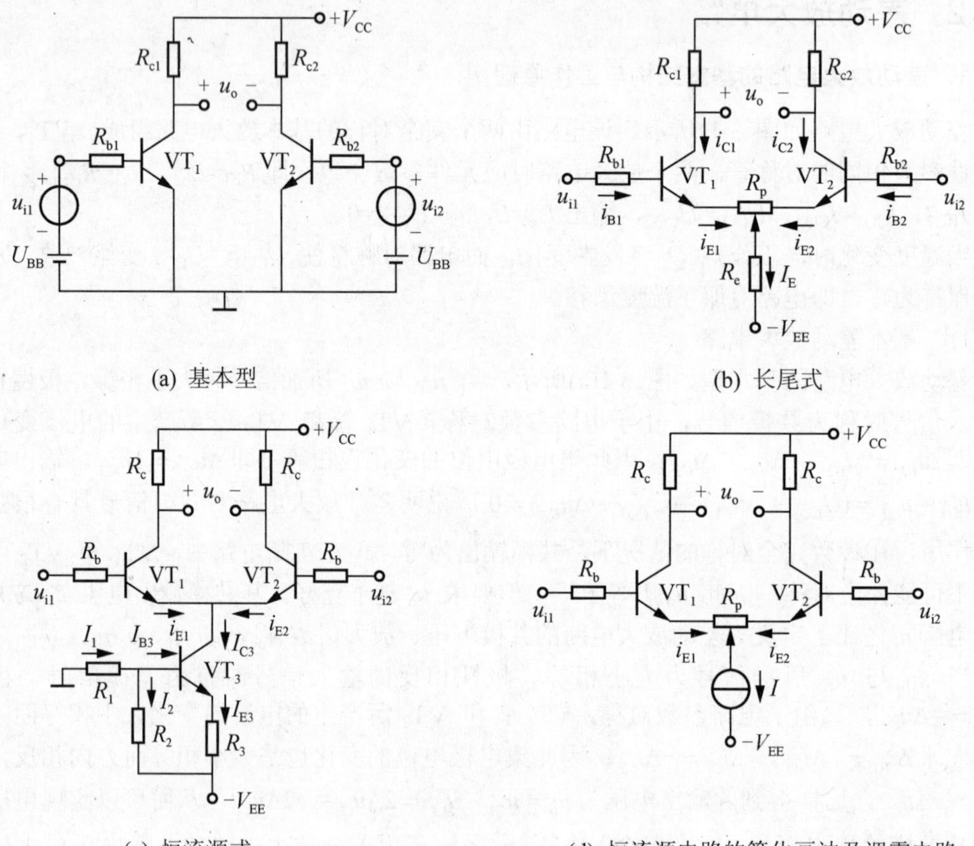

(a) 基本型　(b) 长尾式　(c) 恒流源式　(d) 恒流源电路的简化画法及调零电路

图 3.1　差动放大电路

2．差动放大电路的几种接法

差动放大器有两个对地输入端和两个对地输出端。因此，信号的输入、输出可接成下述 4 种方式。

1)　双端输入、双端输出

前面分析的电路就是双端输入、双端输出电路，它的差模放大倍数与单管放大电路的放大倍数相同，即 $A_{ud}=A_{ud1}$。

2)　双端输入、单端输出

双端输入、单端输出的差动放大电路如图 3.2(a)所示。因输出电压仅取自于 VT_1 的集电极，其差模输出电压 u_{o1} 和差模放大倍数均只有双端输出时的一半。即

$$u_{o1}=\Delta u_{c1} \qquad A_{ud}=\frac{1}{2}A_{ud1}$$

从图中可以看出，此电路已不具备对称性，只能用 R_e 或恒流源等效交流电阻来抑制共模信号，因此，共模抑制比较低。

3)　单端输入、双端输出

单端输入、双端输出的差动放大电路如图 3.2(b)所示。它的作用是将对地为单端输入的信号转换成双端输出，便于与它后一级的双端输入网络配合。所以这种电路可用作多级放大电路的输入级，若将它用于输出级，最适用于拖动两端不接地的、正负电压对称的悬浮负载。

单端输入、双端输出的差模放大倍数与双端输入、双端输出相同，即 $A_{ud}=A_{ud1}$。

4)　单端输入、单端输出

单端输入、单端输出的差动放大电路如图 3.2(c)所示，它与双端输入、单端输出一样，其差模输出电压 u_{o1} 和差模放大倍数均只有双端输出时的一半。即

$$u_{o1}=\Delta u_{c1} \qquad A_{ud}=\frac{1}{2}A_{ud1}$$

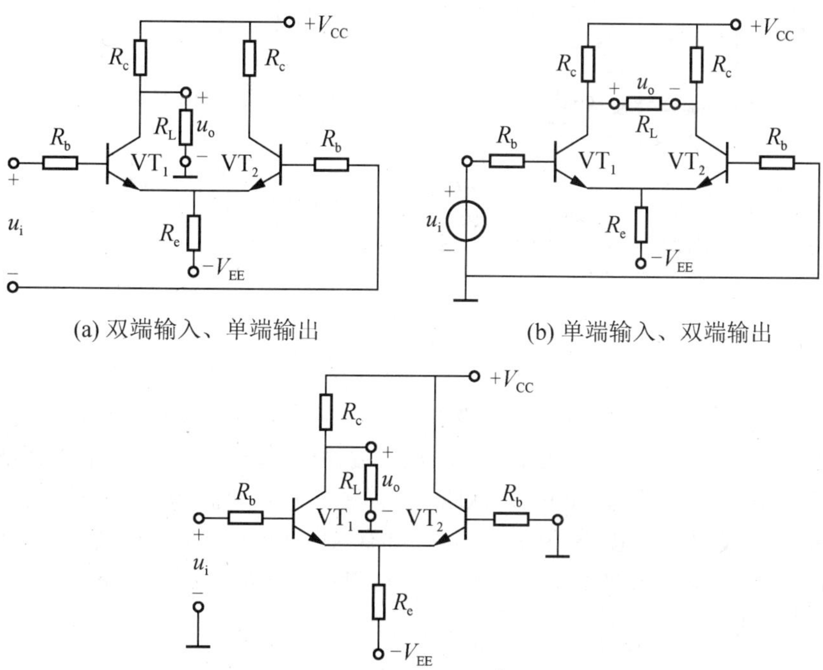

(c) 单端输入、单端输出

图 3.2　差动放大电路的几种接法

3.1.3 典型差分放大电路的仿真分析

1. 仿真分析的目的

(1) 通过仿真分析熟悉差动放大电路的工作原理。

(2) 掌握差动放大电路静态工作点的测量方法与特点。

(3) 通过仿真分析基本型差动放大电路与恒流源式差动放大电路的动态参数的区别。

2. 仿真分析电路

差动放大电路是模拟集成电路中非常重要的单元电路，它具有放大差模信号、抑制共模信号的特性，因而对抑制噪声和温漂都十分有效。图 3.3 所示是差动放大电路的仿真实验电路，它可由开关切换分别实现基本型差动放大电路和恒流源式差动放大电路两种形式。本实验将通过仿真实验，分别测试这两种差动放大电路的性能，下面对该仿真电路做一说明。

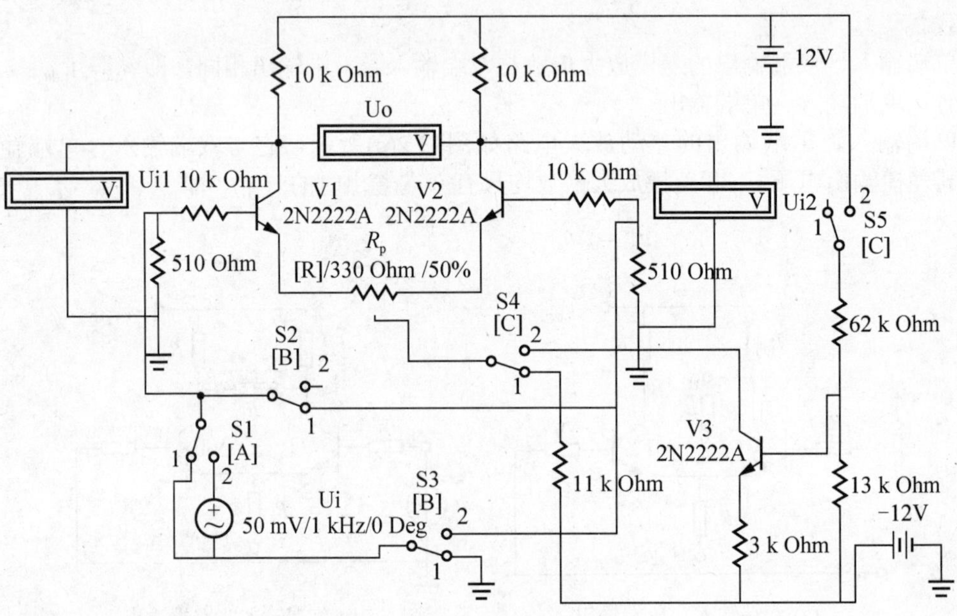

图 3.3 差动放大仿真电路

V1、V2 是两个差分对管，V3 为射极恒流源。电压表 Ui1 和 Ui2 用来测量两个三极管的集电极单端输出电压，电压表 U_O 用来测量双端输出电压，三个电压表的“mode”均设置成“AC”模式。信号源为 50mV、1kHz 的正弦信号，电源为±12V 供电。Rp 为射极 330Ω 可调电阻，设置成用 R 键控制。电路中共有 S1～S5 五个控制开关，其中 S1 用 A 键控制，S2 和 S3 用 B 键联动控制，S4 和 S5 用 C 键联动控制，由这五个开关来改变差动放大电路的连接形式。

3. 仿真内容及步骤

(1) 打开 EWB 主界面，在电路工作区按图 3.3 所示连接好仿真电路，并进行适当的器件参数设置。

(2) 差动放大电路调零。

为了实现“零输入、零输出”的要求，在仿真前要进行调零。参考图 3.3，按 A 键和 B 键将开关 S1、S2 和 S3 均接入“1”端，即使差动放大电路的两输入端均接地。然后按 R 键或 Shift+R 组合键调节 Rp，使双端输出电压表 Uo 显示为零，图中只要将 Rp 调至 50%即可。

(3) 基本差动放大电路的测试。

按 A 键将开关 S1 接“1”端，按 C 键将开关 S4 和 S5 接“1”端，构成基本的差动放大电路形式。

① 静态工作点分析。选择 Analysis | DC Operating Point 命令，弹出静态分析结果如图 3.4 所示，其上有三个三极管各极的电压值分析。其中，“Q1#base”表示 Q1 基极，“Q1#collector”表示 Q1 集电极，“Q1#emitter”表示 Q1 发射极，依此类推。

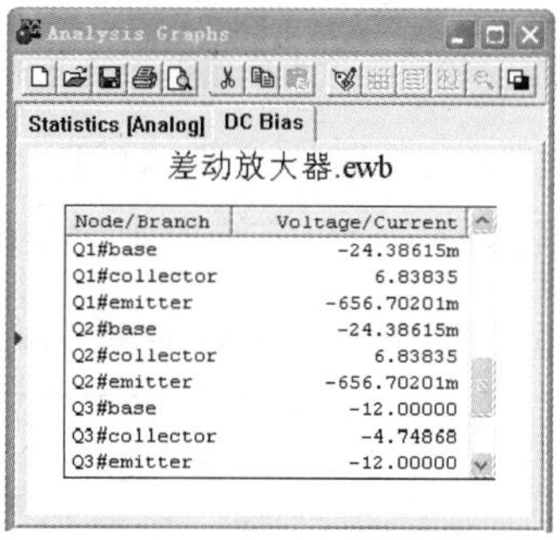

图 3.4　基本差动放大电路的直流工作点分析结果

② 差模电压放大倍数测量。按 A 键使开关 S1 接“2”端，按 B 键使 S2、S3 接“2”端，构成差模输入形式。单击主界面右上侧的“启动/停止”按钮使电路工作，记录下差模输入下的单端输出与双端输出电压值，并根据输入是 50mV 的信号，计算出单端输出差模电压放大倍数和双端输出差模电压放大倍数，如表 3.1 所示。

表 3.1　基本差动放大电路的差模输入测试结果

参　数	U_{c1}	U_{c2}	U_{od}	A_{ud1}	A_{ud2}	A_{ud}
读取位置	表 U_{i1}	表 U_{i2}	表 U_o	计算	计算	计算
大　小	0.9V	0.9V	1.8V	18	18	36

③ 共模电压放大倍数测量。按 A 键使开关 S1 接“2”端，按 B 键使 S2、S3 接“1”端，构成共模输入形式。启动电路工作，记录下共模输入下的单端输出与双端输出电压值，并计算出单端输出共模电压放大倍数和双端输出共模电压放大倍数，如表 3.2 所示。

表 3.2　基本差动放大电路的共模输入测试结果

参　数	U_{c1}	U_{c2}	U_{oc}	A_{uc1}	A_{uc2}	A_{uc}	K_{CMR}
读取位置	表 U_{i1}	表 U_{i2}	表 U_o	计算	计算	计算	计算
大　小	22.1mV	22.1mV	0	0.442	0.442	0	∞

(4) 射极带恒流源的差动放大电路测试。

按 A 键将开关 S1 接“1”端，按 C 键将开关 S4 和 S5 接“2”端，使电路构成带恒流源的差动放大电路。

① 静态工作点。选择 Analysis | DC Operating Point 菜单，弹出静态分析结果如图 3.5 所示。

Node/Branch	Voltage/Current
Q1#base	-27.36855m
Q1#collector	6.24575
Q1#emitter	-662.69554m
Q2#base	-27.36855m
Q2#collector	6.24575
Q2#emitter	-662.69554m
Q3#base	-7.89853
Q3#collector	-757.49521m
Q3#emitter	-8.55174

图 3.5 带恒流源的差动放大电路的直流工作点分析结果

② 差模电压放大倍数测量。按 A 键使开关 S1 接“2”端，按 B 键使 S2、S3 接“2”端，构成差模输入形式。其测量与分析方法同上，结果如表 3.3 所示。

表 3.3 带恒流源的差动放大电路的差模输入测试结果

参 数	U_{c1}	U_{c2}	U_{od}	A_{ud1}	A_{ud2}	A_{ud}
读取位置	表 U_{i1}	表 U_{i2}	表 U_o	计算	计算	计算
大 小	0.917V	0.917V	1.834V	18.34	18.34	36.68

③ 共模电压放大倍数测量。按 A 键使开关 S1 接“2”端，按 B 键使 S2、S3 接“1”端，构成共模输入形式。其测量与分析方法同上，结果如表 3.4 所示。

表 3.4 带恒流源的差动放大电路的共模输入测试结果

参 数	U_{c1}	U_{c2}	U_{oc}	A_{uc1}	A_{uc2}	A_{uc}	K_{CMR}
读取位置	表 U_{i1}	表 U_{i2}	表 U_o	计算	计算	计算	计算
大 小	57.9μV	57.9μV	0	0.001	0.001	0	∞

4. 仿真报告

(1) 画出差动放大电路的仿真电路，列出几组开关控制状态与电路工作形式之间的对应关系。

(2) 列出仿真过程中对两种形式差动放大电路的测试与分析结果。

(3) 根据仿真结果，比较基本差动放大电路与带恒流源的差动放大电路的性能区别。

3.2 放大电路中的负反馈

在自然科学与社会科学的许多领域中，都存在着反馈或会用到反馈。例如人体的感觉器官和大脑就是一个完整的信息反馈系统，自动控制系统应用反馈可使系统达到最佳工作状态。而本节主要讨论在放大电路中所使用的反馈。

3.2.1 反馈的基本概念

将放大器输出信号(电压或电流)的一部分(或全部)，经过一定的电路(称为反馈网络)送回到输入回路，与原来的输入信号(电压或电流)共同控制放大器，这样的作用过程称为反馈，具有反馈的放大器称为反馈放大器。对放大电路而言，由多个电阻、电容等反馈元件构成的电路，称为反馈网络。

反馈放大电路方框图如图 3-6 所示。其中，$\dot{A}$ 表示开环放大器(也叫基本放大器)，$\dot{F}$ 表示反馈网络。$\dot{X}_i$ 表示输入信号(电压或电流)，$\dot{X}_o$ 表示输出信号，$\dot{X}_f$ 表示反馈信号，$\dot{X}_{id}$ 表示净输入信号。通常，把输出信号的一部分取出的过程称作“取样”；把 $\dot{X}_i$ 与 $\dot{X}_f$ 叠加的过程称作“比较”。引入反馈后，按照信号的传输方向，基本放大器和反馈网络构成一个闭合环路，所以把引入了负反馈的放大器叫闭环放大器，而未引入反馈的放大器叫开环放大器。

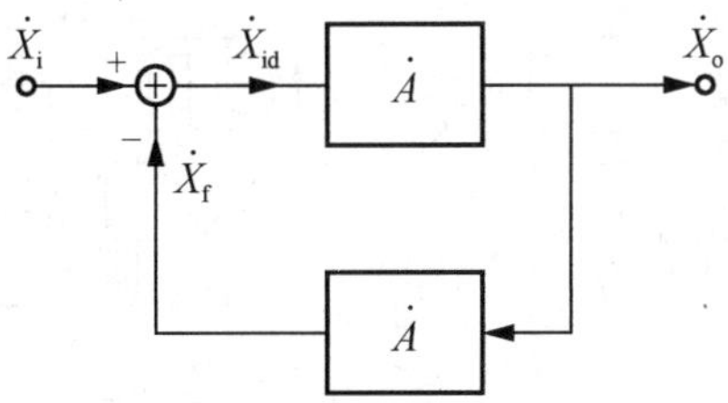

图 3.6 反馈放大电路方框图

净输入信号为 $\dot{X}_{id}=\dot{X}_i-\dot{X}_f$

开环放大倍数(或开环增益)为 $A=\dot{X}_o/\dot{X}_{id}$

反馈系数为 $F=\dot{X}_f/\dot{X}_o$

放大器闭环后的闭环增益为 $A_f=\dot{X}_o/\dot{X}_i$

由以上可知

$$A_f=\frac{\dot{X}_o}{\dot{X}_i}=\frac{\dot{X}_o}{\dot{X}_{id}+\dot{X}_f}=\frac{A\dot{X}_{id}}{\dot{X}_{id}+AF\dot{X}_{id}}=\frac{A}{1+AF} \tag{3-1}$$

式(3-1)是反馈放大器的基本关系式，它是分析反馈问题的基础。其中，1+*AF* 为反馈深度，用于表征反馈的强弱。

(1) 若 $|1+AF|>1$，则 $|A_f|<|A|$，加入反馈后 *A* 减小，为负反馈。

(2) 若 $|1+AF|<1$，则 $|A_f|>|A|$，加入反馈后 *A* 增加，为正反馈，放大电路性能不稳定，很少用。

(3) 若 $|1+AF|=0$，则 $|A_f|\to\infty$，说明当 $\dot{X}_i=0$ 时仍有输出信号，这种现象称为自激振荡。

3.2.2 负反馈的基本类型

反馈网络与基本放大电路在输入、输出端有不同的连接方式，根据输入端连接方式的不同分为串联反馈和并联反馈；根据输出端连接方式的不同分为电压反馈和电流反馈。因此，负反馈放大电路有四种基本类型，即电压串联负反馈、电流串联负反馈、电压并联负反馈和电流并联负反馈，如图 3.7 所示。

1. 电压反馈和电流反馈

在输出端，若反馈网络与基本放大电路、负载 R_L 并联连接，如图 3.7(a)、(b)所示，反馈信号取样于输出电压，称为电压反馈。其特征为：将输出端负载 R_L 短路(即令 u_o=0)时，反馈信号 u_f (或 i_f)消失。电压负反馈能稳定输出电压。由图 3.7(a)可知，当输入电压不变时，如负载电阻 R_L 增大，会导致输出电压 u_o 增大，则通过反馈使 u_f 也增大，因此 u_{id}=(u_i−u_f)下降，使 u_o 减小，从而稳定了输出电压。故电压负反馈放大电路具有恒压输出特性。

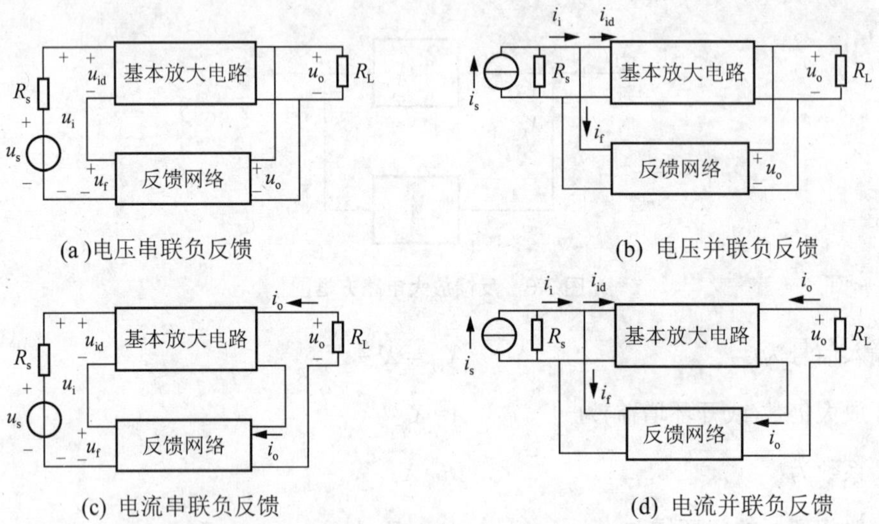

(a)电压串联负反馈　　(b) 电压并联负反馈

(c) 电流串联负反馈　　(d) 电流并联负反馈

图 3.7 负反馈放大电路的四种基本类型

在输出端，若反馈网络与基本放大电路、负载 R_L 串联连接，如图 3.7(c)、(d)所示，反馈信号取样于输出电流，称为电流反馈。其特征为：将输出端负载 R_L 短路(即令 u_o=0)时，反馈信号 u_f (或 i_f)仍然存在。电流负反馈能稳定输出电流。由图 3.7(c)可知，当输入电压不变时，如负载电阻 R_L 减小，会导致输出电流 i_o 增大，则通过反馈使 u_f 也增大，因此 u_{id}=(u_i−u_f)下降，迫使 i_o 减小，从而稳定了输出电流。故电流负反馈放大电路具有恒流输出特性。

2. 串联反馈和并联反馈

在输入端，若反馈网络与基本放大电路串联连接，如图 3.7(a)、(c)所示，实现了输入电压 u_i 与反馈电压 u_f 相减，使 u_{id}=u_i−u_f，就称为串联反馈。由于反馈电压 u_f 经过信号源内阻 R_s 反映到净输入电压 u_{id} 上，R_s 越小对 u_f 的阻碍作用就越小，反馈效果越好，所以，串联负反馈宜采用低内阻的恒压源作为输入信号源。

在输入端，若反馈网络与基本放大电路并联连接，如图 3.7(b)、(d)所示，实现了输入电流 i_i 与反馈电流 i_f 相减，使 $i_{id}=i_i-i_f$，就称为并联反馈。由于反馈电流 i_f 经过信号源内阻 R_s 反映到净输入电流 i_{id} 上，R_s 越大对 i_f 的分流作用就越小，反馈效果越好，所以，并联负反馈宜采用高内阻的恒流源作为输入信号源。

3.2.3　反馈类型的判别

不同的负反馈放大电路的类型，对电路交流性能的影响各不相同，在定量分析之前，还必须对反馈放大电路的类型进行判别。下面仅介绍交流负反馈的类型判别方法。

先找出联系放大电路输出端与输入端的反馈网络或反馈元件(以下称为反馈电路)。在放大电路的输出端，如果反馈信号取样于输出电压，则是电压反馈；如果反馈信号取样于输出电流，则是电流反馈。在放大电路的输入端，如果反馈电路与信号源在输入端是并联连接，则为并联反馈；如果反馈电路与信号源在输入端是串联连接，则为串联反馈。

下面通过例题介绍几种常用的负反馈放大电路，并通过对这些电路的讨论介绍反馈放大电路的基本分析方法。

例 3.1　试判断图 3.8 所示各电路中反馈的极性和类型。假设电路中的电容均足够大，对交流近似短路。

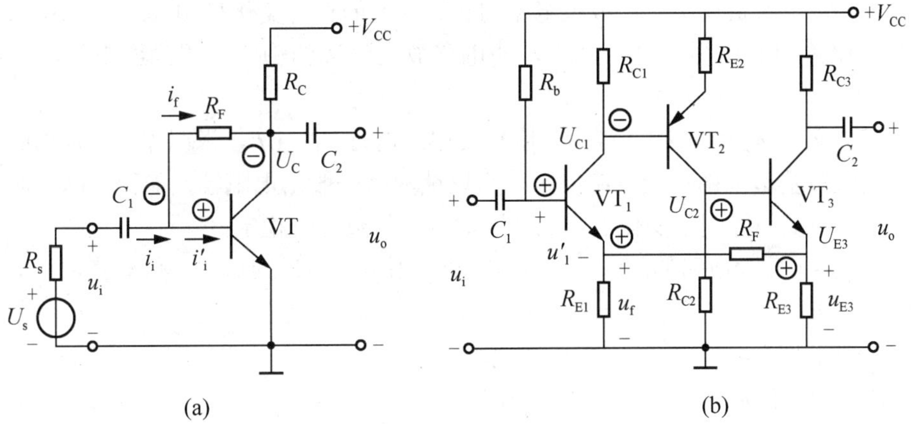

图 3.8　例 3.1 电路图

解： 图 3.8(a)是单管放大电路，在三极管的集电极和基极之间通过电阻 R_F 接入反馈支路。设输入电压 u_i 的瞬时值为正(相应输入电流 i_i 瞬时极性为正)，三极管的集电极电位 U_C 瞬时值降低，则瞬时极性记为负，此时从基极通过 R_F 流向集电极的反馈电流 i_f 将使流向基极的净输入电流 i'_i 减小，因此是负反馈。该电路中的反馈信号 i_f 是从输出电压 $u_o=U_C$ 采样，在输入回路中与外加输入信号 i_i 以电流形式求和，所以是电压并联负反馈。

图 3.8(b)是三级直接耦合放大电路，其中 VT$_1$、VT$_3$ 是 NPN 三极管，VT$_2$ 是 PNP 三极管。从 VT$_3$ 的发射极到 VT$_1$ 的发射极通过电阻 R_F 引回反馈信号。设输入电压 u_i 的瞬时值为正，则 VT$_1$ 集电极电位 U_{C1} 瞬时值降低，记为负，VT$_2$ 集电极电位 U_{C2} 瞬时值升高，记为正，VT$_3$ 发射极电位 U_{E3} 瞬时值升高，也记为正，于是 R_{E1} 上得到的反馈电压 u_f 的瞬时极性也为正。此反馈电压将削弱外加输入电压，使加在 VT$_1$ 发射结的净输入电压 $u'_i=u'_1$ 减小，因而是负反馈。由于反馈信号 u_f 取自输出回路的电流 i_{C3}，在放大电路的输入回路中与外加输入信号 u_i 以电压的形式求和，因此是电流串联负反馈。

3.2.4 负反馈对放大电路性能的影响

负反馈使放大电路增益下降，但可使放大电路很多方面的性能得到显著改善，比如，可以稳定放大倍数，改变输入电阻和输出电阻，展宽频带，减小非线性失真等。下面分析负反馈对放大电路主要性能所产生的影响。

1．稳定放大倍数

由于负载和环境温度的变化、电源电压的波动和元器件老化等诸多因素，放大电路的放大倍数会发生变化。通常用放大倍数相对变化量的大小来表示放大倍数稳定性的优劣，相对变化量越小，则稳定性越好。

设信号频率为中频，则式(3-2)中各量均为实数。对它求微分，可得

$$\mathrm{d}A_{\mathrm{f}}=\frac{(1+AF)\cdot\mathrm{d}A-AF\cdot\mathrm{d}A}{(1+AF)^2}=\frac{\mathrm{d}A}{(1+AF)^2}$$

上式两边同时除以 A_{f}，得

$$\frac{\mathrm{d}A_{\mathrm{f}}}{A_{\mathrm{f}}}=\frac{\mathrm{d}A}{(1+AF)^2\cdot A_{\mathrm{f}}}=\frac{1}{1+AF}\cdot\frac{\mathrm{d}A}{A} \tag{3-2}$$

上式表明，引入负反馈后，放大电路的放大倍数的相对变化量 $\mathrm{d}A_{\mathrm{f}}/A_{\mathrm{f}}$ 为未引入负反馈时的相对变化量 $\mathrm{d}A/A$ 的 $1/(1+AF)$倍，即电路放大倍数的稳定性提高到未加负反馈时的$(1+AF)$倍。

当反馈深度$(1+AF)>>1$时，称为深度负反馈。这时 $A_{\mathrm{f}}\approx 1/F$，说明深度负反馈时，放大电路的放大倍数基本上由反馈网络决定，而反馈网络一般由电阻等性能稳定的无源线性元件组成，基本不受外界因素变化的影响，因此放大倍数比较稳定。

例 3.2 某一放大电路的放大倍数 A=1000，当引入负反馈后放大倍数稳定性提高到原来的 100 倍，求：

(1) 反馈系数。

(2) 闭环放大倍数。

(3) A 变化±10%时的闭环放大倍数及其相对变化量。

解：(1)根据式(3-2)，引入负反馈后放大电路的放大倍数稳定性提高到未加负反馈时的$(1+AF)$倍。因此由题意可得$(1+AF)=100$。

反馈系数为

$$F=\frac{100-1}{A}=\frac{99}{1000}=0.099$$

(2) 闭环放大倍数为

$$A_{\mathrm{f}}=\frac{A}{1+AF}=\frac{1000}{100}=10$$

(3) A 变化±10%时，闭环放大倍数的相对变化量为

$$\frac{\mathrm{d}A_{\mathrm{f}}}{A_{\mathrm{f}}}=\frac{1}{100}\cdot\frac{\mathrm{d}A}{A}=\frac{1}{100}\cdot(\pm10\%)=\pm0.1\%$$

此时的闭环放大倍数为

$$A_{\mathrm{f}}'=A_{\mathrm{f}}(1+\frac{\mathrm{d}A_{\mathrm{f}}}{A_{\mathrm{f}}})=10(1\pm0.1\%)$$

即 A 变化+10%时，A_f' 为 10.01；A 变化−10%时，A_f' 为 9.99。

可见，引入负反馈后，放大电路的增益受外界因素的影响明显减小，但 A_f 的稳定是以损失放大倍数为代价的，即 A_f 减小到 A 的(1+AF)分之一，才使其稳定性提高至 A 的 $(1+AF)$ 倍。

2．减小放大电路引起的非线性失真

三极管、场效应管等有源器件伏安特性的非线性会造成输出信号的非线性失真，引入负反馈后可以减小这种失真，其原理可利用图 3.9 加以说明。

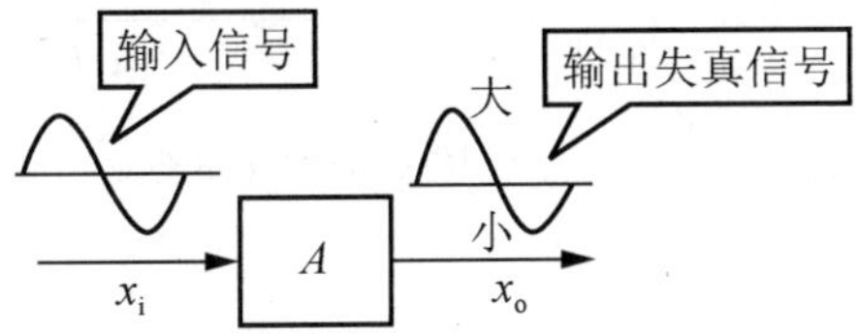

(a) 无反馈时的信号波形

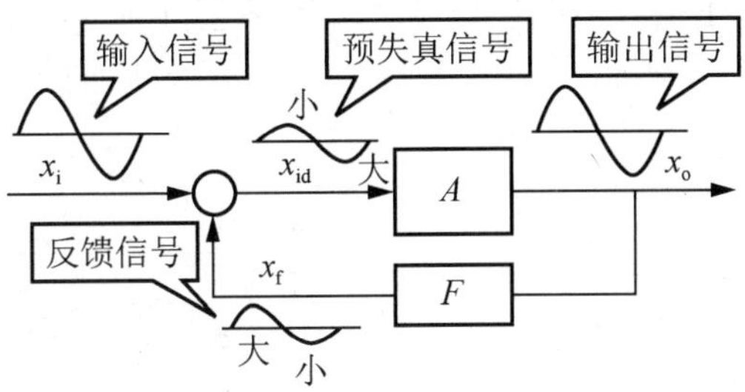

(b) 引入负反馈时的信号波形

图 3.9　负反馈减小非线性失真

设输入信号 x_i 为正弦波信号，无反馈时放大电路的输出信号 x_o 为正半周幅度大、负半周幅度小的失真信号，如图 3.9(a)所示。引入负反馈时，如图 3.9(b)所示，这种失真信号被引回到输入端后，x_f 也为正半周幅度大而负半周幅度小的失真信号，由于 $x_{id}=x_i-x_f$，因此净输入信号 x_{id} 波形变为正半周幅度小而负半周幅度大的波形，即通过反馈使净输入信号产生预失真，这种预失真正好补偿了放大电路非线性引起的失真，使输出信号 x_o 接近正弦波。根据分析，加负反馈后非线性失真减小为无负反馈时的 $1/(1+AF)$ 倍。

必须指出，负反馈只能减小放大电路内部引起的非线性失真，对于信号本身固有的失真则无能为力。此外，负反馈只能减小非线性失真，而不能消除非线性失真。

3．扩展通频带

图 3.10 所示为放大电路在无负反馈和有负反馈时的幅频特性 $A(f)$ 和 $A_f(f)$，图中 A_m、f_L、f_H、BW 和 A_{mf}、f_{Lf}、f_{Hf}、BW_f 分别为无负反馈和有负反馈时的中频放大倍数、下限频率、上限频率和通频带宽度。可见，加负反馈后的通频带宽度比无反馈时的大。扩展通频带的原理如下：当输入为等幅不同频率的信号时，高频段和低频段的输出信号比中频段的小，因此反馈信号也小，对净输入信号的削弱作用小，所以高、低频段的放大倍数减小程度比中频段的小，从而扩展了通频带。

可以证明

$$BW_f=(1+AF)BW \tag{3-3}$$

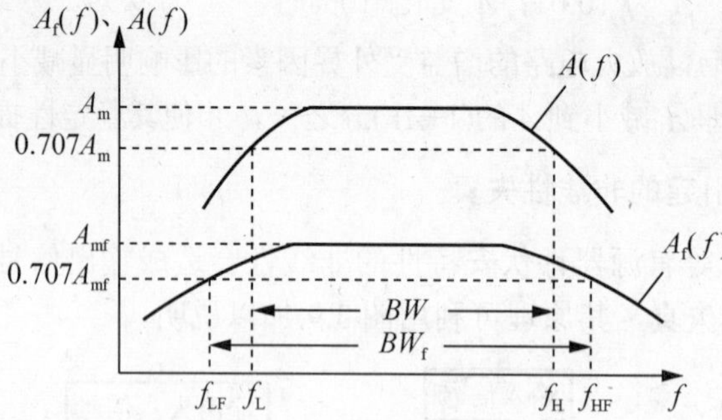

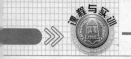

图 3.10　负反馈扩展通带

4．负反馈对输入电阻的影响

放大电路加入负反馈后，其输入电阻将发生变化。变化的情况取决于输入端的反馈类型，因此，分析时只需画出输入端的连接方式，如图 3.11 所示。图中 R_i 是无反馈时(即基本放大电路)的输入电阻，又称开环输入电阻。R_{if} 为有反馈时的输入电阻，又称闭环输入电阻。

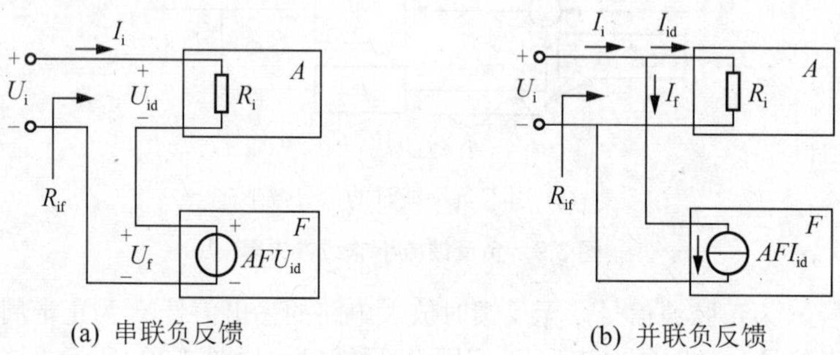

图 3.11　负反馈对输入电阻的影响

由图 3.11(a)可知，在串联负反馈放大电路中，反馈网络与基本放大电路相串联，所以 R_{if} 必大于 R_i，即串联负反馈使放大电路的输入电阻增大。由图可求得串联负反馈放大电路的输入电阻为

$$R_{if}=\frac{U_i}{I_i}=\frac{U_{id}+U_f}{I_i}=\frac{U_{id}+AFU_{id}}{I_i}=(1+AF)\frac{U_{id}}{I_i}$$

由于 $R_i=\dfrac{U_{id}}{I_i}$，所以

$$R_{if}=(1+AF)R_i \tag{3-4}$$

由图 3.11(b)可知，在并联负反馈放大电路中，反馈网络与基本放大电路相并联，所以 R_{if} 必小于 R_i，即并联负反馈使放大电路的输入电阻减小。由图可求得并联负反馈放大电路的输入电阻为

$$R_{if}=\frac{U_i}{I_i}=\frac{U_i}{I_{id}+I_f}=\frac{U_i}{I_{id}+AFI_{id}}=\frac{1}{(1+AF)}\frac{U_i}{I_{id}}$$

由于 $R_i=\dfrac{U_i}{I_{id}}$，所以

$$R_{if} = \frac{1}{(1+AF)} R_i \tag{3-5}$$

所以，串联负反馈使放大电路的输入电阻增大；并联负反馈使放大电路的输入电阻减小。

5．负反馈对输出电阻的影响

放大电路的输出电阻就是输出端等效信号源的内阻。放大电路引入负反馈后，其输出电阻也将发生变化。对输出电阻的影响取决于输出端的取样方式而与输入端的反馈类型无关，因此，分析时只需画出输出端的连接方式，如图 3.12 所示。图中 R_o 是无反馈时的(即基本放大电路)输出电阻，又称开环输出电阻。R_{of} 为有负反馈时的输出电阻，又称闭环输出电阻。

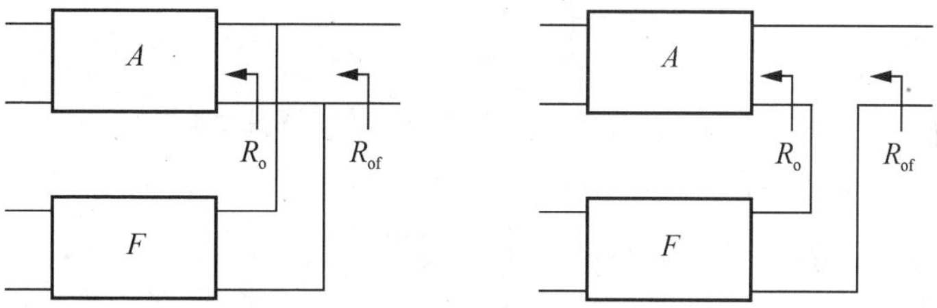

(a) 电压负反馈　　(b) 电流负反馈

图 3.12　负反馈对输出电阻的影响

由图 3.12(a)可知，在电压负反馈放大电路中，反馈网络与基本放大电路相并联，所以 R_{of} 必小于 R_o，即电压负反馈使放大电路的输出电阻减小。另外，由于电压负反馈能稳定输出电压，即在输入信号一定时，电压负反馈放大电路的输出趋近于一个恒压源，同时也说明其输出电阻很小。可以证明

$$R_{of} = \frac{1}{(1+A'F)} R_o \tag{3-6}$$

式中，A'是放大电路输出端开路时基本放大电路的开环增益。

由图 3.12(b)可知，在电流负反馈放大电路中，反馈网络与基本放大电路相串联，所以 R_{of} 必大于 R_o，即电流负反馈使放大电路的输出电阻增大。另外，由于电流负反馈能稳定输出电流，即在输入信号一定时，电流负反馈放大电路的输出趋近于一个恒流源，同时也说明其输出电阻很大。可以证明

$$R_{of} = (1+A''F)R_o \tag{3-7}$$

式中，A''是放大电路输出端短路时基本放大电路的开环增益。

所以，电流负反馈使放大电路的输出电阻增大；电压负反馈使放大电路的输出电阻减小。

3.3　集成运放的应用基础

集成电路是利用半导体的制造工艺，将整个电路中的元器件制作在一块基片上，封装后构成特定功能的电路块。集成电路按其功能可分为数字集成电路和模拟集成电路。模拟集成电路品种繁多，其中应用最广泛的是集成运算放大器。

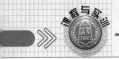

3.3.1 集成运放的基本组成

集成运算放大器(简称集成运放)是模拟电子电路中最重要的器件之一，它本质上是一个高电压增益、高输入电阻和低输出电阻的直接耦合多级放大电路，因最初它主要用于模拟量的数学运算而得此名。近几年来，集成运放得到迅速发展，有不同类型、不同结构的，但基本结构具有共同之处。集成运放内部电路由输入级、中间电压放大级、输出级和偏置电路四部分组成，如图 3.13 所示。

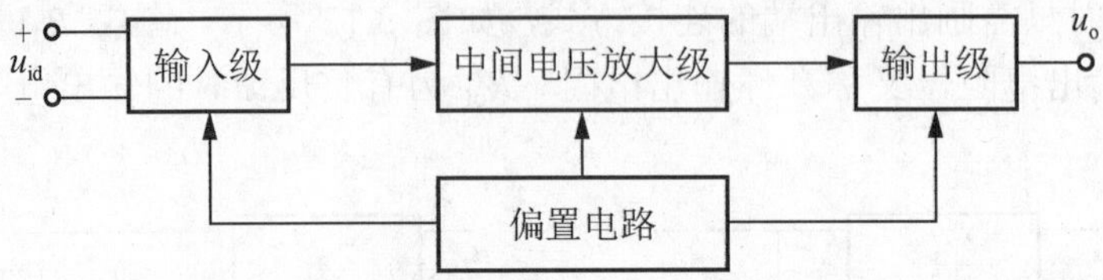

图 3.13 集成运算放大器的内部组成电路框图

1) 输入级

对于高增益的直接耦合放大电路，减小零点漂移的关键在第一级，所以要求输入级温漂小、共模抑制比高。因此，集成运放的输入级都是由具有恒流源的差动放大电路组成，并且通常工作在低电流状态，以获得较高的输入阻抗。

2) 中间电压放大级

集成运放的总增益主要是由中间级提供的，因此，要求中间级有较高的电压放大倍数。中间级一般采用带有恒流源负载的共射放大电路，其放大倍数可达几千倍以上。

3) 输出级

输出级应具有较大的电压输出幅度、较高的输出功率与较低的输出电阻，并有过载保护。输出级一般采用甲乙类互补对称功率放大电路，主要用于提高集成运算放大器的负载能力，减小大信号作用下的非线性失真。

4) 偏置电路

偏置电路为各级电路提供合适的静态工作电流，由各种电流源电路组成。

此外，集成运算放大器还有一些辅助电路，如过流保护电路等。

3.3.2 集成运放的封装符号与引脚功能

目前，集成运放常见的两种封装方式是金属封装和双列直插式塑料封装，其外型如图 3.14(a)、(b)所示。金属封装有 8、10、12 管脚等种类，双列直插式塑料封装有 8、10、12、14、16 管脚等种类。

金属封装器件是以管键为辨认标志，由顶向下看，管键朝向自己。管键右方第一根引线为引脚 1，然后逆时针围绕器件，其余各引脚依次排列。双列直插式塑料封装器件是以缺口作为辨认标志(也有的产品以商标方向来标记)。由器件顶向下看，辨认标志朝向自己，标记右方第一根引线为引脚 1，然后逆时针围绕器件，可依次数出其余各引脚。

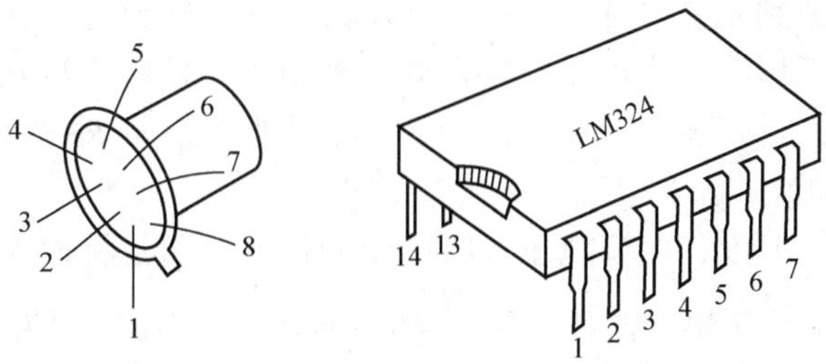

(a) 金属封装　　(b) 双列直插式塑料封装

图 3.14　集成运放的两种封装

集成运放的符号如图 3.15(a)、(b)所示。关于它的外引线排列，各制造厂家有自己的规范。例如图 3.15(c)所示的 F007 的主要引脚如下。

- 引脚 4、7 分别接电源 $-V_{EE}$ 和 $+V_{CC}$。
- 引脚 1、5 外接调零电位器，其滑点与电源 $-V_{EE}$ 相连。如果输入为零，输出不为零，调节调零电位器使输出为零。
- 引脚 6 为输出端。
- 引脚 2 为反相输入端。即当同相输入端接地时，信号加到反相输入端，输出端得到的信号与输入信号极性相反。
- 引脚 3 为同相输入端。即当反相输入端接地时，信号加到同相输入端，则得到的输出信号与输入信号极性相同。

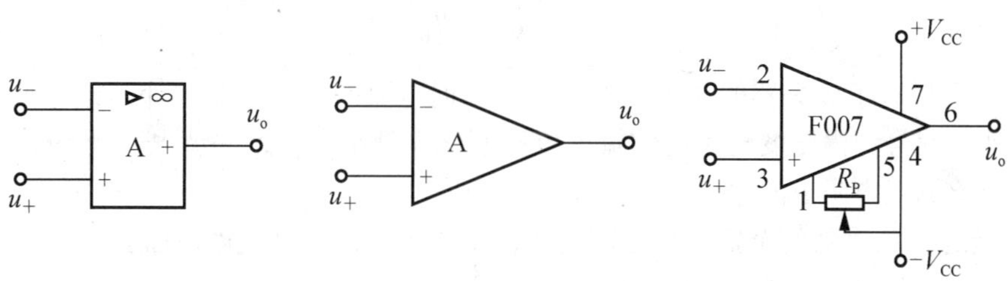

(a) 国际标准符号　　(b) 习惯通用画法符号　　(c) F007 运放主要引脚

图 3.15　集成运放的符号

3.3.3　集成运放的主要性能指标

集成运算放大器的性能可用各种参数表示，了解这些参数有助于正确挑选和合理使用各种不同类型的集成运放。

1) 开环差模电压增益 A_{uo}

A_{uo} 是指集成运放在无外加反馈情况下，并工作在线性区时的差模电压增益，$A_{uo}=\dfrac{\Delta U_{Od}}{\Delta U_{Id}}$，用分贝表示则是 $20\lg|A_{uo}|$。性能较好的集成运放的 A_{uo} 可达 140dB 以上。

2) 输入失调电压 U_{IO} 及其温漂 $\dfrac{dU_{IO}}{dT}$

一个理想集成运算放大器，当输入电压为零时，输出电压必然为零。但实际运算放大器的差分输入级很难做到完全对称，当输入电压为零时，输出电压并不为零。如果在输入端人为地外加一补偿电压使输出电压为零，则该补偿电压值称为输入失调电压 U_{IO}。失调电压的大小主要反映了差分输入级元件的失配，特别是 U_{BE} 和 R_C 的失配程度。U_{IO} 值一般为 1～10mV，高质量的在 1mV 以下。

输入失调电压是随温度、电源电压或时间而变化的，通常将输入失调电压对温度的平均变化率称为输入失调电压温度漂移。用 $\frac{dU_{IO}}{dT}$ 表示。一般以μV/℃为单位。

U_{IO} 可以通过调零电位器进行补偿，但不能使 $\frac{dU_{IO}}{dT}$ 为零。

3) 输入失调电流 I_{IO} 及其温漂 $\frac{dI_{IO}}{dT}$

在常温下，输入信号为零时，放大器两个输入端的基极静态电流之差称为输入失调电流 I_{IO}，即 $I_{IO}=|I_{B1}-I_{B2}|$。

失调电流的大小反映了差分输入级两个晶体管 β 的失调程度。I_{IO} 一般以纳安(nA)为单位，高质量的运放 $I_{IO}<1nA$。

输入失调电流温度漂移 $\frac{dI_{IO}}{dT}$ 是指 I_{IO} 随温度变化的平均变化率。一般以 nA/℃为单位，高质量的为几个皮安每度(pA/℃)。

4) 输入偏置电流 I_{IB}

I_{IB} 是指在常温下输入信号为零时，两个输入端的静态电流的平均值，即

$$I_{IB}=\frac{1}{2}(I_{B1}+I_{B2}) \tag{3-8}$$

I_{IB} 的大小反映了放大器的输入电阻和输入失调电流的大小，I_{IB} 越小，运算放大器的输入电阻越高，信号源内阻变化引起的输出电压变化也越小，输入失调电流越小。

5) 差模输入电阻 R_{id}

R_{id} 是指运算放大器两个输入端之间的动态电阻，一般为几兆欧(MΩ)。

6) 输出电阻 R_o

运算放大器在开环工作时，在输出端对地之间看进去的等效电阻即为输出电阻。它的大小反映了运算放大器的负载能力。

7) 共模抑制比 K_{CMR}

K_{CMR} 的定义在前面已给出，即 $K_{CMR}=\left|\frac{A_{ud}}{A_{uc}}\right|$，用 dB 表示即为 $20\lg\left|\frac{A_{ud}}{A_{uc}}\right|$。

8) 最大差模输入电压 $U_{Id(max)}$

$U_{Id(max)}$ 是指运算放大器同相输入端与反相输入端之间所能加的最大输入电压。当输入电压超过 $U_{Id(max)}$ 时，运算放大器输入级的晶体管将出现反向击穿现象，使运放输入特性显著恶化，甚至造成运放的永久性损坏。

9) 最大共模输入电压 $U_{Ic(max)}$

$U_{Ic(max)}$ 是指运算放大器在线性工作范围内能承受的最大共模输入电压。如果共模输入电压超过这个值，运算放大器的共模抑制比将显著下降，甚至使运放失去差模放大能力或

受到永久性的损坏。高质量运放的 $U_{Ic(max)}$ 值可达十几伏。

10) 最大输出电压 $U_{o(P\text{-}P)}$

在给定负载(通常 R_L=2kΩ)上最大不失真输出电压的峰-峰值称为最大输出电压 $U_{o(P\text{-}P)}$，一般它比电源电压低 2V 以上。

11) 开环带宽 BW 和单位增益带宽 BW_G

开环带宽是指集成运算放大器的外部电路无反馈时，差模电压增益下降 3dB 所对应的频率。理想集成运算放大器的 BW 趋于无限大。

单位增益带宽 BW_G 是指集成运算放大器的开环差模电压增益下降到 0dB 时的频率。

12) 转换速率 S_R

在额定输出电压下，集成运算放大器输出电压的最大变化速率称为转换速率 S_R，即

$$S_R = \left.\frac{\mathrm{d}u_O(t)}{\mathrm{d}t}\right|_{\max} \tag{3-9}$$

S_R 是反映集成运算放大器对于高速变化的输入信号响应情况的参数。只有当输入信号变化斜率的绝对值小于 S_R 时，输出才线性反映输入变化规律。S_R 越大，表明集成运算放大器的高频性能越好。S_R 一般在 1V/μs 以下。

3.3.4 理想集成运放及传输特性

1. 理想集成运放

把具有理想参数的集成运算放大器叫做理想集成运放。它的主要特点如下。

(1) 开环差模电压放大倍数 $A_{uo}\to\infty$。

(2) 输入阻抗 $R_{id}\to\infty$。

(3) 输出阻抗 $R_o\to 0$。

(4) 带宽 $BW\to\infty$，转换速率 $S_R\to\infty$。

(5) 共模抑制比 $K_{CMR}\to\infty$。

2. 集成运放的传输特性

1) 传输特性

集成运放是一个直接耦合的多级放大器，它的传输特性见图 3.16 所示曲线①。图中 BC 段为集成运放工作的线性区，AB 段和 CD 段为集成运放工作的非线性区(即饱和区)。由于集成运放的电压放大倍数极高，BC 段十分接近纵轴。在理想情况下，认为 BC 段与纵轴重合，所以它的理想传输特性可以由曲线②表示，则 $B'C'$段表示集成运放工作在线性区，AB'和 $C'D$ 段表示运放工作在非线性区。

2) 工作在线性区的集成运放

当集成运放电路的反相输入端和输出端有通路时(称为负反馈)，如图 3.17 所示，一般情况下，可以认为集成运放工作在线性区。由图 3.16 中的曲线②可知，这种情况下，理想集成运放具有两个重要特点：第一，由于理想集成运放的 $A_{uo}\to\infty$，故可以认为它的两个输入端之间的差模电压近似为零，即 $u_{id}=u_{-}-u_{+}\approx 0$，即 $u_{-}=u_{+}$，而 u_o 具有一定值。由于两个输入端之间的电压近似为零，故称为“虚短”。第二，由于理想集成运放的输入电阻 $R_{id}\to$

∞，故可以认为两个输入端电流近似为零，即 $i_-=i_+\approx 0$。这样，输入端相当于断路，而又不是断路，称为“虚断”。

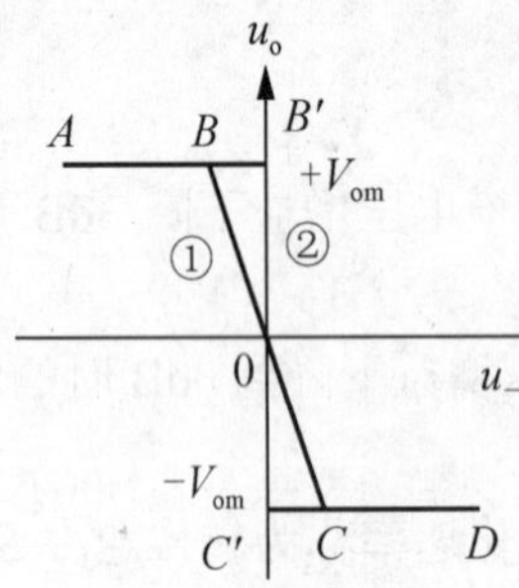

图 3.16　运放传输特性曲线

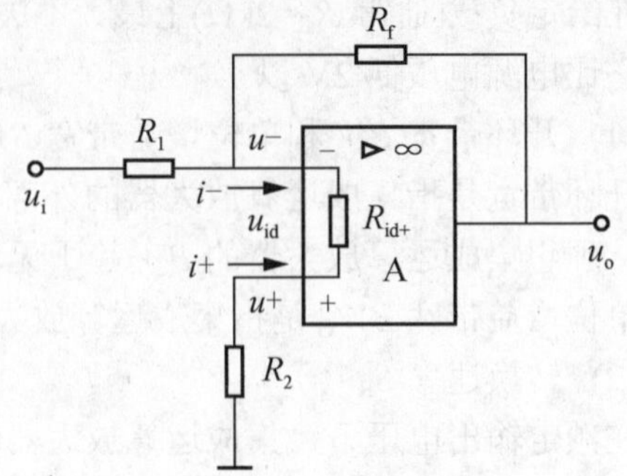

图 3.17　带有负反馈的运放电路

利用集成运放工作在线性区时的这两个特点，分析各种运算与处理电路的线性工作情况将十分简便。

另外，由于理想集成运放的输出阻抗 $R_o\to 0$，一般可以不考虑负载或后级运放的输入电阻对输出电压 u_o 的影响，但受运放输出电流限制，负载电阻不能太小。

3)　工作在非线性区的集成运放

当集成运算放大器处于开环状态或集成运放的同相输入端和输出端有通路时(称为正反馈)，如图 3.18 和图 3.19 所示，这时集成运放工作在非线性区，它具有如下特点。

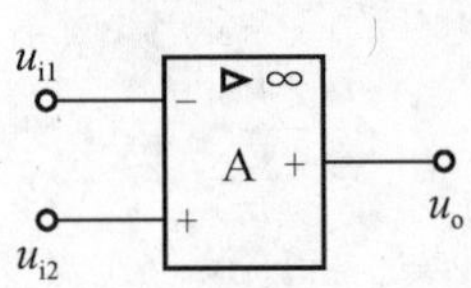

图 3.18　运放开环状态

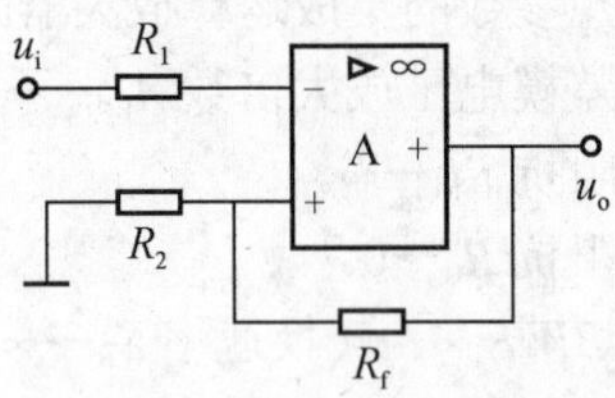

图 3.19　带有正反馈的运放电路图

对于理想集成运放而言，当反相输入端 u_-与同相输入端 u_+不相等时，输出电压是一个恒定的值，极性可正可负，有

$$\left.\begin{aligned} u_o &= -U_{om} \qquad u_- > u_+ \\ u_o &= +U_{om} \qquad u_- < u_+ \end{aligned}\right\} \tag{3-10}$$

其中，U_{om} 是集成运算放大器输出电压最大值。其工作特性如图 3.16 中 AB'和 $C'D$ 段所示。集成运放工作在非线性区的具体内容我们将在 3.4.4 节中学习。

3.4　理想集成运放的分析方法及仿真

集成运算放大器有两种闭环工作方式，即负反馈闭环和正反馈闭环。线性工作时都接成负反馈闭环方式，正反馈闭环则多用于比较器和波形产生电路。

由集成运放和外接电阻、电容构成的比例、加减、积分与微分等运算电路称为基本运算电路。这时集成运放必须工作在传输特性曲线的线性区。在分析基本运算电路的输出与输入的运算关系或电压放大倍数时，将集成运放看成理想集成运放，可根据“虚短”和“虚断”的特点来进行分析，较为简便。

集成运算放大器构成的运算电路包括反相输入运算、同相输入运算和差分输入运算电路，它们是最基本的运算电路，也是组成其他各种运算电路的基础。下面将分析它们的电路构成和主要工作特点。

3.4.1　反相输入运算电路的分析方法

1. 反相比例运算电路

图 3.20 所示电路是反相比例运算电路。输入信号 u_I 从反相输入端输入，同相输入端通过电阻 R_2 接地，R_2 称为直流平衡电阻。参数选择时应使两输入端外接直流通路等效电阻平衡，即 $R_2 = R_1 // R_f$，其作用是使集成运放两输入端的对地直流电阻相等，从而避免静态时运放输入偏置电流在两输入端之间产生附加的差模输入电压，以便消除放大器的偏置电流及漂移对输出端产生的影响。而输出信号通过电阻 R_f 也回送到反相输入端，R_f 为反馈电阻，构成深度电压并联负反馈。

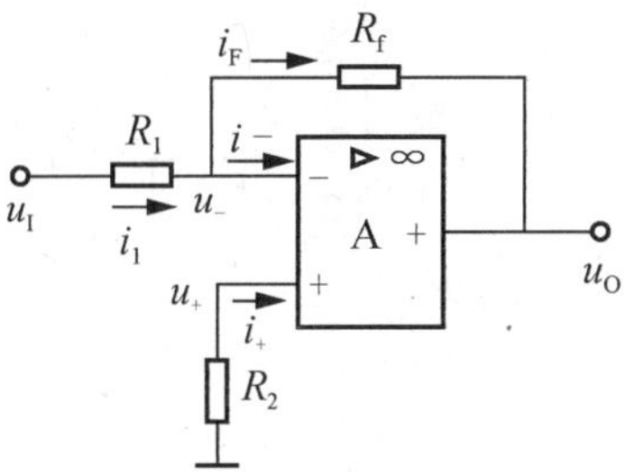

图 3.20　反相比例运算电路图

根据运放输入端“虚断”的特点，可得 $i_+ = 0$，故 $u_+ = 0$；根据运放两输入端“虚短”的特点，可得 $u_- = u_+ = 0$。这表明，运放反相输入端与地端等电位，但又不是真正接地，这种情况下通常将反相输入端称为“虚地”。因此

$$i_1 = \frac{u_I - u_-}{R_1} = \frac{u_I}{R_1} \tag{3-11}$$

$$i_F = \frac{u_- - u_O}{R_f} = -\frac{u_O}{R_f} \tag{3-12}$$

根据运放输入端的“虚断”，可得 $i_- \approx 0$，故有 $i_1 = i_F$，所以

$$\frac{u_I}{R_1} = -\frac{u_O}{R_f}$$

整理得

$$u_O = -\frac{R_f}{R_1} u_I \tag{3-13}$$

式(3-13)表明，u_O 与 u_I 符合比例关系，式中的负号表示输出电压与输入电压的相位(或极性)相反。

电压放大倍数也就是比例系数，为

$$A_{uf}=\frac{u_O}{u_I}=-\frac{R_f}{R_1} \tag{3-14}$$

改变 R_f 和 R_1 的比值，即可改变其比例系数。

由上面讨论可有以下结论。

(1) 电路的输出电压与输入电压成正比，比例系数为 R_f/R_1，但输出与输入的相位相反。

(2) 由于两输入端“虚短”，因此运放两输入端的共模信号极小。

(3) 由于运放反相输入端“虚地”，所以闭环输入电阻小，它由外接电阻 R_1 的阻值而定。

(4) 比例系数可以大于 1、小于 1 或等于 1；当比例系数等于 1 时，电路为反相器。

2. 反相加法运算电路

图 3.21 所示为反相加法运算电路，它利用反相比例运算电路实现了输出电压正比于若干输入电压之和的功能。图中输入信号 u_{I1}、u_{I2} 通过电阻 R_1、R_2 由反相输入端引入，同相端通过一个直流平衡电阻 R_3 接地，要求 $R_3=R_1//R_2//R_f$。

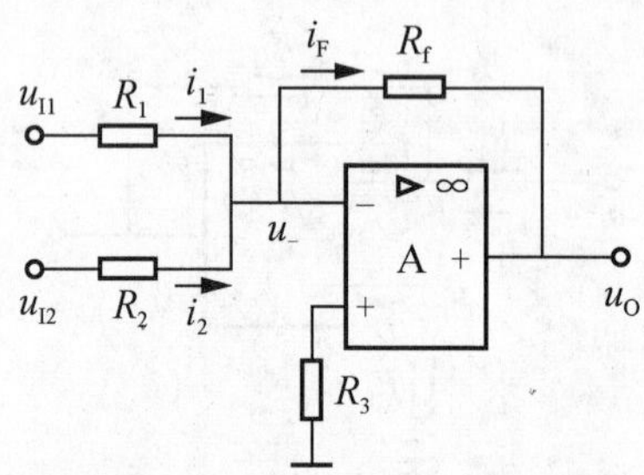

图 3.21　反相加法运算电路图

根据运放反相输入端“虚断”可知 $i_F=i_1+i_2$，而根据运放反相时输入端“虚地”可得 $u_-=0$，因此由图 3-21 可得

$$-\frac{u_O}{R_f}=\frac{u_{I1}}{R_1}+\frac{u_{I2}}{R_2}$$

故可求得输出电压为

$$u_O=-R_f\left(\frac{u_{I1}}{R_1}+\frac{u_{I2}}{R_2}\right) \tag{3-15}$$

可见该电路实现了反相加法运算。若 $R_f=R_1=R_2$，则

$$u_O=-(u_{I1}+u_{I2})$$

由式(3-15)可见，这种电路在调整某一路输入端电阻时并不影响其他输入信号产生的输出值，因而调节方便，使用得较广泛。

3.4.2　同相输入运算电路的分析方法

1. 同相比例运算电路

如果输入信号 u_I 从同相输入端通过 R_2 输入，而反相输入端通过电阻 R_1 接地，并引入深度电压串联负反馈，如图 3.22 所示，称为同相比例运算电路，R_2 同样是直流平衡电阻，且 $R_2 = R_1 // R_f$。

根据运放输入端“虚断”，可得 $i_- = 0$，故有 $i_1 = i_f$，因此

$$\frac{0-u_-}{R_1} = \frac{u_- - u_O}{R_f}$$

由于 $u_+ = u_I = u_-$，故

$$u_O = (1+\frac{R_f}{R_1})u_+ = (1+\frac{R_f}{R_1})u_I \tag{3-16}$$

式(3-16)表明，该电路与反相比例运算电路一样，u_O 与 u_I 也是符合比例关系的，所不同的是，输出电压与输入电压的相位(或极性)相同。电压放大倍数为

$$A_{uf} = \frac{u_O}{u_I} = 1 + \frac{R_f}{R_1} \tag{3-17}$$

若去掉图 3.22 中的 R_1，则电路如图 3.23 所示，这时

$$u_O = u_- = u_+ = u_I$$

上式表明，u_O 与 u_I 大小相等，相位相同，起到电压跟随作用，故该电路称为电压跟随器。其电压放大倍数为

$$A_{uf} = \frac{u_O}{u_I} = 1$$

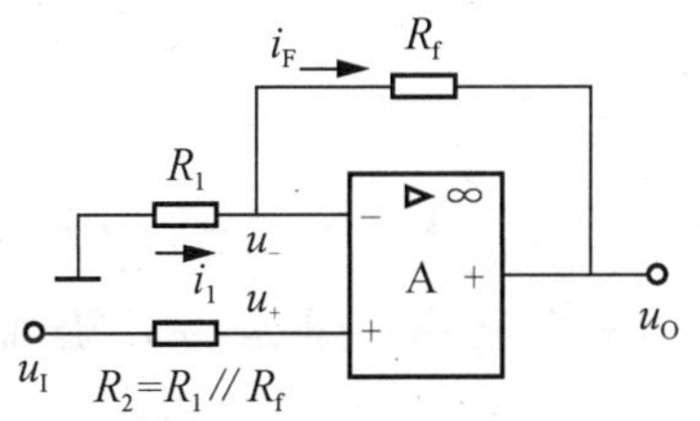

图 3.22　同相比例运算电路图

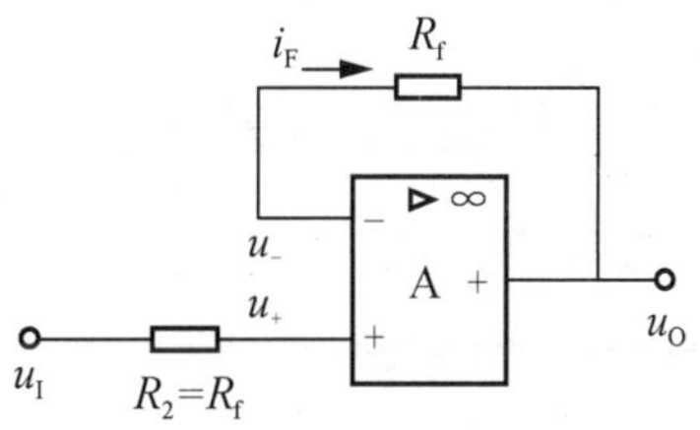

图 3.23　电压跟随器

由上面讨论可有以下结论。

(1)　电路的输出电压与输入电压成正比，比例系数为$(1+R_f/R_1)$，输出与输入的相位同相。

(2)　因反相输入端不存在“虚地”现象，所以输入端有共模输入电压($u_+ = u_-$)。

(3)　因 $i_+ = i_I = 0$，闭环输入电阻很高，理想时为∞。

(4)　比例系数$(R_1+R_F)/R_1$始终大于 1，只有当 $R_F=0$ 或 $R_1=\infty$时，比例系数才等于 1。

2. 同相加法运算电路

图 3.24 所示为同相加法运算电路，它是利用同相比例运算电路实现的。

图中的两个输入信号 u_{I1}、u_{I2} 是通过电阻 R_1、R_2 由同相输入端引入的。为了使直流电阻平衡，要求 $R_2 // R_3 // R_4 = R_1 // R_f$。

根据运放同相端“虚断”，对 u_{I1}、u_{I2} 应用叠加原理可求得 u_+ 为

$$u_+ = \frac{R_3 // R_4}{R_2 + R_3 // R_4}u_{I1} + \frac{R_2 // R_4}{R_3 + R_2 // R_4}u_{I2} \tag{3-18}$$

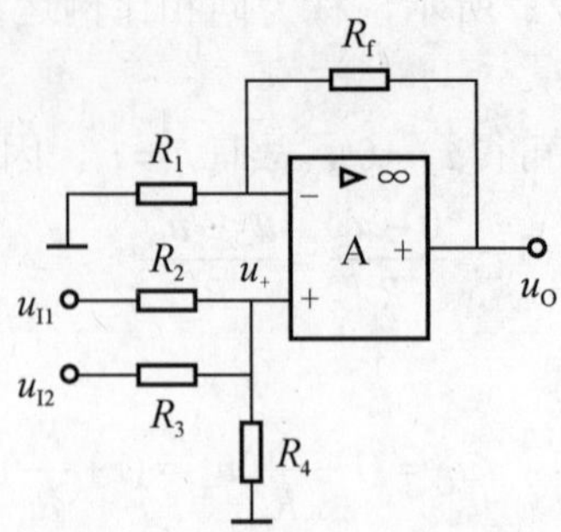

图 3.24　同相加法运算电路图

根据同相输入时输出电压与运放同相端电压 u_+ 的关系式(3-16)可得输出电压 u_O 为

$$\begin{aligned} u_O &= (1+\frac{R_f}{R_1})u_+ \\ &= (1+\frac{R_f}{R_1})(\frac{R_3 /\!/ R_4}{R_2 + R_3 /\!/ R_4}u_{I1} + \frac{R_2 /\!/ R_4}{R_3 + R_2 /\!/ R_4}u_{I2}) \end{aligned} \tag{3-19}$$

可见实现了同相加法运算。

若 $R_2 = R_3 = R_4$， $R_f = 2R_1$，并且 $R_2 /\!/ R_3 /\!/ R_4 = R_1 /\!/ R_f$，则上式可简化为 $u_O = u_{I1} + u_{I2}$。

由式(3-19)可见，这种电路在调整一路输入端电阻时会影响其他路信号产生的输出值，因此调节不方便。

3.4.3　差分输入运算电路的分析方法

图 3.25 所示为减法运算电路，图中输入信号 u_{I1} 和 u_{I2} 分别加至反相输入端和同相输入端，这种形式的电路又称为差分运算电路。对该电路也可用“虚短”和“虚断”来分析，下面利用叠加原理根据同相和反相比例运算电路已有的结论进行分析，这样可使分析更简便。

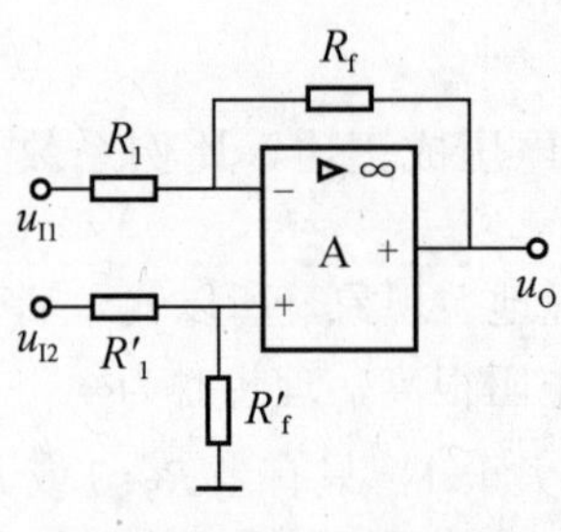

图 3.25　减法运算电路图

首先，设 u_{I1} 单独作用，而 u_{I2}=0，此时电路相当于一个反相比例运算电路，可得 u_{I1} 产生的输出电压 u_{O1} 为

$$u_{O1} = -\frac{R_f}{R_1}u_{I1}$$

再设由 u_{I2} 单独作用，而 u_{I1}=0，则电路变为一同相比例运算电路，可求得 u_{I2} 产生的输出电压 u_{O2} 为

$$u_{O2} = (1+\frac{R_f}{R_1})u_+ = (1+\frac{R_f}{R_1})\frac{R_f'}{R_1'+R_f'}u_{I2}$$

由此可求得总输出电压 u_O 为

$$u_O = u_{O1} + u_{O2} = -\frac{R_f}{R_1}u_{I1} + (1+\frac{R_f}{R_1})\frac{R_f'}{R_1'+R_f'}u_{I2} \tag{3-20}$$

当 $R_1 = R_1'$，$R_f = R_f'$ 时，则

$$u_O = \frac{R_f}{R_1}(u_{I2} - u_{I1}) \tag{3-21}$$

假设式(3-21)中 $R_f = R_1$，则 $u_O = u_{I2} - u_{I1}$。

例 3.3　写出图 3.26 所示电路的二级运算电路的输入、输出关系。

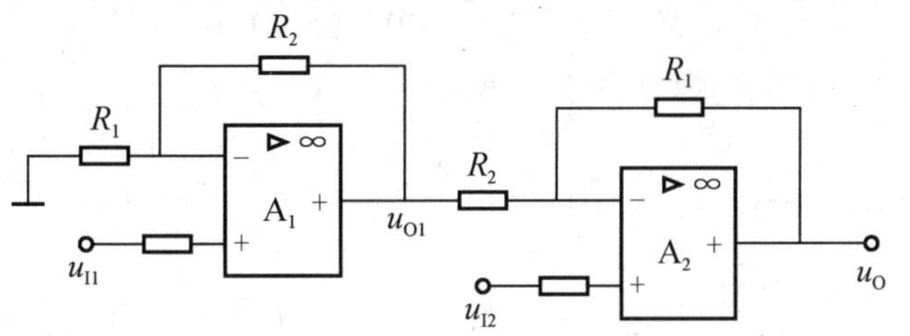

图 3.26　例 3.3 电路图

解：图 3.26 所示电路中，运放 A_1 组成同相比例运算电路，故

$$u_{O1} = (1+\frac{R_2}{R_1})u_{I1}$$

由于理想集成运放的输出阻抗 $R_o = 0$，故前级输出电压 u_{O1} 即为后级输入信号。因而运放 A_2 组成减法运算电路的两个输入信号分别为 u_{O1} 和 u_{I2}。

由叠加原理可得输出电压 u_O 为

$$\begin{aligned} u_O &= -\frac{R_1}{R_2}u_{O1} + (1+\frac{R_1}{R_2})u_{I2} \\ &= -\frac{R_1}{R_2}(1+\frac{R_2}{R_1})u_{I1} + (1+\frac{R_1}{R_2})u_{I2} \\ &= -(1+\frac{R_1}{R_2})u_{I1} + (1+\frac{R_1}{R_2})u_{I2} \\ &= (1+\frac{R_1}{R_2})(u_{I2} - u_{I1}) \end{aligned}$$

例 3.4　若给定反馈电阻 $R_f = 100\text{k}\Omega$，试设计实现 $u_O = 10u_{I1} - 5u_{I2} - 4u_{I3}$ 的运算电路。

解：根据题意，对照运算电路的功能可知：可用减法运算电路实现上述运算，将 u_{I1} 从同相端输入，u_{I2} 和 u_{I3} 从反相端输入，电路如图 3.27 所示。

当 u_{I1} 单独作用时，输出为

$$u_{O1} = R_f(\frac{1}{R_2}+\frac{1}{R_3}+\frac{1}{R_f})\times\frac{R_4}{R_1+R_4}u_{I1} = R_f(\frac{1}{R_2}+\frac{1}{R_3}+\frac{1}{R_f})\times\frac{R_4\cdot R_1}{R_4+R_1}\times\frac{u_{I1}}{R_1}$$

当u_{I2}单独作用时，输出为 $u_{O2}=-\dfrac{R_f}{R_2}u_{I2}$

当u_{I3}单独作用时，输出为 $u_{O3}=-\dfrac{R_f}{R_3}u_{I3}$

若$R_3 // R_2 // R_f = R_1 // R_4$，则

$$u_O = u_{O1}+u_{O2}+u_{O3}=R_f\left(\frac{u_{I1}}{R_1}-\frac{u_{I2}}{R_2}-\frac{u_{I3}}{R_3}\right)=\left(\frac{R_f}{R_1}u_{I1}-\frac{R_f}{R_2}u_{I2}-\frac{R_f}{R_3}u_{I3}\right)$$

因为$R_f=100\text{k}\Omega$，$R_f/R_1=10$，$R_f/R_2=5$，$R_f/R_3=4$，故$R_1=10\text{k}\Omega$，$R_2=20\text{k}\Omega$，$R_3=25\text{k}\Omega$。

$$\frac{1}{R_4}=\frac{1}{R_2}+\frac{1}{R_3}+\frac{1}{R_f}-\frac{1}{R_1}=\left(\frac{1}{20}+\frac{1}{25}+\frac{1}{100}-\frac{1}{10}\right)=0$$

故可省去R_4。所设计的电路如图 3.28 所示。

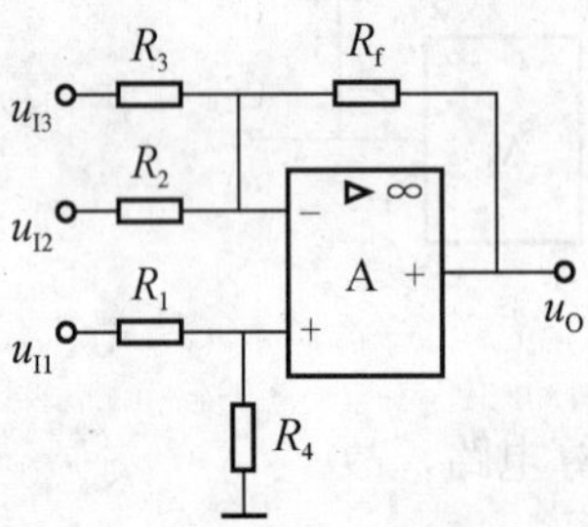

图 3.27 例 3.4 电路图(1)

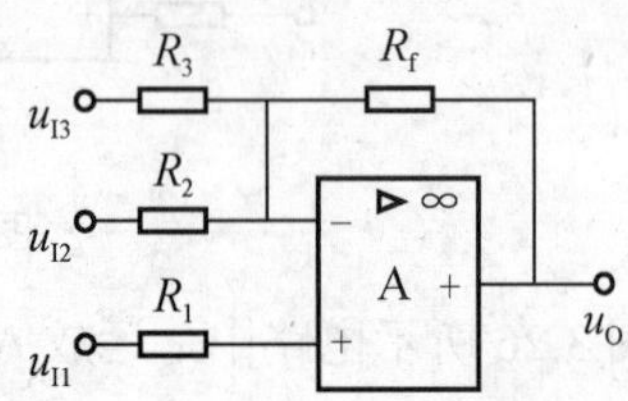

图 3.28 例 3.4 电路图(2)

3.4.4 非线性电路的分析方法

电压比较器是对输入信号进行比较的电路，是组成非正弦发生电路的基本单元电路，常用的方波、三角波等非正弦波信号产生电路中经常要用到电压比较器，这里只介绍电压比较器的基本工作原理。

1. 单值电压比较器

电压比较器的基本功能是对两个输入信号电压进行比较，并根据比较的结果输出高电平或低电平。电压比较器除广泛应用于信号产生电路外，还广泛应用于信号处理和检测电路等。如在控制系统中，经常将一个信号与另一个给定的基准信号进行比较，根据比较的结果，输出高电平或低电平的开关量电压信号，去实现控制动作。采用集成运算放大器可以实现电压比较器的功能。下面介绍单值电压比较器的电路和工作原理。

由集成运放组成的单值电压比较器如图 3.29(a)所示，为开环工作状态。加在反相输入端的信号u_I与同相输入端给定的基准信号U_{REF}进行比较。

由第 3.3.4 节已知，若为理想集成运放，其开环电压放大倍数趋向于无穷大，因此有

$$\left.\begin{aligned} u_O &= -U_{OM} \qquad u_{id}=u_- - u_+ = u_I - U_{REF}>0 \\ u_O &= +U_{OM} \qquad u_{id}=u_- - u_+ = u_I - U_{REF}<0 \end{aligned}\right\} \tag{3-22}$$

式中，u_{id} 为运放输入端的差模输入电压；$-U_{OM}$ 和 $+U_{OM}$ 为运放负向和正向输出电压的最大值，此值由运放电源电压和器件参数而定。

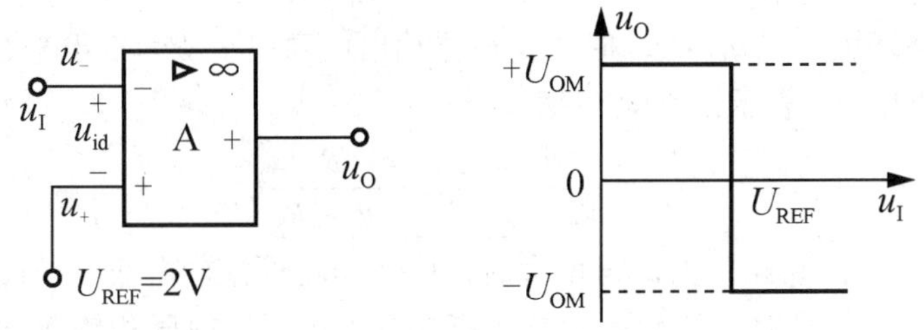

(a) 电路图　　(b) 电压传输特性

图 3.29　单值电压比较器

由式(3-22)可作出输出与输入的电压变化关系，称为电压传输特性，如图 3.29(b)所示。若原先输入信号 $u_I < U_{REF}$，输出为 $+U_{OM}$，当 U_I 由小变大时，只要稍微大于 U_{REF}，则输出由 $+U_{OM}$ 跳变为 $-U_{OM}$；反之亦然。

如果将 u_I 加在同相输入端，而 U_{REF} 加在反相输入端，这时的电压传输特性如图 3.29(b)中虚线所示。

若在图 3.29(a)所示电路中，$U_{REF}=0$，即同相输入端直接接地，这时的电压传输特性将平移到与纵坐标重合，称之为过零比较器。

在比较器中，我们把比较器的输出电压 u_O 从一个电平跳变到另一个电平时刻所对应的输入电压值称为门限电压(或阈值电压)，用 U_T 表示。对应上述电路 $U_T=U_{REF}$。由于上述电路只有一个门限电压值，故称单值电压比较器。U_T 值是分析输入信号变化使输出电平翻转的关键参数。

2. 迟滞电压比较器

上面所介绍的单值电压比较器工作时，如果在门限电压附近有微小的干扰，就会导致状态翻转使比较器输出电压不稳定而出现错误阶跃。为了克服这一缺点，常将单值电压比较器输出电压通过反馈网络加到同相输入端，形成正反馈，将待比较电压 u_I 加到反相输入端，参考电压 U_{REF} 通过 R_2 接到运算放大器的同相输入端，如图 3.30(a)所示。把图 3.30(a)所示电路称为反相型(或下行)迟滞电压比较器，也称为反相型(或下行)施密特触发器。

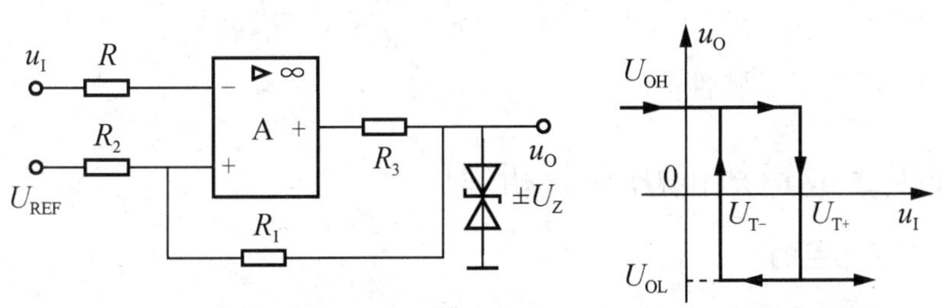

(a) 反相型电路　　(b) 反相型电压传输特性

图 3.30　反相型迟滞电压比较器

当 u_I 足够小时，比较器输出高电平 $U_{OH}=+U_Z$，此时同相输入端电压用 U_{T+} 表示，利

用叠加原理可求得

$$U_{T+}=\frac{R_1}{R_1+R_2}U_{REF}+\frac{R_2}{R_1+R_2}U_{OH} \tag{3-23}$$

随着u_I的不断增大，当$u_I>U_{T+}$时，比较器输出由高电平变为低电平$U_{OL}=-U_Z$，此时的同相输入端电压用U_{T-}表示，其大小变为

$$U_{T-}=\frac{R_1}{R_1+R_2}U_{REF}+\frac{R_2}{R_1+R_2}U_{OL} \tag{3-24}$$

显然，$U_{T-}<U_{T+}$，因此，当u_I再增大时，比较器将维持输出低电平U_{OL}。

反之，当u_I由大变小时，比较器先输出低电平U_{OL}，运放同相输入端电压为U_{T-}，只有当$u_I<U_{T-}$时，比较器的输出电压将由低电平U_{OL}又跳变到高电平U_{OH}，此时运放同相输入端电压又变为U_{T+}，u_I继续减小，比较维持输出高电平U_{OH}。所以，可得反相型迟滞电压比较器的传输特性如图 3.30(b)所示。可见，它有两个门限电压U_{T+}和U_{T-}，分别称为上门限电压和下门限电压，两者的差值称为门限宽度(或回差电压)，有

$$\Delta U=U_{T+}-U_{T-}=\frac{R_2}{R_1+R_2}(U_{OH}-U_{OL}) \tag{3-25}$$

可见，调节R_1和R_2可改变ΔU。ΔU越大，比较器的抗干扰能力超强，但分辨度越差。

还有一种同相型(上行)施密特触发器，其电路图及传输特性曲线如图 3.31 所示，

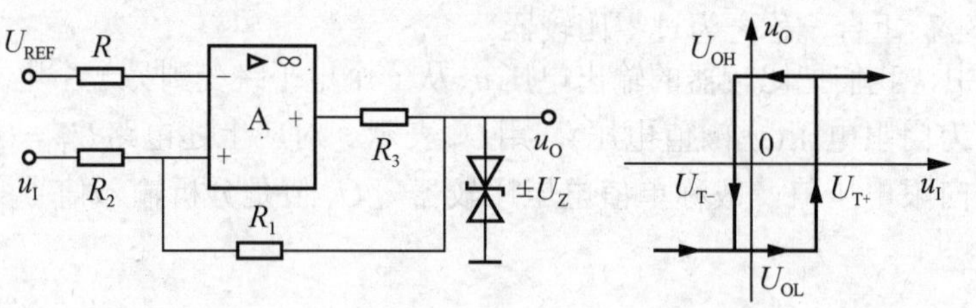

(a) 同相型电路　　　　(b) 同相型电压传输特性

图 3.31　同相型迟滞电压比较器

其两个门限电压为

$$U_{T+}=\frac{R_1+R_2}{R_1}U_{REF}-\frac{R_2}{R_1}U_{OL} \qquad U_{T-}=\frac{R_1+R_2}{R_1}U_{REF}-\frac{R_2}{R_1}U_{OH}$$

回差电压为

$$\Delta U=U_{T+}-U_{T-}=\frac{R_2}{R_1}(U_{OH}-U_{OL})$$

在图 3.31(b)所示传输特性曲线中，$U_{OL}=-U_Z$，$U_{OH}=+U_Z$。

3.4.5　理想集成运放的仿真分析

1. 仿真分析的目的

(1) 通过仿真熟悉集成运放的几种典型应用电路。

(2) 掌握集成运放几种典型应用电路的输出与输入关系。

(3) 通过仿真理解理想集成运放的特点。

2．仿真电路

集成运算放大器是一种高增益的放大器，其应用广泛。本仿真仅针对其中的反相比例运算电路和同相比例运算电路进行，其他请读者自己仿照完成。仿真电路如图 3.32 所示。

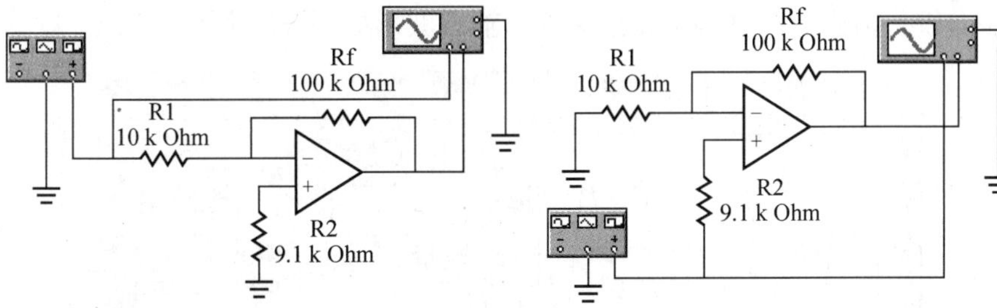

(a) 反相比例运算电路　　(b) 同相比例运算电路

图 3.32　集成运算放大器应用仿真电路

3．仿真内容及步骤

1)　反相比例运算电路

打开 EWB 主界面，在电路工作区按图 3.32(a)所示连接好仿真电路，并进行适当的器件参数设置。

根据理论分析可知 $u_o = -\dfrac{R_f}{R_1}u_i$。双击函数信号发生器图标，打开其功能面板如图 3.33 所示，进行如图所示的参数设置(以下实验参数设置相同)。

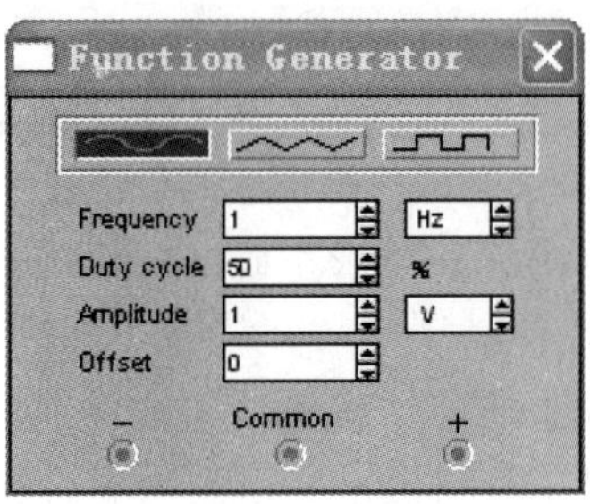

图 3.33　函数信号发生器参数设置

单击主界面右上侧的“启动/停止”按钮使电路工作，双击示波器图标打开示波器功能面板，适当调整参数，显示输入与输出波形如图 3.34 所示。

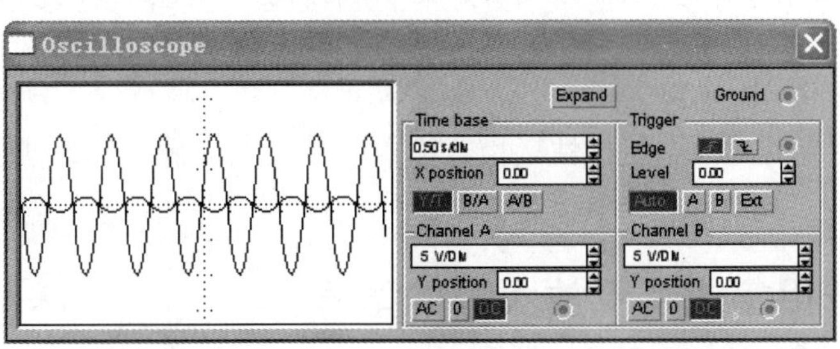

图 3.34　反相比例运算电路输入与输出波形

2) 同相比例运算电路

按图 3.32(b)所示连接好仿真电路，并进行适当的器件参数设置。根据理论分析可知 $u_o=(1+\frac{R_f}{R_1})u_i$。单击主界面右上侧的“启动/停止”按钮使电路工作，双击示波器图标打开示波器功能面板，适当调整参数，显示输入与输出波形如图 3.35 所示。

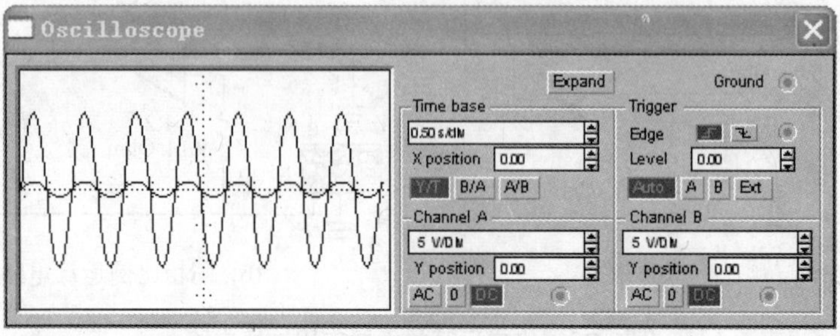

图 3.35 同相比例运算电路输入与输出波形

4. 仿真总结报告

(1) 根据仿真结果，画出四种形式的应用电路及相应的输入与输出波形，分析各电路输出与输入的对应关系。

(2) 在函数信号发生器中改变输入信号分别为三角波和矩形波，观察输出波形变化。

(3) 尝试在 EWB 环境中仿真实现其他形式的集成运放应用电路，画出实验电路与输入输出波形。

3.5 集成运算放大器使用中应注意的问题

在实际应用中，除了要根据用途和要求正确选择运放的型号外，还必须注意以下几个方面的问题。

(1) 使用前应认真查阅有关手册，了解所用集成运放的各引脚排列位置、外接电路，特别要注意正、负电源端，输出端及同相、反相输入端的位置。

(2) 由于失调电压、失调电流的影响，运放在输入为零时，输出并不等于零。为此，必须采取调零措施予以补偿。有些运放设有调零端子，例如 F007 的①、⑤脚。这时可选用精密的线绕电位器进行调零，将两输入端短路接地，调整电位器，使输出电压为零。

(3) 由于集成运放的开环增益很高，容易引起振荡。寄生振荡的频率在几十到几百千赫范围。为此，常要加阻容补偿网络，具体参数和接法可查阅使用说明书。补偿网络参数的合适数值还应通过实验确定。

(4) 当集成运放的电源电压极性接反、输入信号过大、输出电压过高时，都可能造成集成运放损坏。

3.5.1 合理选用集成运算放大器的型号

前面对集成运算放大器在线性区和非线性区的应用电路作了多方面的分析和讨论，这些讨论都是基于把集成运算放大器理想化的条件进行的。实际集成运算放大器的开环差模电压放大倍数、差模输入电阻均为有限值，不可能为无穷大，输出电阻也不可能为零，因此，实际集成运算放大器用理想条件来分析必然带来误差，所选择的运放技术指标越高，误差越小。

集成运算放大器种类很多，大体上可分为通用型和专用型两类。选型除了满足主要技术性能以外，还应考虑必要的经济性。一般指标性能高的运放，价格也相应较高。通用型价格便宜，市场上容易买到，所以在能满足设计要求时，应尽量选择通用型。然后再挑选开环增益、输入电阻、共模抑制比高且输出电阻、失调电流、失调电压小的集成运算放大器。在具体选择时，一般应考虑如下一些因素。

(1) 输入信号幅度的大小、频率高低、变化速率以及等效信号源内阻的大小，输入信号中是否含有共模信号，共模信号的幅度及频率等。

(2) 负载电阻的大小，对输出电压和输出电流幅度的要求。

(3) 对运算结果精度的要求，如增益误差、失真度、输入端和输出端阻抗匹配程度等。

例如，对于低频、输入幅度不是很小(例如 mV 级)的信号源内阻和负载电阻适中(例如几千欧)时，一般采用通用型运放；对于内阻很高的信号源，应选用高阻型运放；对于微弱信号(例如μV 级)，则应选用高精度、低漂移型运放；若工作频率比较高，就应选用宽带型运放；要求输出幅度大、变化速率高时，则应选用高速型运放等。

表 3.5 列出了几种集成运算放大器的典型参数，供使用时参考。

表 3.5 几种集成运算放大器的典型参数

参 数			型 号				
参数名称	符 号	单 位	CF741	CF747	CF353	CF1520	CF715
开环差模电压增益	A_{uo}	dB	106	106	100	70	90
差模输入电阻	R_{id}	MΩ	2	2	10^6	2	1
输出电阻	R_o	Ω	75	75	—	50	75
共模抑制比	K_{CMR}	dB	90	90	100	90	92
最大差模输入电压	$U_{Id(max)}$	V	±30	±30	±30	±8	±15
最大共模输入电压	$U_{Ic(max)}$	V	±13	±13	+15、−12	±3	±12
最大输出电压	$U_{o(p\text{-}p)}$	V	±13	±13	±13.5	±4	±13
输入失调电压	U_{IO}	mV	1	1	2	5	2
输入失调电流	I_{IO}	nA	20	20	0.025	30	70
输入偏置电流	I_{IB}	nA	80	80	0.05	800	400
单位增益带宽	BW_G	MHz	1	1	4	10	65
开环带宽	BW	Hz	7	7	—	2×10^6	—
转换速率	S_R	V/μs	0.5	0.5	13	35	100
电源电压范围	U_{CC}、U_{EE}	V	±22	±22	±18	±8	±15
备 注			通用型	双通用型	双宽带型	宽带型	高速型

3.5.2 集成运放的消振和调零

1. 消除自激振荡

由于集成运放内部的晶体管极间电容、输出端的电容性负载或电路接线的杂散电容等都有可能导致运放产生自激振荡，这就破坏了运放的正常工作。采用外接 RC 校正网络破坏振荡条件是最基本的消振措施，目前大多数集成运算放大器内部已设置消振措施的补偿网络。但还有一些集成运算放大器，如 F004、F005 等还需外接消振的补偿网络消振后才能使用。

2. 零点调整

集成运算放大器在使用时，为了提高它的运算精度，应该补偿因运放存在的失调电压、失调电流而引起的误差，即要求输入为零时输出也为零。为此，除了要求运放的同相和反相输入端的外接直流通路等效电阻保持平衡外，还要采用外接调零电位器进行调节。调零时应该让集成运算放大器在闭环状态下进行。具体电路及调零电位器参数的选用等可查阅有关技术资料和手册。图 3.36 列举了两个调零电路的连接及元件参数。

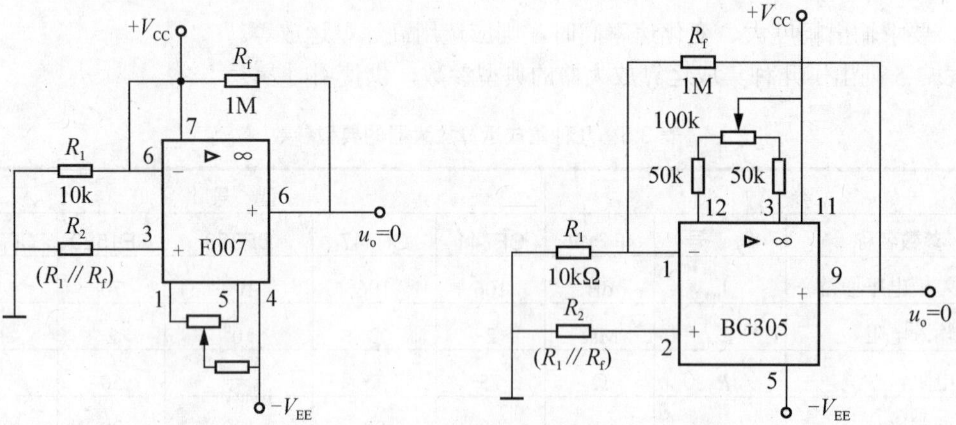

(a) F007 运放　　(b) BG305 运放

图 3.36 集成运放的调零

3.5.3 集成运算放大器的保护措施

集成运放在使用时，有时会遇到电源极性接反、电源电压过大或突变、输入信号电压过大、输出端负载短路、过载或外部高压造成电流过大等情况，它们都会导致集成运放的损坏。因此，必须在电路中采用保护措施，如图 3.37 所示。

为防止电源极性接反，可在正、负电源回路中顺接二极管。若电源接反，二极管因反偏而截止，等于电源断路，起到了保护集成运放的作用，如图 3.37(a)所示。

为防止输入差模或共模电压过高损坏集成运放的输入级，可在集成运放输入端并接极性相反的两只二极管，从而使输入电压的幅度限制在二极管的正向导通电压之内，如图 3.37(b)所示。

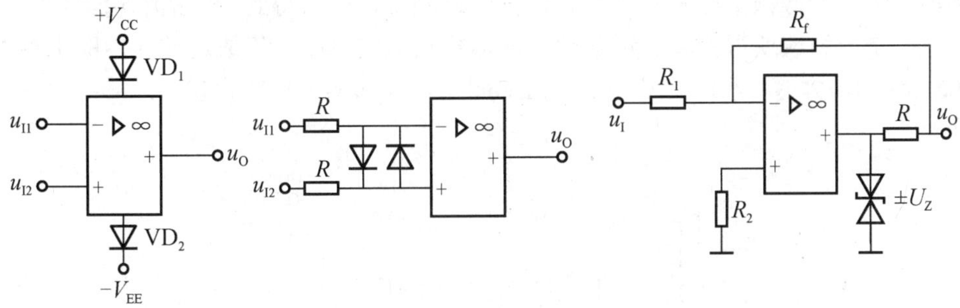

(a) 电源反接保护电路　　(b) 输入保护电路　　(c) 限制输出电压的保护电路

图 3.37　集成运放保护电路

为防止集成运放输出端误接外电压而造成输出级管子过电流或反向击穿，可采用图 3.37(c)所示的限幅措施。利用稳压管接成反向串联限幅电路，即使输出端误接外电压 u_O 很高，因受 U_Z 的限制，从而防止了集成运放输出级受到过电流或反向击穿而造成损坏。

3.6　工作实训营

3.6.1　训练实例

1. 训练内容

基本运算电路特性的测试。

2. 训练目的

(1)　了解集成运放的调零方法。

(2)　熟悉用集成运放构成比例运算电路、加法电路和减法电路等基本运算电路。

3. 训练要点

(1)　集成运放 uA741 的正、负电源极性不能接错，输出端不能接地，即输出端不可短路。

(2)　为了减小测量误差，测 u_i 和 u_o 时，万用表应尽量采用同一量程。

4. 实训过程

1)　实训准备

(1)　双路直流稳压电源，1 台。

(2)　双踪示波器，1 台。

(3)　晶体管毫伏表，1 只。

(4)　数字式(或指针式)万用表，1 只。

(5)　10kΩ、100kΩ、4.7kΩ、510Ω、470Ω电阻若干，0.47μF 电容若干，μA741 集成运放若干，导线若干。

2)　实训指导

集成运放是一种高增益的、直接耦合的多级放大器，它具有很高的开环电压放大倍数、高输入电阻、低输出电阻，并具有较宽的通频带，所以得到广泛的应用。加上适当的反馈网络，集成运放便可构成实现各种不同运算功能的电路。集成运放应用的电路原理图如图 3.38(a)～(d)所示。输入信号源可以由如图 3.38(d)所示的电路提供。

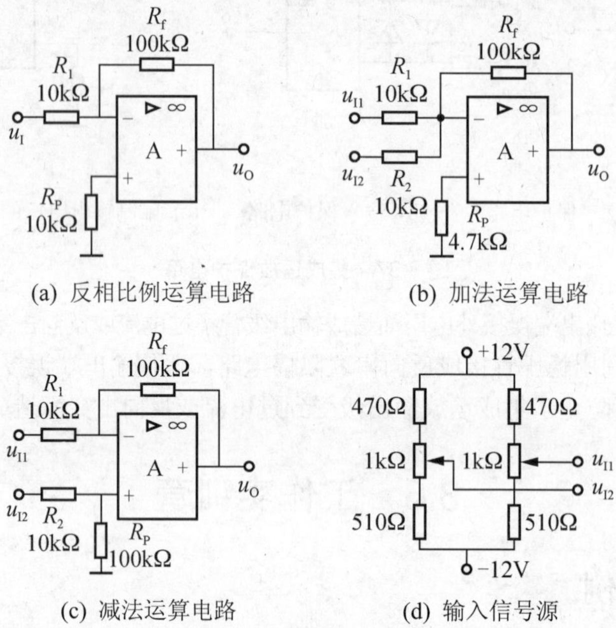

(a) 反相比例运算电路　(b) 加法运算电路

(c) 减法运算电路　(d) 输入信号源

图 3.38　集成运放电路原理图

(1) 反相比例运算(又称反相放大器)电路。

图 3.38(a)所示为反相比例运算电路。在理想化的条件下，其输出电压 u_O 为

$$u_O = -\frac{R_f}{R_1}u_I = -10u_I$$

(2) 加法运算电路。

图 3.38(b)所示为加法运算电路。在理想化的条件下，其输出电压 u_O 为

$$u_O = -R_f\left(\frac{u_{I1}}{R_1}+\frac{u_{I2}}{R_2}\right) = -10(u_{I1}+u_{I2})$$

(3) 减法运算电路。

图 3.38(c)所示为减法运算电路。在理想化的条件下，$R_1=R_2$，$R_f=R_p$，其输出电压 u_O 为

$$u_O = \frac{R_f}{R}(u_{I2}-u_{I1}) = 10(u_{I2}-u_{I1})$$

3) 实训内容与步骤

(1) 反相比例运算(又称反相放大器)电路。

① 按图 3.38(a)所示接好电路。

② 从工作台输入频率 f=1kHz、峰-峰值为 200mV 左右的正弦波信号 u_I。

③ 用双踪示波器同时观察输入信号 u_I 与输出信号 u_O，将记录数据填入表 3.6 中，并与理论计算值进行比较。

表 3.6　反相比例运算电路测量数据记录

输入信号 u_I/mV	输出信号测量值 u_O/ V	输出信号理论计算值 $u_O=-10u_I$/ V

(2) 加法运算电路。

① 按图 3.38(b)所示接好电路，输入信号按图 3.38(d)所示接好。

② 从输入信号电路上调节出 $u_{I1}=200\text{mV}$ 、 $u_{I2}=300\text{mV}$ 的输出电压，接到加法运算电路的两个输入端。

③ 用万用表测量出输出电压 u_O，将记录数据填入表 3.7 中，并与理论计算值进行比较。

表 3.7　加法运算电路测量数据记录

输入电压 u_{I1}/mV	输入电压 u_{I2}/mV	输出电压测量值 u_o/V	输出电压理论计算值 $u_o=-10(u_{I1}+u_{I2})$/V

(3) 减法运算电路。

① 按图 3-38(c)接好电路，输入信号电路按图 3-38(d)所示接好。

② 从输入信号电路上调节出 $u_{I1}=200\text{mV}$ 、 $u_{I2}=300\text{mV}$ 的输出电压，接到加法运算电路的两个输入端。

③ 用万用表测出输出电压 u_O，将记录数据填入表 3.8 中，并与理论计算值进行比较。

表 3.8　减法运算电路测量数据记录

输入电压 u_{I1}/mV	输入电压 u_{I2}/mV	输出电压测量值 u_o/V	输出电压理论计算值 $u_o=-10(u_{I2}-u_{I1})$/V

3.6.2　工作实践常见问题解析

【问题 1】运算放大器在调零时为什么要连接成闭环状态？可否将反馈电路电阻开路调零？

【答】因为开路时，运算放大器的放大倍数是无穷大，输入信号只要有一点，就会使输出饱和(输出是正最大或负最大)，是无法调零的。所以要接成负反馈，使放大倍数是一个不太大的值才行。

【问题 2】同相运算放大电路如果不接平衡电阻有什么后果？

【答】平衡电阻在电路中能起到分压的作用，如果运算放大器不接平衡电阻，有可能损坏运放。

【问题 3】做运算电路实验时是否需要调零？不调零对电路有什么影响？

【答】要调零，否则就等于你的运算电路永远要加上一个误差值，更重要的是在很多电路中，这个误差还要与信号一同被放大，这样实验的结果数据肯定会不准确。

3.7 习　题

1. 共模抑制比 K_{CMR} 等于__________________之比，电路的 K_{CMR} 越大，表明电路__________的能力越强。

2. 负反馈放大电路有________、________、________、________四种。

3. 电压并联负反馈放大电路是一种输出端取样为______、输入端比较量为______的放大电路，它使电路输入电阻_______、输出电阻_______。

4. 集成运算放大器作线性应用时，必须接成________组态；作非线性应用时，要接成_______组态和________组态。

5. 理想集成运算放大器的开环差模电压放大倍数 A_{uo} 可认为是________，输入阻抗 R_{id} 为_______，输出阻抗 R_o 为________。

6. 差动放大电路是为了(　　)而设置的。

A. 稳定放大倍数　　B. 提高输入电阻　　C. 克服温漂

7. 若反馈深度 $1+AF>1$，则放大电路工作在(　　)状态。

A. 正反馈　　B. 负反馈　　C. 无反馈

8. 一个阻抗变换电路，要求输入电阻小，输出电阻大，应选用(　　)负反馈放大电路。

A. 电压并联　　B. 电流并联　　C. 电流串联

9. 反相比例运算电路的输入电阻较(　　)，同相比例运算电路的输入电阻较(　　)。

A. 高　　B. 低　　C. 不变

10. 由集成运算放大器组成的电压比较器，其运放电路必须处于(　　)状态。

A. 负反馈　　B. 开环或负反馈　　C. 开环或正反馈

11. 产生零漂的主要因素是什么？零漂信号属于差模信号还是共模信号？直接耦合电路中的零漂信号采取什么措施来抑制？

12. 如图 3.39 所示的差动放大电路中，已知 V_1、V_2 的 $\beta_1=\beta_2=80$，$R_{bb'}=200\Omega$，$U_{BEQ1}=U_{BEQ2}=0.7V$，试求：

(1) V_1、V_2 的静态工作点 I_{CQ} 及 U_{CEQ}。

(2) 差模电压放大倍数 A_{ud}。

(3) 差模输入电阻 R_{id} 和输出电阻 R_o。

13. 如图 3.40 所示的差动放大电路中，已知 V_1、V_2 的 $\beta_1=\beta_2=100$，$R_{bb'}=200\Omega$，$U_{BEQ1}=U_{BEQ2}=0.7V$，试求：

(1) V_1、V_2 的静态工作点 I_{CQ} 及 U_{CEQ}。

(2) 差模电压放大倍数 A_{ud}。

(3) 差模输入电阻 R_{id} 和输出电阻 R_o。

14. 什么叫反馈？如何区别直流反馈与交流反馈？

15. 判断如图 3.41 所示各电路中存在何种负反馈？

16. 负反馈放大电路有哪几种类型？每种类型有何特点？

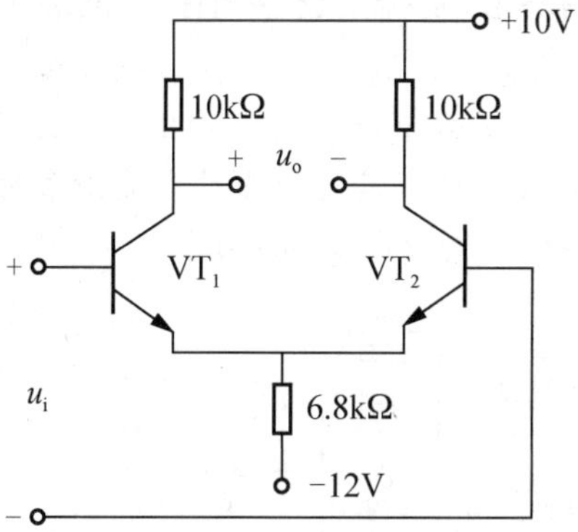

图 3.39 题 12 电路图

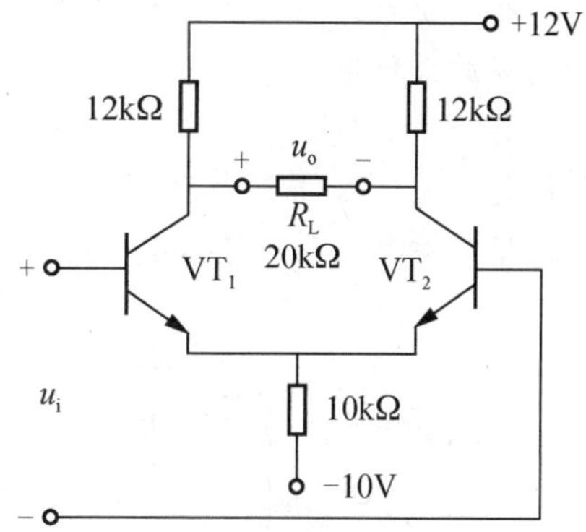

图 3.40 题 13 电路图

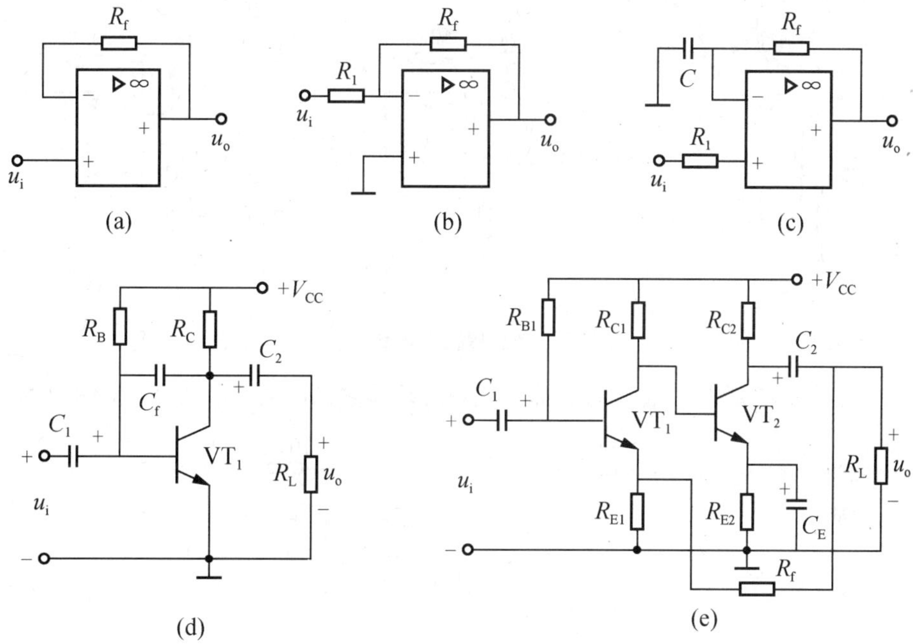

图 3.41 题 15 电路图

17. 从反馈效果来看，为什么说串联负反馈要求信号源内阻越小越好？而对并联负反馈要求信号源内阻越大越好？

18. 直流负反馈与交流负反馈的作用分别是什么？

19. 应该引入何种类型的反馈，才能分别实现以下要求：

(1) 稳定静态工作点。

(2) 稳定输出电压。

(3) 稳定输出电流。

(4) 提高输入电阻。

(5) 降低输出电阻。

20. 有一负反馈放大电路，已知 $A=10^3$，$F=0.099$，已知输入信号 u_i 为 0.1V，求其净输入信号 u_{id}、反馈信号 u_f 和输出信号 u_o 的值。

21．有一负反馈放大器，已知其开环放大倍数 A=50，反馈系数 F=1/10，试求其反馈深度和闭环放大倍数。

22．有一负反馈放大器，已知在闭环时，当输入电压为 50mV 时，输出电压为 2V；而在开环时，当输入电压为 50mV 时，输出电压则为 4V。试求其反馈深度和反馈系数。

23．集成运算电路如图 3.42 所示，试分别求出各电路输出电压的大小。

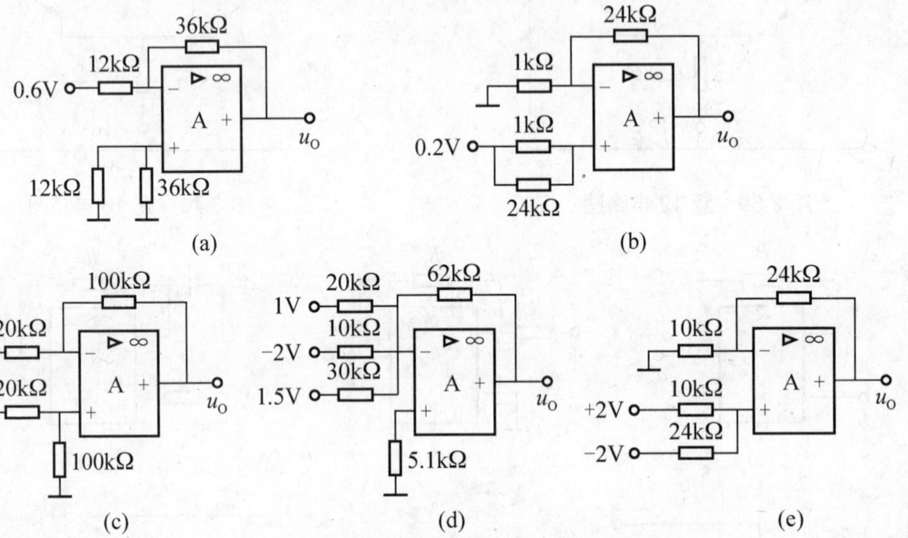

图 3.42　题 23 电路图

24．写出图 3.43 所示各电路的名称，试分别计算它们的电压放大倍数和输入电阻。

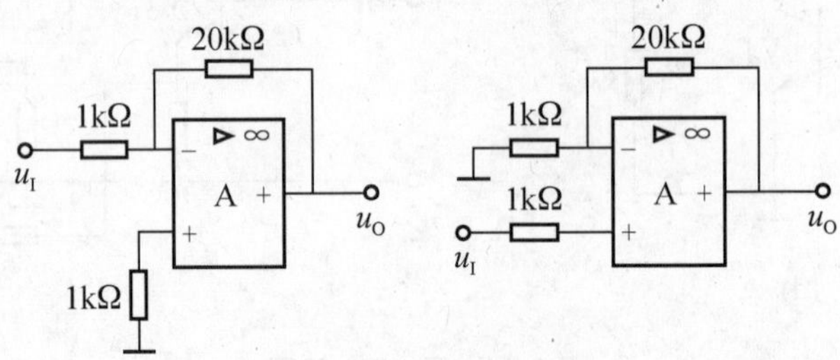

图 3.43　题 24 电路图

25．集成运放应用电路如图 3.44 所示，试分别求出各电路输出电压的大小。

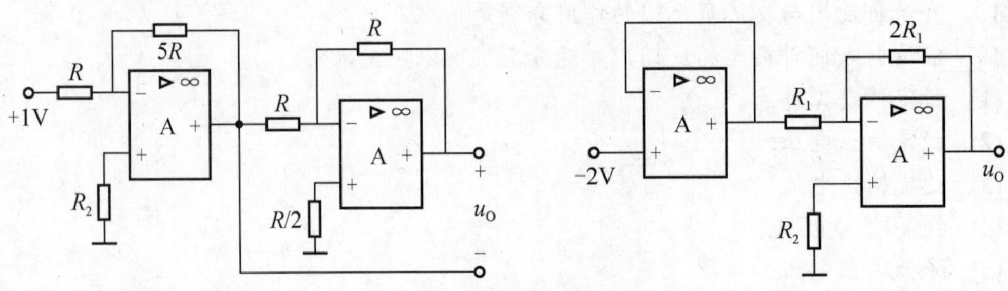

图 3.44　题 25 电路图

26. 试用理想运放设计一个能实现 $u_O = 3u_{I1} + 0.5u_{I2} - 4u_{I3}$ 运算的电路。

27. 集成运放应用电路如图 3.45 所示，若已知 R_1=R_2=R_4=10kΩ，R_3=R_5=20kΩ，R_6=100kΩ，试求它的输出电压与输入电压之间的关系式。

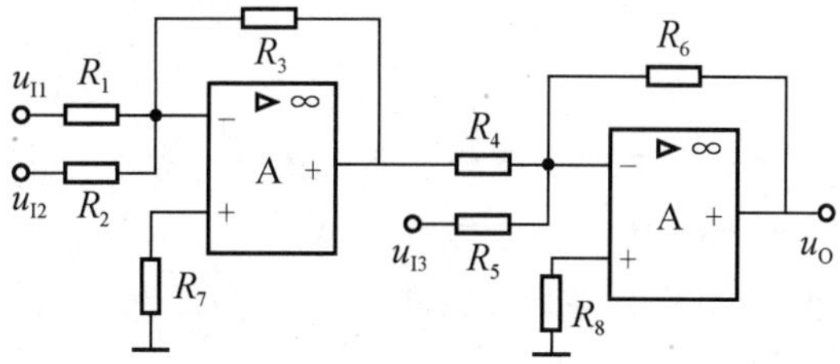

图 3-45　题 27 电路图

28. 迟滞电压比较器为什么有两个门限电压值？

29. 迟滞电压比较器如图 3.46 所示，试画出该电路的传输特性；并画出当输入电压 $u_I = \sin\omega t$(V) 时，该电路的输出电压 u_O 的波形。

30. 迟滞电压比较器如图 3.47 所示，试计算其门限电压 U_{T+}、U_{T-} 和回差电压 ΔU，画出传输特性；当 $u_I = 4\sin\omega t$(V) 时，试画出该电路的输出电压 u_O 的波形。

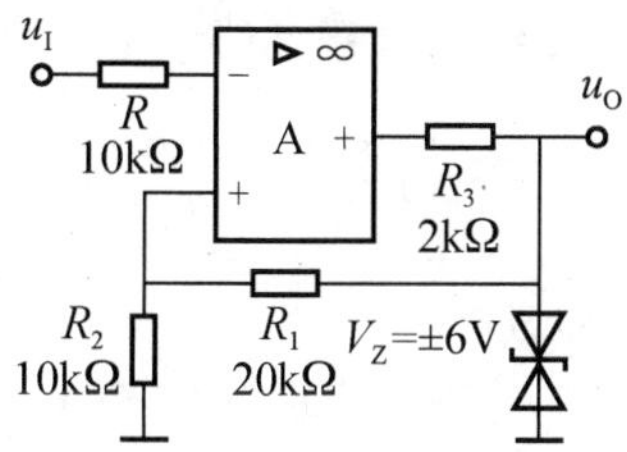

图 3.46　题 29 电路图

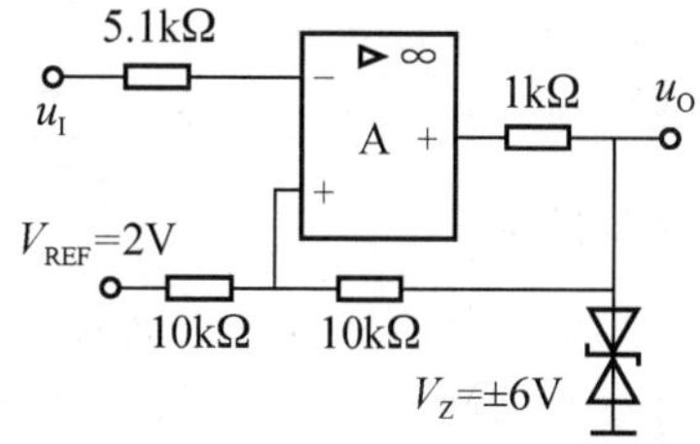

图 3.47　题 30 电路图

第 4 章　逻辑门电路

【教学目标】

- 掌握逻辑代数的公式和定理、逻辑函数的表示方法、逻辑函数的化简方法。
- 掌握各种门电路的逻辑功能和电气特性。
- 掌握目前应用最广的 TTL 集成门电路的逻辑功能及电气特性。
- 掌握卡诺图化简法，并熟练应用。
- 了解较为常见的数字集成电路的逻辑功能及其分类。

【工程应用导航】

本章主要介绍了逻辑代数的基本知识及逻辑函数的公式法化简和卡诺图法化简；由二极管、三极管组成的基本逻辑门电路；TTL 集成逻辑门电路的组成、原理及主要电路参数等。

逻辑代数和基本逻辑门是数字电路的基础，而数字电路是现代电气设备和电气控制器件不可缺少的重要组成部分。基本逻辑门和 TTL 门电路是组成数字电路的基本单元。掌握这些基本单元便于数字电路的设计及应用。

【引导问题】

(1) 你知道数字产品中常用的数字逻辑门的数学原理吗？

(2) 逻辑代数的运算如何用电路来实现呢？

(3) 人们都希望用最简单的逻辑电路来实现逻辑功能，你知道最简单的逻辑电路应从逻辑表达式化简开始吗？

(4) 你知道哪些常用的基本逻辑门电路？

4.1　逻辑代数的基本知识

4.1.1　基本逻辑关系

逻辑代数又称布尔代数，是英国数学家乔治·布尔在 1847 年首先创立的。逻辑代数是研究逻辑函数与逻辑变量之间规律的一门应用数学，是分析和设计数字逻辑电路的数学工具。

1. 逻辑变量与逻辑函数

逻辑代数中也用字母表示变量，这种变量称为逻辑变量。在二值逻辑中，每个逻辑变量的取值只有 0 和 1 两种可能。这里的 0 和 1 不再表示数量的大小，只代表两种不同的逻辑状态。例如，用“1”和“0”表示事物的“真”与“假”，电位的“高”与“低”，脉冲的“有”与“无”，开关的“闭合”与“断开”等。

2. 基本逻辑运算

逻辑代数的基本运算有与、或、非三种。为便于理解它们的含义，先来看一个简单的例子。

如果把开关闭合作为条件(或导致事物结果的原因)，把灯亮作为结果，那么图 4.1 中的三个电路代表了三种不同的因果关系。

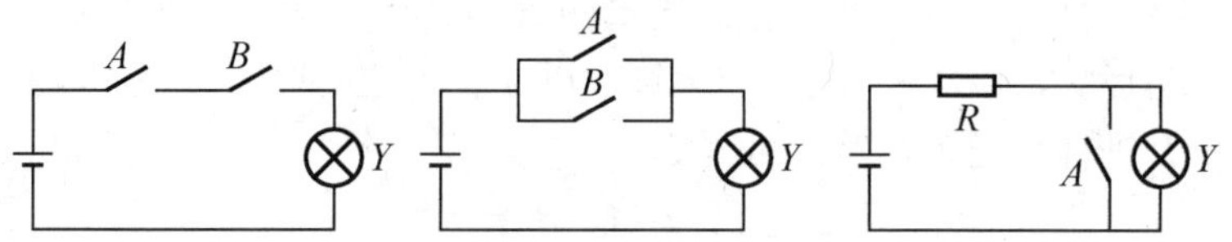

(a) 与电路　(b) 或电路　(c) 非电路

图 4.1　与、或、非电路

在图 4.1(a)所示的电路中，只有当 *A* 和 *B* 同时闭合时，指示灯才会亮，即决定事物结果的全部条件同时具备时，结果才会发生。这种因果关系叫做逻辑与，或者叫逻辑相乘。

在图 4.1(b)所示的电路中，只要任何一个开关闭合，指示灯就亮，即在决定事物结果的诸条件中只要有任何一个条件满足，结果就会发生。这种因果关系叫做逻辑或，也叫做逻辑相加。

在图 4.1(c)所示的电路中，开关断开时灯亮，开关闭合时灯反而不亮。即只要条件具备了，结果便不会发生；而条件不具备时，结果一定发生。这种因果关系叫做逻辑非，也叫做逻辑求反。

若以 *A*，*B* 表示开关状态，并以 1 表示开关闭合，以 0 表示开关断开；以 *Y* 表示指示灯状态，并以 1 表示灯亮，以 0 表示不亮，则可以列出以 0、1 表示的与、或、非逻辑关系的图表，如表 4.1～表 4.3 所示。这种图表叫做逻辑真值表，或简称真值表。

表 4.1　与逻辑真值表

输　入		输　出
A	*B*	*Y*
0	0	0
0	1	0
1	0	0
1	1	1

表 4.2　或逻辑真值表

输　入		输　出
A	*B*	*Y*
0	0	0
0	1	1
1	0	1
1	1	1

表 4.3　非逻辑真值表

输　入	输　出
A	*Y*
0	1
1	0

在逻辑代数中，把与、或、非看作是逻辑变量 *A*、*B* 之间的三种最基本的逻辑运算，并以“·”表示与运算，以“+”表示或运算，以变量上边的“-”表示非运算。

因此，*A* 和 *B* 进行与逻辑运算时可写成

$$Y=A\cdot B \tag{4-1}$$

A 和 *B* 进行或逻辑运算时可写成

$$Y=A+B \tag{4-2}$$

对 *A* 进行非逻辑运算时可写成

$$Y=\overline{A} \tag{4-3}$$

同时，把实现与逻辑运算的单元电路叫做与门，把实现或逻辑运算的单元电路叫做或门，把实现非逻辑运算的单元电路叫做非门(也叫做反相器)。

与、或、非逻辑运算还可以用如图 4.2 所示的图形符号表示。这些图形符号也用于表示相应的门电路。图中上边一行是目前国家标准局规定的符号，下边一行是常见于国外一些书刊和资料上的符号。

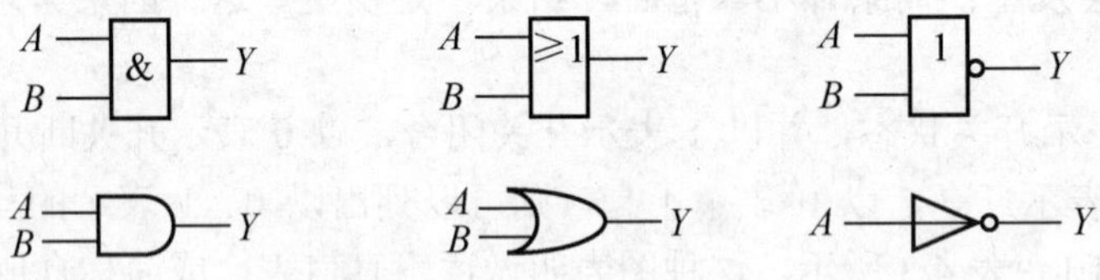

图 4.2　与、或、非电路的图形符号

3．常用复合逻辑

基本逻辑的简单组合称为复合逻辑，实现复合逻辑的电路称为“复合门”电路。

1)　与非逻辑

与非逻辑是“与”逻辑和“非”逻辑的组合，先“与”再“非”。其真值表如表 4.4 所示，逻辑函数表达式为

表 4.4　与非逻辑真值表

A　*B*　*C*	*Y*
0　0　0	1
0　0　1	1
0　1　0	1
0　1　1	1
1　0　0	1
1　0　1	1
1　1　0	1
1　1　1	0

$$Y=\overline{A\cdot B\cdot C} \tag{4-4}$$

我们把输入、输出能实现与非逻辑的电路称为“与非门”电路。如图 4.3 所示为“与非门”的逻辑符号。

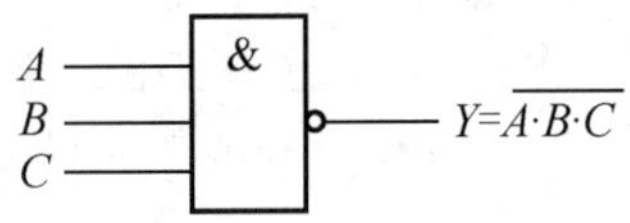

图 4.3　与非门逻辑符号

2)　或非逻辑

或非逻辑是“或”逻辑与“非”逻辑的组合，先“或”再“非”。其真值表如表 4.5 所示，逻辑函数表达式为

表 4.5　或非逻辑真值表

A	B	C	Y
0	0	0	1
0	0	1	0
0	1	0	0
0	1	1	0
1	0	0	0
1	0	1	0
1	1	0	0
1	1	1	0

$$Y=\overline{A+B+C} \tag{4-5}$$

我们把输入、输出能实现或非逻辑的电路称为“或非门”电路。如图 4.4 所示为“或非门”的逻辑符号。

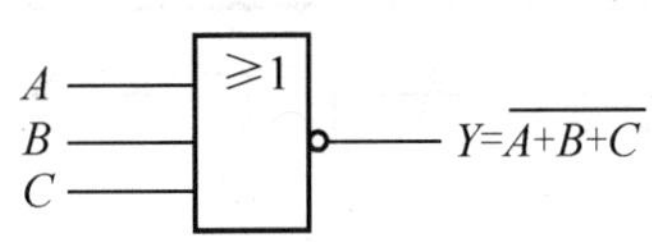

图 4.4　或非门逻辑符号

3)　与或非逻辑

与或非逻辑是“与”、“或”、“非”三种基本逻辑的组合，先“与”再“或”最后“非”。其逻辑表达式为

$$Y=\overline{A\cdot B+C\cdot D} \tag{4-6}$$

实现与或非逻辑的电路称为“与或非门”电路。如图 4.5 所示为“与或非门”的逻辑符号。

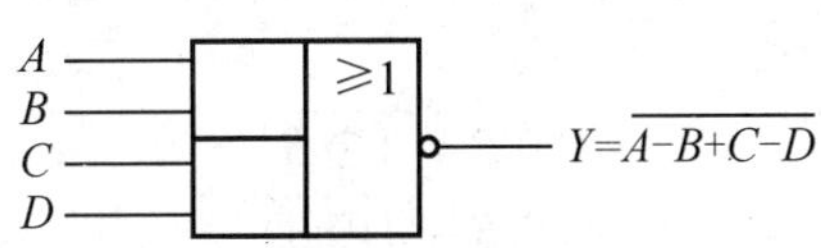

图 4.5　与或非门逻辑符号

4) 异或逻辑与同或逻辑

异或逻辑与同或逻辑属于两个变量的逻辑函数。

当输入变量 A、B 的取值不同时，输出变量 Y 为 1；当 A、B 的取值相同时，输出 Y 为 0。这种逻辑关系称为异或逻辑，其真值表如表 4.6 所示，逻辑表达式为

$$Y = A\bar{B} + \bar{A}B = A \oplus B \tag{4-7}$$

式中，符号“⊕”表示“异或运算”，读作“异或”。异或逻辑符号如图 4.6 所示。

表 4.6 异或逻辑真值表

A	B	Y
0	0	0
0	1	1
1	0	1
1	1	0

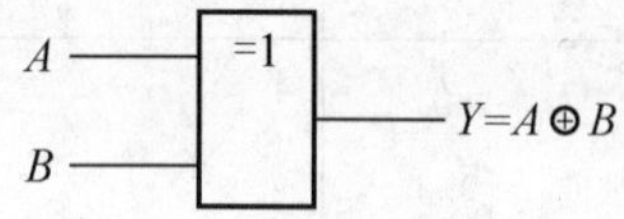

图 4.6 异或逻辑符号

实现异或逻辑的电路称为“异或门”电路。“异或门”的符号和异或逻辑符号相同。

当输入变量 A、B 的取值相同时，输出变量 Y 为 1；当 A、B 的取值不同时，输出 Y 为 0。这种逻辑关系称为同或逻辑，其真值表如表 4.7 所示，逻辑表达式为

$$Y = AB + \bar{A}\bar{B} = A \odot B \tag{4-8}$$

式中，符号“⊙”表示“同或运算”，读作“同或”。同或逻辑符号如图 4.7 所示。

表 4.7 同或逻辑真值表

A	B	Y
0	0	1
0	1	0
1	0	0
1	1	1

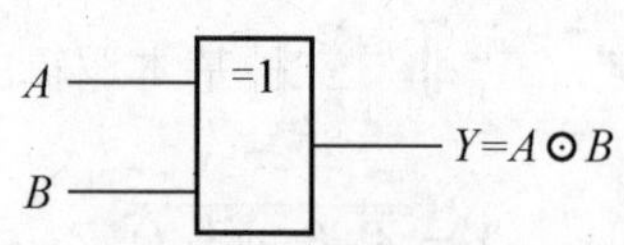

图 4.7 同或逻辑符号

将异或逻辑真值表与同或逻辑真值表进行对照，可以看出异或逻辑与同或逻辑互为反函数，即

$$A \oplus B = \overline{A \odot B} \tag{4-9}$$

$$A \odot B = \overline{A \oplus B} \tag{4-10}$$

实现同或逻辑的电路称为“同或门”电路。“同或门”的符号和同或逻辑符号相同。

5) 正、负逻辑

在逻辑电路中有两种逻辑体制：用“1”表示高电位、“0”表示低电位，称为正逻辑体制(简称正逻辑)；用“1”表示低电位、“0”表示高电位，称为负逻辑体制(简称负逻辑)。一般情况下，如无特殊说明，一律采用正逻辑。

4.1.2 逻辑代数的基本公式和定理

1. 逻辑函数的相等

假设两个含有 n 个变量的逻辑函数 Y_1 和 Y_2，如果对应于 n 个变量的所有取值的组合，输出函数 Y_1 和 Y_2 都相等，则称 Y_1 和 Y_2 这两个逻辑函数相等。换言之，两个相等的逻辑函数具有相同的真值表。

例 4.1 证明 $Y_1=\overline{A\cdot B}$ 与 $Y_2=\overline{A}+\overline{B}$ 相等。

解：从给定函数得知 Y_1 和 Y_2 具有两个相同变量 A 和 B，则输入变量取值的组合状态有 $2^2=4$ 个，分别代入逻辑表达式中进行计算，求出相应的函数值，即得表 4.8 所示的真值表。

表 4.8 Y_1 和 Y_2 的真值表

A	B	$Y_1=\overline{A\cdot B}$	$Y_2=\overline{A}+\overline{B}$
0	0	1	1
0	1	1	1
1	0	1	1
1	1	0	0

由真值表可知：$Y_1=Y_2$。

2. 基本定律

常用的逻辑代数定律和恒等式如表 4.9 所示。表 4.9 中的反演律又称德·摩根定律，并可推出结论：

$$\overline{A\cdot B\cdot C\ \cdots}=\overline{A}+\overline{B}+\overline{C}+\cdots \tag{4-11}$$

$$\overline{A+B+C+\cdots}=\overline{A}\cdot\overline{B}\cdot\overline{C} \tag{4-12}$$

德·摩根定律及其推论是很重要的，在逻辑代数中经常用到，所以必须牢牢地掌握它。

表 4.9 逻辑代数的基本定律

定律名称	逻辑关系表达式		说 明
0-1 律	$A\cdot 1=A$	$A+1=A$	变量与常量的关系
	$A\cdot 0=0$	$A+0=A$	
互补率	$A\cdot\overline{A}=0$	$A+\overline{A}=1$	
交换律	$A\cdot B=B\cdot A$	$A+B=B+A$	与普通代数相似的定律
结合律	$A(BC)=(AB)C$	$A+(B+C)=(A+B)+C$	

续表

定律名称	逻辑关系表达式		说　明
分配率	$A(B+C)=AB+AC$	$A+BC=(A+B)(A+C)$	与普通代数相似的定律
重叠率	$A \cdot A=A$	$A+A=A$	逻辑代数中的特殊定律
反演律	$A \cdot B=\overline{A}+\overline{B}$	$\overline{A+B}=\overline{A}\,\overline{B}$	
还原率	$\overline{\overline{A}}=A$		
吸收率	$(A+B)(A+\overline{B})=A$	$AB+A\overline{B}=A$	逻辑代数中的常用公式
	$A(A+B)=A$	$A+AB=A$	
	$A(\overline{A}+B)=AB$	$A+\overline{A}B=A+B$	
包含率	$(A+B)(\overline{A}+C)(B+C)$ $=(A+B)(\overline{A}+C)$	$AB+\overline{A}C+BC=AB+\overline{A}C$	

表 4.9 中的包含率又称多余项定律，即

$$AB+\overline{A}C+BC=AB+\overline{A}C$$

证明：

$$\begin{aligned}AB+\overline{A}C+BC &= AB+\overline{A}C+BC(A+\overline{A})\\ &= AB+\overline{A}C+ABC+\overline{A}BC\\ &= AB(1+C)+\overline{A}C(1+B)\\ &= AB+\overline{A}C\end{aligned}$$

由此推论

$$AB+\overline{A}C+BCD=AB+\overline{A}C \tag{4-13}$$

证明略。

4.1.3　逻辑代数的基本运算规则

1. 代入规则

在任何一个逻辑等式中，如果将等式两边出现的某变量 A，都用同一个函数代替，则等式依然成立，这个规则称为代入规则。

例如，在 $B(A+C)=BA+BC$ 中，将所有出现 A 的地方都代以函数 $A+D$，则等式仍然成立，即得

$$B[(A+D)+C]=B(A+D)+BC=BA+BD+BC$$

利用代入规则可扩大公式的应用范围。

2. 反演规则

根据摩根定律求一个逻辑函数 Y 的非函数 $\overline{Y}$ 时，可以将 Y 中的与(·)换成或(+)，或(+)换成与(·)；再将原变量换成非变量(如 A 换成 $\overline{A}$)，非变量换成原变量；并将 0 换成 1，1 换成 0；那么所得的逻辑函数就是 $\overline{Y}$。这个规则称为反演规则。

利用反演规则，可以容易地求出一个逻辑函数的反函数。但要注意以下两点。

(1)　变换过程中要保持原式中的运算顺序。

(2) 不是单个变量上的非号应保持不变。

如 $Y = A + \overline{B\overline{C} + \overline{D + \overline{E}}}$，则 $\overline{Y} = \overline{A} \cdot \overline{(\overline{B} + C) \cdot \overline{\overline{D}E}}$

3．对偶规则

Y 是一个逻辑表达式，如把 Y 中的与(·)换成或(+)，或(+)换成与(·)，1 换成 0，0 换成 1，那么就得到一个新的逻辑函数表达式，这就是 Y 的对偶式，记做 Y'。

例如，$Y = (A + \overline{B})(A + C)$，则 $Y' = A \cdot \overline{B} + AC$。变换时仍需注意保持原式中先与后或的顺序。

对偶规则：如果两个逻辑函数 Y 与 F 相等，那么它们的对偶式 Y' 与 F' 也一定相等。

4.2　逻辑函数的化简

4.2.1　逻辑函数及其表示方法

1．逻辑函数

从上面所讲的各种逻辑关系中可以看到，如果以逻辑变量作为输入，以运算结果作为输出，那么当输入变量的取值确定之后，输出的值便随之而定。因此，输出与输入之间仍是一种函数关系。这种函数关系称为逻辑函数，写作

$$Y = F(A, B, C, \cdots)$$

由于变量与输出(函数)的取值只有 0 和 1 两种状态，所以我们所讨论的都是二值逻辑函数。

任何一件具体的因果关系都可以用一个逻辑函数描述。例如，图 4.8 所示是一个举重裁判电路，可以用一个逻辑函数描述它的逻辑功能。

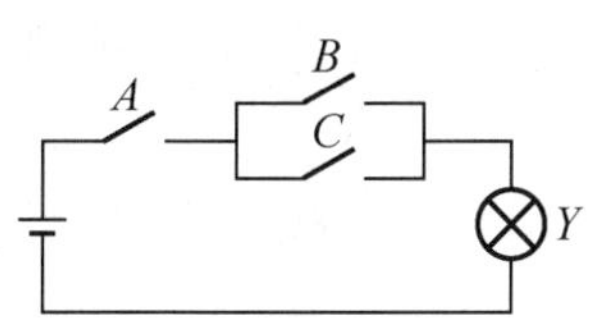

图 4.8　举重裁判电路

比赛规则中要求主裁和至少一名副裁通过，试举才算成功。此时主裁掌握开关 A，两名副裁分别掌握开关 B 和 C。运动员在比赛时，裁判如果判通过则合上开关，否则不合。显然，指示灯 Y 的状态(亮与暗)是开关 A、B、C 状态(合上，断开)的函数。

若以1表示开关闭合，0表示开关断开；以1表示灯亮，以0表示灯暗，则指示灯 Y 是开关 A、B、C 的二值逻辑函数，即

$$Y = F(A, B, C)$$

2．逻辑函数的表示方法

常用的逻辑函数表示方法有逻辑真值表(简称真值表)、逻辑函数式(也称逻辑式)、逻辑图和卡诺图等。这里我们只介绍前三种方法，用卡诺图表示逻辑函数的方法将在后面作

专门介绍。

1) 逻辑真值表

将输入变量所有取值下对应的输出值找出来，列成表格，即可得到真值表。

仍以图 4.8 所示的举重裁判电路为例。根据电路工作原理不难看出，A 为1且 B、C 至少有一个为1时 Y 才等于 1。于是列出图 4.8 所示电路的真值表如表 4.10 所示。

表 4.10 举重裁判电路的真值表

输入			输出 Y
A	B	C	
0	0	0	0
0	0	1	0
0	1	0	0
0	1	1	0
1	0	0	0
1	0	1	1
1	1	0	1
1	1	1	1

2) 逻辑函数式

把输出与输入之间的逻辑关系写成与、或、非等运算的组合式，即逻辑代数式，就得到了所需的逻辑函数式。

在图 4.8 所示电路中，根据对电路功能的要求和与、或的逻辑定义，B 和 C 至少有一个合上可以表示为 $(B+C)$，同时要求合上 A，则应写作 $A\cdot(B+C)$。因此输出的逻辑函数式为

$$Y = A\cdot(B+C) \tag{4-14}$$

3) 逻辑图

将逻辑函数中各变量之间的与、或、非等逻辑关系用图形符号表示出来，就可以画出表示函数关系的逻辑图。

只要用逻辑运算的图形符号代替逻辑函数式中的代数运算符号即可得逻辑图，如图 4.9 所示为举重裁判电路的逻辑图。

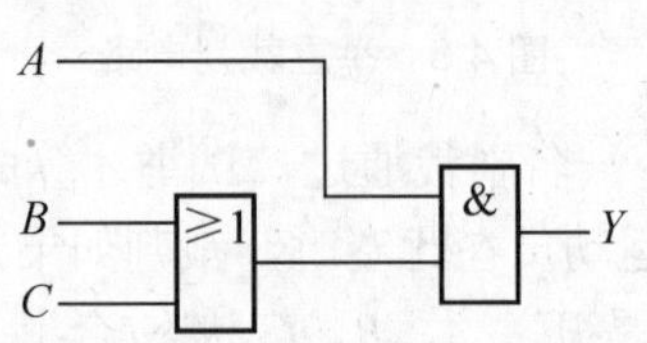

图 4.9 举重裁判电路的逻辑图

4.2.2 逻辑函数的最小项标准形式

1. 逻辑函数的最小项

1) 最小项定义

在逻辑函数中，设有 n 个逻辑变量，如果由这 n 个逻辑变量所组成的乘积项(与项)中

的每个变量只是以原变量或反变量的形式出现一次，且仅出现一次，那么我们把这个乘积项称为 n 个变量的一个最小项。

例如，对于三个变量 A、B、C 来说，$\overline{A}\overline{B}\overline{C}$、$\overline{A}\overline{B}C$、$\overline{A}B\overline{C}$、$\overline{A}BC$、$A\overline{B}\overline{C}$、$A\overline{B}C$、$AB\overline{C}$、$ABC$ 八个乘积项都称为三个变量 A、B、C 的最小项，而三个变量 A、B、C 也有且只有这八个最小项。除此之外 $\overline{A}C$、$\overline{A}(B+C)$、$\overline{A}BA$ 等项就不是最小项。

n 变量的逻辑函数有 2^n 个最小项。若 $n=2$，$2^2=4$，二变量的逻辑函数就有 4 个最小项；若 $n=4$，$2^4=16$，四变量的逻辑函数就有 16 个最小项……依此类推。

2) 最小项的性质

为了分析最小项的性质，可列出三变量所有最小项的真值表，如表 4.11 所示。由表 4.11 可知，最小项具有下列性质。

(1) 对于任意一个最小项，有且仅有一组变量的取值使它的值等于 1。

(2) 任意两个不同最小项的乘积恒为 0。

(3) n 变量的所有最小项之和恒为 1。

表 4.11 三变量最小项真值表

ABC	$\overline{A}\overline{B}\overline{C}$	$\overline{A}\overline{B}C$	$\overline{A}B\overline{C}$	$\overline{A}BC$	$A\overline{B}\overline{C}$	$A\overline{B}C$	$AB\overline{C}$	ABC
0 0 0	1	0	0	0	0	0	0	0
0 0 1	0	1	0	0	0	0	0	0
0 1 0	0	0	1	0	0	0	0	0
0 1 1	0	0	0	1	0	0	0	0
1 0 0	0	0	0	0	1	0	0	0
1 0 1	0	0	0	0	0	1	0	0
1 1 0	0	0	0	0	0	0	1	0
1 1 1	0	0	0	0	0	0	0	1

3) 最小项编号

n 变量有 2^n 个最小项。为了叙述和书写方便，通常对最小项进行编号。最小项用 m_i 表示，并按如下方法确定 i 值：把最小项取值为 1 所对应的那一组变量取值的组合当成二进制数，与其对应的十进制数就是 i 的值。例如，三变量 A、B、C 的最小项 $A\overline{B}C$，使它的值为 1 的变量取值为 101，对应十进制数为 5，则 $A\overline{B}C$ 最小项的编号记为 m_5。

2. 逻辑函数的标准式——最小项表达式

任何一个逻辑函数都可以表示成若干个最小项之和的形式，这样的表达式就是最小项表达式。而且这种形式是唯一的。

1) 由真值表求得最小项表达式

例如，已知 Y 的真值表如表 4.12 所示。由真值表写出最小项表达式的方法是：使函数 $Y=1$ 的变量取值组合有 011、101、111 三项，与其对应的最小项是 $\overline{A}BC$、$A\overline{B}C$、ABC，则逻辑函数 Y 的最小项表达式为

$$Y(A,B,C)=\bar{A}BC+A\bar{B}C+ABC$$
$$=m_3+m_5+m_7$$

表 4.12　真值表

输　入			输出 Y
A	B	C	
0	0	0	0
0	0	1	0
0	1	0	0
0	1	1	1
1	0	0	0
1	0	1	1
1	1	0	0
1	1	1	1

2)　由一般逻辑函数式求得最小项表达式

首先利用公式将表达式变换成一般与或式，再采用配方法，将每个乘积项都变为最小项。

例如，将 $Y(A,B,C)=\overline{AB+\bar{A}B+C}+AB$ 转化为最小项表达式为

$$Y(A,B,C)=\overline{AB+\bar{A}B+C}+AB=(\bar{A}+\bar{B})(A+\bar{B})\bar{C}+AB$$
$$=(\bar{A}B+A\bar{B})\bar{C}+AB(\bar{C}+C)=\bar{A}B\bar{C}+A\bar{B}\bar{C}+AB\bar{C}+ABC$$
$$=m_2+m_4+m_6+m_7=\Sigma m(2,4,6,7)$$

4.2.3　逻辑函数的公式化简法

1. 化简的意义和最简的概念

1)　化简的意义

对于同一个逻辑函数，如果表达式不同，实现它的逻辑元件也不同。

例如，逻辑函数

$$Y=\bar{A}\bar{B}\bar{C}+\bar{A}\bar{B}C+\bar{A}BC+A\bar{B}\bar{C}+A\bar{B}C$$

其逻辑电路图如图 4.10(a)所示。

对 Y 进行化简得

$$Y=\bar{A}\bar{B}\bar{C}+\bar{A}\bar{B}C+\bar{A}BC+A\bar{B}\bar{C}+A\bar{B}C=\bar{B}+\bar{A}C$$

其逻辑电路图如图 4.10(b)所示。显然，化简后所用的门减少了。

2)　最简的概念

一个给定的逻辑函数，其真值表是唯一的，但其表达式可以有许多不同的形式。

例如，逻辑函数 $Y=AB+\bar{A}C$ 就可以用如下五种基本形式表示：

$$Y=AB+\bar{A}C \qquad \text{与或表达式}$$
$$=(A+C)(\bar{A}+B) \qquad \text{或与表达式}$$

$$=\overline{\overline{AB}\cdot\overline{\overline{A}C}}\qquad \text{与非-与非表达式}$$

$$=\overline{\overline{A+C}+\overline{\overline{A}+B}}\qquad \text{或非-或非表达式}$$

$$=\overline{\overline{A}\,\overline{C}+A\overline{B}}\qquad \text{与或非表达式}$$

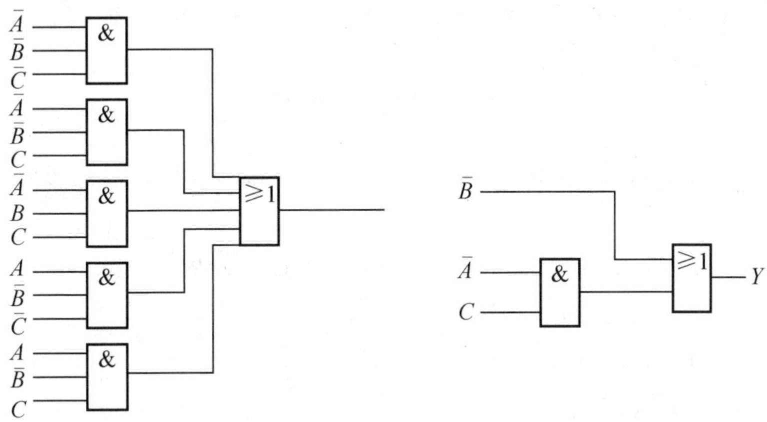

(a) 化简前　　　　(b) 化简后

图 4.10　逻辑电路图

对于不同类型的表达式，最简的标准不一样。最常见的表达式是“与或”式，由它可以比较容易地转换成其他类型的表达式，所以我们主要介绍“与或”式的化简。

最简“与或”式的标准如下。

(1)　乘积项个数最少。

(2)　每一个乘积项中变量的个数最少。

因为乘积项的个数最少，对应的逻辑电路所用的与门个数就最少；乘积项中变量的个数最少，对应逻辑电路所用的与门输入端个数就最少。所以如果逻辑表达式是最简的，则实现它的逻辑电路也是最简的。

2．公式法化简

公式法化简也称代数法化简，就是利用逻辑代数的基本公式和常用公式来化简逻辑函数。

1)　并项法

利用公式 $AB+A\overline{B}=A$，将两项合并，消去一个变量。例如：

$$\begin{aligned}Y&=\overline{A}B\overline{C}+A\overline{C}+\overline{B}\,\overline{C}\\&=\overline{A}B\overline{C}+(A+\overline{B})\overline{C}\end{aligned}$$

2)　吸收法

利用公式 $A+AB=A$ 可将 AB 消去，A 和 B 也同样可以是任何一个复杂的逻辑式。例如：

$$A\overline{B}+A\overline{B}CD(E+F)=A\overline{B}$$

3)　消项法

利用公式 $AB+\overline{A}C+BC=AB+A\overline{C}$ 及 $AB+\overline{A}C+BCD=AB+\overline{A}C$ 可将 BC 与 BCD 消

去。其中 A、B、C、D 都可以是任意复杂的逻辑式。例如：

$$Y = AC + A\overline{B} + \overline{B+C} = AC + A\overline{B} + \overline{B}\,\overline{C}$$
$$= AC + \overline{B}\,\overline{C}$$

4) 消因子法

利用公式 $A + \overline{A}B = A + B$ 可将 $\overline{A}B$ 中的 $\overline{A}$ 消去。A、B 均可以为任意复杂的逻辑式。例如：

$$Y = \overline{B} + ABC = \overline{B} + AC$$

5) 配项法

(1) 利用公式 $A + A = A$ 可以在逻辑函数中重复写入某一项，有时能获得更加简单的化简结果。例如：

$$Y = \overline{A}B\overline{C} + \overline{A}BC + ABC = (\overline{A}B\overline{C} + \overline{A}BC) + (\overline{A}BC + ABC)$$
$$= \overline{A}B(C + \overline{C}) + BC(A + \overline{A}) = \overline{A}B + BC$$

(2) 利用公式 $A + \overline{A} = 1$ 可以在函数式中令某一项乘以 $(A + \overline{A})$，然后拆分合并。例如：

$$Y = A\overline{B} + \overline{A}B + B\overline{C} + \overline{B}C = A\overline{B} + \overline{A}B(C + \overline{C}) + B\overline{C} + (A + \overline{A})\overline{B}C$$
$$= A\overline{B} + \overline{A}BC + \overline{A}B\overline{C} + B\overline{C} + A\overline{B}C + \overline{A}\,\overline{B}C$$
$$= (A\overline{B} + A\overline{B}C) + (B\overline{C} + \overline{A}B\overline{C}) + (\overline{A}BC + \overline{A}\,\overline{B}C)$$
$$= A\overline{B} + B\overline{C} + \overline{A}C$$

化简复杂的逻辑函数时，往往需要灵活、交替地综合运用上述方法，才能得到最后的化简结果。

4.2.4 逻辑函数的卡诺图化简法

在 4.2.2 节中我们提到了逻辑函数的最小项以及逻辑函数的最小项表达式，这一节中我们将运用这些知识来学习卡诺图化简法。

1. 卡诺图

1) 卡诺图的组成与特点

卡诺图是逻辑函数的一种表示方式，是根据真值表按一定的规则画出来的一种方块图。此规则就是使逻辑相邻的关系表现为几何位置上的相邻，利用卡诺图使化简变得直观。

所谓逻辑相邻，是指两个最小项中除了一个变量取值不同外，其余都相同，那么这两个最小项具有逻辑上的相邻性。例如，$m_1 = \overline{A}\,\overline{B}C$，$m_3 = \overline{A}BC$ 是逻辑相邻。

所谓几何相邻，是指在卡诺图中位置相邻的那些最小项。

n 个变量的逻辑函数，具有 2^n 个最小项，对应的卡诺图也有 2^n 个小方块。两个变量的最小项有 $2^2 = 4$ 个，其对应的卡诺图便有 4 个小方块，并对应表示 4 个最小项 $m_0 \sim m_3$，如图 4.11 所示。

三变量的最小项有 $2^3 = 8$ 个，对应的卡诺图如图 4.12 所示。对应四变量的卡诺图由 16 个小方块组成，如图 4.13 所示。

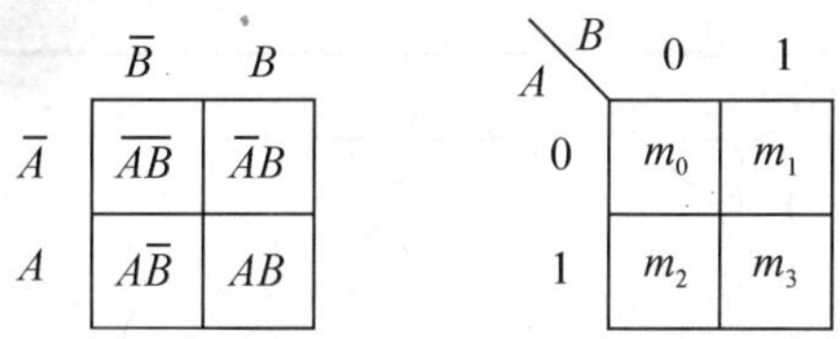

图 4.11　二变量卡诺图

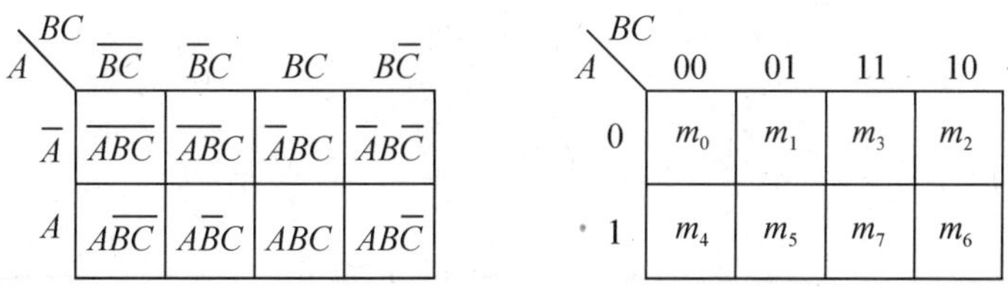

图 4.12　三变量卡诺图

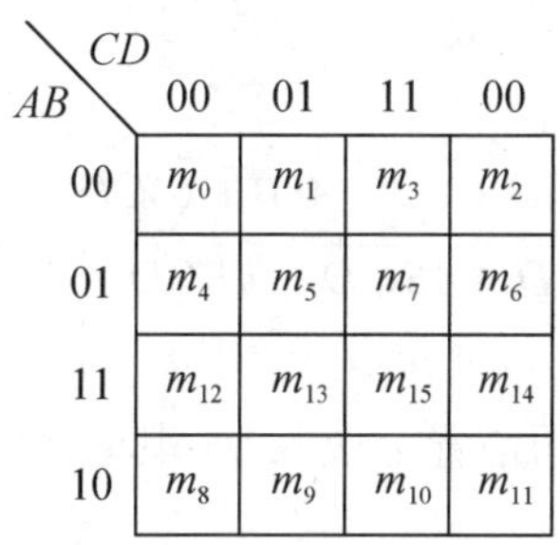

CD　AB　00　01　11　00
00　m_0　m_1　m_3　m_2
01　m_4　m_5　m_7　m_6
11　m_{12}　m_{13}　m_{15}　m_{14}
10　m_8　m_9　m_{10}　m_{11}

图 4.13　四变量卡诺图

由此可知，卡诺图具有如下特点。

(1)　n 变量的卡诺图具有 2^n 个小方块，分别表示 2^n 个最小项。每个原变量和反变量总是各占整个卡诺区域的一半。

(2)　在卡诺图中，任意相邻小方块所表示的最小项都仅有一个变量不同。

2)　用卡诺图表示逻辑函数

一个逻辑函数 Y 还可以用卡诺图表示，基本方法是：根据给定函数画出对应的卡诺图框，按构成逻辑函数最小项的下标在对应的方格中填写“1”，其余的方格填写“0”，便得到相应逻辑函数的卡诺图。

例 4.2　用卡诺图表示逻辑函数 Y，逻辑函数 Y 的真值表如表 4.13 所示。

表 4.13　例 4.2 真值表

A　B　C　D	Y
0　0　0　0	0
0　0　0　1	1
0　0　1　0	1
0　0　1　1	0
0　1　0　0	1
0　1　0　1	0
0　1　1　0	1

续表

A B C D	Y
0 1 1 1	0
1 0 0 0	0
1 0 0 1	1
1 0 1 0	1
1 0 1 1	0
1 1 0 0	0
1 1 0 1	0
1 1 1 0	1
1 1 1 1	1

解：根据真值表写出 Y 的逻辑表达式为

$$Y = \overline{ABC}D + \overline{A}B\overline{D} + ACD + A\overline{B}$$

将 Y 化成最小项之和的形式为

$$\begin{aligned}Y &= \overline{ABC}D + \overline{A}B(C+\overline{C})\overline{D} + A(B+\overline{B})CD + A\overline{B}(C+\overline{C})(D+\overline{D}) \\ &= \overline{ABC}D + \overline{A}BC\overline{D} + \overline{A}B\overline{CD} + ABCD + A\overline{B}CD + A\overline{B}C\overline{D} + A\overline{BC}D + A\overline{BCD} \\ &= m_1 + m_4 + m_6 + m_8 + m_9 + m_{10} + m_{11} + m_{15}\end{aligned}$$

在对应的函数式中各最小项的位置上填入1，其余填入 0，就得到如图 4.14 所示的 Y 的卡诺图。

AB \ CD	00	01	11	00
00	0	1	0	0
01	1	0	0	1
11	0	0	1	0
10	1	1	1	1

图 4.14　例 4.2 卡诺图

2. 利用卡诺图简化逻辑函数

1)　合并最小项

利用卡诺图合并最小项，消去相异的变量，从而得到最简的“与或”式。

(1)　当 2 个(2^1)相邻小方格的最小项合并时，消去 1 个互反变量。

(2)　当 4 个(2^2)相邻小方格的最小项合并时，消去 2 个互反变量。

(3)　当 8 个(2^3)相邻小方格的最小项合并时，消去 3 个互反变量。

(4)　当 2^n 个相邻小方格的最小项合并时，消去 n 个互反变量，n 为正整数。

2 个最小项相邻、4 个最小项相邻和 8 个最小项相邻如图 4.15 所示。

2)　利用卡诺图化简逻辑函数

利用卡诺图化简逻辑函数一般可按以下三个步骤进行。

(1) 画出逻辑函数的卡诺图。

(2) 按合并最小项的规律合并最小项，将可以合并的最小项分别用包围圈(复合圈)圈出来。

(3) 将每个包围圈所得的乘积项相加，就可得到逻辑函数最简“与或”表达式。

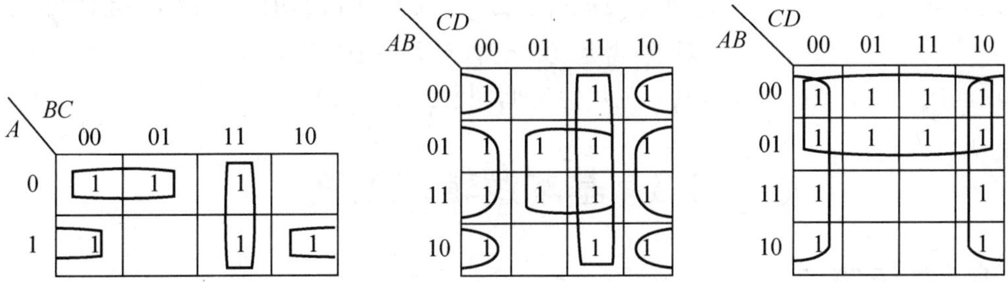

(a) 2 个最小项相邻　(b) 4 个最小项相邻　(c) 8 个最小项相邻

图 4.15 最小项相邻的几种情况

例 4.3 用卡诺图化简逻辑函数

$$Y(A,B,C,D)=\Sigma m(0,2,3,5,7,8,10,11,15)$$

解： 第一步，画出 Y 的卡诺图，如图 4.16 所示。

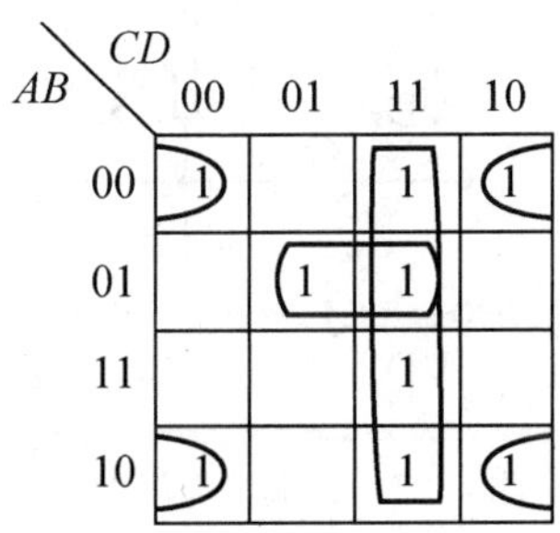

图 4.16 例 4.3 卡诺图

第二步，按合并最小项的规律画出相应的包围圈。

第三步，将每个包围圈的结果相加，得

$$Y(A,B,C,D)=CD+\overline{B}\overline{D}+\overline{A}BD$$

复合最小项应遵循的原则如下。

(1) 按合并最小项的规律，对函数的最小项画包围圈。

(2) 包围圈的个数要最少，使得函数化简后的乘积项最少。

(3) 一般情况下，应使每个包围圈尽可能的大，则每个乘积项中变量的个数最少。

(4) 最小项可以被重复使用，使每一个包围圈至少要有一个新的最小项(尚未被圈过)。

需要指出的是：用卡诺图化简逻辑函数时，由于对最小项画包围圈的方式不同，得到的最简与或式往往也不同。卡诺图法化简逻辑函数简单、直观，容易掌握，但不适用于五变量以上逻辑函数的化简。

3) 具有无关项的逻辑函数的化简

在前面的谈论中，我们认为逻辑函数的取值是独立的，不受其他变量取值的制约。但是，在某些实际问题的逻辑关系中，变量和变量之间存在一定的制约关系，即对应于 n 个输入变量的某些取值，不一定所有的变量取值组合都会出现，函数仅与其中的一部分有关，与另一部分无关，通常将那些与函数逻辑值无关的最小项称为无关项。

含有无关项的函数可写成

$$Y(A,B,C,D)=\Sigma m(0,1,2,3,4,5,6,7,8,9)+\Sigma d(10,11,12,13,14,15)$$

无关项可以看做是 1 也可以看做是 0。对含有无关项的逻辑函数进行化简时，要考虑无关项，当它对函数的化简有利时，认为是1，反之认为是0。

4.3 基本逻辑门电路

4.3.1 二极管门电路

1. 二极管与门电路

1) 电路图

二极管与门电路如图 4.17 所示。

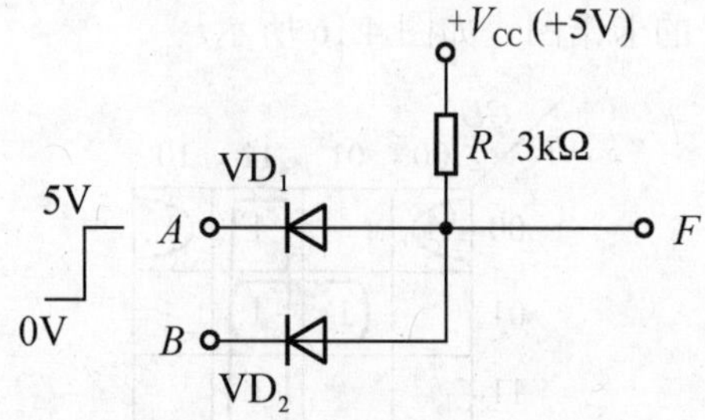

图 4.17 二极管与门电路

2) 工作原理

当 $V_A=V_B=0V$ 时，二极管 VD_1 和 VD_2 都导通，由于二极管正向导通时的钳位作用，$V_F=0.7V$。当 $V_A=0V$，$V_B=5V$ 时，VD_1 先导通，由于钳位作用，$V_F=0.7V$，VD_2 受反向电压而截止。当 $V_A=5V$，$V_B=0V$ 时，VD_2 先导通，VD_1 受反向电压而截止。当 $V_A=V_B=5V$ 时，二极管 VD_1 和 VD_2 都截止，$V_F=V_{CC}=5V$。

把上述分析结果归纳起来列入表 4.14 中，如果采用正逻辑体制，很容易看出它实现的是“与”逻辑运算。其真值表如表 4.15 所示，其逻辑函数为 $Y=A\cdot B$。

表 4.14 与门电路工作原理表

V_A	V_B	V_F	VD_1	VD_2
0V	0V	0.7V	导通	导通
0V	5V	0.7V	导通	截止
5V	0V	0.7V	截止	导通
5V	5V	5V	截止	截止

表 4.15　与门电路真值表

A　B	F
0　0	0
0　1	0
1　0	0
1　1	1

2. 二极管或门电路

1)　电路图

二极管或门电路如图 4.18 所示。

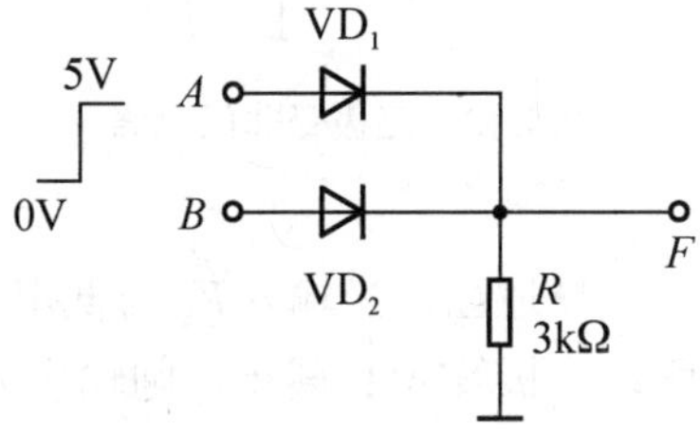

图 4.18　二极管或门电路

2)　工作原理

当$V_A = V_B = 0V$时，二极管 VD_1 和 VD_2 都截止，$V_F = 0V$。当$V_A = 0V$，$V_B = 5V$时，VD_2 导通，$V_F = 4.3V$，VD_1 受反向电压而截止。当$V_A = 5V$，$V_B = 0V$时，VD_1 导通，$V_F = 4.3V$，VD_2 受反向电压而截止。当$V_A = V_B = 5V$时，二极管 VD_1 和 VD_2 都导通，$V_F = 4.3V$。

同样，可以把上述工作原理分析归纳起来列入表 4.16 中，很容易看出它实现的是“或”逻辑运算。其真值表如表 4.17 所示，逻辑函数为 $Y=A+B$。

表 4.16　或门电路工作原理表

V_A　V_B	V_F	VD_1　VD_2
0V　0V	0V	截止　截止
0V　5V	4.3V	截止　导通
5V　0V	4.3V	导通　截止
5V　5V	4.3V	导通　导通

表 4.17　或门电路真值表

A　B	F
0　0	0
0　1	1
1　0	1
1　1	1

4.3.2 三极管门电路

1. 三极管非门电路

1) 电路图

用三极管连接的非门电路如图 4.19 所示。

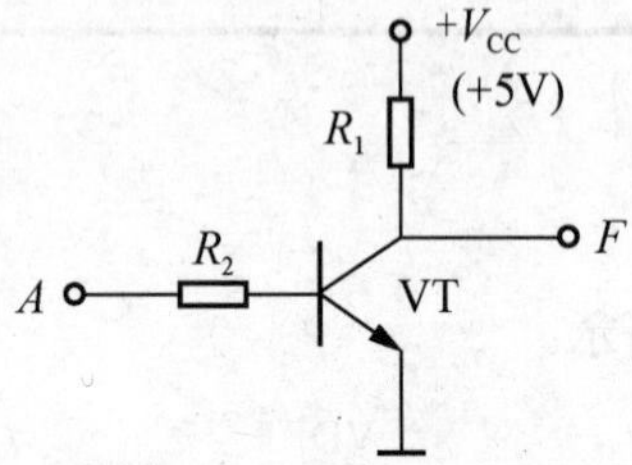

图 4.19 三极管非门电路

2) 工作原理

在实际电路中，若电路参数选择适当，当输入V_A为低电平时，三极管的发射结电压小于死区电压，满足截止条件，所以三极管 VT 截止，则输出为高电平；当输入V_A为高电平时，三极管饱和导通，则输出为低电平。所以输入与输出符合非逻辑关系，非门也称反相器。其真值表如表 4.18 所示，逻辑函数为$F=\overline{A}$。

表 4.18 非门真值表

A	*F*
0	0
1	1

2. 与非门电路

1) 电路图

将二极管与门和反相器连接起来，就可以构成与非门电路，如图 4.20 所示。

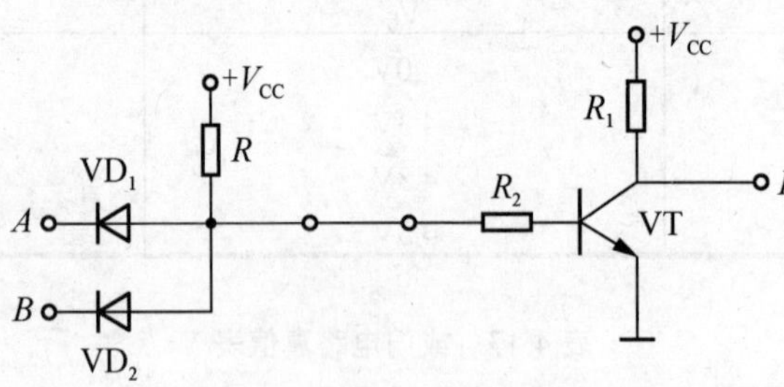

图 4.20 与非门电路

2) 工作原理

由二极管和三极管的开关特性和前面对与门电路、非门电路的分析，可得与非门电路的逻辑真值表和逻辑函数式为$F=\overline{A\cdot B}$。

4.4　TTL 集成逻辑门电路及其仿真分析实例

4.4.1　TTL 与非门电路

1. 电路组成

如图 4.21 所示是典型的 TTL 与非门电路，它由三部分组成：VT_1 为多发射极管，它和 R_1 组成输入级，完成与逻辑功能；VT_2、R_2 和 R_3 组成中间级，其作用是将输入级送来的信号分为两个相位相反的信号来驱动 VT_3 和 VT_5 管；VT_3、VT_4、VT_5 和 R_4、R_5 组成输出级，完成非逻辑功能。

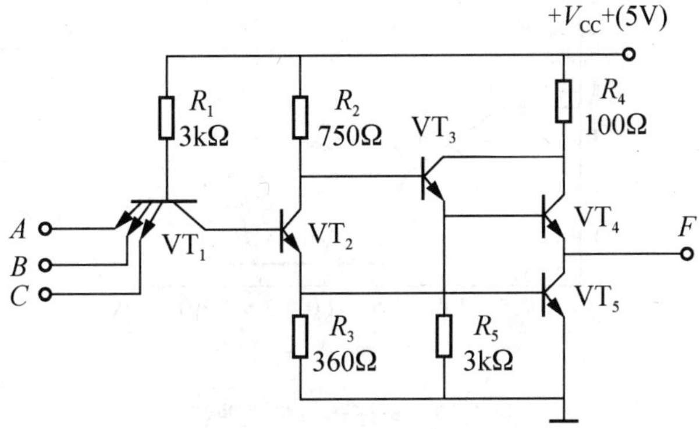

图 4.21　典型 TTL 与非门电路

2. 工作原理

1)　当输入端有低电平($U_{iL}=0.3V$)时

如图 4.21 所示电路中，若输入信号 A 为低电平，即 $U_A=0.3V$，$U_B=U_C=3.6V$，即 $A=0$，$B=C=1$，则对应于 A 端的 VT_1 管的发射结导通，VT_1 管基极电位 U_{B1} 被钳位在 $U_{B1}=U_A+U_{beA}=(0.3+0.7)V=1V$。该电压不足以使 VT_1 管的集电结、VT_2 及 VT_5 管导通，所以 VT_2 及 VT_5 管截止。由于 VT_2 截止，U_{C2} 约为 5V。此时输出电压 U_o 为高电平，即 $U_o=U_{oH}\approx U_{C2}-U_{be3}-U_{be4}=(5-0.7-0.7)V=3.6V$。则当输入有低电平时，输出为高电平。

2)　当输入端全为高电平($U_{iH}=3.6V$)时

同理，在图 4.21 中，若三输入端的输入信号 $A=B=C=1$，即 $U_A=U_B=U_C=3.6V$，VT_1 管基极电位升高，使 VT_2 及 VT_5 管导通，这时 VT_1 管基极电位 U_{B1} 被钳位在 $U_{B1}=U_{bc1}+U_{be2}+U_{be5}=(0.7+0.7+0.7)V=2.1V$。于是 VT_1 管的三个发射极均反偏截止，电源 V_{CC} 通过 R_1、VT_1 的集电极向 VT_2、VT_5 提供基极电流，使 VT_2 及 VT_5 管饱和，输出高电平，即 $U_o=U_{oL}=U_{CES5}=0.3V$。则当输入全为高电平时，输出为低电平。

由以上分析可知，电路输出和输入之间符合与非逻辑，即 $F=\overline{AB}$。

4.4.2 TTL与非门的外特性及其主要参数

要正确地选择和使用集成器件，必须了解它的特性和参数。

1. 电压传输特性

电压传输特性是指与非门输出电压 u_o 随输入电压 u_i 变化的关系曲线。图 4.22 所示为电压传输特性曲线，可分为以下 4 段。

(1) *ab* 段(截止区)：$0 \leqslant u_i < 0.6\text{V}$，$u_o = 3.6\text{V}$。

(2) *bc* 段(线性区)：$0.6\text{V} \leqslant u_i < 1.3\text{V}$，$u_o$ 线性下降。

(3) *cd* 段(转折区)：$1.3\text{V} \leqslant u_i < 1.5\text{V}$，$u_o$ 急剧下降。

(4) *de* 段(饱和区)：$u_i \geqslant 1.5\text{V}$，$u_o = 0.3\text{V}$。

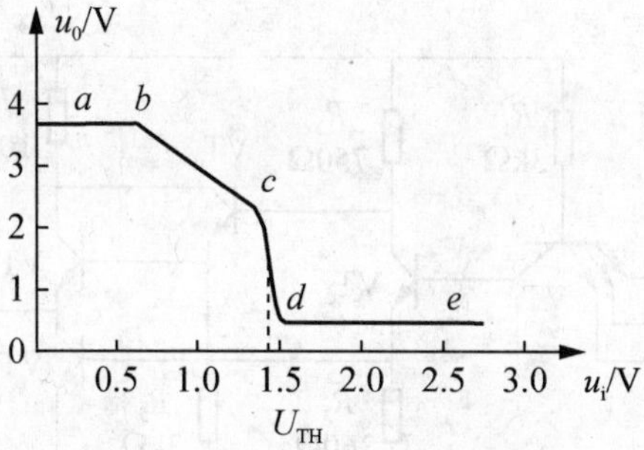

图 4.22　电压传输特性曲线

2. 主要参数

从电压传输特性中可得到以下主要参数。

1) 输出高电压 U_{oH} 和输出低电压 U_{oL}

在传输特性上可以求出输出高、低电压数值。输出高电压 U_{oH} 的典型值为 $U_{oH} \approx 3.6\text{V}$；输出低电压 U_{oL} 的典型值为 $U_{oL} = 0.3\text{V}$。实际门电路输出的高、低电压并不是恒定值，考虑到元器件参数的差异及实际使用时的情况，手册中规定高、低电平额定值为 $U_{oH} = 3\text{V}$，$U_{oL} = 0.35\text{V}$。有的手册中还对标准高电平(输出高电平的下限值)U_{SH} 和标准低电平(输出低电平的上限值)U_{SL} 作出规定，如 $U_{SH} \geqslant 2.7\text{V}$，$U_{SL} = 0.5\text{V}$。

2) 阈值电压 U_{TH}

在曲线上，电压转折区中点所对应的 u_i 值称为阈值电压 U_{TH}，或称门槛电压。U_{TH} 是 VT_5 管导通与截止的分界线，也是输出高、低电平的分界线。即当 $u_i < U_{TH}$ 时，与非门关门(VT_5 管截止)，输出高电平；当 $u_i > U_{TH}$ 时，与非门开门(VT_5 管导通)，输出低电平。实际上，阈值电压有一定范围，通常取 $U_{TH} = 1.4\text{V}$。

3) 开门电平 U_{on} 和关门电平 U_{off}

在保证输出电压为标准高电平 U_{SH} (额定高电平的 90%)的条件下，所允许的最大输入低电平称为关门电平 U_{off}。在保证输出电压为标准低电平 U_{SL} 的条件下，所允许的最小输入高电平称为开门电平 U_{on}。U_{off} 和 U_{on} 反映了电路的抗干扰能力。一般情况下：$0.8\text{V} \leqslant U_{off} \leqslant 1.4\text{V}$，$1.4\text{V} \leqslant U_{on} \leqslant 1.8\text{V}$。

4.4.3　集成逻辑门电路的仿真分析实例

各种逻辑门电路的逻辑功能及真值表可通过 EWB 进行仿真，利用电压表的测量值或指示灯的显示，可验证电路的逻辑功能。

例 4.4　利用 EWB 验证如图 4.23 所示的电路是一个“同或”门电路。

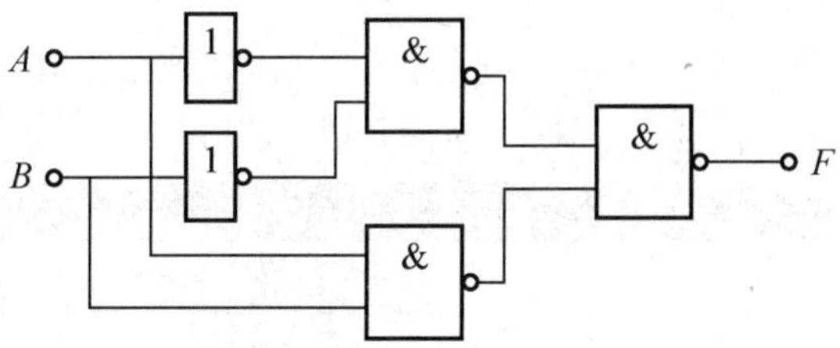

图 4.23　例 4.4 逻辑电路图

解：首先在 EWB 工作平台上画出如图 4.23 所示的逻辑电路图。其中与非门采用 74LS00，非门采用 74LS04，输入端 *A*、*B* 经开关接 5V 电源或接“地”，输出端 *F* 接指示灯，如图 4.24 所示。当输入端接 5V 电源时，输入逻辑变量为高电平，即为“1”；接地时，输入逻辑变量为低电平。输出端 *F* 通过指示灯的亮灭判断逻辑高低电平，指示灯亮，F 为高电平，否则为低电平。通过改变开关 *A*、*B* 的状态取值，获得输出端 *F* 的状态，列出真值表如表 4.7 所示。可见电路为“同或”电路。

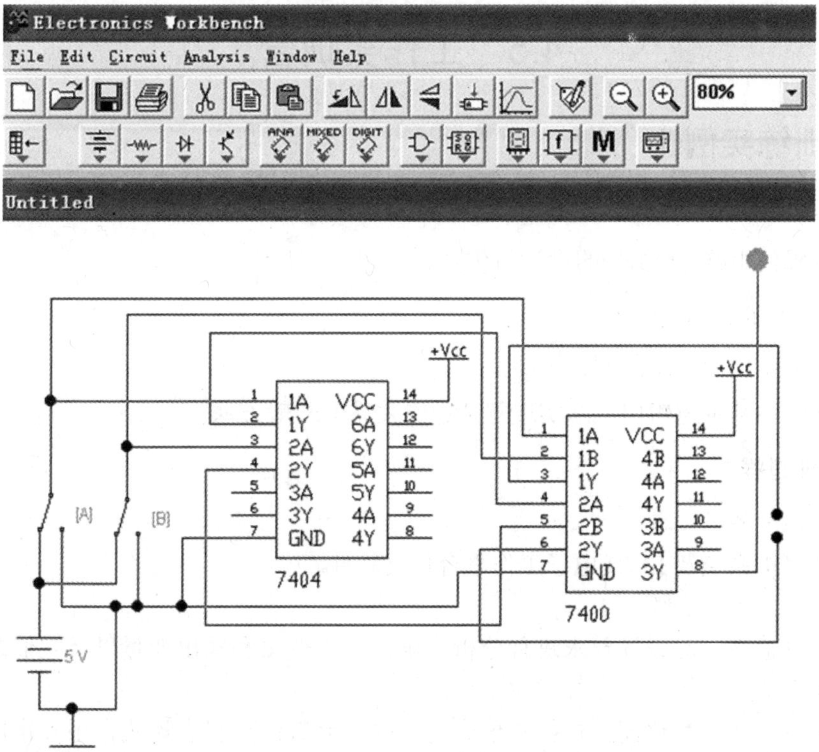

图 4.24　例 4.4 仿真电路图

若用“逻辑转换仪”观察图 4.23 所示电路的真值表、表达式时，可以看到与同或门电路一致。先在 EWB 工作平台建立仿真测试电路，再把逻辑转换仪置成最大化，如图 4.25 所示。单击“逻辑转换仪”图标右侧的第一个按钮，在左侧出现真值表；单击第二个按钮，则会在底部出现逻辑表达式，如图 4.25 所示。

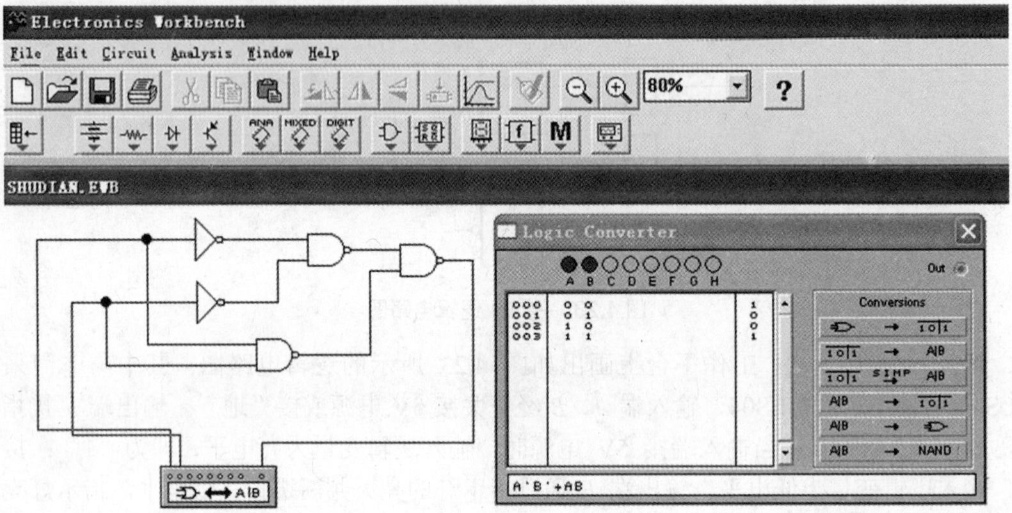

图 4.25　例 4.4 逻辑图与真值表转换

4.5　工作实训营

4.5.1　训练实例 1

1．训练内容

基本逻辑门电路(全加器)的设计与仿真。

2．训练目的

(1)　了解逻辑门电路的逻辑功能。

(2)　体验由基本逻辑门电路实现复杂逻辑关系的一般方法。

3．实训过程

1)　实训准备

微型计算机系统及 EWB 电子工作平台仿真软件。

2)　实训内容与步骤

(1)　列真值表。对设计要求进行分析，确定输入变量和输出变量以及它们之间的相互关系，列出真值表。

(2)　写表达式并且化简。根据真值表写出输出函数的逻辑表达式，用卡诺图法或公式法进行化简，得出最简表达式。

(3)　画逻辑图。图 4.26 所示为由门电路组成的全加器参考电路。

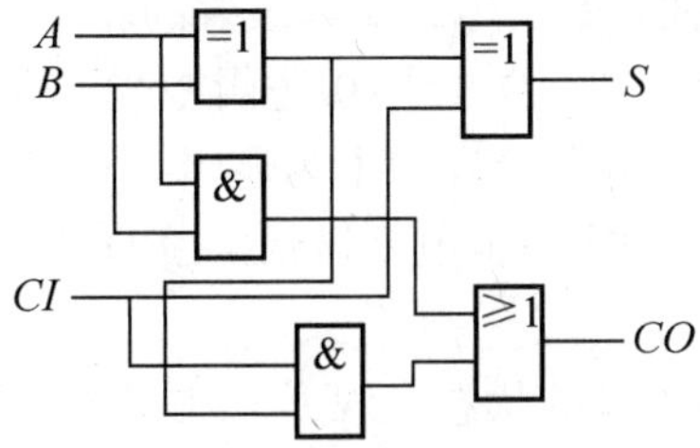

图 4.26　全加器逻辑电路图

4.5.2　训练实例 2

1. 训练内容

TTL 与非门逻辑功能测试。

2. 训练目的

(1) 掌握 TTL 与非门逻辑功能的测试方法。

(2) 熟悉数字电子实验装置的使用方法。

3. 训练过程

1) 实训准备

(1) 数字电子实验装置，1 台。

(2) 数字万用表，1 只。

(3) 直流微安表，1 只。

(4) 器件 74LS20，2 个。

2) 实训内容与步骤

(1) 与非门的逻辑功能是：当输入端有一个或一个以上是低电平时，输出端为高电平；只有输入端全为高电平时，输出端才为低电平。即见“0”得“1”，全“1”得“0”。

图 4.27 所示为 TTL 与非门 74LS20 的管脚排列图。图中器件的 1、2、4、5 脚和 9、10、12、13 脚分别为两个与非门的输入端，6 和 8 脚分别为两个与非门的输出端，3 脚和 11 脚悬空，7 脚接地，14 脚接+5V 直流电源。

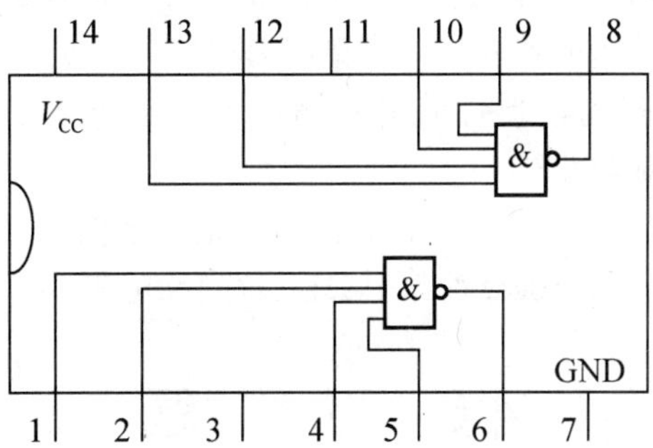

图 4.27　74LS20 管脚排列图

(2) 将集成器件 74LS20 插入数字电路实验装置的相应插孔上。按图 4.28 所示接线，将与非门的 4 个输入端 *A*、*B*、*C*、*D* 分别接逻辑电平开关的 4 个输出插口，用以提供“0”或“1”的逻辑电平信号。开关位置向上为逻辑“1”时，向下便为逻辑“0”。与非门的输出端接 LED 发光二极管构成逻辑电平显示，LED 发光二极管发光为逻辑“1”，不发光为逻辑“0”。

(3) 按表 4.19 设置 4 个输入端的状态，观察 LED 发光与否，并填入表 4.19 中。

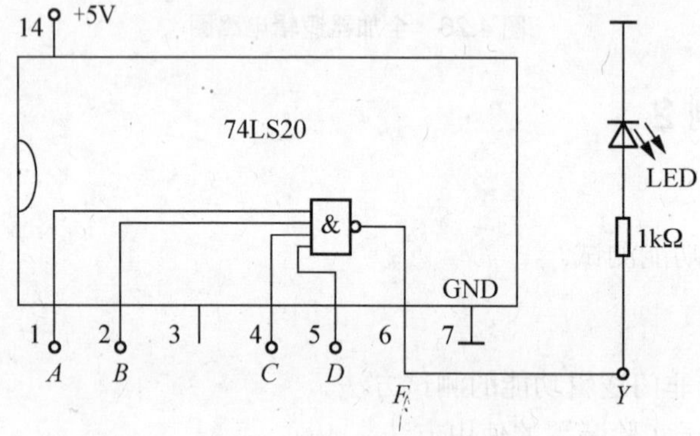

图 4.28　与非门逻辑功能

表 4.19　74LS20 功能测试记录表

输　入				输　出
A	*B*	*C*	*D*	*Y*
1	1	1	1	
0	1	1	1	
1	0	1	1	
1	1	0	1	
1	1	1	0	

4.5.3　工作实践常见问题解析

【问题 1】在设计电路时，有时已对所用器件提出了要求，但有时没有具体要求，此时如何对器件进行选择？

【答】器件的选择应满足设计的要求，但通常器件的选择都以电路最简单、所用器件最少为原则。这里所指的器件不是以单个逻辑门为单位，而是以集成器件为单位。

【问题 2】在电路连接时，器件的输入端接逻辑电平开关，输出端接逻辑电平显示器，若有多余的引脚应如何处理？

【答】若多余的引脚为输入端，则不要悬空，尤其是输入阻抗高的，更不能悬空。一般的做法是通过一个电阻(例如 10kΩ或者 1kΩ)上拉到高电平或者下拉到低电平。

4.6　习　　题

1. 用代数法化简下列各式。

(1) $F = A\overline{B}C + \overline{A} + B + \overline{C}$　　(2) $F = A\overline{BC} + ABC + \overline{AB}C + \overline{A}B\overline{C}$

(3) $F = \overline{A}B\overline{C} + A\overline{C} + \overline{BC}$　　(4) $F = \overline{A}(B + C) + AB\overline{C}$

2. 画出下列逻辑函数的卡诺图。

(1) $F = AB + BC + AC$　　(2) $F = ABC + BCD + \overline{AB}CD$

(3) $F = \sum m(0,2,5,7,8,10,13,15)$　　(4) $F = \sum m(2,3,4,5,9) + \sum d(10,11,12,13)$

3. 写出图 4.29 所示各卡诺图的逻辑函数。

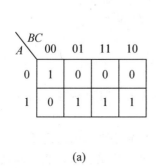

A \ BC	00	01	11	10
0	1	0	0	0
1	0	1	1	1

(a)

AB \ CD	00	01	11	10
00	1	0	0	1
01	1	1	1	1
11	1	0	0	1
10	1	0	0	1

(b)

图 4.29　题 3 卡诺图

4. 化简逻辑函数。

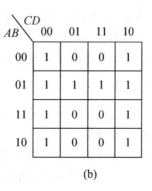

(1) $F = \sum m(0,1,2,8,9,10)$　　(2) $F = \sum m(0,1,2,4,5,6)$

(3) $F = \sum m(0,2,5,7,8,10,13,15)$　　(4) $F = \sum m(0,4,5,6,7,8,9,10)$

5. 写出如图 4.30 所示逻辑电路的真值表，并用卡诺图化简，画出简化逻辑电路图。

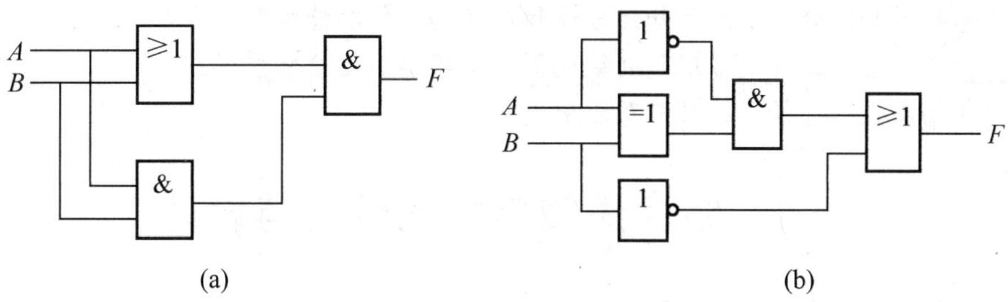

图 4.30　题 5 逻辑电路图

6. 写出如图 4.31 所示逻辑电路的逻辑表达式，并用逻辑代数化简，画出简化逻辑电路图。

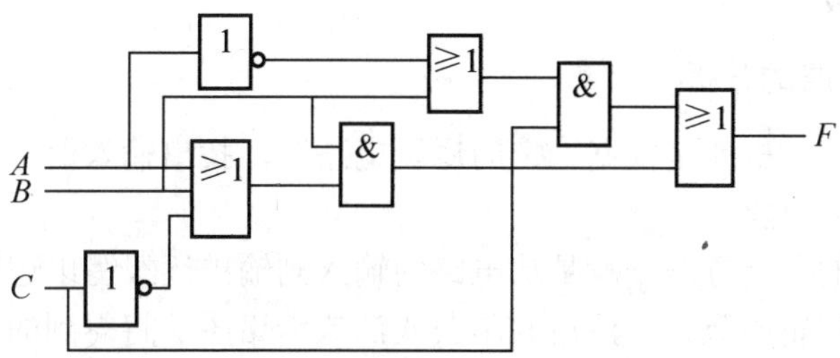

图 4.31　题 6 逻辑电路图

第 5 章　组合逻辑电路

【教学目标】

- 理解组合逻辑电路的基本分析方法和设计方法。
- 掌握编码器、译码器等常用组合逻辑电路的外部性能。
- 掌握对编码器、译码器等常用组合逻辑电路的应用。
- 掌握组合逻辑电路的设计及仿真。

【工程应用导航】

本章主要介绍了组合逻辑电路的特点、分析方法、设计方法，以及几种常用的组合逻辑电路的逻辑功能及其应用。

逻辑电路在逻辑功能上的共同特点是任意时刻的输出仅仅决定于当时的输入，与电路过去的状态无关。在各种实际应用场合经常被使用的编码器、译码器和数据选择器等组合逻辑电路模块，均已被制造成标准化的集成电路器件，供直接选用。通过本章的学习，能够对这些常用中规模组合逻辑集成器件的功能、特点有所了解，学会通过查阅手册提供的外引线排列图、逻辑图、功能表正确使用这些器件，同时灵活地使用编码器、译码器和数据选择器等组合逻辑电路。

【引导问题】

(1) 你知道如何分析一个已知组合逻辑电路的逻辑功能吗?

(2) 你了解控制系统中常用到的编码器与译码器的逻辑功能吗?

(3) 你知道数据选择器的功能及应用吗?

5.1　组合逻辑电路的分析与设计

5.1.1　组合逻辑电路的分析与仿真

在逻辑电路中，电路的输出仅仅决定于电路当前的输入状态，而与电路原来的状态无关的逻辑电路称为组合逻辑电路。组合逻辑电路不仅能独立完成各种逻辑功能，而且也是时序逻辑电路的组成部分。

1. 组合逻辑电路的分析

组合逻辑电路的分析就是依据给定的逻辑电路图，找出输入信号和输出信号之间的逻辑关系，确定其逻辑功能。

组合逻辑电路的分析方法一般是从电路的输入到输出逐级写出逻辑函数式，得到表示输出与输入关系的逻辑函数式，然后利用公式法或卡诺图法将得到的函数式化简，以得到最简的逻辑函数式，使逻辑关系简单明确。为了使电路的逻辑功能更加直观，有时还可以把逻辑函数式转换为真值表的形式。

组合逻辑电路分析的一般步骤如下。

(1)　由逻辑电路图写出输出逻辑函数式。

(2)　化简或变换输出逻辑函数式。

(3)　列出真值表。

(4)　说明电路的逻辑功能。

下面通过一个例题来说明组合逻辑电路的一般分析方法和步骤。

例 5.1　试分析如图 5.1 所示电路的逻辑功能。

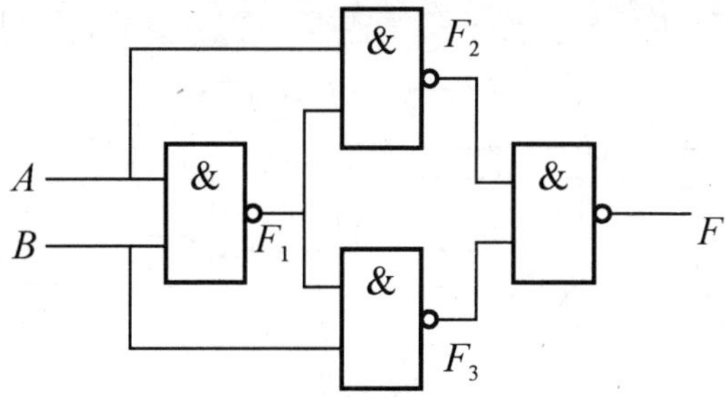

图 5.1　例 5.1 逻辑电路图

解：(1)由逻辑电路图写出输出逻辑函数式为

$$F_1 = \overline{AB} \qquad F_2 = \overline{AF_1} = \overline{A\overline{AB}}$$

$$F_3 = \overline{BF_1} = \overline{B\overline{AB}} \qquad F = \overline{F_2F_3} = \overline{\overline{A\overline{AB}}\,\overline{B\overline{AB}}}$$

(2)　化简输出函数式。

$$\begin{aligned} F &= \overline{F_2F_3} = \overline{\overline{A\overline{AB}}\,\overline{B\overline{AB}}} \\ &= \overline{\overline{A\overline{AB}}} + \overline{\overline{B\overline{AB}}} \\ &= A(\overline{A}+\overline{B}) + B(\overline{A}+\overline{B}) \\ &= A\overline{B} + B\overline{A} \end{aligned}$$

(3)　根据化简后的逻辑函数式列出真值表，如表 5.1 所示。

表 5.1　真值表

A　B	F
0　0	0
0　1	1
1　0	1
1　1	0

(4) 分析逻辑功能：由化简后的逻辑函数式和真值表可知，该电路是异或门电路。

2．组合逻辑电路分析的实例仿真

例 5.2　用 EWB 验证例 5.1 中逻辑电路的逻辑功能

解：在 EWB 工作平台上画出图 5.1 所示的逻辑图，如图 5.2 所示。将输入端 A、B 经过开关接 5V 电源或地。输出端 F 接直流电压表，通过直流电压表的读数可知输出端 F 的逻辑状态。当 A、B 取不同的电平时，打开仿真开关，测得输出端 F 的状态，结果与表 5.1 相同。则该电路为一个“异或”电路。

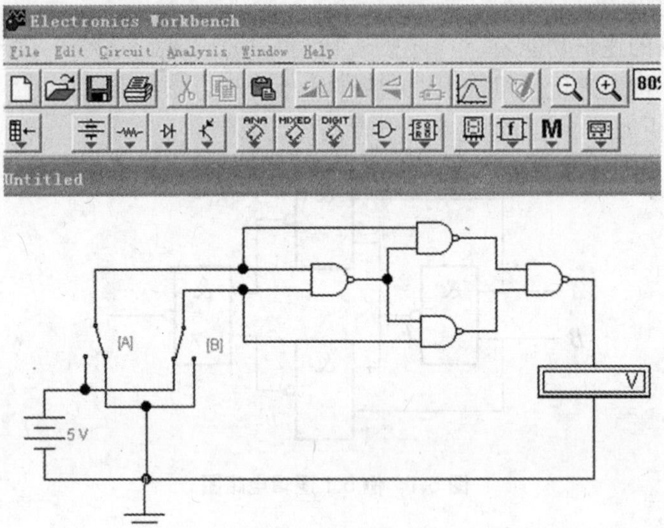

图 5.2　例 5.2 仿真图

不仅如此，还可以使用逻辑转换仪来进行分析，如图 5.3 所示。利用逻辑转换仪可以转换该电路真值表，如图 5.3 中 Logic Converter(逻辑转换仪)对话框右侧所示，转换得出的逻辑表达式出现在 Logic Converter 对话框的下部。与例 5.1 的分析结果相同，该电路为“异或”电路。

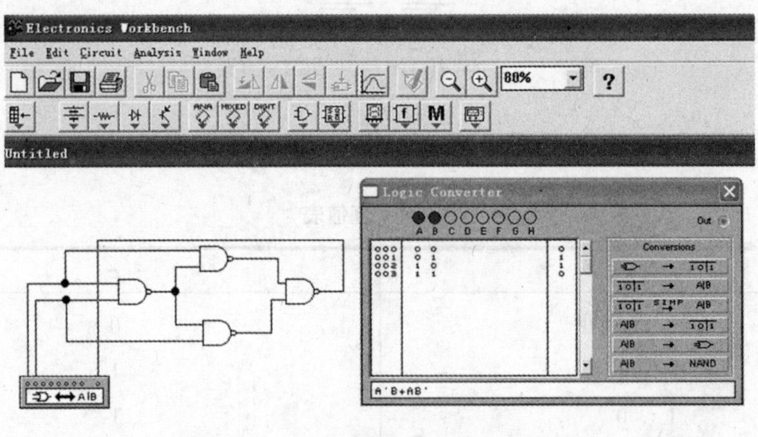

图 5.3　逻辑图与真值表、函数式的转换

5.1.2　组合逻辑电路的设计与实例仿真

1. 组合逻辑电路的设计

设计组合逻辑电路的方法是根据给出的实际逻辑问题，求出实现这一逻辑功能的最简逻辑电路。一般分以下几个步骤。

(1) 根据给定的设计要求，确定哪些是输入变量，哪些是输出变量，分析它们之间的逻辑关系，并确定输入变量的不同状态以及输出端的状态，用 1 和 0 表示。

(2) 列真值表。在列真值表时，不会出现或不允许出现的输入变量的取值组合可不列出。如果列出，就在相应的输出函数处画"×"号，化简时作约束项处理。

(3) 由真值表写出输出逻辑函数式，并用卡诺图或公式法化简。

(4) 根据简化后的逻辑函数画出逻辑电路图。

下面也通过一个例题来说明组合逻辑电路的设计方法和一般步骤。

例 5.3　设计一个 A、B、C 三人表决电路，当提案表决时，若多数人同意，则提案通过，但同时 A 具有否决权。

解：(1)根据题意用 F 表示表决结果，F=1 表示提案通过，F=0 表示提案没有通过；对于 A、B、C 三个人，就分别用变量 A、B、C 表示，用 1 表示同意，用 0 表示不同意。

(2) 列出真值表如表 5.2 所示。

表 5.2　真值表

A	B	C	F
0	0	0	0
0	0	1	0
0	1	0	0
0	1	1	0
1	0	0	0
1	0	1	1
1	1	0	1
1	1	1	1

(3) 写出输出函数式并化简。

$$F = A\overline{B}C + AB\overline{C} + ABC = \sum m(5,6,7)$$

根据卡诺图或公式法化简后得最简函数式为

$$F = AC + AB = \overline{\overline{AC + AB}} = \overline{\overline{AC}\,\overline{AB}}$$

(4) 根据最简逻辑函数式画出逻辑图如图 5.4 所示。

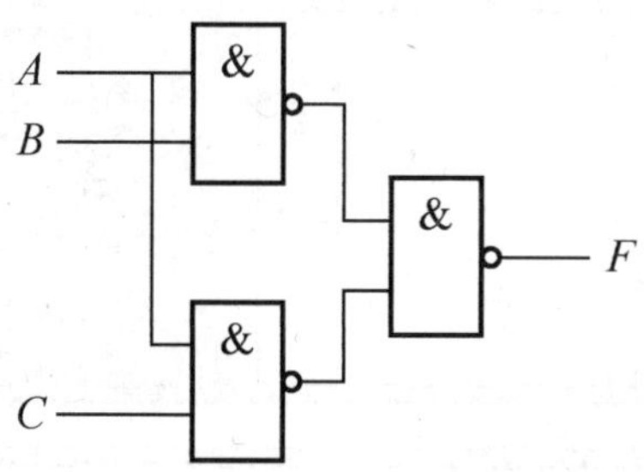

图 5.4　例 5.3 逻辑电路图

2. 组合逻辑电路设计的实例仿真

例 5.4 用 EWB 对例 5.3 进行仿真设计。

解： 根据组合逻辑电路设计的一般步骤进行如下设计。

(1) 根据题意的逻辑要求，分析输入、输出变量列真值表，方法与例 5.3 相同，真值表如表 5.2 所示。

(2) 由真值表写出输出逻辑函数式。利用 EWB 的逻辑转换仪实现由真值表到逻辑函数式的转换。

① 打开逻辑转换仪到最大化，根据输入变量的个数用鼠标单击逻辑转换仪面板顶部代表输入端的小圆圈(A 至 H)，选定输入变量。本题有三个输入变量，因此选择 A、B、C 三个输入端(对应端钮变黑)。此时在真值表区自动出现输入变量的所有组合，而右边输出列的初始值全部为零，如图 5.5 所示。

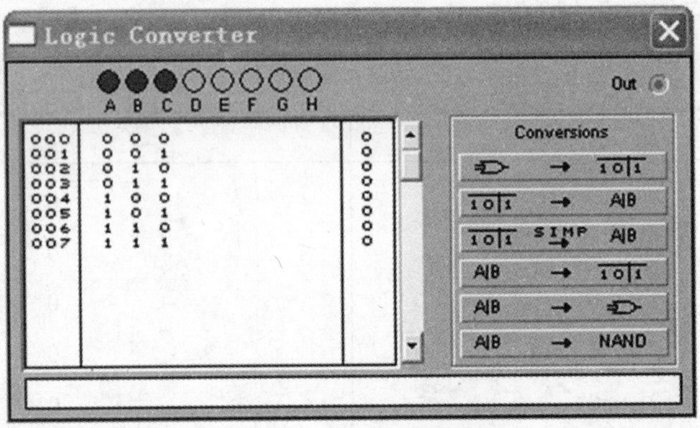

图 5.5 逻辑转换仪面板

② 根据表 5.2 所示的真值表修改输出值(0 或 1)，如图 5.6 所示。

③ 单击“真值表→表达式”按钮，在面板底部的逻辑表达式栏会出现相应逻辑式，如图 5.6 所示。再单击“真值表→简化表达式”按钮，即可在面板底部得到简化的逻辑表达式。

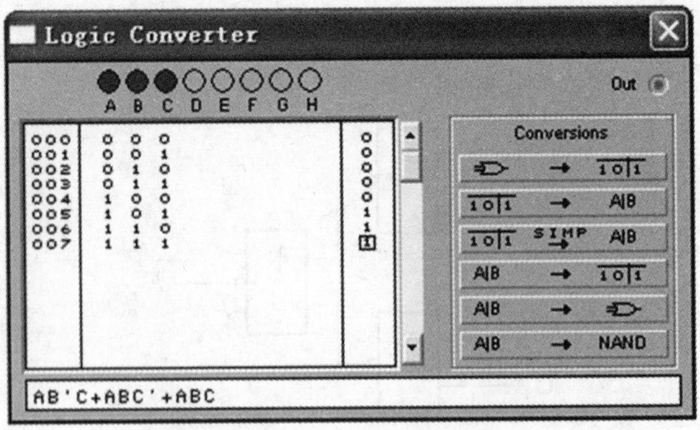

图 5.6 真值表及逻辑表达式仿真显示

(3) 画逻辑图。在逻辑转换仪面板上，单击“表达式→电路”按钮，在 EWB 的原理图编辑窗口自动出现对应的逻辑电路图，如图 5.7 所示。若要使电路用与非门来实现，单击“表达式→与非电路”按钮，便可得到由与非门组成的电路，如图 5.8 所示。

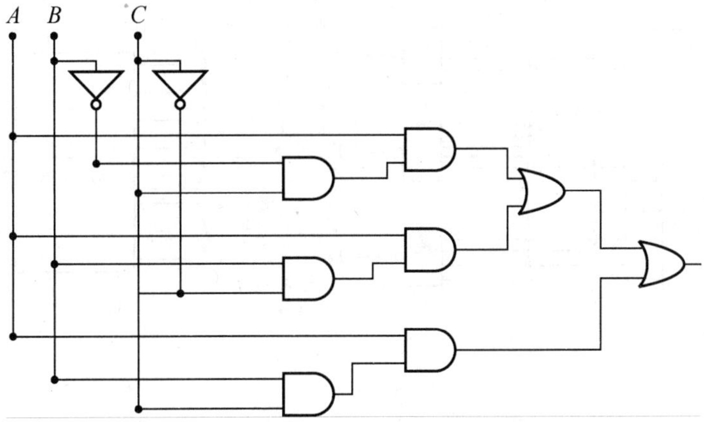

图 5.7　逻辑电路图

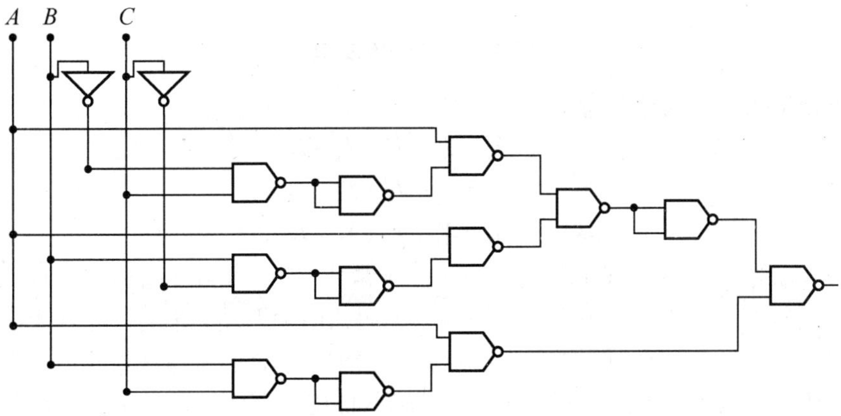

图 5.8　与非逻辑电路图

5.2　编码器的功能与仿真

编码是将具有特定意义的信息按一定的规律编成相应进制代码的过程。执行编码功能的电路统称为编码器，编码器的每个输入端代表一个被编信息，全部输出端代表与这个被编信息相对应的二进制代码。

5.2.1　二进制编码器

n 位二进制代码能对 2^n 个信息进行编码，这种电路称为二进制编码器。如图 5.9(a)所示为由与非门及非门组成的三位二进制编码器的逻辑电路图，图 5.9(b)所示为用于示意逻辑关系的简化逻辑框图。由图看出，电路有 8 个输入端 $I_0 \sim I_7$，分别代表需要编码的输入信号，3 个输出端 $Y_0 \sim Y_2$ 组成三位二进制代码。根据编码器的输入、输出端数目，这种编码器又称为 8 线-3 线编码器。

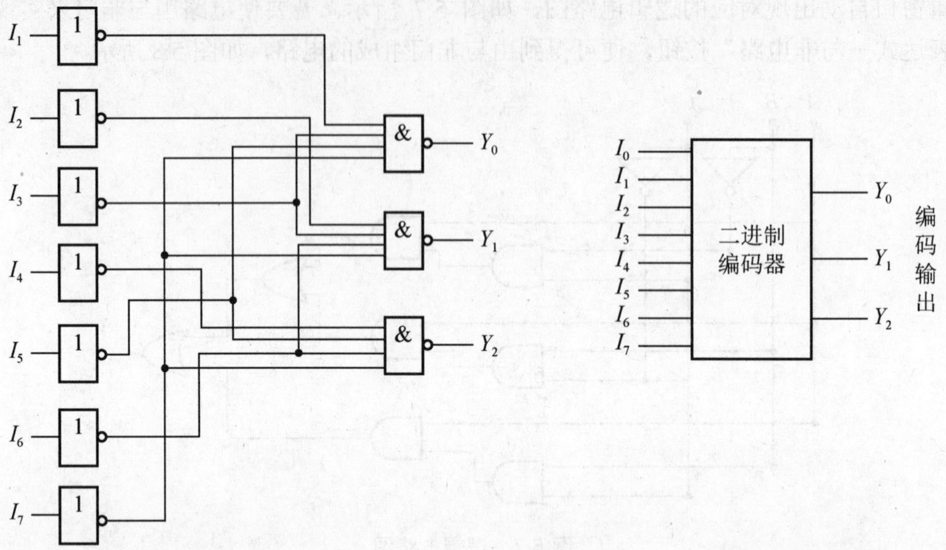

(a) 逻辑电路图　　(b) 简化逻辑框图

图 5.9　二进制编码器

分析可得输出逻辑函数式为

$$Y_2 = I_4 + I_5 + I_6 + I_7$$
$$Y_1 = Y_2 + I_3 + I_6 + I_7$$
$$Y_0 = Y_1 + Y_3 + Y_5 + I_7$$

表 5.3 所示为 8 线-3 线编码器的真值表。正常情况下，此编码器在任何时刻只能对一个输入信号进行编码。也就是说在同一个时刻编码器的输入端只能有一条线上有信号请求编码，不允许有两个或两个以上的输入信号同时请求编码，否则编码输出将发生混乱。因此，这种编码器的输入信号是互相排斥的。若输入低电平有效，则只能有一条线为 0(低电平)，其余为 1(高电平)；若输入高电平有效，则只能有一条线为 1，其余为 0；在 I_1～I_7 均为 0 时，输出就是 I_o 的编码，故 I_o 未画出。

表 5.3　8 线-3 线编码器真值表

输入								输出		
I_o	I_1	I_2	I_3	I_4	I_5	I_6	I_7	Y_2	Y_1	Y_0
0	0	0	0	0	0	0	1	1	1	1
0	0	0	0	0	0	1	0	1	1	0
0	0	0	0	0	1	0	0	1	0	1
0	0	0	0	1	0	0	0	1	0	0
0	0	0	1	0	0	0	0	0	1	1
0	0	1	0	0	0	0	0	0	1	0
0	1	0	0	0	0	0	0	0	0	1
1	0	0	0	0	0	0	0	0	0	0

5.2.2　二-十进制编码器

将 0～9 十个十进制数转换为二进制代码的电路，称为二-十进制编码器。其输入是 0～9 十个数字中的一个，输出是与输入相对应的一组四位二进制代码。四位二进制代码共有 16 种组合状态，而 0～9 共十个数只需用其中 10 个状态，所以二-十进制编码方案很多，如 8421BCD 码、2421BCD 码、5421 码等。其中最常见的是 8421BCD 码编码器，其逻辑电路如图 5.10 所示。

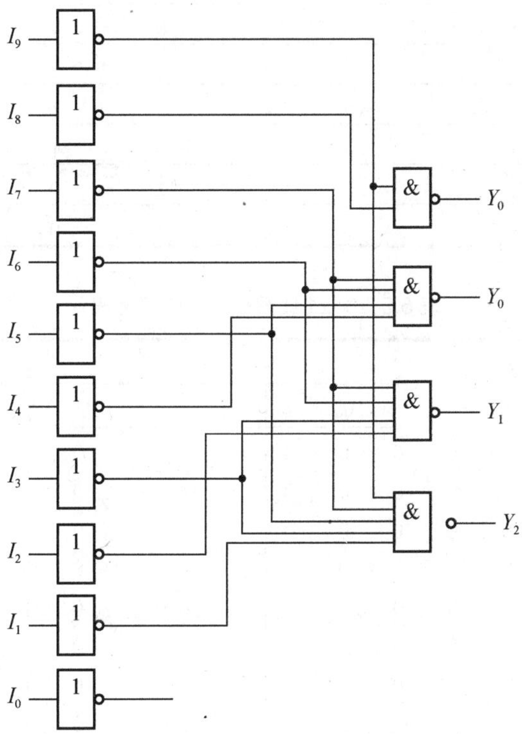

图 5.10　二-十进制编码器

分析可得输出逻辑函数式为

$$Y_3 = \overline{\overline{I_9}\ \overline{I_8}}$$

$$Y_2 = \overline{\overline{I_7}\ \overline{I_6}\ \overline{I_5}\ \overline{I_4}}$$

$$Y_1 = \overline{\overline{I_7}\ \overline{I_6}\ \overline{I_3}\ \overline{I_2}}$$

$$Y_0 = \overline{\overline{I_9}\ \overline{I_7}\ \overline{I_5}\ \overline{I_3}\ \overline{I_1}}$$

表 5.4 所示为 8421BCD 码编码器的真值表。可以看出，当有一个输入信号为高电平时，4 个输出端输出的二进制代码的值为输入信号下标的值。例如，I_5 有信号输入为“1”，而其他输入均为“0”时，则输出编码为 $Y_3Y_2Y_1Y_0 = 0101$，对应十进制数为 5。与二进制编码器相同，其任何时刻只允许对其中一个输入信号进行编码。在对两个以上的输入信号进行编码时，应选用优先编码器。如集成器件 74LS147 是 10-4 线 8421BCD 码优先编码器，其功能表如表 5.5 所示，逻辑符号和外引线排列如图 5.11 所示。

表 5.4　8421 编码器真值表

输入	输出			
十进制	Y_3	Y_2	Y_1	Y_0
$0(I_0)$	0	0	0	0
$1(I_1)$	0	0	0	1
$2(I_2)$	0	0	1	0
$3(I_3)$	0	0	1	1
$4(I_4)$	0	1	0	0
$5(I_5)$	0	1	0	1
$6(I_6)$	0	1	1	0
$7(I_7)$	0	1	1	1
$8(I_8)$	1	0	0	0
$9(I_9)$	1	0	0	1

表 5.5　8421 线编码器逻辑功能表

输入										输出			
I_0	I_1	I_2	I_3	I_4	I_5	I_6	I_7	I_8	I_9	Y_3	Y_2	Y_1	Y_0
1	0	0	0	0	0	0	0	0	0	0	0	0	0
0	1	0	0	0	0	0	0	0	0	0	0	0	1
0	0	1	0	0	0	0	0	0	0	0	0	1	0
0	0	0	1	0	0	0	0	0	0	0	0	1	1
0	0	0	0	1	0	0	0	0	0	0	1	0	0
0	0	0	0	0	1	0	0	0	0	0	1	0	1
0	0	0	0	0	0	1	0	0	0	0	1	1	0
0	0	0	0	0	0	0	1	0	0	0	1	1	1
0	0	0	0	0	0	0	0	1	0	1	0	0	0
0	0	0	0	0	0	0	0	0	1	1	0	0	1

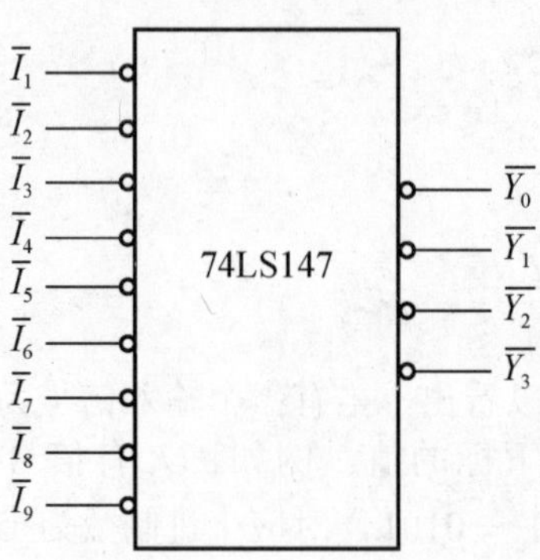

(a) 符号

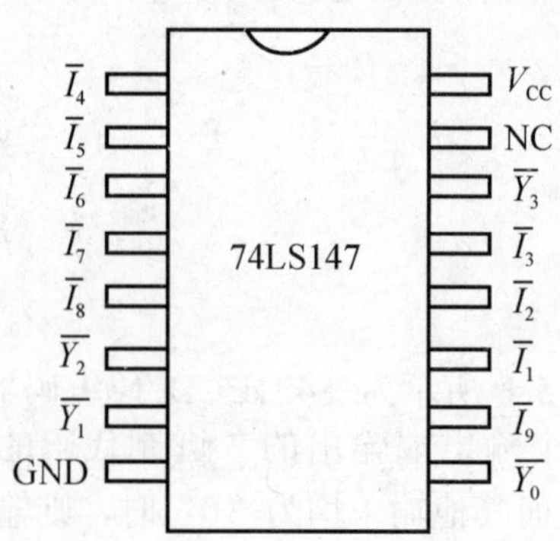

(b) 外引线图

图 5.11　集成编码器符号及外引线图

集成器件 74LS147 的功能特点如下。

(1) 输入信号低电平有效，优先级别最高的是$\overline{I_9}$，依次降低。

(2) 采用反码形式输出。

(3) 74LS147 实际上只有 9 个输入端$\overline{I_1}\sim\overline{I_9}$，而没有$\overline{I_0}$输入端。当$\overline{I_1}\sim\overline{I_9}$全为高电平，即$\overline{I_1}\sim\overline{I_9}$无编码请求时，输出$\overline{Y_0}\sim\overline{Y_3}$全为高电平，此时相当于对$\overline{I_0}$进行了编码。

5.2.3 编码器逻辑功能的实例仿真

编码器的逻辑功能可通过 EWB 进行仿真。下面以实例说明仿真的具体过程。

例 5.5 利用 EWB 验证 74LS147 的逻辑功能。

解： 首先在 EWB 工作平台画出逻辑电路，如图 5.12 所示。输入 1～9 分别接 5V 或地获得逻辑高、低电平。输出端利用指示灯的亮灭表示逻辑高、低电平。将 8 端置“0”，9 端置“1”，其余端置为任意状态，打开仿真开关，则输出端 DCBA=0111，如图 5.12 所示，CBA 指示灯亮，即$\overline{Y_3}\,\overline{Y_2}\,\overline{Y_1}\,\overline{Y_0}=0111$，$Y_3Y_2Y_1Y_0=1000$。改变输入端的不同状态，输出结果如表 5.6 所示。由表 5.6 可以看出，该逻辑器件为编码器。

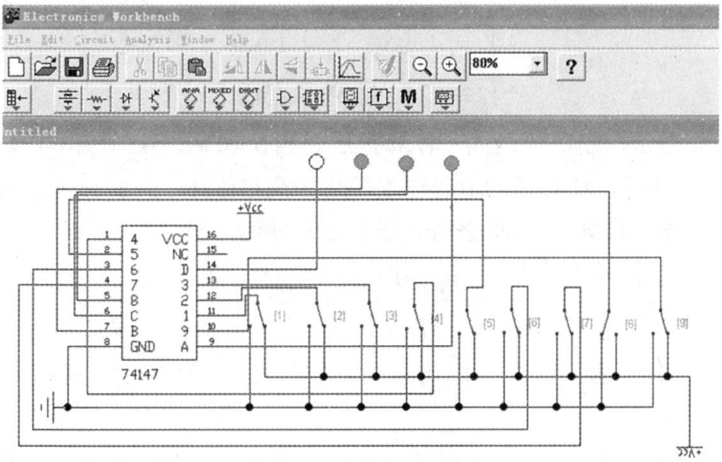

图 5.12　集成编码器仿真图

表 5.6　74LS147 编码器逻辑功能表

输入									输出			
1	2	3	4	5	6	7	8	9	$\overline{Y_3}$	$\overline{Y_2}$	$\overline{Y_1}$	$\overline{Y_0}$
1	1	1	1	1	1	1	1	1	1	1	1	1
×	×	×	×	×	×	×	×	0	0	1	1	0
×	×	×	×	×	×	×	0	1	0	1	1	1
×	×	×	×	×	×	0	1	1	1	0	0	0
×	×	×	×	×	0	1	1	1	1	0	0	1
×	×	×	×	0	1	1	1	1	1	0	1	0
×	×	×	0	1	1	1	1	1	1	0	1	1
×	×	0	1	1	1	1	1	1	1	1	0	0
×	0	1	1	1	1	1	1	1	1	1	0	1
0	1	1	1	1	1	1	1	1	1	1	1	0

5.3 译码器的功能与仿真

译码是编码的反过程，它能把输入的一组二进制代码转换成具有特定含义的输出信号。实现译码功能的电路就是译码器。其主要特点是输入端组成二进制代码，相应的只有一个输出端输出有效电平。常用的译码器有二进制译码器、二-十进制译码器和显示译码器。

5.3.1 二进制译码器

将二进制代码翻译成对应的输出信号的电路称为二进制译码器。输入是 n 位二进制代码，则输出必然是 2^n 个输出端线。因此 2 位二进制译码器一般有 4 个输出端，称为 2 线-4 线译码器；3 位二进制译码器有 8 个输出端，又称为 3 线-8 线译码器。

1. 2 线-4 线译码器

如图 5.13 所示为 2 线-4 线译码器 74LS139 的逻辑图。其中 A_1、A_0 为两位二进制代码，$\overline{S}$ 为使能端，也即控制端；$\overline{Y_0}\sim\overline{Y_3}$ 为 4 根输出信号端。其逻辑函数式为

$$\overline{Y_0}=\overline{\overline{A_1}\,\overline{A_0}S}\text{；}\quad \overline{Y_1}=\overline{\overline{A_1}A_0S}$$

$$\overline{Y_2}=\overline{A_1\overline{A_0}S}\text{；}\quad \overline{Y_3}=\overline{A_1A_0S}$$

使能端 $\overline{S}$ 的作用是控制译码器的工作和扩展。当 $\overline{S}=1$ 时，4 个与非门均被封锁，即不论 A_1、A_0 输入状态如何，译码器的所有输出端均为高电平 1；当 $\overline{S}=0$ 时，4 个与非门均处于开放状态，译码器可按 A_1、A_0 状态组合进行正常译码。

例如，当 $\overline{S}=0$，输入码为 00(即 $A_1=0$，$A_0=0$)时，$\overline{Y_0}=0$，其余输出端为高电平 1；当输入代码为 01 时，$\overline{Y_1}=0$，其余输出端为高电平 1。这样就实现了把输入代码译成特定信号的作用。$\overline{S}$ 及 4 个输入端 $\overline{Y_0}\sim\overline{Y_3}$ 均为低电平有效，因此其符号用大写字母上加“-”表示。

译码器 74LS139 是两个 2 线 - 4 线译码器的集成芯片，引脚如图 5.14 所示，其真值表如表 5.7 所示。

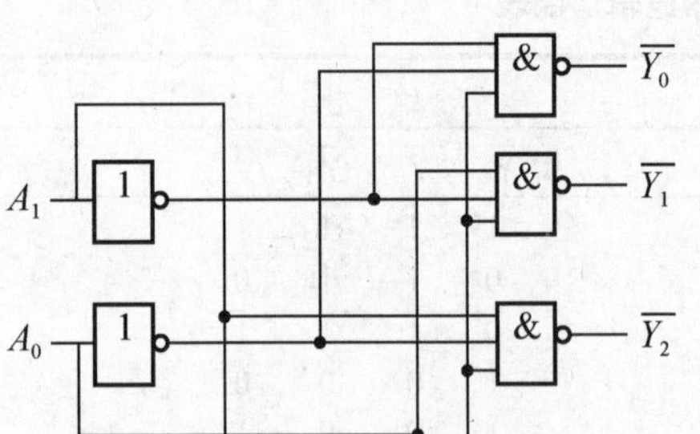

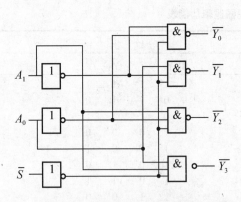

图 5.13 2 线-4 线译码器逻辑电路图

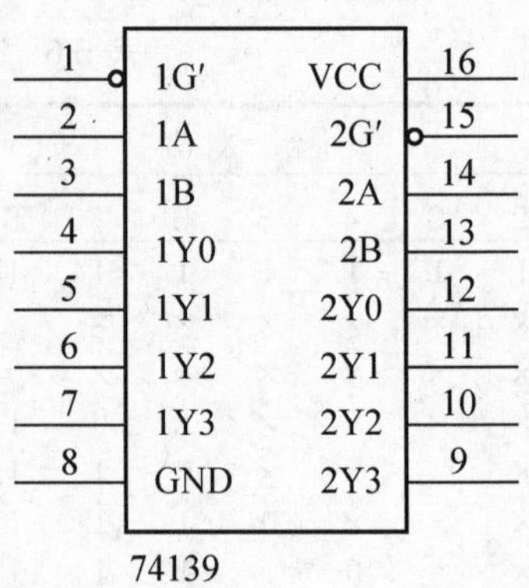

图 5.14 74LS139 双译码器引脚图

表 5.7　74LS139 译码器真值表

S	A_1　A_0	$\overline{Y_3}$　$\overline{Y_2}$　$\overline{Y_1}$　$\overline{Y_0}$
1	×　×	1　1　1　1
0	0　0	1　1　1　0
0	0　1	1　1　0　1
0	1　0	1　0　1　1
0	1　1	0　1　1　1

2. 3 线－8 线译码器

如图 5.15 所示为 3 线-8 线译码器 74LS138 的芯片引脚图，它有 3 个输入端和 8 个输出端，其真值表如表 5.8 所示。

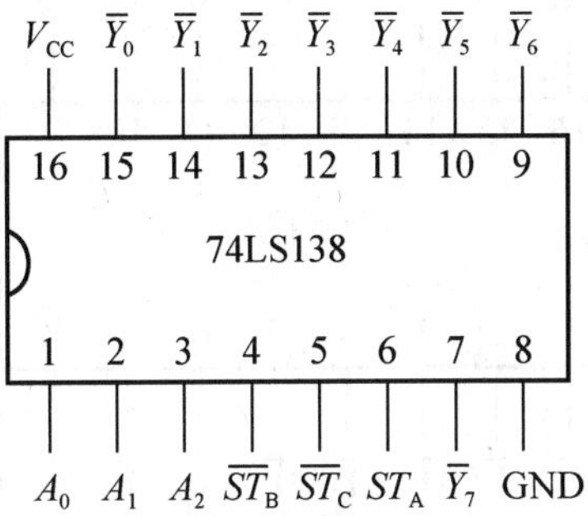

图 5.15　74LS138 译码器引脚图

表 5.8　74LS138 译码器真值表

输　入					输　出							
ST_A	$\overline{ST_B}+\overline{ST_C}$	A_2	A_1	A_0	$\overline{Y_7}$	$\overline{Y_6}$	$\overline{Y_5}$	$\overline{Y_4}$	$\overline{Y_3}$	$\overline{Y_2}$	$\overline{Y_1}$	$\overline{Y_0}$
×	1	×	×	×	1	1	1	1	1	1	1	1
0	×	×	×	×	1	1	1	1	1	1	1	1
1	0	0	0	0	1	1	1	1	1	1	1	0
1	0	0	0	1	1	1	1	1	1	1	0	1
1	0	0	1	0	1	1	1	1	1	0	1	1
1	0	0	1	1	1	1	1	1	0	1	1	1
1	0	1	0	0	1	1	1	0	1	1	1	1
1	0	1	0	1	1	1	0	1	1	1	1	1
1	0	1	1	0	1	0	1	1	1	1	1	1
1	0	1	1	1	0	1	1	1	1	1	1	1

根据表 5.8 可写出该译码器的输出表达式为

$$\overline{Y_0}=\overline{\overline{A_2}\,\overline{A_1}\,\overline{A_0}}=\overline{m_0}\qquad \overline{Y_1}=\overline{\overline{A_2}\,\overline{A_1}A_0}=\overline{m_1}$$

$$\overline{Y_2}=\overline{\overline{A_2}A_1\overline{A_0}}=\overline{m_2}\qquad \overline{Y_3}=\overline{\overline{A_2}A_1A_0}=\overline{m_3}$$

$$\overline{Y_4}=\overline{A_2\overline{A_1}\,\overline{A_0}}=\overline{m_4}\qquad \overline{Y_5}=\overline{A_2\overline{A_1}A_0}=\overline{m_5}$$

$$\overline{Y_6}=\overline{A_2A_1\overline{A_0}}=\overline{m_6}\qquad \overline{Y_7}=\overline{A_2A_1A_0}=\overline{m_7}$$

由该表达式可知，$\overline{Y_0}\sim\overline{Y_7}$ 同时也是 A_2、A_1、A_0 这三个变量的全部最小项译码输出，故又将这种译码器称为最小项译码器。译码器设置 ST_A、$\overline{ST_B}$、$\overline{ST_C}$ 三个使能输入端，当 ST_A 为 1 且 $\overline{ST_B}$ 和 $\overline{ST_C}$ 均为 0 时，译码器处于工作状态，否则译码器不工作。

5.3.2 二-十进制译码器

将输入的 BCD 码译成 10 个对应且便于人们识别的十进制数的译码器，称为二-十进制译码器。因为它有 4 个输入端，10 个输出端，所以又称 4 线-10 线译码器。

常用的二-十进制集成译码器是 74LS42，其逻辑芯片的外引脚排列如图 5.16 所示。其真值表如表 5.9 所示。

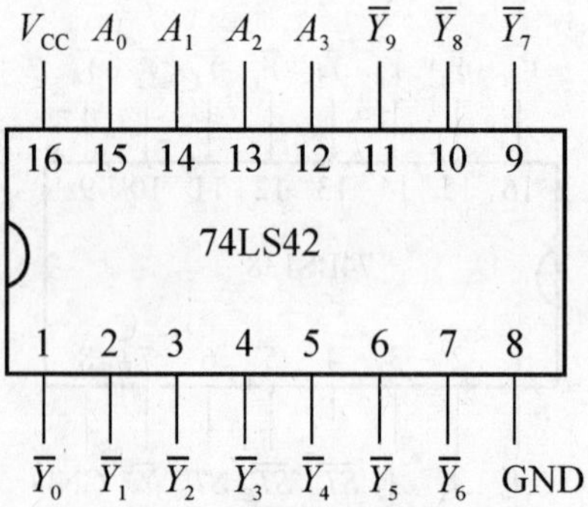

图 5.16　74LS42 译码器引脚图

表 5.9　74LS42 译码器真值表

输入				输出									
A_3	A_2	A_1	A_0	$\overline{Y_9}$	$\overline{Y_8}$	$\overline{Y_7}$	$\overline{Y_6}$	$\overline{Y_5}$	$\overline{Y_4}$	$\overline{Y_3}$	$\overline{Y_2}$	$\overline{Y_1}$	$\overline{Y_0}$
0	0	0	0	1	1	1	1	1	1	1	1	1	0
0	0	0	1	1	1	1	1	1	1	1	1	0	1
0	0	1	0	1	1	1	1	1	1	1	0	1	1
0	0	1	1	1	1	1	1	1	1	0	1	1	1
0	1	0	0	1	1	1	1	1	0	1	1	1	1
0	1	0	1	1	1	1	1	0	1	1	1	1	1
0	1	1	0	1	1	1	0	1	1	1	1	1	1
0	1	1	1	1	1	0	1	1	1	1	1	1	1
1	0	0	0	1	0	1	1	1	1	1	1	1	1
1	0	0	1	0	1	1	1	1	1	1	1	1	1

根据真值表 5.9 可写出译码器的输出表达式为

$$\overline{Y_0}=\overline{\overline{A_3}\,\overline{A_2}\,\overline{A_1}\,\overline{A_0}}\qquad \overline{Y_1}=\overline{\overline{A_3}\,\overline{A_2}\,\overline{A_1}A_0}$$

$$\overline{Y_2}=\overline{\overline{A_3}\,\overline{A_2}A_1\overline{A_0}}\qquad \overline{Y_3}=\overline{\overline{A_3}\,\overline{A_2}A_1A_0}$$

$$\overline{Y_4}=\overline{\overline{A_3}A_2\overline{A_1}\,\overline{A_0}}\qquad \overline{Y_5}=\overline{\overline{A_3}A_2\overline{A_1}A_0}$$

$$\overline{Y_6} = \overline{\overline{A_3} A_2 A_1 \overline{A_0}} \qquad \overline{Y_7} = \overline{\overline{A_3} A_2 A_1 A_0}$$

$$\overline{Y_8} = \overline{A_3 \overline{A_2}\, \overline{A_1}\, \overline{A_0}} \qquad \overline{Y_9} = \overline{A_3 \overline{A_2}\, \overline{A_1} A_0}$$

对于 BCD 码以外的伪码(1010～1111)，译码器输出 $\overline{Y_0} \sim \overline{Y_9}$ 为高电平，译码器将拒绝译码。

5.3.3　显示译码器

在数字电路中，如果 BCD 码译码器的输出能驱动显示器件，将译码器中的十进制数显示出来，这种电路称为显示电路。显示电路一般由显示译码器和显示器两部分组成。显示译码器主要由译码器和驱动电路组成，通常被集成在一片芯片中，其输入一般为二-十进制 BCD 码，输出信号用于驱动显示器件，使显示器件显示出十进制数字。显示器件也称为数码显示器，或者称为数码管，常用的为七段数码显示管。

1. 七段数码显示管

常用的七段数码显示器有半导体数码显示器(LED)和液晶显示器(LCD)。这里主要介绍 LED。

如图 5.17(a)所示，七段数码显示器是利用不同字段的组合来分别显示 0～9 十个数字的，每个字段均由发光二极管组成。根据七段数码显示器内部发光二极管的不同连接方式，七段数码显示器可分为共阳极和共阴极两种结构，如图 5.17(b)和 5.17(c)所示。其中图 5.17(b)所示为共阴极接法，图 5.17(c)所示为共阳极接法，*R* 为限流电阻。

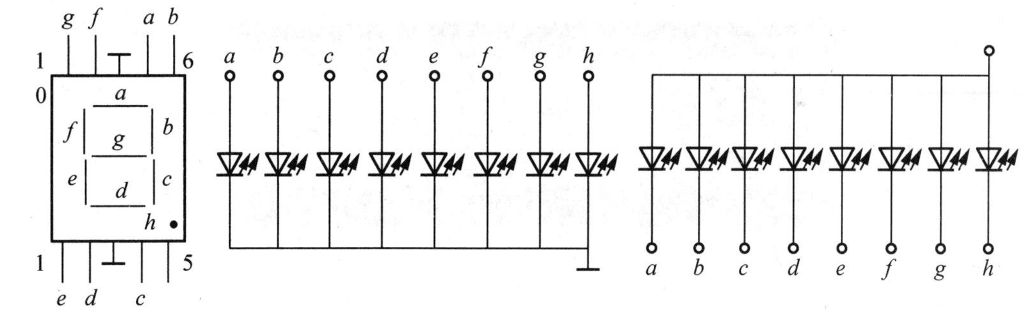

(a) 七段数码显示器　　(b) 共阴极接法　　(c) 共阳极接法

图 5.17　半导体数码显示器

半导体数码显示器的优点是工作电压低，体积小，寿命长，工作可靠，响应速度快，亮度较高；其缺点是工作电流较大，一般每个字段约需 10mA。

2. 显示译码器

半导体数码显示器和液晶显示器都可以用 TTL、CMOS 集成电路直接驱动。常用的 TTL 类型的 BCD 七段显示译码器有 74LS57(共阳极)和 74LS48(共阴极)。如图 5.18 所示为 74LS48 芯片的引脚图。

用 A_0、A_1、A_2 和 A_3 表示译码器输入的 BCD 代码，用 $Y_a \sim Y_g$ 表示输出的七位二进制代码，并规定用“1”表示字段亮状态，用“0”表示字段灭状态。使用时将 74LS48 的 *a*～

g 管脚与共阴极数码管的 a～g 管脚相应连接，将输入的 BCD 码与相应的 A_0 ～ A_3 连接，数码管就能显示出相应的十进制数字。其显示译码器电路如图 5.19 所示。

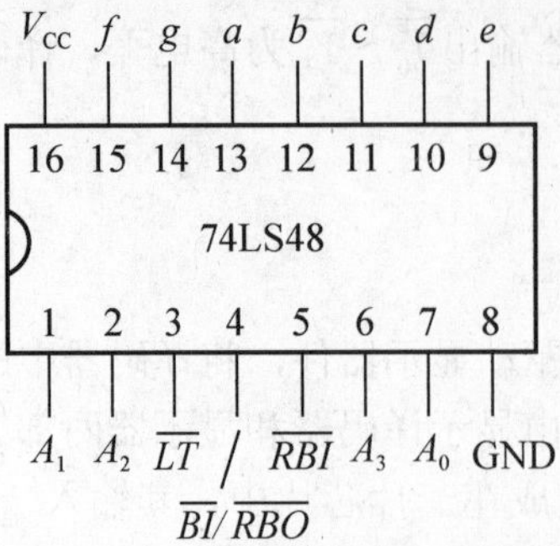

图 5.18　74LS48 译码器引脚图

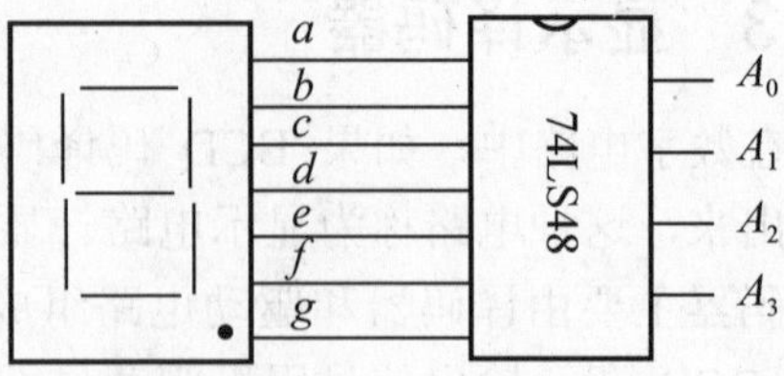

图 5.19　显示译码器电路

5.3.4　译码器逻辑功能的实例仿真

译码器的逻辑功能也可以通过 EWB 进行仿真。下面以实例说明。

例 5.6　利用 EWB 中的显示译码器 74LS48 和数码显示管，组成一个能显示“5”的电路。

解：首先在 EWB 工作平台中画出逻辑电路，如图 5.20 所示。74LS48 显示译码器输入端接 V_{CC} 和 GND，分别获得逻辑高、低电平。输出端接七段数码显示器，用于直观显示译码结果。

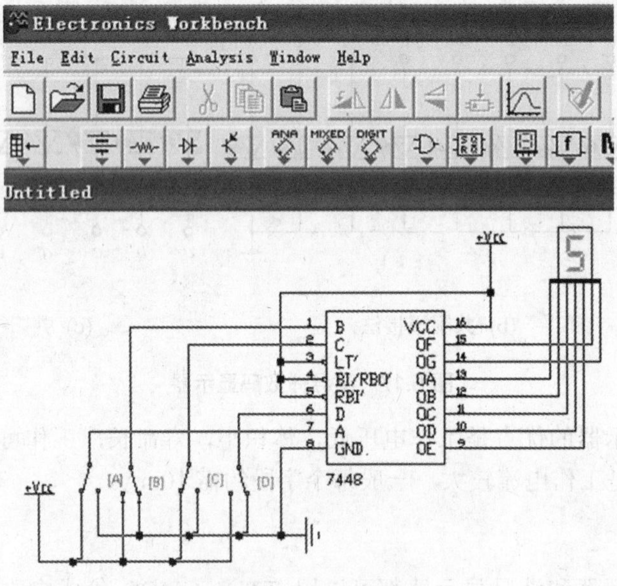

图 5.20　　例 5.6 仿真图

将输入端置为 0101，$\overline{LT}$、$\overline{RBI}$ 和 $\overline{BI}/\overline{RBO}$ 端均置为高电平。打开仿真开关，仿真结果如图 5.20 所示，数码显示器显示“5”。

5.4　数据选择器的功能与仿真

在数字信号的传送过程中，有时需要从很多数字信号中将需要的信号选出来，能实现这种功能的逻辑电路就是数据选择器。常用的数据选择器有四选一、八选一数据选择器，另外还有二选一和十六选一数据选择器等。

5.4.1　四选一数据选择器

图 5.21 所示为一个四选一数据选择器的逻辑图。

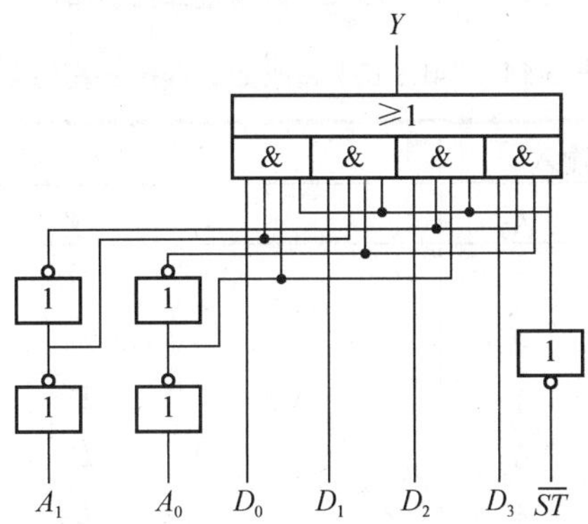

图 5.21　四选一数据选择器逻辑图

图中 D_0 ~ D_3 称为数据输入端，A_1、A_0 为控制数据准确传送的地址输入信号。当 A_1、A_0 取不同值时，可以将 D_0 ~ D_3 这 4 个数中的任何一个送到输出端 Y。$\overline{ST}$ 为使能控制端，当 $\overline{ST}=0$ 时，选择器工作；当 $\overline{ST}=1$ 时，选择器输入的数据被封锁，输出为 0。其输出的函数式为

$$Y=(D_0\overline{A}_1\overline{A}_0+D_1\overline{A}_1A_0+D_2A_1\overline{A}_0+D_3A_1A_0)ST$$

由逻辑函数式可列出功能真值表，如表 5.10 所示。

表 5.10　四选一数据选择器真值表

使能控制	地址输入		输　出
$\overline{ST}$	A_1	A_0	Y
1	×	×	0
0	0	0	D_0
0	0	1	D_1
0	1	0	D_2
0	1	1	D_3

5.4.2　集成数据选择器

74LS151 是一种典型的集成电路数据选择器。图 5.22 所示是 74LS151 芯片的引脚排列

图，其功能真值表如表 5.11 所示。

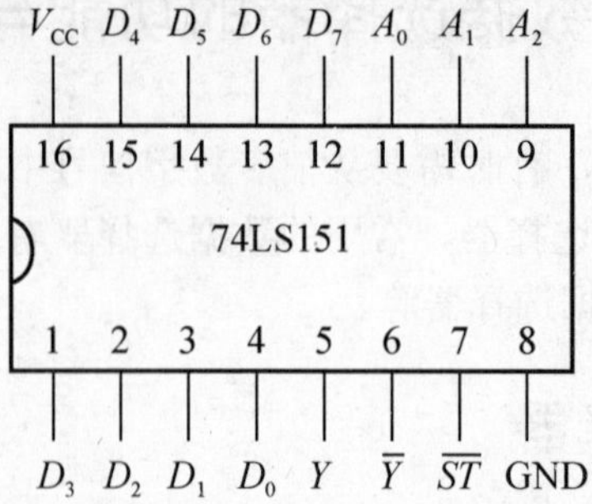

图 5.22　74LS151 数据选择器引脚图

表 5.11　74LS151 集成数据选择器真值表

使能控制	地址输入			输　出	
$\overline{ST}$	A_2	A_1	A_0	Y	$\overline{Y}$
1	×	×	×	0	1
0	0	0	0	D_0	$\overline{D}_0$
0	0	0	1	D_1	$\overline{D}_1$
0	0	1	0	D_2	$\overline{D}_2$
0	0	1	1	D_3	$\overline{D}_3$
0	1	0	0	D_4	$\overline{D}_4$
0	1	0	1	D_5	$\overline{D}_5$
0	1	1	0	D_6	$\overline{D}_6$
0	1	1	1	D_7	$\overline{D}_7$

从图 5.22 和表 5.11 中可以看出，74LS151 有三个地址输入端 A_2、A_1、A_0；D_0～D_8 是 8 个数据输入端；Y 和 $\overline{Y}$ 是两个互补的输出端；$\overline{ST}$ 为使能端，低电平有效。

当 $\overline{ST}=1$ 时，数据选择器不工作，$Y=0$，$\overline{Y}=1$；当 $\overline{ST}=0$ 时，数据选择器工作，此时输出函数为

$$Y = D_0\overline{Y}_2\overline{A}_1\overline{A}_0 + \cdots + D_7A_2A_1A_0$$

5.4.3　数据选择器功能的实例仿真

数据选择器的逻辑功能可以通过 EWB 进行仿真。下面以实例说明。

例 5.7　利用 EWB 仿真数据选择器 74LS150 的功能。

解： 首先在 EWB 平面中画出逻辑图，如图 5.23 所示。地址输入端 $DCBA$、数据输入端 $E_{15} \sim E_0$ 通过 V_{CC} 或 GND 获得逻辑高、低电平。输出端通过指示灯显示数据选择器的结果。将开关 1 置为高电平，则输出指示灯灭，将地址输入端 $DCBA$ 置为 0001 时，打开仿真开关，将开关 1 置为低电平，则输出指示灯亮。其他开关 2～9，开关 E～J 动作，输出状态均不变。可见数据选择器选择了第一路信号，输出以反码形式出现。改变 $DCBA$ 的状态，可以得到如表 5.12 所示的结果，可见该电路是一个数据选择器。

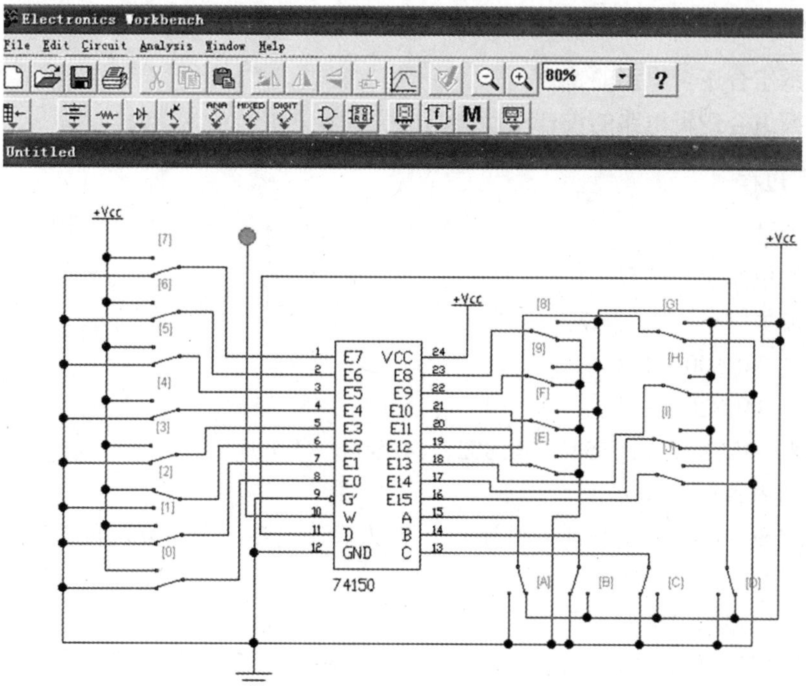

图 5.23　例 5.7 仿真图

表 5.12　74LS150 集成数据选择器真值表

D	C	B	A	$\overline{G}$	W	D	C	B	A	$\overline{G}$	W
×	×	×	×	1	1	0	0	0	0	0	$\overline{E}_8$
0	0	0	0	0	$\overline{E}_0$	0	0	0	1	0	$\overline{E}_9$
0	0	0	1	0	$\overline{E}_1$	0	0	1	0	0	$\overline{E}_{10}$
0	0	1	0	0	$\overline{E}_2$	0	0	1	1	0	$\overline{E}_{11}$
0	0	1	1	0	$\overline{E}_3$	0	1	0	0	0	$\overline{E}_{12}$
0	1	0	0	0	$\overline{E}_4$	0	1	0	1	0	$\overline{E}_{13}$
0	1	0	1	0	$\overline{E}_5$	0	1	1	0	0	$\overline{E}_{14}$
0	1	1	0	0	$\overline{E}_6$	0	1	1	1	0	
0	1	1	1	0	$\overline{E}_7$						

5.5　工作实训营

5.5.1　训练实例

1．训练内容

组合逻辑电路的设计与测试。

2. 训练目的

(1) 熟悉组合逻辑电路的特点。

(2) 掌握组合逻辑电路的设计与功能测试的基本方法。

3. 实训过程

1) 实训准备

(1) 数字电路实验装置，1 台。

(2) 直流数字电压表，1 只。

(3) 器件 74LS00，2 片。

(4) 器件 74LS20，3 片。

(5) 器件 74LS86、74LS54、74LS02、74LS08，各 1 片。

2) 实训内容与步骤

(1) 确定设计题目：用与非门设计一个 3 人表决电路，当多数人同意时决议通过，否则决议不通过。

(2) 完成电路图设计。

① 列真值表。如表 5.13 所示，输入变量 A、B、C 分别表示表决的 3 人投票，“1”表示同意，“0”表示不同意。输出变量 Z 表示表决结果，“1”表示通过，“0”表示否决。

② 列表达式并简化成适合用与非门构成的逻辑电路形式。根据逻辑表达式画出逻辑电路如图 5.24 所示。

表 5.13 3 人表决真值表

输 入			输 出
A	B	C	Z
0	0	0	
0	0	1	
0	1	0	
0	1	1	
1	0	0	
1	0	1	
1	1	0	
1	1	1	

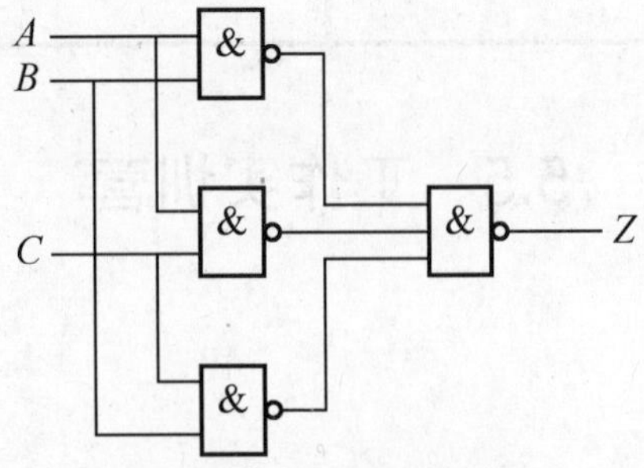

图 5.24 3 人表决电路

(3) 选择器件。由电路图可以看出，可以采用一片二输入端的与非门 74LS200 和一片四输入端的与非门 74LS20；也可以采用两片四输入端的与非门 74LS20，结果都能满足题目的要求。但是从器件的种类考虑，后一种方法更合适。

(4) 连接电路并测试。选择两片 74LS20 插入实验台的相应插口上，按照逻辑电路图对器件的各个引脚进行连接。输入端接逻辑电平开关，输出端接逻辑电平显示器。为了避免干扰，多余的输入端应接高电平。按表 5.13 所示的真值表测试电路的逻辑功能，并把测试结果填入表 5.13 中。

5.5.2　工作实践常见问题解析

【问题】电源耦合问题。数字电路中，集成电路形成的电源尖峰电流在电源内阻上形成内部干扰电压(即电源耦合)，如果这个干扰信号过大，可能引起电路故障。那么，应如何消除电源耦合？

【答】为了消除电源耦合，可以在电源和地之间接入大电解电容(10～100μF)，但是由于电解电容的高频特性不好，所以为消除高频噪声，可在电源和地之间再接入小电容(0.1μF 或更小)。

5.6　习　　题

1. 在逻辑电路中，电路的输出仅仅决定于电路__________，而与电路________状态无关，这类逻辑电路称为组合逻辑电路。组合逻辑电路分析的目的就是依据给定的逻辑电路图，找出输入信号和输出信号之间的___________，确定其___________。

2. 试写出如图 5.25 所示逻辑图输出与输入之间最简单的逻辑关系。

3. 分析图 5.26 所示的组合逻辑电路，写出其输出逻辑函数表达式，指出该电路执行的逻辑功能。

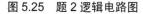

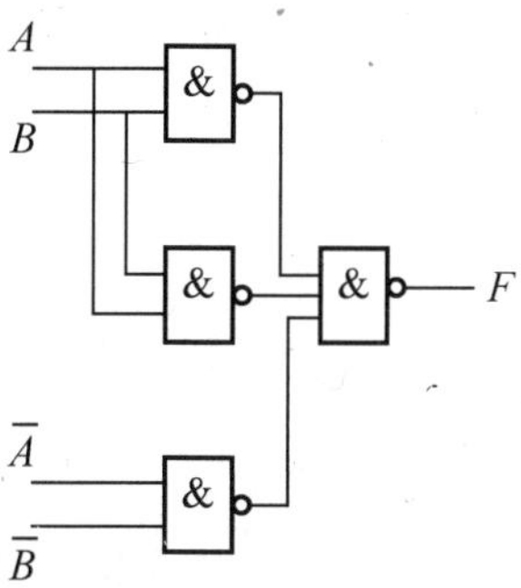

图 5.25　题 2 逻辑电路图

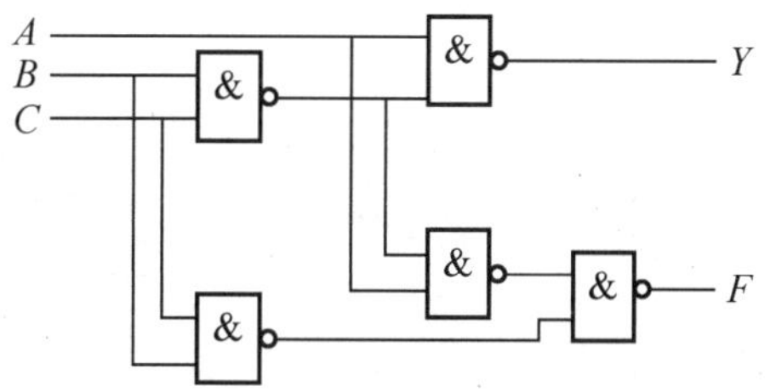

图 5.26　题 3 逻辑电路图

4. 组合逻辑电路如图 5.27 所示。S_1，S_2 为控制输入端，$I_0 \sim I_3$ 为数据输入端，指出该电路所执行的逻辑功能。

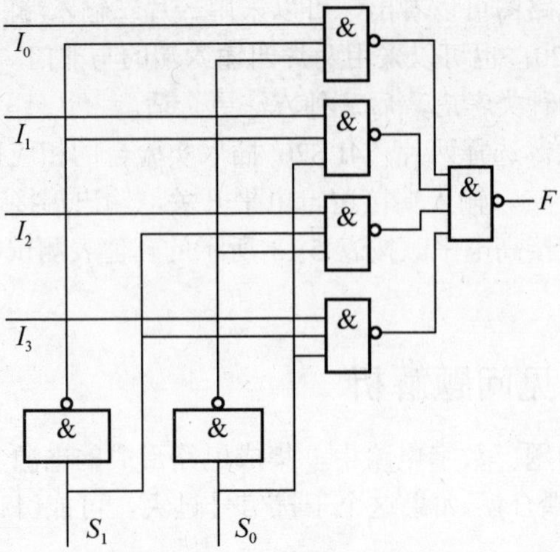

图 5.27　题 4 逻辑电路图

5. 设计一个多数表决器电路，电路有三个输入端，一个输出端，它的功能是输出信号电平与输入信号的多数电平一致。

6. 设计用单刀双掷开关控制楼梯照明灯的电路。要求在楼下开灯后，可在楼上关灯；同样，也可在楼上开灯，而在楼下关灯。用与非门实现上述逻辑功能。

7. 用 3 线-8 线译码器 74LS138 和门电路设计一个一位全加器。

第 6 章　触发器与时序逻辑电路

【教学目标】

- 掌握 RS 触发器、JK 触发器和 D 触发器的逻辑功能及触发方式。
- 理解常用的寄存器和计数器的基本原理和逻辑功能。
- 了解触发器的主要参数。
- 掌握寄存器和计数器的应用方法。

【工程应用导航】

本章主要介绍了数字逻辑电路中具有记忆功能的基本单元电路，即触发器。首先介绍了 RS 触发器、JK 触发器和 D 触发器的电路组成、逻辑功能、状态图和真值表。然后介绍了由触发器构成的寄存器、计数器等时序逻辑器件的构成、逻辑功能及应用。最后简单介绍了 555 定时器的电路结构、工作原理及典型应用。

触发器是时序逻辑电路中必不可少的基本单元电路，也是数字逻辑电路中另一种重要的单元电路。它在一定的条件下，可以维持两个稳定状态(0 或 1)之一而保持不变。但在一定的外加信号作用下，触发器又可从一种状态转换成另一种稳定状态(1→0 或 0→1)。因此触发器可记忆二进制的 0 或 1，被用作二进制信息的存储单元，它在数字系统和计算机中有着广泛的运用。

目前市场上供应的多为集成 JK 触发器和 D 触发器，如在智力竞赛的抢答器、交通信号灯及密码锁等数字控制产品中均有触发器在发挥重要的作用。

【引导问题】

(1) 你知道抢答器逻辑电路、循环彩灯电路等是如何设计的吗？

(2) 你了解构成时序逻辑电路的基本记忆单元触发器吗？

(3) 你知道数字逻辑器件寄存器和计数器逻辑功能及应用吗？

前面我们讨论的组合逻辑电路，其电路输出由当时的输入变量决定，与前一时刻状态无关，不具有记忆功能。本章我们讨论由触发器构成的具有记忆功能的电路，称为时序逻辑电路。

触发器是数字电路中具有记忆功能的基本单元电路，可用于存储二进制数据、记忆信息等。从结构上看，触发器由逻辑门电路组成，有一个或者几个输入端，有两个输出端。其中两个输出端是互补的，通常标记为 Q 和 $\overline{Q}$。当 Q 端为低电平($Q=0$)时，$\overline{Q}$ 端为高电平($\overline{Q}=1$)，而当 Q 端为高电平($Q=1$)时，$\overline{Q}$ 端为低电平($\overline{Q}=0$)。触发器的输出有两种状态，一般将 $Q=0$，$\overline{Q}=1$ 的状态称为触发器的“0”状态，而 $Q=1$，$\overline{Q}=0$ 的状态称为“1”状态。触发器的这两个状态都为相对稳定状态，只有在一定的外加信号触发下，才可以从一个稳定状态转变到另一个稳定状态。触发器的种类很多，若根据逻辑功能的不同，可将触发器分为 RS 触发器、JK 触发器和 D 触发器等。

6.1 RS 触发器

6.1.1 基本 RS 触发器

1. 电路组成

基本 RS 触发器由两个与非门交叉耦合而组成。其逻辑电路和符号如图 6.1 所示。Q 和 $\overline{Q}$ 为两个互补的输出端，$\overline{R}_D$ 和 $\overline{S}_D$ 为两个输入端。其中 $\overline{R}_D$ 称为置 0 端(复位端)，$\overline{S}_D$ 称为置 1 端(置位端)。

2. 逻辑功能分析

触发器有两个稳定的状态。设 Q^n 为触发器的现态，即触发信号输入前的状态；Q^{n+1} 为触发器的次态，即触发信号输入后的状态。由如图 6.1 所示基本 RS 触发器的逻辑图，可以分析得出基本 RS 触发器输出与输入的逻辑关系，现分析如下。

(1) $\overline{S}_D=1$，$\overline{R}_D=0$，即 $\overline{S}_D$ 端输入高电位，$\overline{R}_D$ 输入低电位。由于 $\overline{R}_D=0$，使得 G_B 与非门有一个输入端为 0，G_B 的输出为 $\overline{Q}=1$；而 $\overline{S}_D=1$，$\overline{Q}=1$ 使得与非门 G_A 的两个输入端全为 1，则 G_A 的输出为 $Q=0$。

因此，在 $\overline{R}_D$ 端加负脉冲后，如果触发器初始为 0 态，将保持 0 态；如果初始为 1 态，则翻转为“0”态，即 $Q^{n+1}=0$。

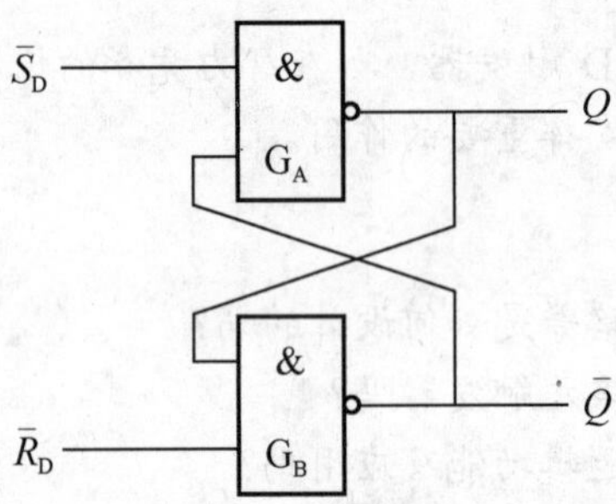

(a) 逻辑电路

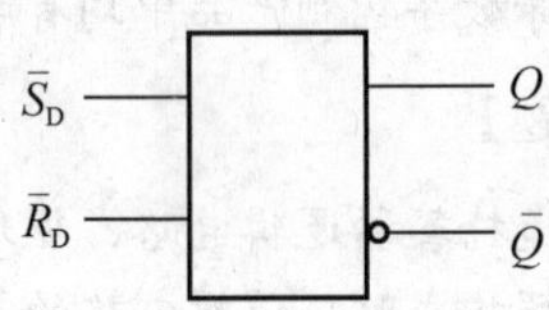

(b) 逻辑符号

图 6.1 基本 RS 触发器

(2) $\overline{S}_D=0$，$\overline{R}_D=1$，由于 $\overline{S}_D=0$，使得与非门 G_A 有一个输入端为 0，G_A 的输出 $Q=1$；而对于与非门 G_B，则由于 $\overline{R}_D=1$，$Q=1$ 使得与非门 G_B 的两个输入端全为 1，掌握 G_B 的输出 $\overline{Q}=0$。

因此，在 $\overline{S}_D$ 端加负脉冲后，如果触发器原状态为 0 态，则翻转为 1 态；如果原状态为 1 态，将保持不变，即 $Q^{n+1}=1$。

(3) $\overline{S}_D=1$，$\overline{R}_D=1$，由于 $\overline{S}_D$ 和 $\overline{R}_D$ 两输入端均为 1，则两个与非门 G_A 和 G_B 的输出状态只能取决于对应的交叉耦合输出端的状态。若 $Q=1$，$\overline{Q}=0$，与非门 G_A 则由于 $\overline{Q}=0$ 而保持输出 $Q=1$；与非门 G_B 由于 $Q=1$，使得两个输入端全为 1，则保持输出 $\overline{Q}=0$。可以看出，此时触发器的状态保持不变。同样，若 $Q=0$，$\overline{Q}=1$，触发器的状态也将保持不变。

(4)　$\overline{S}_D=0$，$\overline{R}_D=0$，由于两个与非门 G_A 和 G_B 都是低电平输入，而使得输出端 Q 和 $\overline{Q}$ 同时为 1，这对于触发器来说是一种不正常状态，首先它不符合触发器两个输出端互补的规定；同时更为重要的是，此后如果 $\overline{S}_D$ 和 $\overline{R}_D$ 两输入端均为 1，则新状态会由于两个与非门延迟时间不同、所受外界干扰不同等因素而无法判定，即会出现不确定状态，这是不允许的，应尽量避免。

综上所述，基本 RS 触发器的逻辑真值表如表 6.1 所示，其波形图(时序图)如图 6.2 所示。

表 6.1　基本 RS 触发器真值表

$\overline{S}_D$	$\overline{R}_D$	Q	$\overline{Q}$
1	0	0	1
0	1	1	0
1	1	不变	不变
0	0	不变	不变

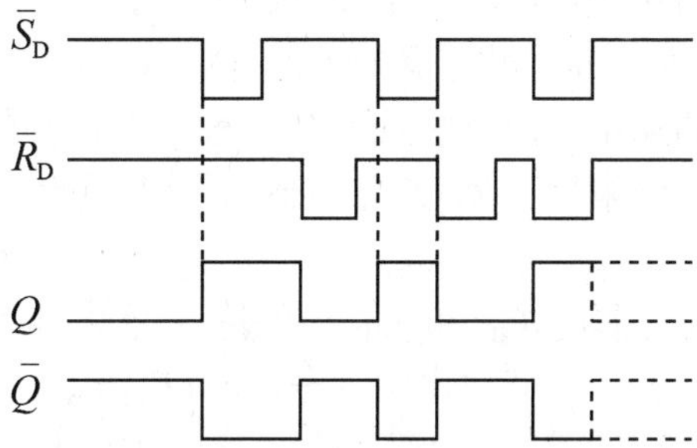

图 6.2　基本 RS 触发器工作波形图

6.1.2　可控 RS 触发器

在实际的数字系统应用中，通常要求触发器按一定的时间节拍动作，这就要求触发器的翻转时刻受时钟脉冲的控制，而翻转到何种状态则由输入信号决定，从而出现了各种可时钟控制的触发器，如可控 RS 触发器、JK 触发器和 D 触发器等。

1．电路组成

在基本 RS 触发器的基础上，增加两个与非门即可构成可控 RS 触发器，其逻辑电路和符号如图 6.3 所示。

在逻辑图中，与非门 G_A 和 G_B 构成基本 RS 触发器，与非门 G_C 和 G_D 构成控制(导引)电路。CP 是时钟脉冲输入端，当时钟脉冲到来之前，即 $CP=0$ 时，无论 R 和 S 端的输入信号如何变化，与非门 G_C 和 G_D 的输出均为 1，基本触发器保持原状态不变。只有当时钟脉冲到来时，即 $CP=1$ 时，触发器才按 R、S 端的输入状态来决定其输出状态。

$\overline{S}_D$ 和 $\overline{R}_D$ 是直接置位端和直接复位端，它们不受时钟脉冲 CP 的控制，可以对基本触发器的输出端置“0”态或置“1”态。$\overline{S}_D$ 和 $\overline{R}_D$ 主要用于工作之初，预先使触发器处于某一给定状态。

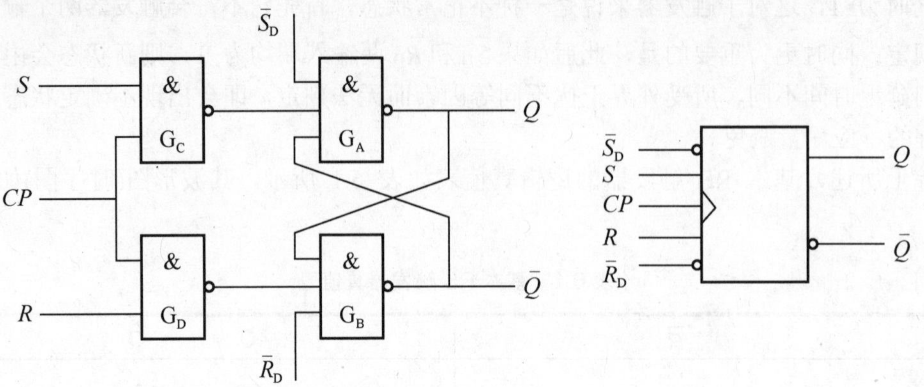

(a) 逻辑电路　　　　(b) 逻辑符号

图 6.3　可控 RS 触发器

2．逻辑功能分析

由图 6.3 所示的逻辑电路分析可知，当 $CP=0$ 时，与非门 G_C 和 G_D 被封锁，输出均为 1，与非门 G_A 和 G_B 构成的基本 RS 触发器处于保持状态，无论 R、S 输入端的状态如何变化，均不会改变 G_A 和 G_B 的输出，故对触发器的状态不产生影响。

当 $CP=1$ 时，即正脉冲到来后，R、S 端的输入状态开始起作用，决定触发器的输出状态。

(1)　$R=0$，$S=0$，则与非门 G_C 和 G_D 均保持 1 态，均不会向基本触发器发送负脉冲，所以 G_A 和 G_B 的输出不变，保持原来的状态，即 $Q^{n+1}=Q^n$。

(2)　$R=1$，$S=0$，则 G_D 门输出仍保持 1 态，G_C 门输出变为 0 态送向 G_B 门，使得基本 RS 触发器输出将变为 0 态(若原状态为 0 态，将保持 0 态；若原输出为 1 态，将变为 0 态)，即 $Q^{n+1}=0$。

(3)　$R=0$，$S=1$，则 G_C 门输出仍保持 1 态，G_D 门输出变为 0 态送向 G_A 门，使得基本 RS 触发器的输出端无论原来是什么状态都将变为 1 态，即 $Q^{n+1}=1$。

(4)　$R=1$，$S=1$，则 G_C 和 G_D 均向基本触发器送置 1 的信号，使 G_A 和 G_B 门输出端都为 1，即输出端 Q 和 $\overline{Q}$ 都为 1。当时钟脉冲过去后，G_A 和 G_B 门的输出哪一个处于 1 态是由偶然因数确定的，所以输出为不确定状态。

可控 RS 触发器的逻辑真值表如表 6.2 所示，其工作波形如图 6.4 所示。

表 6.2　可控 RS 触发器真值表

S	R	Q^n	Q^{n+1}	说　明
0	0	0	0	保持
0	0	1	1	$Q^{n+1}=Q^n$
0	1	0	0	置 0
0	1	1	0	$Q^{n+1}=0$

续表

S	R	Q^n	Q^{n+1}	说　明
1	0	0	1	置 1
1	0	1	1	$Q^{n+1}=1$
1	1	0	×	不定
1	1	1	×	

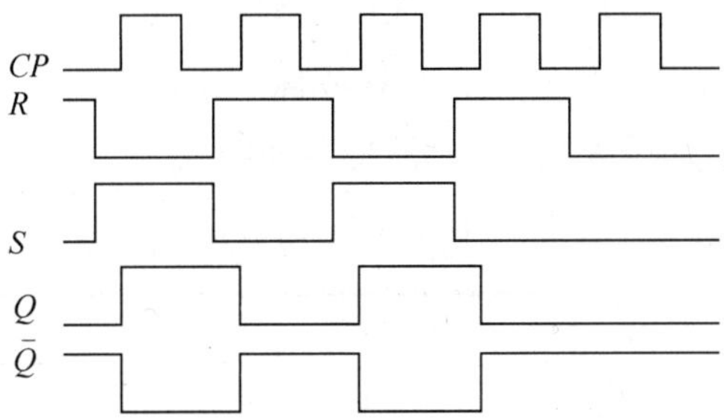

图 6.4　可控 RS 触发器工作波形图

6.2　JK 触发器

6.2.1　同步 JK 触发器

1．电路组成

在可控 RS 触发器中，必须限制输入端 R 和 S 不能同时为 1，给使用带来不便。为了从根本上消除这种状况，可将可控 RS 触发器的 $\overline{Q}$ 端连到 S，Q 端连到 R，同时将输入端 S 改成 J，R 改成 K，这样就构成了同步 JK 触发器，其逻辑电路和逻辑符号如图 6.5 所示。

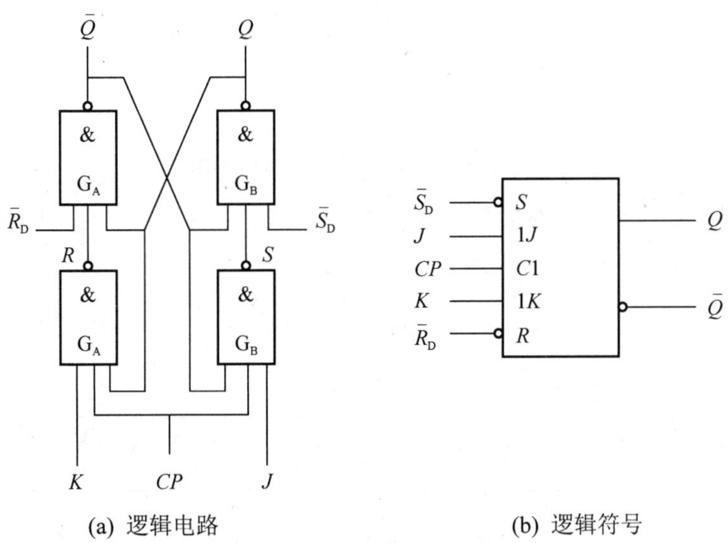

图 6.5　同步 JK 触发器

2. 逻辑功能分析

按图 6.5 所示的逻辑电路，同步 JK 触发器的逻辑功能分析如下。

当 $CP=0$ 时，$R=S=1$，$Q^{n+1}=Q^n$，触发器的状态保持不变。当 $CP=1$ 时，则有以下 4 种情况。

(1) 当 $J=0$，$K=1$ 时，$Q^{n+1}=0$，置“0”。

(2) 当 $J=1$，$K=0$ 时，$Q^{n+1}=1$，置“1”。

(3) 当 $J=0$，$K=0$ 时，$Q^{n+1}=Q^n$，保持不变。

(4) 当 $J=1$，$K=1$ 时，$Q^{n+1}=\overline{Q^n}$，翻转或称为计数。

同步 JK 触发器的值表如表 6.3 所示，波形图如图 6.6 所示。

表 6.3　同步 JK 触发器真值表

CP	*J*	*K*	Q^n	$\overline{Q^n}$	说　明
1	0	0	0	0	保持
1	0	0	1	1	$Q^{n+1}=Q^n$
1	0	1	0	0	置 0
1	0	1	1	0	$Q^{n+1}=0$
1	1	0	0	1	置 1
1	1	0	1	1	$Q^{n+1}=1$
1	1	1	0	1	必翻
1	1	1	1	0	$Q^{n+1}=Q^n$

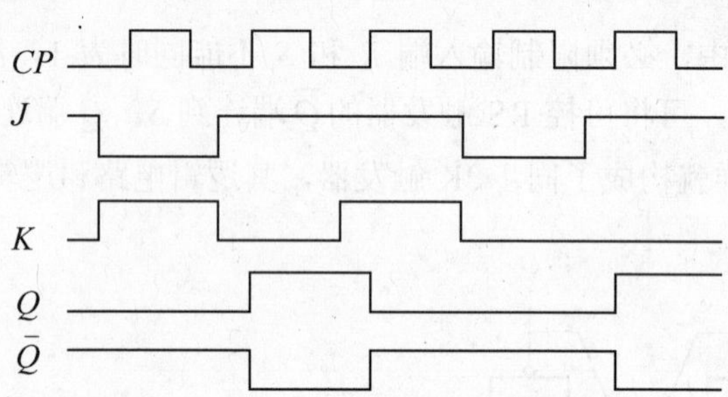

图 6.6　同步 JK 触发器工作波形图

所谓计数就是触发器状态翻转的次数与 *CP* 脉冲输入的个数相等，以翻转的次数记录 *CP* 脉冲的个数。其波形图如图 6.7 所示。

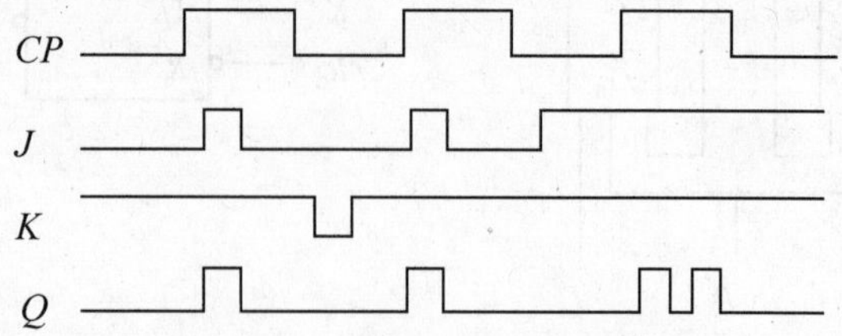

图 6.7　触发器的空翻和振荡现象

3．存在的问题

当同步触发器由于 CP 有效时间过长而出现空翻或振荡现象时，触发器的使用将会受到限制。

1) 空翻现象

空翻现象就是在 $CP=1$ 期间，触发器的输出状态翻转两次或两次以上的现象，如图 16.7 所示的第一个 $CP=1$ 期间 Q 状态变化的情况。因此，为了保证触发器可靠地工作，防止出现空翻现象，必须限制输入的信号在 $CP=1$ 期间不发生变化。

2) 振荡现象

在同步 JK 触发器中，由于在输入端引入互补输出，即使输入信号不发生变化，由于 CP 脉冲过宽，也会产生多次翻转，称振荡现象。如图 6.7 所示的第三个 $CP=1$ 期间，由于 $J=K=1$，$Q^n=0$，$\overline{Q^n}=1$，JK 触发器会使 $Q^{n+1}=1$，$\overline{Q^{n+1}}=0$，之后反馈到输入端，如果 $CP=1$ 较宽，JK 触发器会使 Q^{n+1} 继续转换为 0。以此类推，只要 CP 脉冲继续存在，触发器就会不停地翻转，产生振荡，从而造成电路工作混乱。

6.2.2 主从 JK 触发器

1．电路组成

主从 JK 触发器是由两个可控 RS 触发器和一个非门电路组成的。两个可控 RS 触发器分别称为主触发器和从触发器。主从 JK 触发器的逻辑电路和逻辑符号如图 6.8 所示。

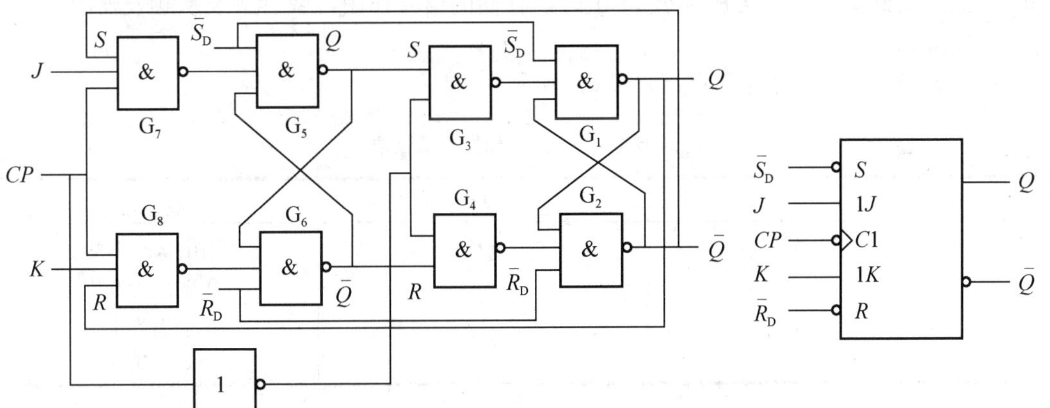

(a) 逻辑电路　　(b) 逻辑符号

图 6.8 主从 JK 触发器

时钟脉冲作用期间，$CP=1$，从触发器被封锁，保持原状态，Q 在脉冲作用期间不变；主触发器的状态取决于时钟脉冲为低电平的状态和 J、K 输入端的状态。

当时钟脉冲过去后，$CP=0$，主触发器被封锁，从触发器工作，将主触发器的状态送到从触发器中。

2．逻辑功能分析

主从型 JK 触发器的逻辑功能分析如下。

(1) $J=1$，$K=1$，设时钟脉冲到来之前($CP=0$)，触发器的初始状态为 0 态，这时主触发器 $S=\overline{Q}=1$，$R=Q=0$。当时钟脉冲到来($CP=1$)时，由于主触发器 $J=1$，$K=1$，$S=1$，$R=0$，故主触发器翻转为 1 态。当 CP 从 1 跳变为 0 时，由于从触发器 $S=1$，$R=0$，从触发器翻转为 1 态。反之，设主触发器的 $S=0$，$R=1$，当 $CP=1$ 时，主触发器翻转为 0 态，当 CP 跳变为 0 时，从触发器也翻转为 0 态。

(2) $J=0$，$K=0$，设触发器初始状态为 0 态，当 $CP=1$ 时，由于主触发器 $J=0$，$K=0$，所以主触发器的状态保持不变；当 CP 跳变为 0 时，由于主触发器的输出状态不变，所以从触发器的输出状态也保持不变。

(3) $J=1$，$K=0$，设触发器的初始状态为 0 态，当 $CP=1$ 时，由于主触发器的 $J=1$，$K=0$，$S=1$，$R=0$，故主触发器翻转为 1 态，当 CP 负跳变时，由于从触发器的 $S=1$，$R=0$，故从触发器也翻转为 1 态。如果初始状态为 1 态，主触发器由于 $CP=1$，$J=1$，$K=0$，$S=0$，$R=1$，所以主触发器的状态不变，当 CP 负跳变时，从触发器由于 $S=1$，$R=0$，也保持 1 态不变。

(4) $J=0$，$K=1$，设触发器初始状态为 0 态，当 $CP=1$ 时，由于主触发器 $J=0$，$K=1$，$S=1$，$R=0$，则主触发器保持不变，当 CP 负跳变时，从触发器 $S=0$，$R=1$，从触发器保持 0 态。若初始状态为 1 态，当 $CP=1$ 时，由于主触发器 $J=0$，$K=1$，$S=0$，$R=1$，则主触发器由 1 态翻转为 0 态，当 CP 负跳变时，从触发器 $S=0$，$R=1$，也翻转为 0 态。

总之，主从型触发器在 $CP=1$ 时，把输入信号暂时存储在主触发器中，为从触发器的翻转和保持做好准备；到 CP 跳变为 0 时，存储的信号作用，或者触发从触发器翻转，或者使之保持原态。

主从 JK 触发器的逻辑功能表如表 6.4 所示。

表 6.4 主从 JK 触发器真值表

J	K	Q^{n+1}	说 明
0	0	Q^n	输出状态不变
0	1	0	输出为 0
1	0	1	输出为 1
1	1	$\overline{Q^n}$	计数翻转

6.3 D 触发器

6.3.1 D 触发器

1. 电路组成

RS 触发器和 JK 触发器均有两个输入端，但有时需要只有一个输入端的触发器，于是可将可控 RS 触发器接成如图 6.9(a)所示的形式，就构成了只有单输入端的 D 触发器。其逻辑电路和逻辑符号如图 6.9 所示。

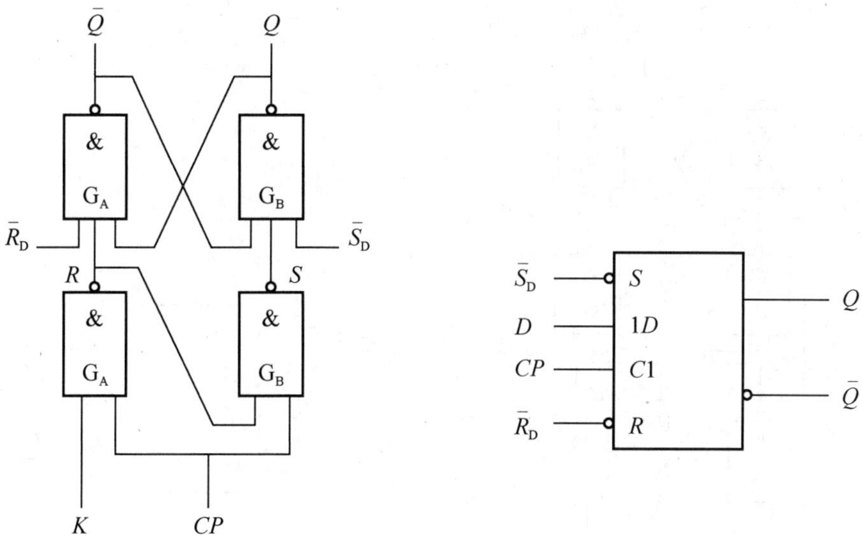

(a) 逻辑电路　　　　(b) 逻辑符号

图 6.9　D 触发器

2. 逻辑功能分析

D 触发器的逻辑功能分析如下。

当 $CP = 0$ 时，$Q^{n+1} = Q^n$，触发器的状态保持不变。

当 $CP = 1$ 时，则有以下两种情况。

(1) 当 $D = 0$ 时，无论 D 触发器原状态为 0 或为 1，其输出均为 0，即 $Q^{n+1} = 0$。

(2) 当 $D = 1$ 时，无论 D 触发器原状态为 0 或为 1，其输出均为 1，即 $Q^{n+1} = 1$。

其真值表如表 6.5 所示。

表 6.5　D 触发器真值表

D	Q^n	Q^{n+1}	说　明
0	0	Q^n	输出为 0
0	1	0	
1	0	1	输出为 1
1	1	$\overline{Q^n}$	

6.3.2　维持堵塞 D 触发器

维持堵塞 D 触发器是利用触发器翻转时内部产生的反馈信号使触发器翻转后的状态 Q^{n+1} 得以维持，并阻止其向下一个状态转换(即空翻)，从而实现克服空翻和振荡的目的。

1. 电路组成

维持堵塞 D 触发器的逻辑电路和逻辑符号如图 6.10 所示。

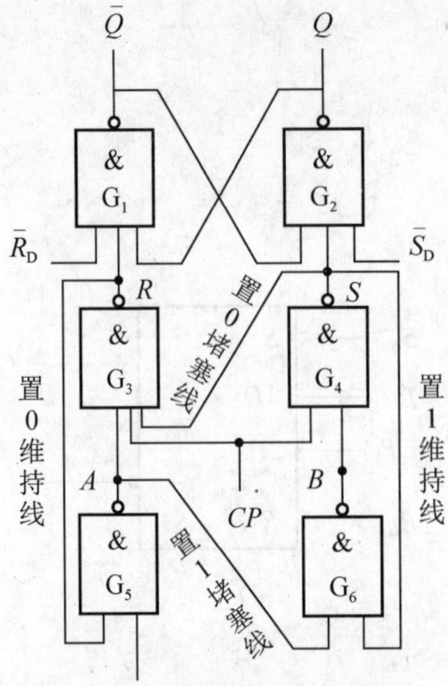

(a) 逻辑电路

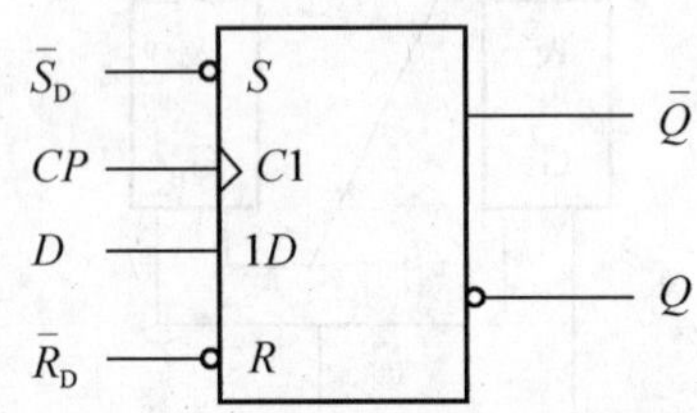

(b) 逻辑符号

图 6.10　维持堵塞 D 触发器

2．逻辑功能分析

维持堵塞 D 触发器的逻辑功能分析如下。

在 CP 脉冲到来之前，$CP=0$，$R=1$，$S=1$，$Q^{n+1}=Q^n$ 保持不变。

1)　设 $D=1$，则 $A=\overline{RD}=0$，$B=\overline{AS}=1$

(1)　当 CP 脉冲(CP↗)到来时，$CP=1$，$S=\overline{B\bullet CP}=0$，$R=\overline{S\bullet A\bullet CP}=1$，根据基本 RS 触发器逻辑功能可知，$Q^{n+1}=1=D$。

(2)　$CP=1$ 期间，因 $Q^{n+1}=1$，$S=0$，置“1”维持线起作用，确保 $S=0$ 不变，同时，经置 0 阻塞线使 $R=1$，阻止了 Q^{n+1} 向 0 转换，即使 D 在此期间变化，会使 $A=D$ 跟着变化，但 $S=0$。即维持了 $Q^{n+1}=1$ 不变，也阻塞了其空翻，保持 1 状态不变。

(3)　当 CP 下降沿(CP↘)到来时，$CP=0$，$R=1$，$S=1$，Q^{n+1} 保持不变。

2)　设 $D=0$，则 $A=\overline{D}=1$，$B=0$

(1) 当 CP 脉冲(CP↗)到来时，$CP=1$，$S=\overline{B\cdot CP}=1$，$R=\overline{S\cdot A\cdot CP}=0$，根据基本 RS 触发器逻辑功能可知，$Q^{n+1}=0=D$。

(2)　$CP=1$ 期间，因 $Q^{n+1}=0$，$R=0$，置“0”维持线起作用，确保 $R=0$ 不变，同时，即使 D 在此期间变化，而 A 不变。经置“1”堵塞线阻止了空翻，使输出“0”状态不变。

(3)　CP 下降沿(CP↘)到来时，$CP=0$，$R=1$，$S=1$，Q^{n+1} 保持不变。

因此，维持堵塞 D 触发器在 CP 上升沿触发翻转，且 $Q^{n+1}=D$，它通过维持、堵塞线有效地克服了空翻现象。但要注意，输入信号 D 一定是 CP 脉冲上升沿到来之前的值，如果 D 与 CP 脉冲同时变化，D 变化的值将不能存入 Q 内，如图 6.11 中的第三个 CP 脉冲所示。从结构上看 D 信号必须比 CP 脉冲提前到达才能随 CP 脉冲起作用，改变输出 Q^{n+1} 的状态。

维持堵塞 D 触发器的波形图如图 6.11 所示。

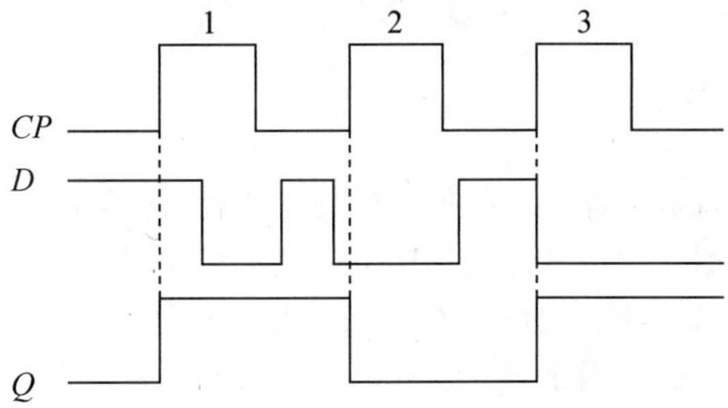

图 6.11　维持堵塞 D 触发器的波形图

6.4 寄　存　器

寄存器是暂时存放二进制数码的逻辑部件。它通常由触发器和门电路组成，前者用来存放数码，后者用来控制数码的接收与发送。一个触发器可以存放一位二进制代码，N 个触发器可以存放 N 位二进制代码，因此 N 个触发器就组成 N 位寄存器。寄存器分为数码寄存器和移位寄存器。

6.4.1 数码寄存器

数码寄存器是用于存放二进制代码的电路。根据需要可以将存放的代码随时取出参加运算或进行处理。如图 6.12 所示的是由四个 D 触发器组成的四位数码寄存器，F_0～F_3 为 4 个 D 触发器，D_0～D_3 为 4 个数据输入端，Q_0～Q_3 为原码输出端，$\overline{Q}_0 \sim \overline{Q}_3$ 为反码输出端，CP 为脉冲输入控制端，$\overline{R}_D$ 为各触发器的清零端，低电平有效。

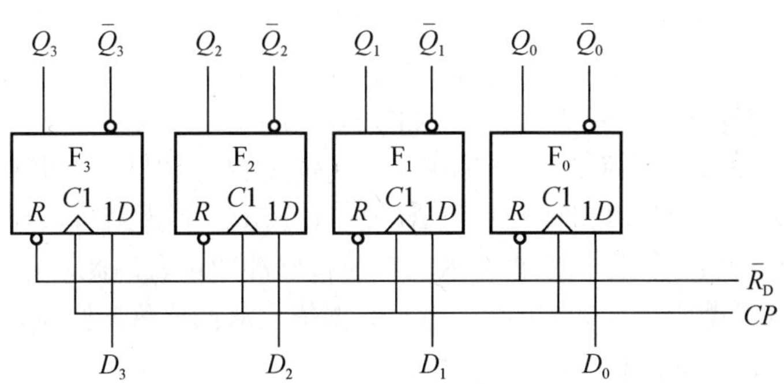

图 6.12　四位数码寄存器

数码寄存器的工作原理如下。

(1) 异步清零，无论触发器处于何种状态，只要 $\overline{R}_D = 0$，则各触发器的输出 $Q_3 \sim Q_0$ 均为 0。这一过程，称为异步清零，主要用来清除寄存器的原有数码。平时不需要异步清零时，应使$\overline{R}_D=1$。

(2) 并行输入/输出，当$\overline{R}_D=1$时，且有CP上升沿到来时，输入端$D_3\sim D_0$的数据送入$F_3\sim F_0$，寄存器的输出端$Q_3=D_3$，$Q_2=D_2$，$Q_1=D_1$，$Q_0=D_0$。

3．保持，当$\overline{R}_D=1$且$CP=0$时，寄存器保持原状态不变。

6.4.2 移位寄存器

移位寄存器除了具有数据存储功能外，还具有使数码移位的功能。所谓移位功能，就是寄存器中所存储的数据在移位脉冲的作用下依次左移或右移。因此移位存储器不但可用于存储数据，还可用于数据的串行-并行转换、数据的运算及处理等。例如，在单片机中，将多位数据左移一位就相当于乘二运算；在有些数字装置中，要将并行传送的数据转换为串行传送，或者将串行传送的数据转换为并行传送，都需要应用移位寄存器转换。

根据数据在寄存器中移动情况的不同，可把移位寄存器划分为单向移位(左移、右移)寄存器和双向移位寄存器。下面以图6.13所示的单向(左移)移位寄存器为例说明。

如图6.13所示是用D触发器组成的单向(左移)移位寄存器。其中每个触发器的输出端Q依次接到高一位触发器的D端，只有第一个触发器F_0的D端接收数据，所有复位端R并联在一起作为清零端$\overline{R}_D$，时钟脉冲端并联在一起作为脉冲输入端CP，所以它是一个同步时序电路。

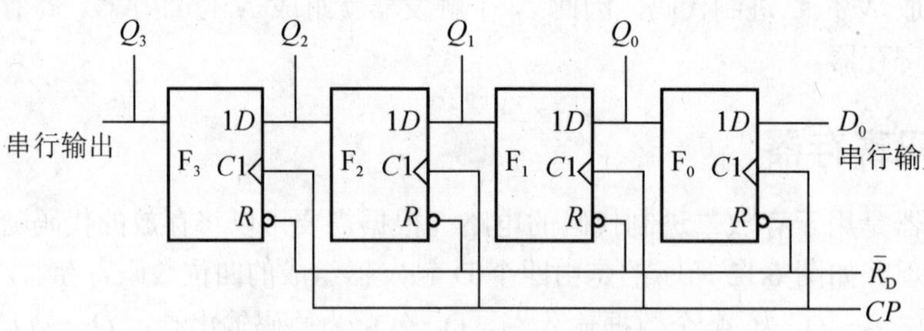

图6.13 单向(左移)移位寄存器

每当移位脉冲上升沿到来时，输入数据便依次移入F_0中，同时每个触发器的状态也依次移给高一位触发器，这种输入方式称为串行输入。假设输入的数码为1011，那么在移位脉冲CP的作用，寄存器中数码的移动情况如表6.6所示。可以看到，当经过4个脉冲作用后，1011四位数码恰好全部被移入寄存器中，即$Q_3Q_2Q_1Q_0=1011$。这时可以从4个触发器的Q端同时输出数据1011，这种输出方式称为并行输出。若需要将寄存器的数据从Q_3端依次输出，称为串行输出，则需要再输入几个移位脉冲即可。因此，该电路可实现串入-并出转换，还可实现数据的串入-串出。由于数据依次从低位移向高位，即实现从左向右移动，所以又称为左移寄存器。

上述为左移寄存器，若将各触发器连接顺序调换，让左边触发器的输出作为数据输入，可构成右移寄存器；若在单向移位寄存器的基础上增加控制门，则可构成既能左移又能右移的双向移位寄存器。

表 6.6 D 触发器真值表

CP	Q_3	Q_2	Q_1	Q_0	输入数据 D_0
初始	0	0	0	0	1
1	0	0	0	1	0
2	0	0	1	0	1
3	1	1	0	1	1
4	1	0	1	1	
并行输出	1	0	0	1	

6.5 计 数 器

计数器是数字电路中使用最多的时序电路。计数器不仅能用于时钟脉冲的计数，还可用于分频、定时、数字运算和自动控制等。

计数器的种类繁多，从不同的角度出发，有不同的分类方法。按计数器中各触发器是否同时翻转可分为同步计数器和异步计数器；按计数器的功能，即数字变化规律来分，可分为加法计数器、减法计数器和可逆计数器；按计数器中数的进制来分，可分为二进制计数器、二-十进制计数器和其他进位计数器。本节以结构简单的二进制计数器为例说明计数器的基本工作原理。

6.5.1 异步二进制加法计数器

二进制只有 0 和 1 两个数码，二进制加法就是“逢二进一”，即 $0+1=1$，$1+1=10$，也就是当 1 再加 1 时，本位为 0，向高位进 1。由于双稳态触发器有 0 和 1 两个状态，所以一个触发器可以表示一位二进制数。如果要表示 n 位二进制数，就要用 n 个双稳态触发器。

综上所述，可以列出四位二进制计数器的计数状态表如表 6.7 所示。

由表 6.7 可以看出二进制加法计数器的特点是：每一个计数脉冲到来时，最低位触发器翻转一次，而高位触发器是在相邻低位触发器从 1 变为 0 进位时翻转。因此，可以用 4 个 JK 触发器组成四位二进制加法计数器，如图 6.14 所示。图中触发器 J、K 端都悬空，相当于 1，所以均处于计数状态。最低位触发器的 C 端作为计数脉冲的输入端，其他各触发器的 C 端与相邻的低位触发器的 Q 端相连接，使低位触发器的进位脉冲从 Q 端输出送到相邻的高位触发器的 C 端，这符合主从型触发器在正脉冲后沿触发的特点。这样，最低位触发器每来一个计数脉冲就翻转一次，而高位触发器只有当相邻的低位触发器从 1 变为 0 向其输出进位脉冲时才翻转。这种连接方式恰好符合二进制加法计数器的特点，因此该电路是一个二进制加法计数器。

表 6.7　四位二进制计数器状态表

读数脉冲	Q_3	Q_2	Q_1	Q_0	等效十进制数
0	0	0	0	0	0
1	0	0	0	1	1
2	0	0	1	0	2
3	0	0	1	1	3
4	0	1	0	0	4
5	0	1	0	1	5
6	0	1	1	0	6
7	0	1	1	1	7
8	1	0	0	0	8
9	1	0	0	1	9
10	1	0	1	0	10
11	1	0	1	1	11
12	1	1	0	0	12
13	1	1	0	1	13
14	1	1	1	0	14
15	1	1	1	1	15
16	0	0	0	0	0

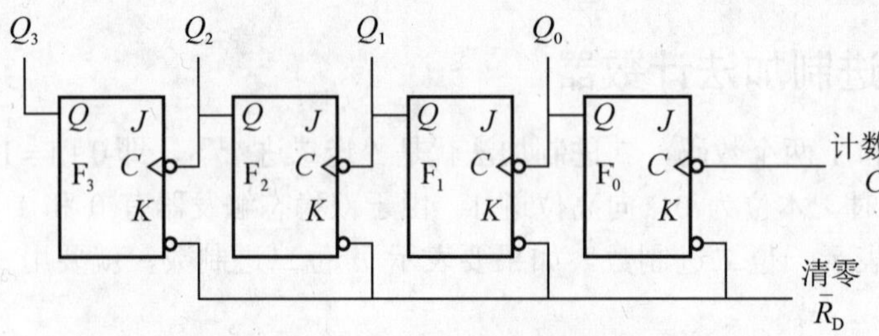

图 6.14　四位异步二进制加法计数器

工作时，先将各触发器清零，使计数器变为 0000 状态。第一个计数脉冲到来时，触发器 F_0 翻转为 1，其余各触发器不变，计数器变为 0001 状态。第二个计数脉冲到来时，触发器 F_0 由 1 翻转为 0，并向 F_1 发送一个负跳变的进位脉冲，使 F_1 翻转为 1，F_2 和 F_3 不变，计数器状态为 0010。以此类推，计数器状态变化的规律与表 6.7 所示相同。计数器的工作波形如图 6.15 所示。由波形图不难看出，每个触发器输出脉冲的频率是它的第一位触发器输出脉冲的 1/2，称为二分频、四分频、八分频和十六分频。所以这种计数器也可作为分频器使用。

由于这个计数器的计数脉冲不是同时加到各触发器的 *C* 端，因而各触发器的状态变化时刻不一致，与计数脉冲不同步，所以称为异步二进制加法计数器。

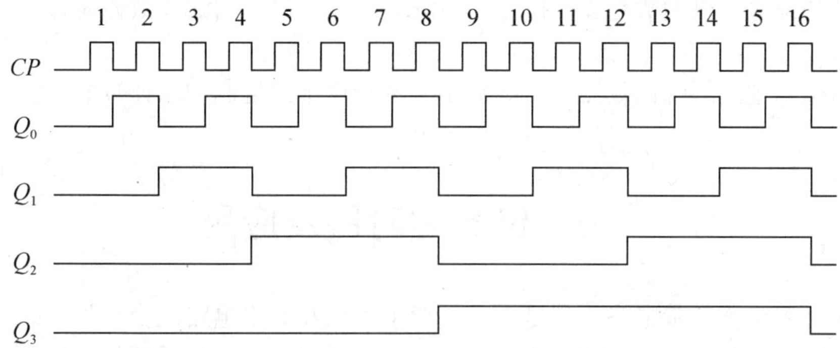

图 6.15　二进制加法计数器工作波形图

6.5.2　同步二进制加法计数器

由于异步计数器的进位信号是逐级传送的，因而计数速度受到限制，工作频率不能太高。为了提高计数器的计数速度或工作频率，可将计数脉冲同时加到计数器中各触发器的 C 端，使各触发器的状态变换与计数脉冲同步。这种计数器称为同步计数器。

如图 6.16 所示为 4 个主从型 JK 触发器组成的同步二进制计数器，根据表 6.6 所示的二进制加法计数器的状态表，可以得出各位触发器的 J、K 端逻辑关系如下。

(1)　最低位触发器 F_0：$J_0 = K_0 = 1$，每来一个计数脉冲就翻转一次。

(2)　第二位触发器 F_1：$J_1 = K_1 = Q_0$，在 $Q_0 = 1$ 时再来一个计数脉冲才翻转。

(3)　第三位触发器 F_2：$J_2 = K_2 = Q_1Q_0$，在 $Q_1 = Q_0 = 1$ 时再来一个计数脉冲才翻转。

(4)　第四位触发器 F_3：$J_3 = K_3 = Q_2Q_1Q_0$，只有在 $Q_2 = Q_1 = Q_0 = 1$ 时再来一个计数脉冲才翻转。

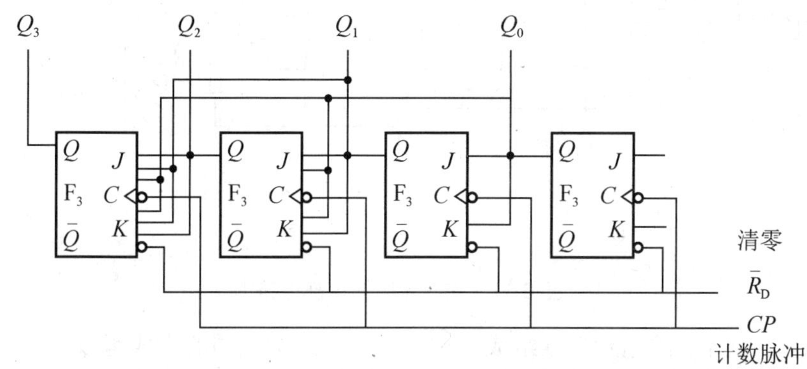

图 6.16　四位同步二进制加法计数器

清零后连续输入计数脉冲，其计数器中各触发器的状态变换以及工作波形与异步二进制加法计数器完全一致。由于计数脉冲同时加到各触发器的 C 端，因此应该翻转的触发器与计数脉冲同步翻转，则同步计数器的计数速度较异步计数器为快。

在上述的四位二进制加法计数器中，当输入第 16 个计数脉冲时，计数器返回到初始状态“0000”，如果还有第五位触发器的话，这时应是“10000”，即十进制数 16。但现在只有四位触发器，这个数就记录不下来，这称为计数器的溢出。因此，四位二进制加法计数器能计的最大十进制数是 $2^4-1=15$ 。那么 n 位二进制加法计数器能计的最大十进制数是 2^n-1 。

一个四位二进制加法计数器，实际也是一个一位十六进制加法计数器，因为它是“逢十六进一”。

*6.6 555 定时器及应用

555 定时器又称时基电路，它是一种将模拟电路和数字电路混合在一起的中规模集成电路，结构简单，使用灵活方便，应用广泛。555 定时器通常只需要再外接少量元件，就可以构成多谐振荡器、单稳态触发器和施密特触发器等，因而广泛应用于定时、检测、控制、报警、家用电器及电子玩具等方面。

6.6.1 555 定时器的结构和工作原理

555 定时器内部逻辑电路如图 6.17 所示，一般由分压器、比较器、触发器和开关及输出 4 部分组成。

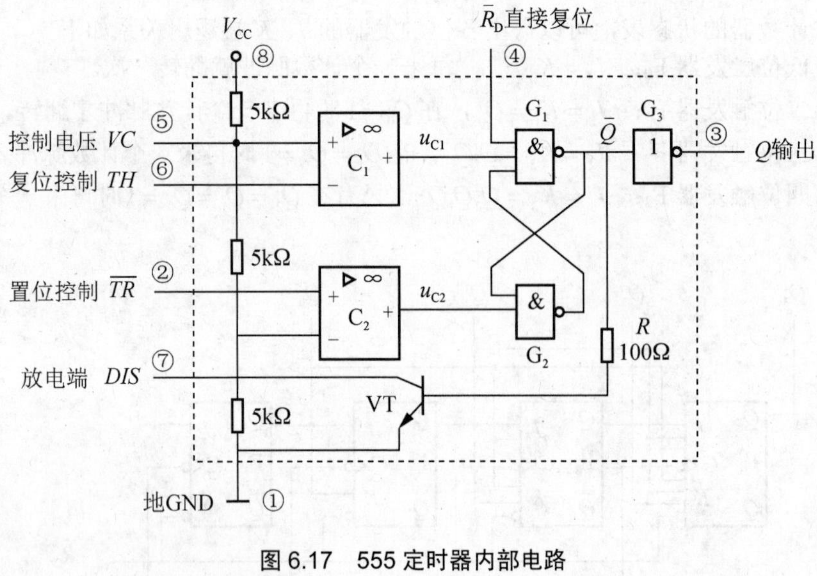

图 6.17 555 定时器内部电路

电路内由三个等值的电阻串联组成分压器；两个结构相同的集成运放 C_1、C_2 构成比较器；G_1、G_2 与非门组成基本 RS 触发器，经反相器 G_3 输出为 Q；由一个晶体三极管构成放电开关，其基极受基本 RS 触发器输出端 $\overline{Q}$ 控制。当 $\overline{Q}=1$ 时，三极管导通，放电端 *DIS* 通过导通的三极管为外电路提供放电通路；当 $\overline{Q}=0$ 时，三极管截止，放电通路被截断。

555 定时器电路中的三个 5kΩ电阻构成分压器，当控制电压输入端 *VC* 悬空时，比较器 C_1 的同相输入端的参考电压为 $u_{1+}=\frac{2}{3}V_{CC}$ ，比较器 C_2 的反相输入端的参考电压为 $u_{2-}=\frac{1}{3}V_{CC}$ 。当将输入电压分别加到复位控制端和置位控制端时，它们将 u_{1+}、u_{2-}进行比较以决定电压比较器的输出，从而确定 RS 触发器及放电管的工作状态。表 6.8 所示是 555 定时器的功能表。

表 6.8 555 定时器功能表

输 入					比较器输出		输 出	
直接复位 $\overline{R}_D$	复位控制 TH		置位控制 $\overline{TR}$		u_{C1}	u_{C2}	Q	VT 状态
0	×		×		×	×	0	导通
1	$>\frac{2}{3}V_{CC}$	1	$>\frac{1}{3}V_{CC}$	1	0	1	0	导通
1	$<\frac{2}{3}V_{CC}$	0	$<\frac{1}{3}V_{CC}$	0	1	0	1	截止
1	$<\frac{2}{3}V_{CC}$	0	$>\frac{1}{3}V_{CC}$	1	1	1	不变	不变

由表 6.8 所示 555 定时器功能表可有如下结论。

(1) 直接复位功能：由表 6.8 第一行可得，在 $\overline{R}_D$ 端加低电平复位信号，定时器复位，$Q=0$，$\overline{Q}=1$，放电管饱和导通。当直接复位端不用，定时器正常工作时，应使 $\overline{R}_D=1$。

(2) 复位功能：即表中第二行操作，直接复位端 $\overline{R}_D=1$，复位控制端 $TH>\frac{2}{3}V_{CC}$，置位控制端 $\overline{TR}>\frac{1}{3}V_{CC}$，分析比较器的状态可得，$u_{C1}=0$，$u_{C2}=1$，RS 触发器为 0 态，定时器复位，$Q=0$，$\overline{Q}=1$，放电管 VT 饱和导通。

(3) 置位功能：即表中第三行操作，复位控制端 $TH<\frac{2}{3}V_{CC}$，置位控制端 $\overline{TR}<\frac{1}{3}V_{CC}$，分析比较器的状态可得，$u_{C1}=1$，$u_{C2}=0$，RS 触发器为 1 态，定时器置位，$Q=1$，$\overline{Q}=0$，放电管 VT 截止。

(4) 维持功能：即表中第四行操作，复位控制端 $TH<\frac{2}{3}V_{CC}$，置位控制端 $\overline{TR}>\frac{1}{3}V_{CC}$，分析比较器的状态可得，$u_{C1}=1$，$u_{C2}=1$，RS 触发器状态不变，定时器的状态保持原状态。

如果 VC 端外加控制电压 u_{IC}，则两个电压比较器的参考电压将变为 $u_{1+}=u_{IC}$，$u_{2-}=\frac{1}{2}u_{IC}$。

6.6.2 555 定时器的应用举例

555 定时器的应用非常广泛，主要有三种基本电路形式：施密特触发器、单稳态触发器和多谐振荡器。

1. 施密特触发器

施密特触发器是一种脉冲信号变换电路，用于实现整形和鉴波。它的重要特点是可以将符合特定条件的输入信号变为对应的矩形波，这个特定条件是：输入信号的最大幅度 U_{max} 要大于施密特触发器中 555 定时器的参考电压 $u_{1+}=\frac{2}{3}V_{CC}$ 或 $u_{1+}=u_{IC}$。

将 555 定时器的 TH 端和 $\overline{TR}$ 端连接起来作为信号 u_i 的输入端，便构成了施密特触发器如图 6.18 所示。施密特触发器的输入/输出波形如图 6.19 所示。

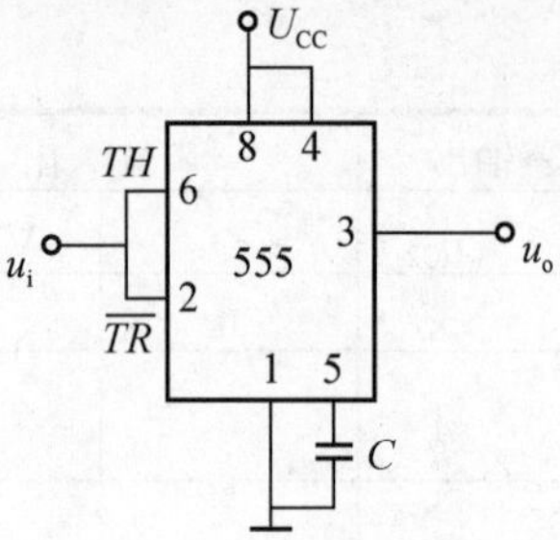

图 6.18 施密特触发器

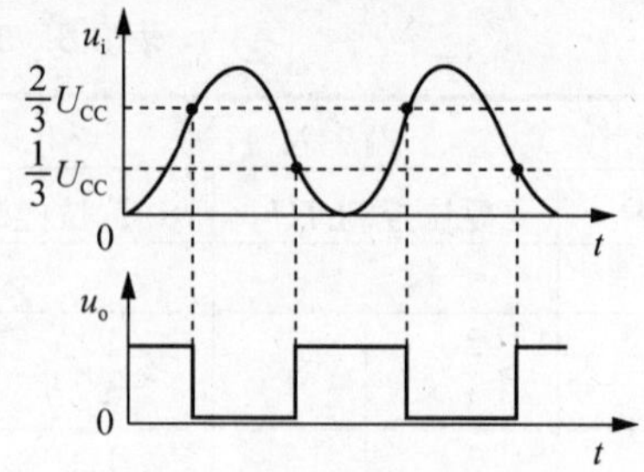

图 6.19 施密特触发器输入/输出波形图

(1) 当 $u_i = 0$ 时，由于比较器 C_1 输出为 1，C_2 输出为 0，基本 RS 触发器置 1，即 $Q = 1$，$\overline{Q} = 0$，$u_o = 1$，u_i 升高时，在未达到 $2/3U_{CC}$ 以前，$u_o = 1$ 的状态不变。

(2) 当 u_i 升高到 $2/3U_{CC}$ 时，比较器 C_1 输出跳变为 0，C_2 输出为 1，基本 RS 触发器置 0，即 $Q = 0$，$\overline{Q} = 1$，$u_o = 0$。以后 u_i 继续上升到最大值，然后再降低，但未降低到 $1/3U_{CC}$ 以前，$u_o = 0$ 的状态保持不变。

(3) 当 u_i 下降到 $1/3U_{CC}$ 时，比较器 C_1 输出为 1，C_2 跳变为 0，基本 RS 触发器置 1，即跳变到 $Q = 1$，$\overline{Q} = 0$，u_o 也随之跳变为 $u_o = 1$。此后，u_i 继续下降到 0，但 $u_o = 1$ 的状态不变。

2．单稳态触发器

用 555 定时器组成的单稳态触发器电路如图 6.20 所示。R 和 C 为外接定时元件，复位控制端和放电端相连并连接定时元件，置位控制端作为触发输入端，同样，控制电压端可外接 0.01μF 电容。

静态时，触发输入 u_i 高电平，U_{CC} 通过 R 对 C 充电，u_C 上升。当 u_C 上升到 $\frac{2}{3}U_{CC}$ 时，复位控制端 $TH > \frac{2}{3}U_{CC}$，而 u_i 高电平使置位控制端 $\overline{TR} > \frac{1}{3}U_{CC}$，定时器复位，$Q = 0$，$\overline{Q} = 1$，放电管饱和导通，$C$ 经 VT 放电，u_C 迅速下降。由于 u_i 高电平使 $\overline{TR} > \frac{1}{3}U_{CC}$，所以即使 $u_C \leqslant \frac{2}{3}U_{CC}$，定时器也仍保持复位，$Q = 0$，$\overline{Q} = 1$，放电管始终饱和导通，$C$ 可以将电放完，$u_C \approx 0$，电路处于稳态。

当触发输入 u_i 低电平，使置位控制端 $\overline{TR} < \frac{1}{3}U_{CC}$，而此时 $u_C \approx 0$ 又使复位控制端 $TH < \frac{2}{3}U_{CC}$，则定时器置位，$Q = 1$，$\overline{Q} = 0$，放电管截止，电路进入暂稳态。之后，U_{CC} 通过 R 对 C 充电，u_C 上升。当 $u_C \geqslant \frac{2}{3}U_{CC}$ 时，复位控制端 $TH > \frac{2}{3}U_{CC}$，而此时 u_i 已完成触发回到高电平，使置位控制端 $\overline{TR} > \frac{1}{3}U_{CC}$，定时器又复位，$Q = 0$，$\overline{Q} = 1$，放电管又导

通，C 经 VT 再放电，电路恢复结束，电路回到稳态。电路工作波形如图 6.21 所示。

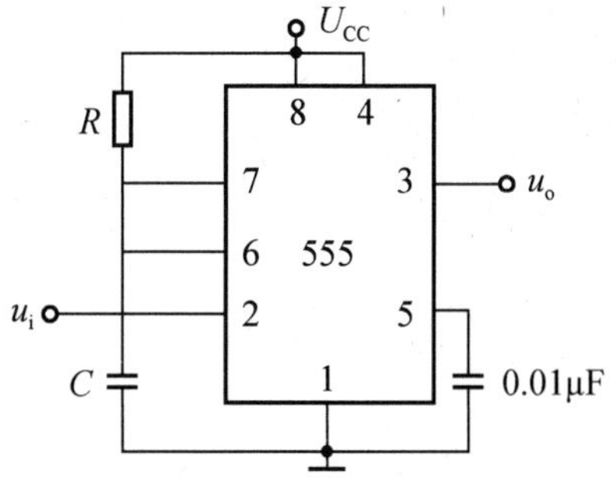

图 6.20　单稳态触发器

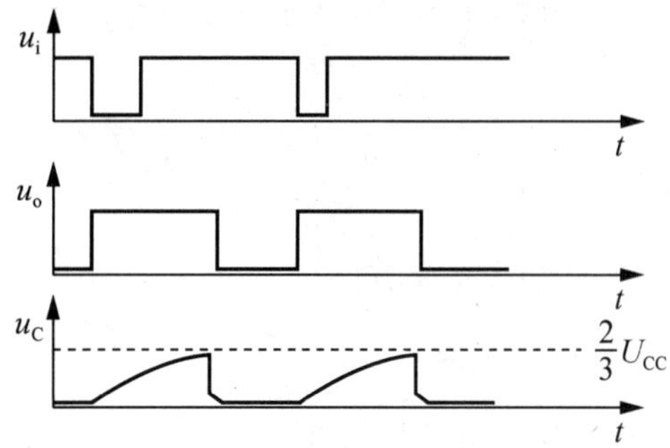

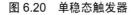

图 6.21　单稳态触发器输入/输出波形图

此单稳态电路的暂稳态时间约为 $t_W \approx 1.1RC$。此电路要求输入触发脉冲宽度要小于 t_W，并且必须等电路恢复后方可再次触发。

3．多谐振荡器

用 555 定时器组成的多谐振荡器电路如图 6.22 所示。R_1、R_2 和 C 外接定时元件，复位控制端与置位控制端相连并接到定时电容上，R_1 和 R_2 的接点与放电端相连，控制电压端不用，通常外接 0.01μF 电容。

接通电源后，U_{CC} 通过电阻 R_1、R_2 对 C 充电，u_C 上升。开始 $u_C < \frac{1}{3}U_{CC}$，即复位控制端 $TH < \frac{2}{3}U_{CC}$，置位控制端 $\overline{TR} < \frac{1}{3}U_{CC}$，定时器置位，$Q=1$，$\overline{Q}=0$，放电管截止。

随后，u_C 越充越高，当 $u_C \geqslant \frac{2}{3}U_{CC}$ 时，复位控制端 $TH > \frac{2}{3}U_{CC}$，置位控制端 $\overline{TR} > \frac{1}{3}U_{CC}$，定时器复位，$Q=0$，$\overline{Q}=1$，放电管饱和导通，$C$ 通过 R_2 经 VT 放电，u_C 下降。

当 $u_C \leqslant \frac{1}{3}U_{CC}$ 时，又回到复位控制端 $TH < \frac{2}{3}U_{CC}$，置位控制端 $\overline{TR} < \frac{1}{3}U_{CC}$，定时器又置位，$Q=1$，$\overline{Q}=0$，放电管截止。$C$ 停止放电而重新充电。如此反复，形成振荡波形如图 6.23 所示。

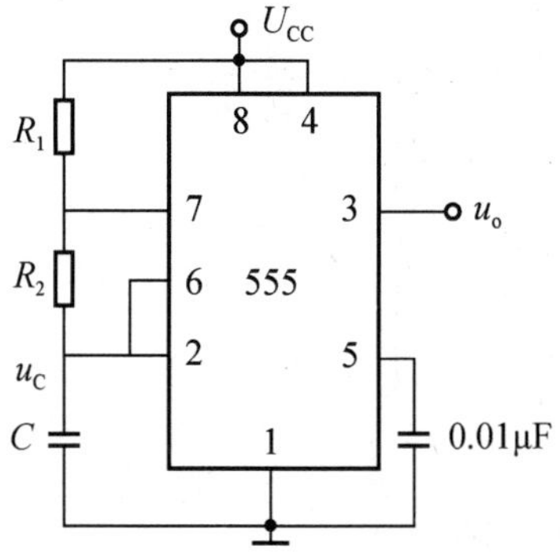

图 6.22　多谐振荡器

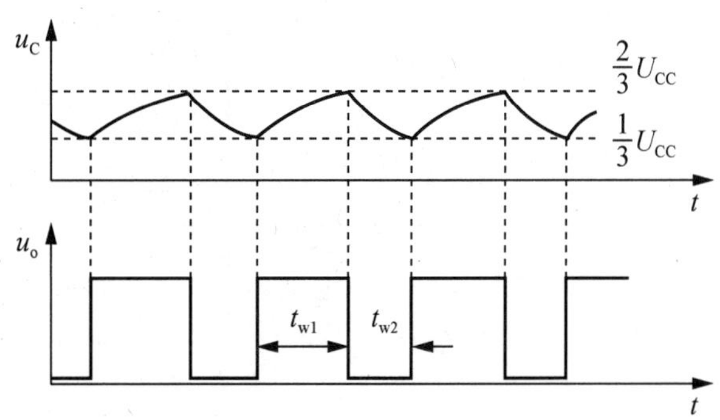

图 6.23　多谐振荡器波形图

图中 t_{W1} 是充电时间，t_{W2} 是放电时间，分别为 $t_{W1}=0.7(R_1+R_2)C$，$t_{W2}=0.7R_2C$。则多谐振荡器的振荡周期为 $T=t_{W1}+t_{W2}=0.7(R_1+2R_2)C$。

6.7 工作实训营

6.7.1 训练实例

1. 训练内容

计数器的设计与仿真。

2. 训练目的

(1) 了解计数器的逻辑功能。
(2) 掌握中规模计数器 74LS160 的管脚功能。

3. 实训过程

1) 实训准备

微型计算机系统及 EWB 电子工作平台仿真软件。

2) 实训内容与步骤

图 6.24 所示为 74160 十进制计数器仿真电路图。

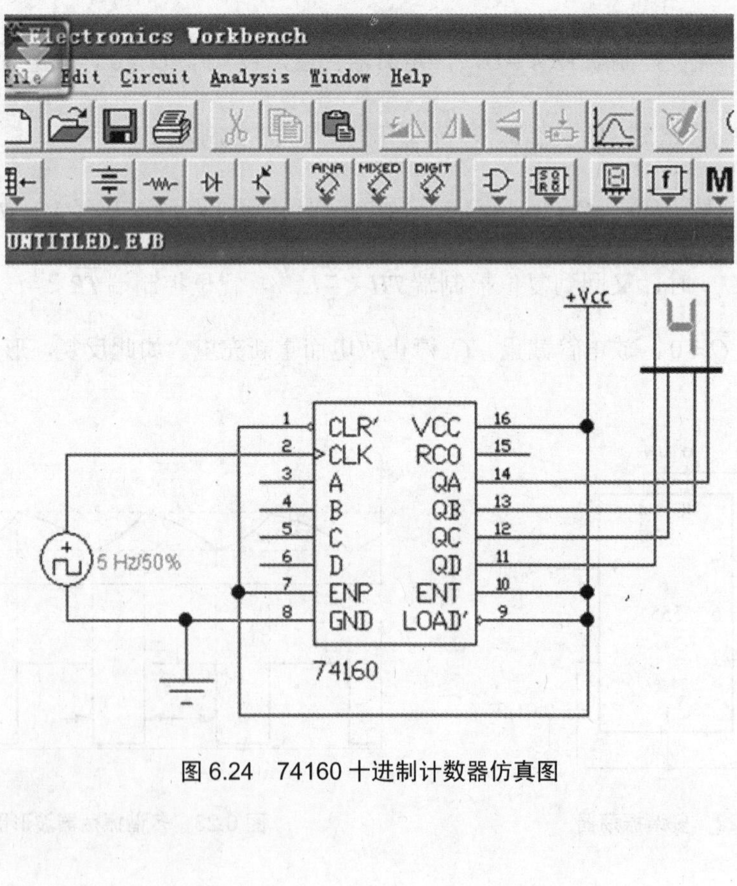

图 6.24 74160 十进制计数器仿真图

6.7.2　工作实践常见问题解析

【问题】在进行数字系统的设计或实验时，如果怀疑所选用的数字集成电路器件不能正常工作时，应先对其进行逻辑功能检测，以避免因器件功能不正常而增加调试的困难。检测器件功能的常用方法有哪些？

【答】常用的方法有：①仪器检测法，即用数字集成电路测试仪进行检测。②功能检查法，用实验电路进行逻辑功能测试，如怀疑两输入与非门不正常，可以在芯片加工作电源后，令两个输入端接电平开关，输出接指示灯，拨动电平开关，观察指示灯的状态，看输入与输出是否符合与非关系，从而判断该门是否正常。③替代法，用被测器件替代正常工作的数字电路中的相同器件。

6.8　习　　题

1. 触发器是数字电路中具有____________的基本单元电路，可用于存储二进制数据、记忆信息等。从结构上看，触发器由___________电路组成，有一个或者几个输入端，有两个__________输出端。

2. 寄存器是暂时存放二进制数码的逻辑部件，通常由__________和_________组成，前者用来存放数码，后者用来控制数码的接收与发送。一个触发器可以存放一位二进制代码，N 个触发器可以存放________二进制代码。

3. 二进制加法计数器的特点是：每一个计数脉冲到来时，__________触发器翻转一次，而高位触发器是在_________触发器从 1 变为 0 进位时翻转。

4. 基本 RS 触发器由两个与非门构成，当输入端 $\overline{S}_D$、$\overline{R}_D$ 波形如图 6.25 所示时，试画出输出端 Q、$\overline{Q}$ 的波形。

5. 可控 RS 触发器的输入波形及时钟脉冲波形如图 6.26 所示，试画出输出端 Q、$\overline{Q}$ 的波形。

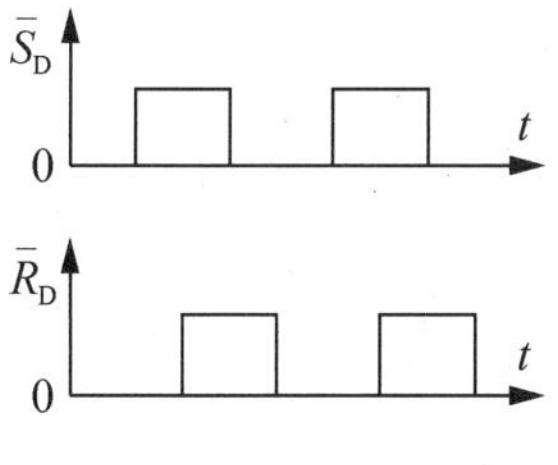

图 6.25　题 4 波形图

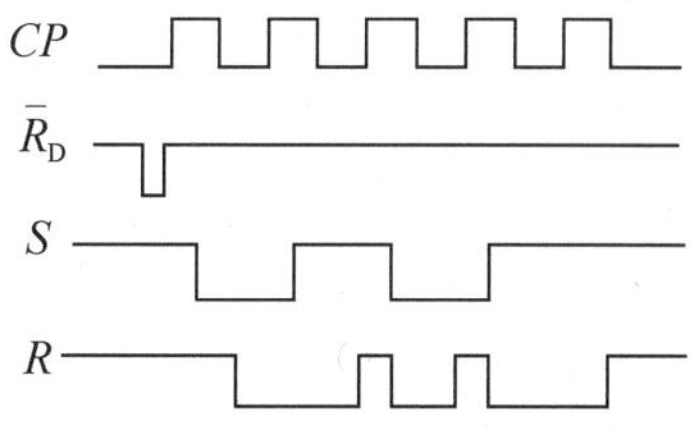

图 6.26　题 5 波形图

6. 设主从型 JK 触发器的初始状态为 0，当 J、K 端和 CP 端的输入信号波形如图 6.27 所示时，试画出 Q 端的输出波形。

7. 设维持堵塞 D 触发器的初始状态为 0，D 端和 CP 输入端信号波形如图 6.28 所示，试画出 Q 端的输出波形。

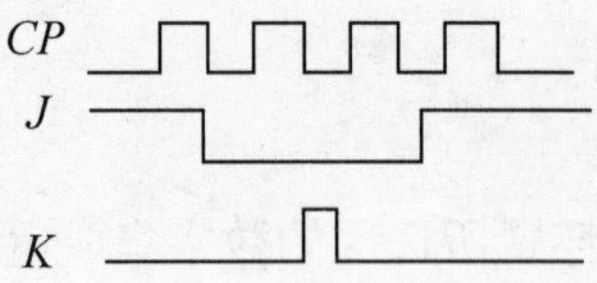

图 6.27 题 6 波形图

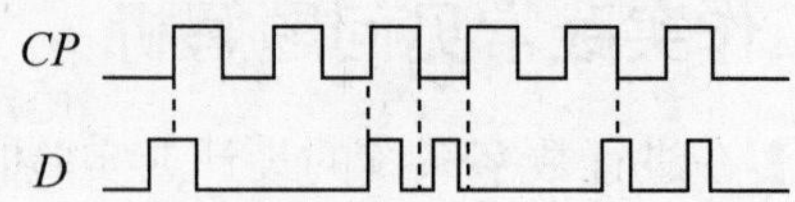

图 6.28 题 7 波形图

8. 如图 6.29 所示逻辑电路，有 J 和 K 两个输入端，分析其逻辑功能，并说明它是何种触发器。

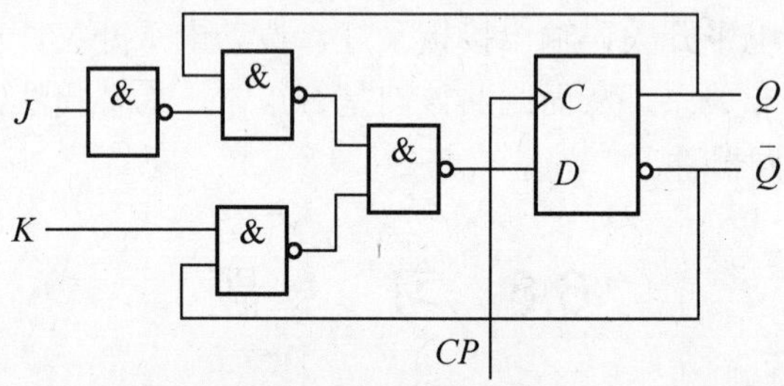

图 6.29 题 8 逻辑电路图

9. 试用 4 个 D 触发器组成一个四位右移移位寄存器。设原存数码为“1101”，待输入数“1001”，试列出移位寄存器的状态变化表。

10. 对于如图 6.16 所示的四位同步二进制加法计数器，若设原状态为“1101”，再输入 5 个计数脉冲，试写出计数器的状态变化表。

*第 7 章　D/A 和 A/D 转换器

【教学目标】

- 理解 D/A 转换器和 A/D 转换器的基本工作原理。
- 掌握 A/D 转换器的主要类型及其特点。
- 掌握 D/A 转换器和 A/D 转换器的主要参数。
- 了解 D/A 转换器和 A/D 转换器的使用方法。

【工程应用导航】

本章主要介绍 D/A 转换器和 A/D 转换器。首先介绍 D/A 转换器和 A/D 转换器的工作原理；然后介绍 D/A 转换器和 A/D 转换器的主要参数、典型电路及其使用方法。

在电子技术中，数字量和模拟量的互相转换很重要。例如用计算机控制生产过程时，必须先把模拟信号转换成相应的数字信号，方能送入计算机进行处理。再如在数字仪表中，要先把被测模拟量转换成数字量，才能实现模拟量的数字显示。

【引导问题】

(1) 你了解 D/A 转换器和 A/D 转换器吗？
(2) 你知道 D/A 转换器和 A/D 转换器的工作原理吗？
(3) D/A 转换器和 A/D 转换器的主要参数有哪些？
(4) 你知道 D/A 转换器和 A/D 转换器的使用方法吗？

7.1　D/A 转换器

从数字信号到模拟信号的转换称为数模转换(简称 D/A 转换)，能够实现 D/A 转换的电路称为 D/A 转换器(简称 DAC)。

7.1.1　D/A 转换器的基本原理及分类

D/A 转换器的作用是把数字量转换成模拟量。数字量是用代码按数位组合起来表示的，对于有权码，每位代码都有一定的权。为了将数字量转换成模拟量，必须将每位的代码按其权的大小转换成相应的模拟量，然后将这些模拟量相加，即可得到与数字量成正比的总模拟量，从而实现了数字-模拟转换。这就是构成 D/A 转换器的基本思路。用公式表示为

$$u_o = K \cdot D \tag{7-1}$$

式中，u_o 为输出电压；D 为数字量；K 为比例系数。其中，$D = d_{n-1} \cdot 2^{n-1} + d_{n-2} \cdot 2^{n-2} + d_{n-3} \cdot 2^{n-3} + \cdots + d_1 \cdot 2^1 + d_0 \cdot 2^0$。

目前常见的D/A转换器有权电阻网络D/A转换器、倒置T形电阻网络D/A转换器、T形电阻网络D/A转换器、权电流型D/A转换器、权电容网络D/A转换器等几种类型。其中倒置T形电阻网络D/A转换器结构简单、转换速度较高，下面简单介绍倒置T形电阻网络D/A转换器的基本原理。

如图7.1所示为4位倒置T形D/A转换器。电路用R和$2R$两种阻值的电阻连接成倒置T形结构，因而称为倒置T形电阻网络，它由模拟开关S_0～S_3、倒置T形电阻网络、基准电压V_{REF}和运算放大器A组成。

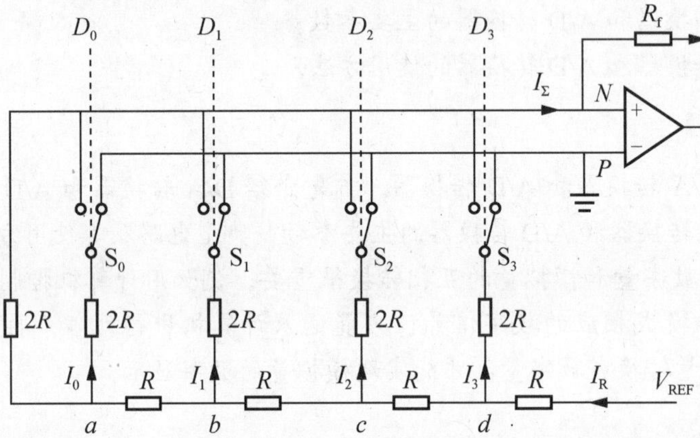

图7.1　4位倒置T形D/A转换器

电路中S_i由输入数码D_i控制，当D_i=1时，S_i接运放反相输入端(虚地)，I_i流入求和电路；当D_i=0时，S_i将电阻$2R$接地。无论模拟开关S_i处于何种位置，与S_i相连的$2R$电阻均等效接“地”(地或虚地)。这样流经$2R$电阻的电流与开关位置无关，为确定值。分析R-$2R$电阻解码网络不难发现，从每个接点向左看的二端网络等效电阻均为R，流入每个$2R$电阻的电流从高位到低位按2的整倍数递减。设由基准电压源提供的总电流为I_R($I_R=V_{REF}/R$)，则流入各开关支路的电流分别为

$$I_3 = I_R/2$$
$$I_2 = I_R/4$$
$$I_1 = I_R/8$$
$$I_0 = I_R/16$$

流入运算放大器反相输入端的电流为

$$\begin{aligned}I_\Sigma &= D_0 \cdot I_0 + D_1 \cdot I_1 + D_2 \cdot I_2 + D_3 \cdot I_3 \\ &= (D_0 \cdot 2^0 + D_1 \cdot 2^1 + D_2 \cdot 2^2 + D_3 \cdot 2^3) \cdot I_R/16\end{aligned}$$

输出电压为

$$\begin{aligned}u_o &= -I_\Sigma \cdot R_f \\ &= -(D_0 \cdot 2^0 + D_1 \cdot 2^1 + D_2 \cdot 2^2 + D_3 \cdot 2^3) \cdot I_R \cdot R_f/2^4 \\ &= -\frac{V_{REF} \cdot R_f}{2^4 \cdot R}(D_0 \cdot 2^0 + D_1 \cdot 2^1 + D_2 \cdot 2^2 + D_3 \cdot 2^3)\end{aligned}$$

可见，输出的模拟电压正比于输入的数字信号。对于n位倒置T形电阻网络DAC，其输出的模拟电压为

$$u_o = -\frac{V_{REF} \cdot R_f}{2^n \cdot R}(D_0 \cdot 2^0 + D_1 \cdot 2^1 + \cdots + D_{n-1} \cdot 2^{n-1}) \tag{7-2}$$

在倒置 T 形电阻网络 D/A 转换器中，各支路电流直接流入运算放大器的输入端，它们之间不存在传输上的时间差。电路的这一特点不仅提高了转换速度，而且也减少了动态过程中输出端可能出现的尖脉冲。它是目前广泛使用的 D/A 转换器中速度较快的一种。

7.1.2　D/A 转换器的主要指标

1．分辨率

分辨率是指 D/A 转换器的最小输出电压与最大输出电压之比。对 n 位 DAC，其分辨率为

$$分辨率=\frac{1}{2^n - 1} \tag{7-3}$$

分辨率表示了 D/A 转换器在理论上可以达到的精度。例如十位 DAC 的分辨率为 $1/(2^{10}-1)\approx 0.001$。DAC 的位数越多，分辨率越高，可达到的精度也越高。

2．转换精度

D/A 转换器的转换精度是指输出电压的实际值与理论值之间的偏离程度，通常用最大误差与满量程输出电压之比的百分数表示。转换精度一般是指最大的静态误差。它是各种误差综合效应产生的总误差，包括基准电压 V_{REF} 和运算放大器的漂移误差、比例系数误差以及非线性误差等，另外还与分辨率有关。因此，为了获得高精度的 DAC，单纯选用高分辨率的 DAC 器件是不够的，还必须采用高稳定性的 V_{REF} 和低漂移的运算放大器。

3．线性度

一般用非线性误差的大小表示数模转换器的线性度。产生非线性误差有两种原因：一是各位模拟开关的压降不一定相等；一是各电阻阻值的偏差不可能相等。反映 DAC 实际转换曲线相对于理想转换直线的最大偏差，通常以占满量程的百分数表示。

4．建立时间

建立时间是指从输入数字信号起，到输出电流或电压达到稳态值所需要的时间。它包含两部分，即距运算放大器最远的那一位输入信号的传输时间和运算放大器达到稳定状态所需的时间。建立时间一般为几纳秒到几微秒。

7.1.3　集成 D/A 转换器

集成 D/A 转换器有很多产品，现以 DAC0832 为例讨论集成 DAC 芯片电路结构及应用方面的问题。DAC0832 是采用 CMOS 工艺制成的单片电流输出型 8 位 D/A 转换器，它的输出必须接有实现从电流到电压的转换的运放电路，其引脚图如图 7.2 所示。

DAC0832 内部有三部分电路组成，如图 7.3 所示。DAC0832 中有两级锁存器，第一级即输入寄存器，第二级即 D/A 寄存器，可以工作在双缓冲方式下。

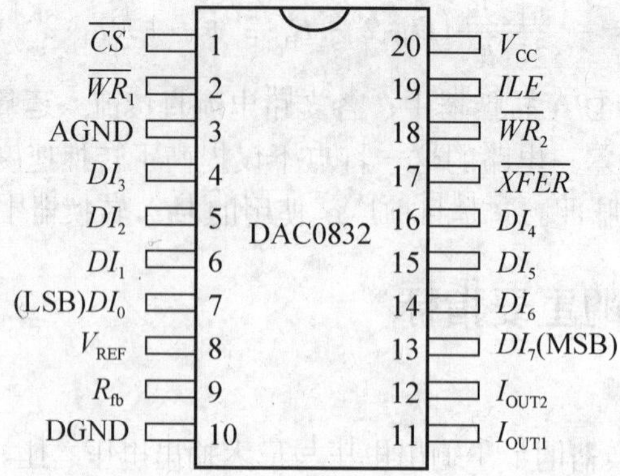

图 7.2　DAC0832 的引脚图

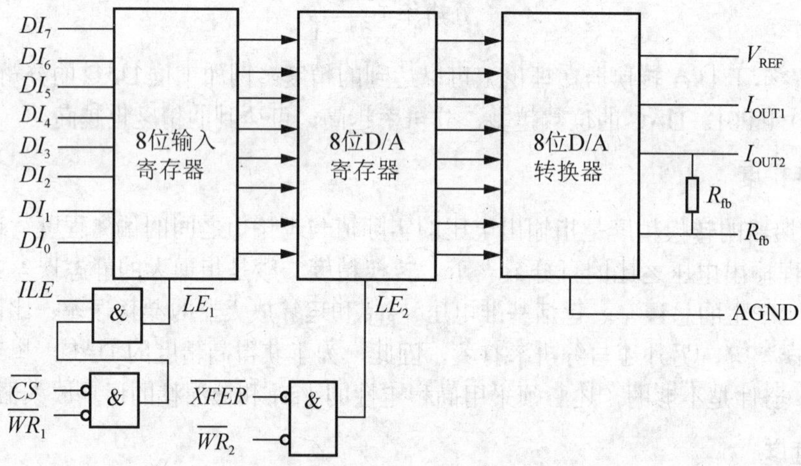

图 7.3　DAC0832 的结构框图

DAC0832 共有 20 条引脚，双列直插式封装。数字量输入线 DI_7～DI_0 共 8 条，用于输入待转换的数字量，DI_7 为最高位。$\overline{CS}$ 为片选线，当 $\overline{CS}$ 为低电平时，DAC0832 被选中工作；当 $\overline{CS}$ 为高电平时，未被选中工作。ILE 为允许数字量输入线。当 ILE 为高电平时，8 位输入寄存器允许数字量输入。$\overline{XEFR}$ 为数据传送控制输入线，低电平有效。$\overline{WR_1}$ 和 $\overline{WR_2}$ 为两条写命令输入线，$\overline{WR_1}$ 为输入寄存器写命令输入线，$\overline{WR_2}$ 为 D/A 寄存器写命令输入线，低电平有效。R_{fb} 为运算放大器反馈线，当需要输出电压时，R_{fb} 接到外接运算放大器的输出端，作为运放的反馈电阻，以保证输出电压在合适范围内。I_{OUT1} 和 I_{OUT2} 为两条模拟电流输出线，I_{OUT1} 和 I_{OUT2} 之和为常数，I_{OUT1} 随输入数字量线性变化。V_{CC} 为电源输入线，允许范围+5～+15V。V_{REF} 为基准电压，一般在-10～+10V 范围内。地线有两条，DGND 为数字地线，AGND 为模拟地线。

DAC0832 可与微处理器完全兼容，因此可利用微处理器实现对数模转换的控制；其内部无参考电压，须外接高精度的基准电源。DAC0832 是电流输出型数模转换器，要获得模拟电压输出时，还需外加一个由运放构成的电流-电压转换器。输出的电压信号有单极性和双极性两种。

7.2　A/D 转换器

A/D 转换器是将模拟信号转换成数字信号的电路，是 D/A 转换的逆过程。一般的 A/D 转换过程是通过取样、保持、量化和编码这四个步骤完成。A/D 转换器的类型也有多种，可以分为直接 A/D 转换器和间接 A/D 转换器两大类。各种类型的工作原理也不尽相同，本节将对其进行介绍。

7.2.1　并行比较型 A/D 转换器

三位并行比较型 A/D 转换器原理电路如图 7.4 所示，它由电压比较器、寄存器和代码转换器三部分组成。图中的 8 个电阻将参考电压 V_{REF} 分为 8 个部分，其中的 7 个部分分别作为 7 个电压比较器的参考电压，同时将输入的模拟电压同时加到每个比较器的另一个输入端上，与这 7 个参考电压进行比较。

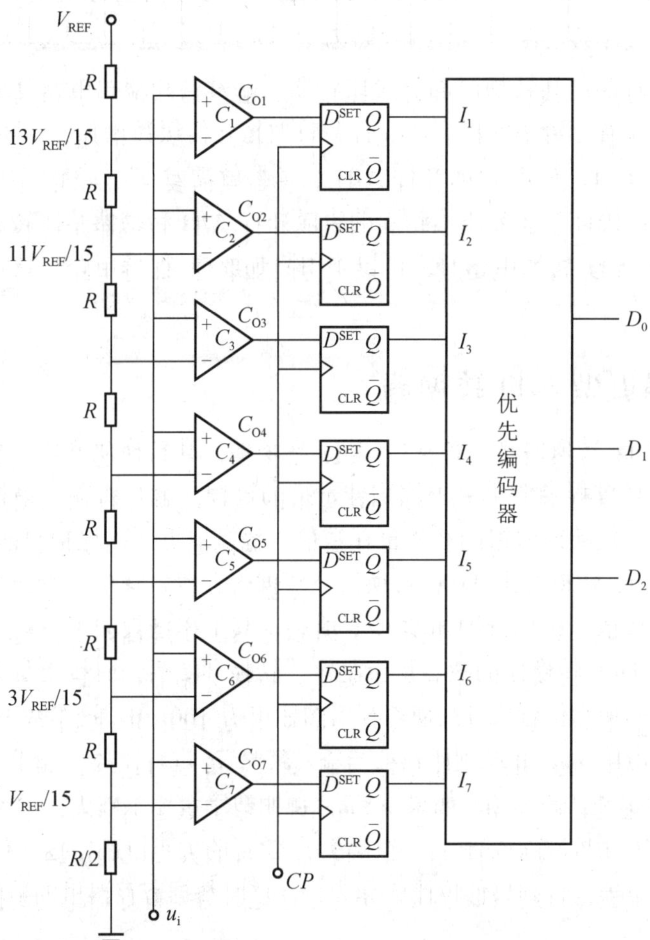

图 7.4　三位并行比较型 A/D 转换器

设 u_i 的变化范围为 $0\sim V_{REF}$，输出三位数字量为 $D_2D_1D_0$，则输入、输出关系如表 7.1 所示。

表 7.1　三位并行比较型 A/D 转换器的输入与输出关系

模拟量输入	比较器的输出状态							数字量输出		
	C_{O1}	C_{O2}	C_{O3}	C_{O4}	C_{O5}	C_{O6}	C_{O7}	D_2	D_1	D_0
$0\leqslant u_i<V_{REF}/15$	0	0	0	0	0	0	0	0	0	0
$V_{REF}/15\leqslant u_i<3V_{REF}/15$	0	0	0	0	0	0	1	0	0	1
$3V_{REF}/15\leqslant u_i<5V_{REF}/15$	0	0	0	0	0	1	1	0	1	0
$5V_{REF}/15\leqslant u_i<7V_{REF}/15$	0	0	0	0	1	1	1	0	1	1
$7V_{REF}/15\leqslant u_i<9V_{REF}/15$	0	0	0	1	1	1	1	1	0	0
$9V_{REF}/15\leqslant u_i<11V_{REF}/15$	0	0	1	1	1	1	1	1	0	1
$11V_{REF}/15\leqslant u_i<13V_{REF}/15$	0	1	1	1	1	1	1	1	1	0
$13V_{REF}/15\leqslant u_i<V_{REF}$	1	1	1	1	1	1	1	1	1	1

由于转换是并行的，其转换时间只受比较器、触发器和编码电路延迟时间的限制，因此转换速度最快。随着分辨率的提高，元件数目要按几何级数增加。一个 n 位转换器，所用的比较器个数为 2^n-1，如 8 位的并行 A/D 转换器就需要 $2^8-1=255$ 个比较器。由于位数愈多，电路愈复杂，因此制成分辨率较高的集成并行 A/D 转换器是比较困难的。使用这种含有寄存器的并行 A/D 转换电路时，可以不用附加取样-保持电路，这也是该电路的一个优点。

7.2.2　逐次逼近型 A/D 转换器

逐次逼近型 A/D 转换器是一种常用 A/D 转换器，其转换速度快，每秒钟可高达几十万次。逐次逼近转换过程类似于天平称物体重量的过程，就是将输入模拟信号与不同的参考电压做多次比较，使转换所得的数字量在数值上逐次逼近输入模拟量的对应值。

逐次逼近型 A/D 转换器由 D/A 转换器、数据寄存器、移位寄存器、电压比较器、控制逻辑电路及时钟构成，结构框图如图 7.5 所示。其工作过程如下：转换前先将数据寄存器清零，所以加给 D/A 转换器的数字量全是零。转换开始后，时钟信号首先通过控制逻辑电路将数据寄存器的最高位置成 1，使寄存器的输出为 100…0。这个数字量被 D/A 转换器转换成相应的模拟电压 u_o，并送到比较器与输入信号 u_i 进行比较。如果 $u_o\geqslant u_i$，说明数字量过大，这个 1 应去掉，改为 0；如果 $u_o<u_i$，说明数字量还不够大，这个 1 应予以保留。然后，再按同样的方法将次高位置 1，并比较 u_o 与 u_i 的大小以确定这一位的 1 是否应当保留。这样逐位比较下去，直到最低位比较完为止，这时数据寄存器里的数码就是所求的输出数字量。

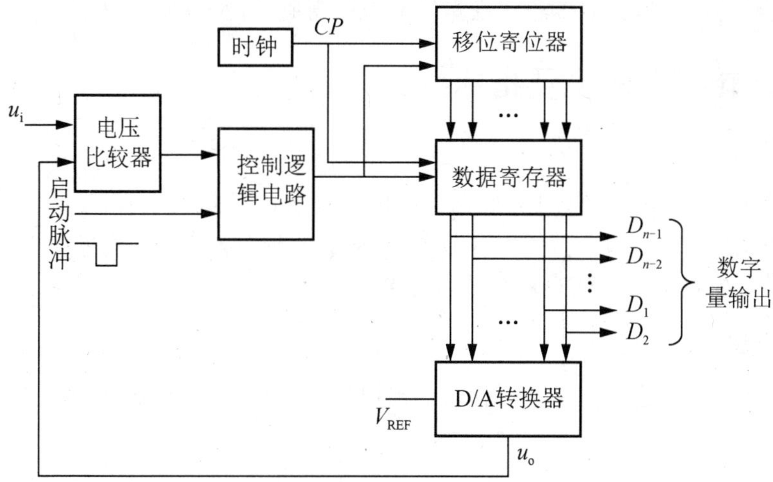

图 7.5　逐次逼近型 A/D 转换器框图

7.2.3　双积分型 A/D 转换器

双积分型 A/D 转换器是一种间接 A/D 转换器。它的基本原理是，对输入模拟电压和参考电压分别进行两次积分，将输入电压平均值变换成与之成正比的时间间隔，然后利用时钟脉冲和计数器测出此时间间隔，进而得到相应的数字量输出。

如图 7.6 所示是这种转换器的原理电路，它由积分器、过零比较器、时钟脉冲控制门和定时器/计数器等几部分组成。

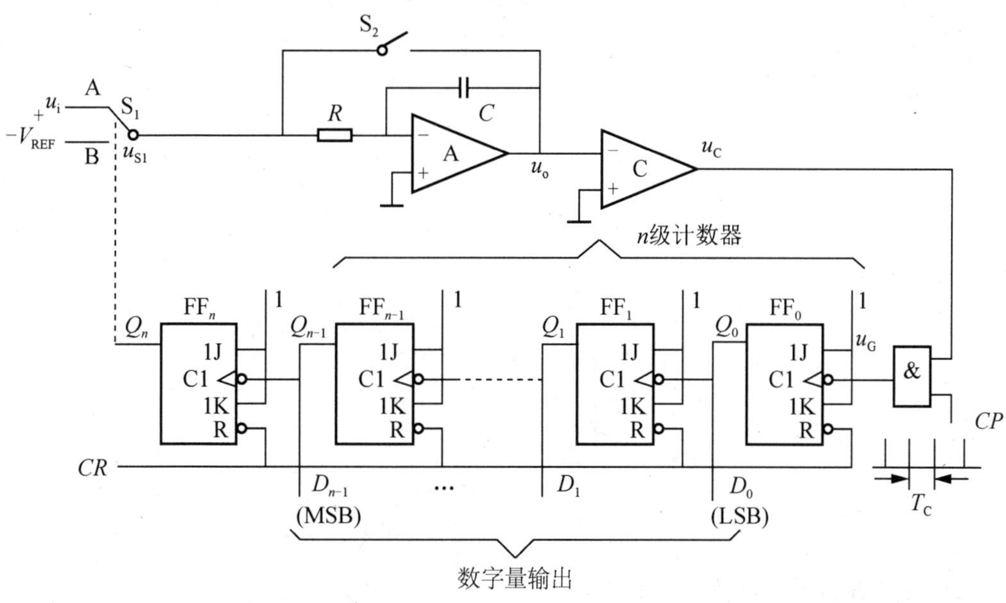

图 7.6　双积分 A/D 转换器

双积分型 A/D 转换器是对输入电压的平均值进行转换，其转换结果与时间常数 RC 无关，从而消除了积分非线性带来的误差。(它具有很强的抗工频干扰能力，只要求时钟源在一个转换周期时间内保持稳定即可，在数字测量中得到广泛应用。）

7.2.4 A/D 转换器的主要指标

1．分辨率

分辨率以输出二进制代码的位数表示。位数越多，其量化误差越小，转换精确度越高，分辨率也就越高。例如，若使用 8 位的 ADC，分辨率为 $1/2^8$，而采用 10 位的 ADC，分辨率为 $1/2^{10}$，显然 10 位 ADC 的分辨率比 8 位的高。

2．转换精度

转换精度是指转换后的数字量所代表的模拟输入值与实际模拟输入值之差。

3．转换速度

转换速度是指完成一次转换所需要的时间，即从接到转换控制信号到稳定输出数字量的时间。不同类型的 ADC 的转换速度不同，并行比较型最快，逐次逼近型次之，间接 ADC 最慢。

7.2.5 A/D 转换器应用实例

在单片集成 A/D 转换器中，逐次逼近型使用较多，下面我们以 ADC0804 则介绍 A/D 转换器及其应用。

ADC0804 是 CMOS 集成工艺制成的逐次逼近型 A/D 转换器芯片。分辨率为 8 位，转换时间为 100μs，输出电压范围为 0～5V，增加某些外部电路后，输入模拟电压可为±5V。该芯片内有输出数据锁存器，当与计算机连接时，转换电路的输出可以直接连接到 CPU 的数据总线上，无需附加逻辑接口电路。ADC0804 芯片管脚图如图 7.7 所示。

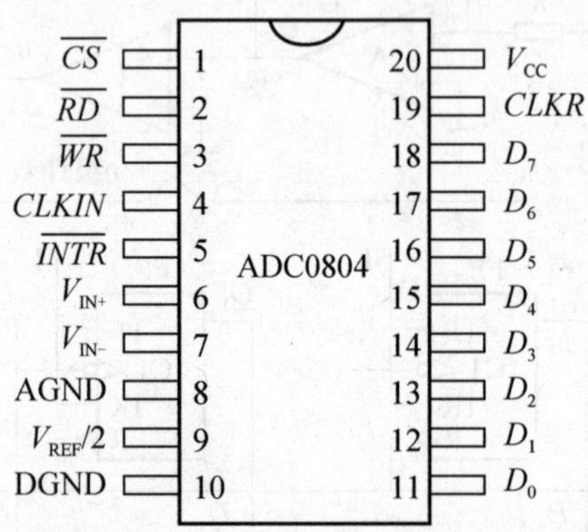

图 7.7 ADC0804 芯片管脚图

ADC0804 各引脚名称及意义如下。

- V_{IN+}、V_{IN-}：ADC0804 的两模拟信号输入端，用以接收单极性、双极性和差模输入信号。
- D_7～D_0：A/D 转换器数据输出端，该输出端具有三态特性，能与微机总线相连接。

- AGND：模拟信号地。
- DGND：数字信号地。
- *CLKIN*：外电路提供时钟脉冲输入端。
- *CLKR*：内部时钟发生器外接电阻端，与 *CLKIN* 端配合，可由芯片自身产生时钟脉冲，其频率为 1/(1.1*RC*)。
- $\overline{CS}$：片选信号输入端，低电平有效，一旦$\overline{CS}$有效，表明 A/D 转换器被选中，可启动工作。
- $\overline{WR}$：写信号输入，接受微机系统或其他数字系统控制芯片的启动输入端，低电平有效，当$\overline{CS}$、$\overline{WR}$同时为低电平时，启动转换。
- $\overline{RD}$：读信号输入，低电平有效，当$\overline{CS}$、$\overline{RD}$同时为低电平时，可读取转换输出数据。
- $\overline{INTR}$：转换结束输出信号，低电平有效。输出低电平表示本次转换已经完成。该信号常作为向微机系统发出的中断请求信号。

在现代过程控制及各种智能仪器和仪表中，为采集被控(被测)对象数据以达到由计算机进行实时检测、控制的目的，常用微处理器和 A/D 转换器组成数据采集系统。单通道微机化数据采集系统的示意图如图 7.8 所示。系统由微处理器、存储器和 A/D 转换器组成，它们之间通过数据总线和控制总线连接，系统信号采用总线传送方式。

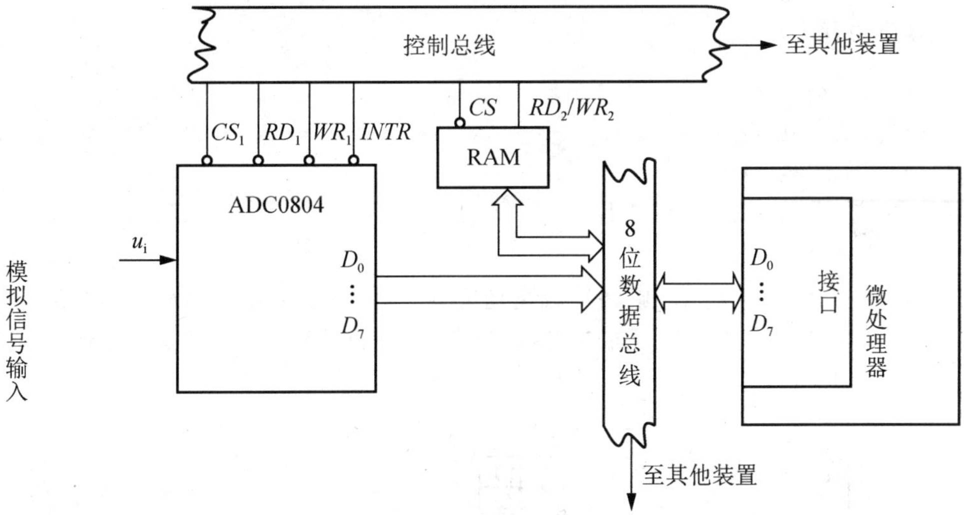

图 7.8　单通道微机化数据采集系统示意图

现以程序查询方式为例，说明 ADC0804 在数据采集系统中的应用。采集数据时，首先微处理器执行一条传送指令，在指令执行过程中，微处理器在控制总线的同时产生 CS_1、WR_1 低电平信号，启动 A/D 转换器工作，ADC0804 经 100μs 后将输入模拟信号转换为数字信号存于输出锁存器，并在 *INTR* 端产生低电平表示转换结束，并通知微处理器可来取数。当微处理器通过总线查询到 *INTR* 为低电平时，立即执行输入指令，以产生 *CS*、RD_2 低电平信号到 ADC0804 相应引脚，将数据取出并存入存储器中。整个数据采集过程中，由微处理器有序地执行若干指令完成。

7.3 工作实训营

7.3.1 训练实例

1. 训练内容

8 位 D/A 转换器及其应用。

2. 训练目的

(1) 了解 8 位 DAC0832 转换器的工作原理和基本结构。
(2) 掌握 8 位 D/A 转换器的功能及应用。

3. 训练要点

(1) DAC0832 可形成直通方式、单缓冲方式和双缓冲方式三种工作方式，其实验采用直通方式。

(2) 在 D/A 电路使用时，数字地和模拟地的连接会影响模拟电路的精度和抗干扰能力。因此，应该把整个系统中所有的数字地连接在一起，模拟地连接在一起，然后整个系统把模拟地和数字地连接起来。

4. 实训过程

1) 实训准备
(1) 直流数字电压表，1 只。
(2) 双踪示波器，1 只。
(3) DAC0832、μA741，各 1 片。
2) 实训内容与步骤
(1) 按图 7.9 所示接线，电路接成直通方式，即 $\overline{CS}$、$\overline{WR_1}$、$\overline{WR_2}$、$\overline{XFER}$ 接地；ALE、V_{CC}、V_{REF} 接+5V 电源；运放电源接±15V；D_0～D_7 接逻辑开关的输出插口，输出端 V_o 接直流数字电压表。

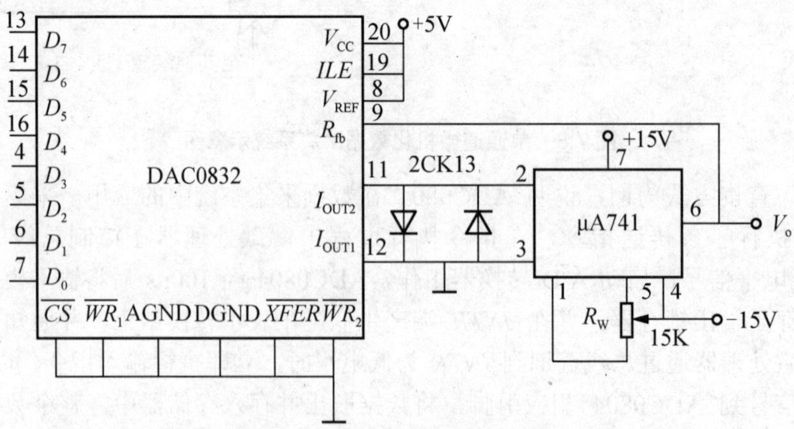

图 7.9 D/A 转换器实验电路

(2) 调零，令 $D_0 \sim D_7$ 全置零，调节运放的电位器使 μA741 输出为零。

(3) 按表 7.2 所列的输入数字信号，用数字电压表测量运放的输出电压 V_o，将测量结果填入表中，并与理论值进行比较。

表 7.2　D/A 转换器的输入与输出关系

输入数字量								输出模拟量 V_o/V
D_7	D_6	D_5	D_4	D_3	D_2	D_1	D_0	V_{CC}＝+5V
0	0	0	0	0	0	0	0	
0	0	0	0	0	0	0	1	
0	0	0	0	0	0	1	0	
0	0	0	0	0	1	0	0	
0	0	0	0	1	0	0	0	
0	0	0	1	0	0	0	0	
0	0	1	0	0	0	0	0	
0	1	0	0	0	0	0	0	
1	0	0	0	0	0	0	0	
1	1	1	1	1	1	1	1	

7.3.2　工作实践常见问题解析

【问题】在 DAC0832 转换电路连接过程中，常有同学把电路中μA741 的调零过程省去。请问是否可行？

【答】不可行。将电路中μA741 的调零过程省去会使得 DAC0832 转换电路中输出电压测量不准确。

7.4　习　　题

1. 从________到________的转换称为数模转换(简称 D/A 转换)，能够实现 D/A 转换的电路称为____________。

2. 分辨率是指 D/A 转换器的________与________之比。对 n 位 DAC，其分辨率为________。

3. 建立时间是指从________起，到输出电流或电压达到________所需要的时间。

4. A/D 转换器是将__________转换成_________的电路，是 D/A 转换的逆过程。一般的 A/D 转换过程是通过_________、_________、_________和_________这 4 个步骤完成。

5. A/D 转换器的类型也有多种，可以分为_________和____________两大类。

6. 在 10 位倒置 T 形 D/A 转换器中，若 $R = R_f = 10K\Omega$，$V_{REF}=10V$，求当开关变量分别为 18DH、0FFH、0F8H 时的输出电压值。

7. 在 10 位倒置 T 形 D/A 转换器中，$R = R_f$ 时，试求输出电压的取值范围；若要求电路输入数字量为 200H 时输出电压为 5V，试问 V_{REF} 应取何值？

附　录

附录 A　半导体分立器件型号命名方法

中国晶体三极管是根据“中华人民共和国国家标准 GB/T 249－1989”半导体分立器件型号命名方法命名，通常由 5 个部分组成。具体的符号及含义如表 A.1 所示。

表 A.1　半导体器件型号的组成符号及其意义

第一部分		第二部分		第三部分		第四部分	第五部分
用阿拉伯数字表示器件的电极数		用汉语拼音字母表示器件的材料和极性		用汉语拼音字母表示器件的类型		用阿拉伯数字表示序号	用汉语拼音字母表示规格号
符　号	意　义	符　号	意　义	符　号	意　义		
2	二极管	A	N 型，锗材料	P	小信号管		
		B	P 型，锗材料	V	混频检波管		
		C	N 型，硅材料	W	电压调整管和电压基准管		
3	三极管	D	P 型，硅材料	C	变容管		
		A	PNP 型，锗材料	Z	整流管		
		B	NPN 型，锗材料	L	整流堆		
		C	PNP 型，硅材料	S	隧道管		
		D	NPN 型，硅材料	K	开关管		
		E	化合物材料	X	低频小功率晶体管（$f_a < 3MHz$，$P_C < 1W$）		
				G	高频小功率晶体管（$f_a \geqslant 3MHz$，$P_C < 1W$）		
				D	低频大功率晶体管（$f_a < 3MHz$，$P_C \geqslant 1W$）		
				A	高频大功率晶体管（$f_a \geqslant 3MHz$，$P_C \geqslant 1W$）		
				T	闸流管		
				Y	体效应管		
				B	雪崩管		
				J	阶跃恢复管		

示例：锗 PNP 型高频小功率晶体管

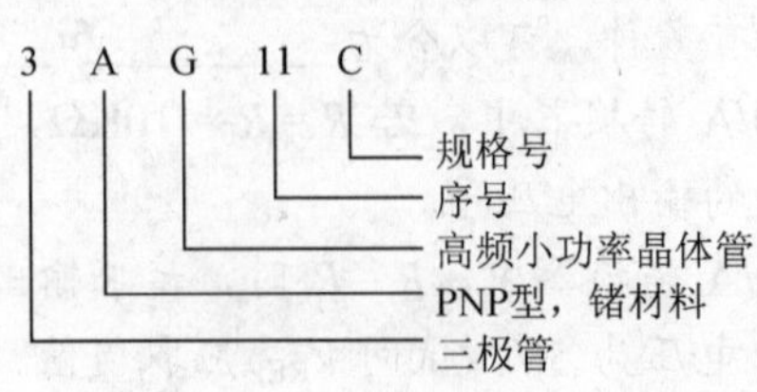

附录 B　集成电路型号命名方法

1. 半导体集成电路型号命名方法一

“GB 3430—1989 中华人民共和国国家标准”适用于半导体集成电路系列和品种的国家标准所生产的半导体集成电路。

1)　型号的组成

器件的型号由 5 部分组成，其符号各部分的意义如表 B.1 所示。

表 B.1　半导体集成器件型号的组成符号及其意义(一)

第一部分		第二部分		第三部分	第四部分		第五部分	
用字母表示器件符合国家标准		用字母表示器件的类型		用阿拉伯数字表示器件的系列和品种代号	用字母表示器件的工作温度范围		用字母表示器件的封装	
符号	意义	符号	意义		符号	意义	符号	意义
C	符合国家标准	T	TTL 电路		C	0～70℃	W	陶瓷扁平
		H	HTL 电路		E	-40～85℃	B	塑料扁平
		E	ECL 电路		R	-55～85℃	F	多层陶瓷扁平
		C	CMOS 电路		M	-55～125℃	D	多层陶瓷双列直插
		F	线性放大器				P	塑料双列直插
		D	音响、电视电路				J	黑陶瓷双列直插
		W	稳压器				K	金属菱形
		J	接口电路				T	金属圆形
		B	非线性电路					
		M	存储器					

2)　示例

(1)　肖特基 TTL 双 4 输入与非门。

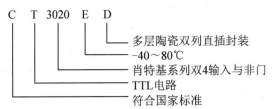

C　T　3020　E　D

D —— 多层陶瓷双列直插封装

E —— -40～80℃

3020 —— 肖特基系列双4输入与非门

T —— TTL电路

C —— 符合国家标准

(2)　CMOS 8 选 1 数据选择器(3S)。

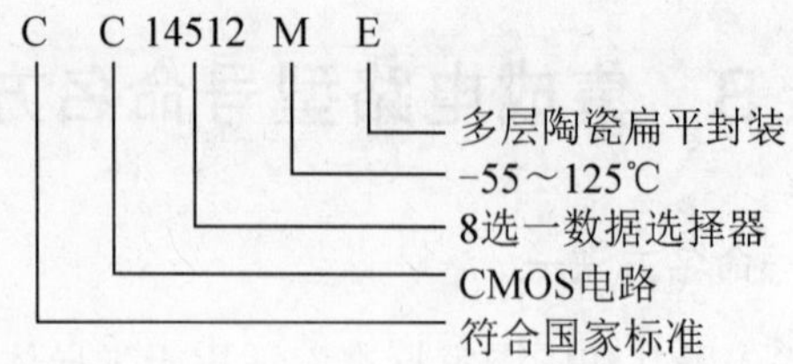

(3) 通用型运算放大器。

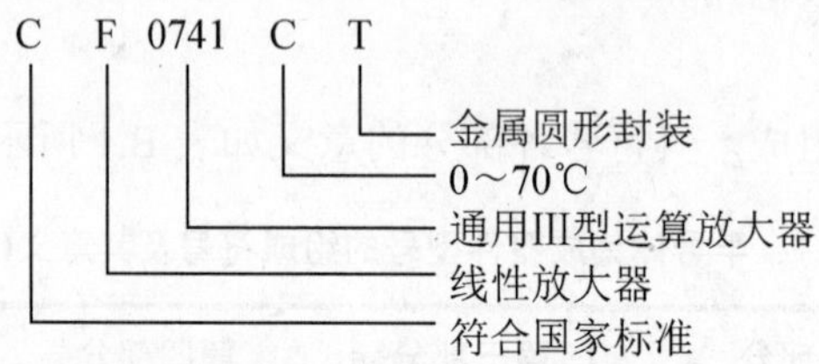

2. 半导体集成电路型号命名方法二

下述型号命名方法适用于标准《半导体集成电路系列品种》及其产品标准生产的半导体集成电路。

1) 半导体集成电路的型号

半导体集成电路的型号由 4 部分组成，其符号的组成及意义如表 B.2 所示。

表 B.2 半导体集成电路型号的组成符号及其意义(二)

第一部分		第二部分	第三部分	第四部分	
用汉语拼音字母表示电路的类型		用阿拉伯数字表示电路的系列及品种序号	用汉语拼音字母表示电路的规格号	用汉语拼音字母表示电路的封装	
符号	意义			符号	意义
T	TTL			A	陶瓷扁平
H	HTL			B	塑料扁平
E	ECL			C	陶瓷双列
I	I^2L			D	塑料双列
P	PMOS			Y	金属圆壳
N	NMOS			F	F 型
C	CMOS				
F	线性放大器				
W	集成稳压器				
J	接口电路				

2) 示例

(1) TTL 中速四输入端双与非门。

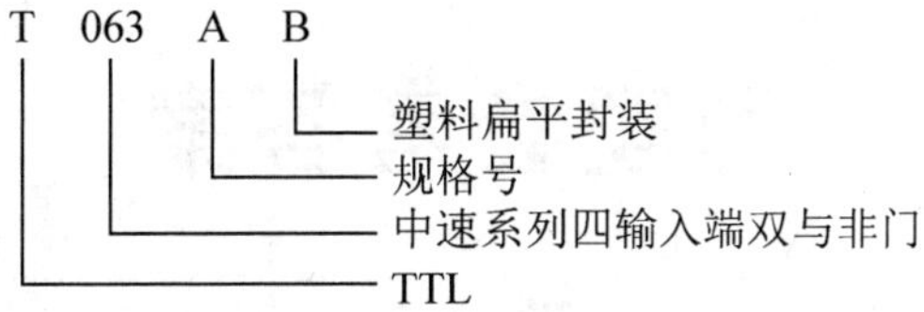

(2) CMOS 二-十进制同步加法计数器。

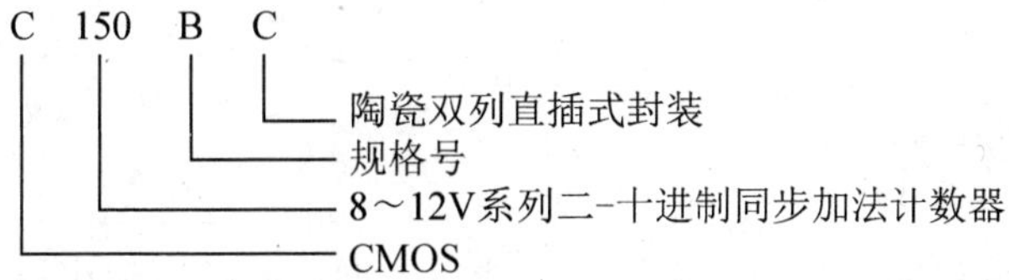

(3) 低功耗运算放大器。

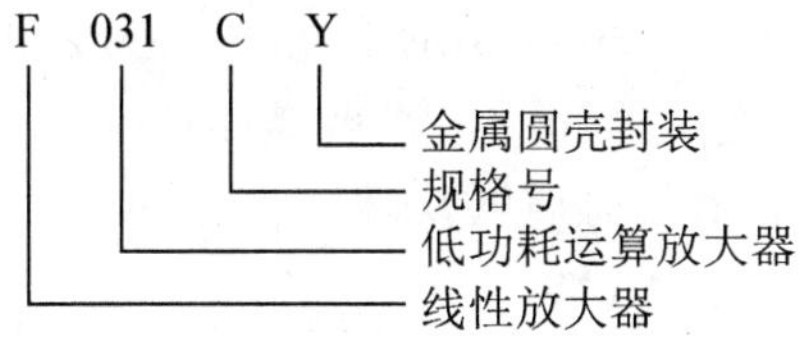

习题参考答案

第 1 章

1．变窄

2．0.5V，0.1V

3．反向击穿

4．将正负交替变化的正弦交流电压变换成单方向的脉动直流电压

5．$0.45U$，U

6．(a) 截止，−5V；(b) 导通，−9V；(c) D_1 导通，D_2 截止，0.7V

10．(1) u_2 正半周短路，变压器和二极管被烧坏；(2) u_o 只有负半周，相当于半波整流；(3) u_2 正半周短路，变压器和二极管被烧坏

11．(1) 4.5V，2.25mA；(2) 14.14V

12．S 断开时，电压表读数为 45V，电流表读数为 45mA；S 闭合时，电压表读数为 90V，电流表读数为 90mA

13．(1) $\sqrt{2}\,U_2$≈28V，可能是 R_L 开路；(2) $0.9U_2$=18V，可能是滤波电容开路；(3) $1.2U_2$=24V，合理；(4) $0.45U_2$=9V，可能是 VD_1、VD_2、VD_3、VD_4 中有一个二极管开路，同时滤波电容也开路

第 2 章

1．PNP，NPN

2．大，大，小

3．正向，反向

4．B，E，C，PNP，锗

5．交直流分量

6．交流信号

7．u_{CE} 下削顶

8．100

12．(1) $I_{BQ}=40\mu A$，$I_{CQ}=1.6mA$，$U_{CEQ}=5V$；(2) 上移；(3) 右移；(4) 左移

13．(1) $I_{BQ}=38\mu A$，$I_{CQ}=1.9mA$，$U_{CEQ}=4.4V$；(3) $r_{be}=900\Omega$；(4) $A_u=-52.6$，$R_i=900\Omega$，$R_o=4k\Omega$

15．(1) $I_{BQ}=10\mu A$，$I_{CQ}=1mA$，$U_{CEQ}=5.7V$；(2) $r_{be}=2.8k\Omega$；(4) $A_u=-7.6$，$A_{us}=-6.7$，$R_i=3.7k\Omega$，$R_o=5k\Omega$

16．(1) $I_{BQ}=32\mu A$，$I_{CQ}=2.6mA$，$U_{CEQ}=7.2V$；(2) 当 $R_L=\infty$ 时，$A_u\approx 1$，$R_i=110k\Omega$，$R_o=36.3\Omega$；当 $R_L=3k\Omega$ 时，$A_u=0.99$，$R_i=76k\Omega$，$R_o=36.3\Omega$

17．(1) 13V；(2)1.625A；(3) 10.6W，68%

18．(1) 6V；R_1或R；(2) 烧坏功放管

第3章

1．差模电压放大倍数与共模电压放大倍数，抑制共模信号

2．电压串联负反馈，电压并联负反馈，电流串联负反馈，电流并联负反馈

3．电压，电流，减小，减小

4．负反馈，开环，正反馈

5．∞，∞，0

6．C

7．B

8．B

9．B，A

10．C

12．(1) $I_{CQ}=0.83\text{mA}$，$U_{CEQ}=2.4\text{V}$；(2) $A_{ud}=-292$；(3) $R_{id}=5.48\text{k}\Omega$，$R_o=20\text{k}\Omega$

13．(1) $I_{CQ}=0.465\text{mA}$，$U_{CEQ}=7.1\text{V}$；(2) $A_{ud}=-93$；(3) $R_{id}=11.7\text{k}\Omega$，$R_o=24\text{k}\Omega$

20．$u_{id}=1\text{mV}$，$u_f=99\text{mV}$，$u_o=1\text{V}$

21．6，8.6

22．2，1/80

23．(a) −1.8V；(b) 5V；(c) 5V；(d) 6.2V；(e) 2.8V

24．(a) $A_{uf}=-20$，$R_{if}=1\text{k}\Omega$；(b) $A_{uf}=21$，$R_{if}=\infty$

25．(a) 10V；(b) 4V

27．$u_o=20(U_{I1}+U_{I2})-5U_{I3}$

30．$U_{T+}=4\text{V}$　$U_{T-}=-2\text{V}$　$\Delta U=6\text{V}$

第4章

1．(1) 1；(2) $A+B+C$；(3) $\overline{C}$；(4) $\overline{A}+\overline{C}$

3．(a) $F(A,B,C)=\Sigma m(0,5,6,7)$；(b) $F(A,B,C,D)=\Sigma m(0,2,4,5,6,7,8,10,12,14)$

4．(1) $F(A,B,C,D)=\overline{BC}+\overline{BD}$；(2) $F(A,B,C)=\overline{B}+\overline{C}$；

(3) $F(A,B,C,D)=BD+\overline{BD}$；(4) $F(A,B,C,D)=\overline{A}B+A\overline{BC}+A\overline{BD}+\overline{BCD}$

6．$F=\overline{A}C+\text{B}$

第5章

1．当前输入状态，原来的，逻辑关系，逻辑功能

2．$F=AB+\overline{AB}$

3. $F = BC + \overline{A}$，$Y = BC + A$
4. $F = I_0\overline{S_1}\,\overline{S_0} + I_1\overline{S_1}S_0 + I_2S_1\overline{S_0} + I_3S_1S_0$

第 6 章

1. 记忆功能，逻辑门，互补
2. 触发器，门电路，N 位
3. 最低位，相邻低位

第 7 章

1. 数字信号，模拟信号， D/A 转换器(简称 DAC)
2. 最小输出电压，最大输出电压，$\dfrac{1}{2^n - 1}$
3. 输入数字信号，稳态值
4. 模拟信号，数字信号，取样、保持、量化、编码
5. 直接 A/D 转换器，间接 A/D 转换器
6. −3.88V，−2.5V，−2.42V
7. $-\dfrac{V_{\mathrm{REF}}}{1024} \sim -\dfrac{1023V_{\mathrm{REF}}}{1024}$，10V

参 考 文 献

[1] 唐介．电工学[M]．2 版．北京：高等教育出版社，2005．
[2] 秦曾煌．电工学[M]．6 版．北京：高等教育出版社，2003．
[3] 童诗白．模拟电子技术基础[M]．4 版．北京：高等教育出版社，2007．
[4] 魏佩瑜．电工学(电工技术)[M]．北京：机械工业出版社，2007．
[5] 唐庆玉．电工技术与电子技术(上、下册)[M]．北京：清华大学出版社，2007．
[6] 申永山，李忠波．现代电工电子技术[M]．北京：机械工业出版社，2007．
[7] 孙梅．电工学[M]．北京：清华大学出版社，2006．
[8] 林平勇，高嵩．电工电子技术[M]．2 版．北京：高等教育出版社，2004．
[9] 路松行．电工与电子技术[M]．西安：西安电子科技大学出版社，2002．
[10] 吕国泰，吴项．电子技术[M]．2 版．北京：高等教育出版社，2001．
[11] 江甦．电工与工业电子学[M]．西安：西安电子科技大学出版社，2002．
[12] 李源生．实用电工学[M]．北京：机械工业出版社，2005．
[13] 叶勇．电子技术基础[M]．南海出版社，2005．
[14] 苏丽萍．电子技术基础[M]．2 版．西安：西安电子科技大学出版社，2006．
[15] 张秀娟，陈新华．EDA 设计与仿真实践[M]．北京：机械工业出版社，2002．
[16] 王皑．电子线路仿真设计[M]．西安：西安电子科技大学出版社，2004．
[17] 孙津平．数字电子技术(修订版)[M]．西安：西安电子科技大学出版社，2005．
[18] 张永娟．电工电子技术[M]．天津：天津大学出版社，2008．
[19] 郝波．数字电子技术[M]．大连：大连理工大学出版社，2003．
[20] 张翠霞，盛鸿宇．电子工艺实训教材[M]．北京：科学出版社，2004．